張芯熏

2025乙巳

蛇年流年運程

張松青

2025乙巳
蛇
年流年運程

張花熏

2025乙巳

蛇

年流年運程

奇門遁甲 2025 年流年運程

奇門遁甲乙巳年個人出生日運程

奇門遁甲2025年流年運程

立春：乙巳年戊寅月癸卯日癸亥時
（2025年02月03日22時11日）

太陰 天衝 己 驚門 戊	騰蛇 天輔 戊 開門 壬	值符 天英 壬 休門 乙庚
六合 天任 癸 死門 己		九天 禽芮 乙庚 生門 丁
白虎 天蓬 辛 景門 癸	玄武 天心 丙 杜門 辛	九地 天柱 丁 傷門 丙

2025年犯太歲之生肖

坐太歲：蛇
衝太歲：豬
刑太歲：虎、猴
破太歲：猴

坐太歲：
本命年，即與太歲同體，只宜安份守己。
衝太歲：
戰剋之意，衝擊力大。
刑太歲：
缺乏獨立思想，做事有頭無尾
破太歲：
破敗散散。

2025 年一個需要穩守靜待時機的年頭

2025 年，九運的第二個年頭，很多事件都未夠走向一個好方向，不論怎樣這一年大家都不可以氣餒，只要守着手上的資源往後的日子將會以離卦的卦象一樣，有光明燦爛。

2025 乙巳年值年卦為「革」

卦辭：己日乃孚，元亨利貞，悔亡。

解釋：卦辭短短十二個字當中，就已經透視了 2025 年整體世界氣運。而全句最精要之處為最後「悔亡」兩字。「革」，本是指獸皮去除毛後，引申變革。「革」即改革、革命的意思，古往今來世界各地各國都經歷過「革命」之事，古語有云：「天下合久必分，分久必合。」三國時代正正可以説明「革」卦意義。但是改變或者革新這通常都會帶來一定程度的破壞及損失。這會嚴重影響經濟發展，及社會進步。而「悔亡」所代表的象則在卦中第四爻，只要將其力量降至最低，則一切都可安寧。

象：革，水火相息，二女同居，其志不相得，曰革。己日乃孚；革而信也。文明以説，大亨必正，革而當，其悔乃亡。天地革而四而時成；湯武革命，順乎天而應乎天而應乎人，革之時義大矣哉！

解釋：上卦為澤為少女，下卦為離為中女，但是兩人卻無法共處一室相處，其志向不同，則須要改變，水與火長時間處於相生相剋的情況，因此才會產生變革，有變才有吉象。

象：「澤中有火，革。君子以治曆明時。」水澤中有火就是革卦之象，君子由此制定曆法來確立天地時間的變化。

解釋：凡事皆有相生相剋，既相對又共融，需有君子明察並以時間來治理大局。

世界大勢分析

　　2024 年在一片混亂、戰火、天災人禍中渡過，有人歡喜有人愁！但是踏入新一年，世界又會否平安過渡？天災人禍會否繼續？經濟發展會否開始穩定？對於這些問題，我的答案是：「會，但一切仍需靜觀其變，大家不宜放鬆戒備！」

事件預測：

1. 由於九運「離卦」火性的影響，太陽能發電將會成為全球主流能源，生活節奏、習慣將因此而改變。
2. 科技於醫學上的突破將使人類的疾病可以有更好的治療，例如各類癌症新配方、糖尿病類。
3. 將有新一類交通運輸工具出現，這不再是電動車類，像是電影中從前看到的類似飛船。
4. 受惠於科技發展，人類的遺傳基因圖譜（DNA）將應用在新生命上，這意味着科技優生學將問世。
5. 日常生活將會更加被數碼化，使得大家若沒有電腦、手機或數碼系統就生活不了！

香港 2025 年每月吉凶禍福

	一月	二月	三月	四月	五月	六月	七月	八月	九月	十月	十一月	十二月
卦	節	小過	姤	剝	訟	豐	履	解	噬嗑	乾	小畜	觀
吉						✓		✓			✓	
中	✓		✓	✓			✓			✓		✓
凶		✓			✓				✓			

香港 2025 年每月股票預測

	一月	二月	三月	四月	五月	六月	七月	八月	九月	十月	十一月	十二月
卦	同人	臨	恒	蠱	震	遯	隨	艮	蠱	蒙	節	遯
升市	✓	✓			✓		✓				✓	
跌市			✓	✓	✓	✓	✓	✓	✓	✓	✓	✓

奇門遁甲 2025 年風水攻略

奇門遁甲的流年風水陣有別於一般流年九宮飛星，它是結合了九宮飛星以及奇門遁甲裏的特別格局去改善空間風水問題，隨時間轉變陣法亦會跟隨改變。

量度位置方法圖例

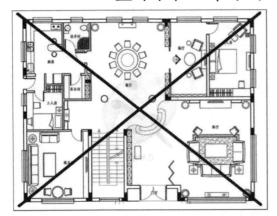

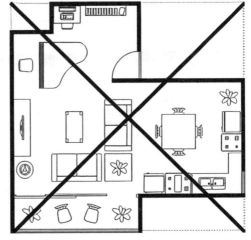

在住宅平面圖找出對角線，有了中心點，人站於此處不論面向哪一方，手執指南針所有方向即一目瞭然！本書所提到之風水佈局都用此方法量度方位。

佈陣方结及物品

文昌日照 東南方	前程錦繡 正南方	入見入愛 西南方
妙手回春 正東方		喜樂年年 正西方
福壽康全 東北方	錢財有道 正北方	好事不斷 西北方

放置風水物品之最佳日期與時間：
西曆 2025 年 01 月 26 日，上午七時三十分至九時。

神奇奇門揮春風水陣

方位	揮春	催化事件
南	一飛沖天	催升職加薪
南	開闊大道	催前途
西南	情比金堅	催感情
西南	天賜佳偶	催桃花
西	飛來貴人	催人緣
西	錢財為伴	催財
西北	消聲匿跡	化是非
西北	海市蜃樓	化官非
北	有利可圖	催生意
北	扭轉乾坤	催機會
東北	有福喜事	化災禍
東北	歲歲平安	化意外
東	妙手仁心	化病
東	靈應炒藥	化病
東南	文采聰明	催學業
東南	技壓群雄	催名譽

　　除註明外，用有金點的紅紙，以黑墨書寫。另外，奇門揮春有別於傳統揮春，它們可以全部張貼或個別張貼，效果維持一年。（精美奇門揮春於‘甲子堂’有售）

張貼時間：2025 年 01 月 26 日，上午七時三十分至九時正。

屬蛇之人一生總論

蛇年出生的人頭腦精明，充滿了智慧和計謀，並散發着一種略顯神秘的誘人氣質。屬蛇人疑心大，但他與屬虎人不同，他把疑心隱藏在心中，把自己的秘密也隱藏在心中。

他們具有天生的神秘主義色彩，文雅、斯文，很愛讀書，愛聽名典，愛吃美味食品，並且愛看戲劇。最美的女子和個性最強的男子多出生在蛇年。所以如果你屬蛇，定會交到好運。他們通常過着動蕩的、充滿激情的和絞盡腦汁的生活，特別是那些愛出風頭、爭名奪利的人。

他們一般依靠自己的判斷行事，與其他人不能很好地交流。他或許有很高的宗教造詣，或者他是個徹底的享樂主義，不管怎樣，他寧願相信自己的幻想，也不願接受別人的勸告。但在一般情況下他是正確的。

屬蛇的女士本來就是美女蛇，她們那冷靜、安祥和無與倫比的美貌會把人迷住。她們充滿自信，並且泰然自若。雖然她們時常懶洋洋地到處閒逛，給人以懶惰、貪圖安逸的印象，但這只是表面現象，她們的腦子從來都沒閒着。

她們愛趕時髦，很喜歡珠寶首飾，在挑選服飾時很精心，如果經濟允許，她將買最好的、貨真價實的鑽石、珍珠。只要她們結婚，她就會成為最大的金錢操控者。只要她的丈夫還有潛力，那麼她會想盡辦法使他獲得成功。她會把自己裝扮起來，充當一個完美的女主人，同時能夠敏銳地給丈夫把握生活中的每一個機會。

在騷亂和困境中，屬蛇人是中堅力量，他們能臨危不懼，沉着地應付任何不測。他們有很強的責任感，而且有非常明確的目標。遠大理想和天生的優勢相結合使他們能達到權力的頂峰。

屬蛇之人一生事業運勢

屬蛇的人雖然沒有魁梧的身材，但天生聰慧，思想深刻，判斷力極強，且談吐斯文，舉止文雅，能成為哲學家、神學家、政府家、思想家和金融家。

屬蛇的人對待事業往往抱着認真謹慎的態度，一開始便能達到一種比較理想的狀態，但不能恃才傲物，以致人們對你失去信任。

屬蛇的人在事業方面表現得非常不錯，通常會有好的運氣，能得到貴人的鼎力相助。還能得到一些意外之財。不過，這樣的好運並不是必然的，如果不好好把握時機，機會則會隨波逐流。

屬蛇的人要建立穩定的經濟，比較行之有效的辦法就是開源節流，並將金錢放在有利的事業投資之上。

屬蛇之人一生財運變化

屬蛇的人有不錯的財運，他們總有好運氣，經常有貴人相助，且能得到不少意外之財。然而，他們的收入並不是靠自己的力量或豐富的理財知識得來的，只是運氣好吧了。但是，這樣的好運氣不是經常有的，如果不好好把握時機，等財運過去後，則會陷入經濟困境。

他們從來也不會因為錢的糾紛而困擾，似乎他們總有這份天生的幸運來贏得財運。他們從小就養成很多奢侈的習慣，對於那些街頭的「大減價」物品從來都不會在意，因為他們認為購買一些高價奢侈品才能充分表現自己。所以他們在金錢方面，出手頗為大方，尤其對自己的服飾或住處，更是會不吝投放大量金錢。

雖然天生富有財運，即使浪費一點，也不至於傾家蕩產，但是天有不測風雲，應該為將來的幸福着想，更多加節制。

屬蛇之人一生感情變化

一般來說，蛇年出生的男子通常非常浪漫，具有吸引人的氣質，而且又有幽默感；

蛇年出生的女孩子通常都十分美麗、動人，而且做事往往能成功。他們大都講究衣著，注重儀表，有迷人的氣質，但也常常給人一種虛榮的感覺。

他們善於嫉妒，且在感情上有些自私。即使感情破裂了，已經不再愛對方，但他們也要佔有對方，這樣也常常會搞出許多事端來。

如果他們正在談戀愛，也可能會受到許多感情的困擾。不過不用怕，解鈴還須繫鈴人，一切都要靠你和對方去決定，這是你們自己的事。

他們的婚姻一般比較順利、幸福，但也應該有應付意外的心理準備。

他們結婚之後，表面看來對家人愛意無限，但另一方面，又時常感到對婚姻現狀的不滿，因而也可能會有出外尋求安慰的行為。

屬蛇的男性常常追求刺激、熱烈的感情。因此，他們的生命中總有多個女性。他們是典型的風流「情種」。他們的感情觀是比較具攻擊性，很懂得用行動表達愛意，也善於捉摸女孩子的心思。但是，他們雖然有行動，但不會將心事表露，使別人無法理解他們的內心，因此他們要找到知心的戀人比較困難。

他們有很重的家庭觀念，常以一家之主自居，並要求伴侶、兒女均要信賴、尊重他們。他們比較固執，明知自己犯了錯誤，也不會向家人道歉，一旦與妻子發生矛盾便想外出尋求安慰，因而，常給家庭造成傷害。

屬蛇的女性善良、坦率、純真、有禮。她們常常希望能擁有溫馨、浪漫的戀情，從不奢望別人為自己付出什麼，有人能接受她們的愛就會感到知足。雖然她們表面上看起來非常快樂，但實際上，她們的內心也是充滿着挫折感與寂寞的。她們希望能在結交的男士當中尋找到自己終生所愛的人，卻實在不易。

在家庭生活中，她們是個稱職的好妻子。她們會把家中的一切整理得井井有條，一絲不苟，因而她們深得丈夫及家人的歡心。她們也可以為了家庭而放棄一切，只留在家中相夫教子。

屬蛇之人一生健康情況

屬蛇的人雖然從小就受到父母嚴格的教育，很少吃不健康的零食，因此身體基本的抵抗力也不錯。但是到了成人後，他們變得喜歡玩樂，經常與朋友聚會往外頻繁應酬，漸漸變得沒有節制，飲食方面開始沒有規律，同時加上工作壓力、繁忙、加班，以至常常錯過正常飯餐時間，使得腸胃疾病越來越嚴重。到了晚年，屬蛇的朋友開始出現手腳冰冷，體寒，虛弱，所以要在平時注意保暖及保養自己的身體，才可以保住晚年的健康。

屬蛇其他配合
貴人合配：屬牛、屬雞
幸運方位：東南方、東方
幸運顏色：紅色、綠色、黃色、啡色
幸運數字：4
生肖本命佛：普賢菩薩
不宜合配：屬豬、屬虎、屬猴
顏色忌諱：藍色、黑色

蛇

張芯熏

2025乙巳

蛇年流年運程

屬蛇的出生年份
1941 辛巳年，1953 癸巳年，1965 乙巳年，
1977 丁巳年，1989 己巳年，2001 辛巳年

屬蛇之人2025年整體運勢

生肖蛇的朋友在蛇年是犯太歲。生肖屬蛇的朋友，今年是太歲年，又稱本命年。世俗的說法，年值太歲，本命年，是之為犯太歲。可以說是較困苦的一年，其中尤以1965年屬蛇的男性和1953年屬蛇的女性為較凶。所以屬蛇的人逢本命年，諸事不宜，凡事宜守舊，謹慎為之，自能逢凶化吉，安然度歲。

屬蛇之人2025年整體事業運勢

在事業上，屬蛇的人2025年是備受考驗的一年，宜在困境中學習扎實成長的智慧。其年困難不斷出現，常遭不利的事，必須經常與命運抗爭；當心個人財物，免得破耗；支出超出預算，進帳減少，須動用儲蓄。其年容易誤交損友，反目成仇，遭熟悉人陷害而失敗。生意起跌較大，財不來時心氣燥，錢來時逢身弱。

屬蛇之人2025年整體財富運勢

屬蛇人的財運狀況比較平穩，大部分屬蛇人的收入在理想範圍內，不會有太大的變化。少部分屬蛇人可能會有突破，取得不錯的收益。尤其是春天出生的屬蛇人，今年偏財運極為可觀。好的財運需要合理的理財手段，建議在投資過程中尋求專業人士的指導和建議，並注意家庭或個人支出的合理性。蛇本命年運勢以年中開始有起色，立冬後雲開日出，財運可見好轉。

張志雲

2025乙巳

蛇年流年運程

屬蛇之人入2025年整體感情運勢

蛇年出生的未婚者，在蛇本命年感情方面有進展，但要循序漸進，因為其年感情容易由濃變淡。已婚者家庭會有問題，孩子也會惹些麻煩，家庭也會有喜事，有換屋或再置產打算。在2025年蛇年，屬蛇人不論熱戀男女、同居情侶或已婚夫妻，都要提防第三者攪擾，勾勾連連，是是非非，或許並不一定帶來實質上的出軌或外遇，但仍然對感情家庭不利，還會招人哂笑，鄰裡側目，從而損害一年中其他運勢。建議依卜易居網站的開運方法予以化解。

屬蛇之人入2025年整體健康運勢

屬蛇的人在2025年身體一般處於健康狀態，但要防腸炎。食療與運動是最佳的保健之道，但也需要適度運動和休息，更要控制情緒，並小心意外傷害。走路行車要當心，提防遭遇沒有窨井蓋的井道、道路下陷或高坎、行道樹下垂的樹枝等等。

出生年運程

1941年 辛巳年 懂得取捨平淡是福

1941年屬蛇之人2025年整體運勢

綜合運勢表現得還是相當亮眼的。雖說身邊有很多很好的機遇，但這個世界上錢是賺不完的，事業也是永無止境的。所以屬蛇人要懂得取捨，還要學會放手，很多事情要多給年輕人機會，這一年自己應當將主要精力放在身體健康方面，要學會享受生活的美好，還要多花時間陪伴家人和朋友。

1953年 癸巳年 提防詐騙守好財物

1953年屬蛇之人2025年整體運勢

已經步入老年時期了，各方面的運勢會出現一些不同程度的略微變化。在健康方面今年會出現一些小問題，會在醫院住一段時間，不過在修養一段時間後身體就會恢復。特別需要注意的是，屬蛇人在這年的財運運勢不會很好，在事業和感情方面也不會有什麼特別大的變化，但也不會出現什麼意外。

1953年屬蛇之人2025年事業運勢

在這個年紀，不會再有什麼事業上升期了。早年努力奮鬥終於有了一番屬於自己的事業，現在步入晚年期不得不放棄以前的事業，這個時期需要去做的事情是學會享受生活，享受人生。精力較充沛的屬蛇人可以試著學習自己年少時沒有時間學習但很感興趣的東西，為自己年老的生活增添一些色彩。

1953年屬蛇之人2025年財富運勢

財運運勢非常不好。在這一年裡可能會遇到詐騙事件，然後被人騙去數量巨大的錢財，而且短時間內那些被騙去的錢財不會被歸還，這很是影響老人的情緒，甚至會影響身體健康的。當然，如果提高警惕不貪小便宜，還是有可能不讓犯罪分子有機可乘，要學會擦亮雙眼守住自己的錢財。

1953 年屬蛇之人 2025 年感情運勢

感情運勢特別好。那些和老伴已經結婚好多年的人完全不用擔心今年會出現什麼大的矛盾，感情還是會像以前一樣那麼好甚至更好，並不會因為感情而發生什麼意外。而那些老伴已經去世的屬蛇人也不用太擔心，在今年也會再找到自己的另一半，就算找不到身邊也會有子女時刻陪伴左右，其樂融融，不會孤苦伶仃地一個人過完自己的後半生。

1953 年屬蛇之人 2025 年健康運勢

健康運勢不怎麼好。今年可能會生一場病，需要在醫院住一段時間調理一下身體才可以恢復健康，但不用太擔心不會有什麼太大的問題。人上了一定的歲數身體容易出現一些問題，一定要注意身體的保養，要學會養生定期去醫院檢查身體，更需要定時地服用一定量的營養品。

每月攻防：

(所有月份計算以二十四節氣轉換作為每月之開始，並非以初一為每月之第一天)

農曆一月戊寅月（西曆 2025 年 02 月 03 日至 03 月 04 日）
　　整體運勢狀況比較一般，在事業、生活上的煩惱相對會多一點。

農曆二月己卯月（西曆 2025 年 03 月 05 日至 04 月 03 日）
　　能夠憑借自己的出色的能力得到上司的重用，但同時也遭到了同事的嫉妒和陷害，務必要學會低調，不宜出風頭。

農曆三月庚辰月（西曆 2025 年 04 月 04 日至 05 月 04 日）
　　務必要強大自己的內心，以樂觀的心態去迎接所有的挑戰和考驗。

農曆四月辛巳月（西曆 2025 年 05 月 05 日至 06 月 04 日）
　　要及時調整好心態，將注意力分散到其他方面。

農曆五月壬午月（西曆 2025 年 06 月 05 日至 07 月 06 日）
　　健康運勢方面則需要多加留意。

農曆六月癸未月（西曆 2025 年 07 月 07 日至 08 月 06 日）
　　要學會克制自己的善妒和多疑之心，給予戀人足夠的信任和
尊重。

農曆七月甲申月（西曆 2025 年 08 月 07 日至 09 月 06 日）
　　本月已婚的屬蛇人感情會趨於平淡。

農曆八月乙酉月（西曆 2025 年 09 月 07 日至 10 月 07 日）
　　要注意飲食問題，切勿食用過多的冰凍西瓜、飲料、冰淇淋
等，以免引起腸胃不適。

農曆九月丙戌月（西曆 2025 年 10 月 08 日至 11 月 06 日）
　　事業運勢可以説是一落千丈，同時，也間接影響到了健康運
勢。

農曆十月丁亥月（西曆 2025 年 11 月 07 日至 12 月 06 日）
　　在健康方面，需要注意用眼健康，不宜長時間對著手機、平
板、電腦等一類輻射強的高端科技產品

農曆十一月戊子月（西曆 2025 年 12 月 07 日至 2026 年 01 月 04 日）
　　注意飲食問題，切勿食用過多的冰凍食物，以免引起腸胃不
適。

農曆十二月己丑月（西曆 2026 年 01 月 05 日至 2026 年 02 月 03 日）
　　兩人之間的距離因此被拉遠，建議要學會克制自己的善妒和
多疑之心，給予對方足夠的信任和尊重。

1965年　乙巳年　維繫感情免生矛盾

1965年屬蛇之人2025年整體運勢

人已經屬於中老年人的行列了，你們的整體運勢還是不錯的。健康方面不會有器官突然等大的問題，但還是要特別注意養生，時刻關注自己的身體動態。在事業方面會有一個大的提升。事業擴大財富也就跟著來，財運運勢也很好。感情方面則會出現一些感情危機，可能會發生一些矛盾。

1965年屬蛇之人2025年事業運勢

由於一些職業的特殊性，越有經驗越好，年紀越大經驗越足的人才可以有一番作為。當中就有很大部分的人會在這年裡升職，達到以前沒有達過的高度，擁有一份自己想要的事業。在這之後屬蛇人一定要保持初心，保持對工作高度熱情的那一份熱誠，這樣一來上司才會非常樂意提拔你。

1965年屬蛇之人2025年財富運勢

事業在這一年會有很大的提升，擁有的財富也會比往年增加很多，不用擔心會不會因為年紀大而賺不到錢的問題。今年你們不僅不會賺不到錢，而且還會賺到一筆很可觀的養老費。如果因為突然間賺到很多錢而心裡不踏實的話，可以多參加公益活動，多幫助那些需要幫助的人；也可以帶著家人出去旅行，多多接觸外面的世界。

1965年屬蛇之人2025年感情運勢

感情運勢不是很好會出現矛盾。你們的感情會因為一些外來因素而出現裂痕，比如孩子的問題，處理不當的話很容易讓感情破裂，出現不可挽回的局面。想要理智又合理地處理好感情問題，就需要多一些耐心和包容，做了錯事及時道歉，對方做了錯事記得給個台階，心胸寬闊一點。家庭一直是每個人心中的港灣，沒有處理好家庭問題會很讓人頭疼，會影響健康和事業。

1965年屬蛇之人2025年健康運勢

健康運勢還是不錯的，身體不會出現什麼大問題。雖然沒有什麼大的毛病出現，但是一般的感冒發燒還是會出現的，特別是換季的時候，天氣突然轉變，如果沒有及時添衣服可能就會感冒。上了年紀的屬蛇人一定要特別注意自身的健康問題，如果身體不舒服的時候，一定要記得及時去看醫生，不能抱著忍一忍的態度，耽誤了後果可是很嚴重的。

每月攻防：

（所有月份計算以二十四節氣轉換作為每月之開始，並非以初一為每月之第一天）

農曆一月戊寅月（西曆2025年02月03日至03月04日）

　　正所謂一年之計在於春，各種命人都要籌劃一下今年去向。

農曆二月己卯月（西曆2025年03月05日至04月03日）

　　工作量不大，財運當然不會有明顯增加，再加上本月是思想學習投資月，不管投資或進修，或多或少都要花一些錢。

農曆三月庚辰月（西曆2025年04月04日至05月04日）

　　金錢上有波動的跡象，建議保守投資。

農曆四月辛巳月（西曆2025年05月05日至06月04日）

　　經濟狀況都是不太理想，相信今月亦不會例外，在這樣的經濟下作新投資，好像有一點冒險。

農曆五月壬午月（西曆2025年06月05日至07月06日）

　　工作上注意與上司的關係，事業上有變動的可能。

農曆六月癸未月（西曆2025年07月07日至08月06日）

　　建議也要多做運動，如果凡事動起來，多外出走動，會帶來意想不到的運氣。

農曆七夕甲申夕（西曆 2025 年 08 夕 07 日至 09 夕 06 日）

　　心理壓力較大，注意適當放鬆休息，避免因為心情不好，而影響與家人和身邊朋友的關係，多與朋友、家人聯繫走動。

農曆八夕乙酉夕（西曆 2025 年 09 夕 07 日至 10 夕 07 日）

　　事業上將出現轉機，與上司與同事搞好關係，將達到事半功倍的效果。

農曆九夕丙戌夕（西曆 2025 年 10 夕 08 日至 11 夕 06 日）

　　金錢上比較拮据，忌吃喝玩樂，避免破財散財。

農曆十夕丁亥夕（西曆 2025 年 11 夕 07 日至 12 夕 06 日）

　　本月是個手頭比較寬鬆的月份，收入很可能會提高。

農曆十一夕戊子夕（西曆 2025 年 12 夕 07 日至 2026 年 01 夕 04 日）

　　需謹防小人，容易招惹是非，注意避免口舌之爭，謹慎自己的言行，避免招人非議。

農曆十二夕己醜夕（西曆 2026 年 01 夕 05 日至 2026 年 02 夕 03 日）

　　注意文案合同文書之類，往往一個錯別字或者一個未表述明白的語句就會讓你葬送大好的前程。

1977 年　丁巳年　樂觀面對有助健康
1977 年屬蛇之人 2025 年整體運勢

　　整體運勢不是很好。在感情方面會出現很大的變故，而且那些變故還是突然間出現的，你們會因此受到很大的傷害。情緒很是容易影響人的健康，沒有處理好情緒的話健康就會容易出現問題。幸虧的是今年事業和財運會很好，在這一年裡會被上司看中，然後找到適合自己的工作，隨之收穫到以前很想得到的財富。

1977 年屬蛇之人 2025 年事業運勢

事業運勢出奇的好。即使感情生活方面和健康方面都沒能讓人很稱心，但是你們的事業會有意想不到的提升。每個人的人生裡，除了生活外事業可以說是最能體現人生價值的事情了。事業的成功在很大程度上能體現出這個人的能力，屬蛇人會在這年裡被上司肯定，達到以前從沒想到的高度，收穫自己想要的成功。

1977 年屬蛇之人 2025 年財富運勢

財運運勢很好。他們的事業會達到一個意想不到的高度，財富當然也會跟著來。財富和事業常常是一起共存的，財富也能從側面反映出一個人的工作能力。成功的事業最直接的體現便是所收穫到的財富，當然還會收穫到比財富更為珍貴的東西，比如人生價值的實現和通往成功過程中的苦與累，心智得到鍛鍊。

1977 年屬蛇之人 2025 年感情運勢

感情運勢不是很好。夫妻間的感情會出現很大的問題，以前就存在的很多問題都會成為突然間爆發爭吵的導火線，孩子的教育問題還有父母的問題都會一湧而來。家庭問題在這一年裡會成為屬蛇人很大的困擾，但如果撐過了這段時期，所有的問題矛盾處理得當的話，夫妻間的感情就不會再出現什麼大的問題，不會很惱人。

1977 年屬蛇之人 2025 年健康運勢

健康運勢跟感情運勢一樣都不太讓人開心。情緒對健康的影響一般都很大，特別對那些沒能控制自己的情緒，沒能很好抒發痛苦情緒的人的影響更是摧毀性的打擊，身體的狀況自然也不會好到哪裡去。屬蛇人如果想要讓自己的身體狀況好一點，最好的辦法便是保持心情愉悅，樂觀地面對生活。

每月攻防：

（所有月份計算以二十四節氣轉換作為每月之開始，並非以初一為每月之第一天）

農曆一月戊寅月（西曆 2025 年 02 月 03 日至 03 月 04 日）
　　本月肺部最好注意保養，容易引起呼吸道的疾病。

農曆二月己卯月（西曆 2025 年 03 月 05 日至 04 月 03 日）
　　奉獻只是暫時的，本月對於男人應是以名獲利，名聲有了財運自然隨之而來。

農曆三月庚辰月（西曆 2025 年 04 月 04 日至 05 月 04 日）
　　應多做事少說話為妙，尤其是做文字處理工作的，需多斟酌檢查自己的作品方可上交。

農曆四月辛巳月（西曆 2025 年 05 月 05 日至 06 月 04 日）
　　健康要注意腸胃，本月容易引起腸道疾病，少吃油膩多吃蔬菜可化解。

農曆五月壬午月（西曆 2025 年 06 月 05 日至 07 月 06 日）
　　財運較差，有資金來往的建議躲過這個月，容易產生糾紛。

農曆六月癸未月（西曆 2025 年 07 月 07 日至 08 月 06 日）
　　辛苦的月份，各方面都比較辛苦，包括工作、賺錢、情感、關係的協調。

農曆七月甲申月（西曆 2025 年 08 月 07 日至 09 月 06 日）
　　本月可以大展手腳了，而且本月會變得心情溫和，以往脾氣火爆的朋友在這個月也會溫和很多。

農曆八月乙酉月（西曆 2025 年 09 月 07 日至 10 月 07 日）
　　有很大機會受到上司的提拔，事業也是得心應手，處理事情各方面都很到位。

農曆九月丙戌月（西曆 2025 年 10 月 08 日至 11 月 06 日）
只要按時做好，注重質量的，根本不需要上司去操心。

農曆十月丁亥月（西曆 2025 年 11 月 07 日至 12 月 06 日）
賺錢渠道相當廣，經營副業方面有高利潤。

農曆十一月戊子月（西曆 2025 年 12 月 07 日至 2026 年 01 月 04 日）
本月肝臟比較弱，容易生病，需好好養護。

農曆十二月己丑月（西曆 2026 年 01 月 05 日至 2026 年 02 月 03 日）
在飲食方面多注意衛生和營養搭配。

1989 年　己巳年　切忌驕傲保持謙厚
1989 年屬蛇之人 2025 年整體運勢

整體運勢很是不錯，各方面的收穫都很大。事業方面，在這年裡事業一帆風順，會一路上升。財運方面，特別是額外收入，其收入的數目會達到一個讓本人吃驚的數目。感情方面，有了事業，有了財富，感情方面肯定也是不會差的，會找到適合走一生的另一半。健康上，今年健康是格外需要注意的，不能有了事業卻把身體拖垮。

1989 年屬蛇之人 2025 年事業運勢

事業運勢相當不錯。這一年時他們很是幸運，會有一個可以施展自己才能的舞台，然後被人看中其才能，走到一個更大的可以施展才能的舞台，獲得別人讚賞的同時也鍛鍊自己的心智。雖然會一步一步走向更大的舞台，但是有一點很重要，那就是謙虛，一定要記得不能驕傲，驕傲的姿態會讓你們失去更多提升的機會。

1989 年屬蛇之人 2025 年財富運勢

財運也是不錯的。財富對很多人來說是生存的工具，但在很多成功的人眼裡財富並不重要，只是一個數字而已。隨著在這年

裡事業的成功，會開始改變自己的財富觀，財富的增多並不能使他們感到開心，不會像以前一樣對財富有很大的慾望，更多的人會去追求人生價值的實現。

1989 年屬蛇之人 2025 年感情運勢

感情運勢還可以。當一個人的事業和財富都達到一定高度時，自己的情感肯定是希望有所寄託的，希望找到喜歡的另一半，幸福地過完餘生。但屬蛇人還是需要關注一點，就是對方到底是看中自己的哪一點，是因為財富還是因為感情，千萬不要讓所謂的外貌影響了判斷力，然後被騙取錢財。

1989 年屬蛇之人 2025 年健康運勢

健康運勢還算可以。但是需要引起注意，很大一部人在年輕的時候都把重心放在事業上，但到了一定的年紀後卻發現自己的身體出現很大的問題，這種做法是很不理智的。要想以後不後悔，那麼年輕的時候就應該好好愛護身體，在這年身體會出現一些小問題，這是一個警鐘，提醒你們要好好關注自己的身體，需要及時的休息和適當的鍛鍊。

每月攻防：

（所有月份計算以二十四節氣轉換作為每月之開始，並非以初一為每月之第一天）

農曆一月戊寅月（西曆 2025 年 02 月 03 日至 03 月 04 日）
　　事業發長好，走向巔峰。

農曆二月己卯月（西曆 2025 年 03 月 05 日至 04 月 03 日）
　　任何時間都低調一些比較好，總愛炫耀會招來小人的。

農曆三月庚辰月（西曆 2025 年 04 月 04 日至 05 月 04 日）
　　本身就很愛錢，在求財方面很主動，也會很努力。

農曆四月辛巳月（西曆 2025 年 05 月 05 日至 06 月 04 日）

在職場中不會有馬虎了事，多難的事情都會認真做好，證明自己不比他人差。

農曆五月壬午月（西曆 2025 年 06 月 05 日至 07 月 06 日）

投資方面有眼光，相信自己的決定不會錯的，月底的時候已經有不少收益了。

農曆六月癸未月（西曆 2025 年 07 月 07 日至 08 月 06 日）

感情生活好，升溫很快。對於單身的屬蛇人來說，在這個月份桃花旺盛，脫單機會多。

農曆七月甲申月（西曆 2025 年 08 月 07 日至 09 月 06 日）

健康方面還可以，盡量做到健康飲食就沒問題了。

農曆八月乙酉月（西曆 2025 年 09 月 07 日至 10 月 07 日）

長期都要應酬的屬蛇人要盡量做到少喝酒，喝酒對肝臟方面的影響還是挺大的，也容易出現意外。

農曆九月丙戌月（西曆 2025 年 10 月 08 日至 11 月 06 日）

所付出的努力更多，克服各種難題，獲得顧客信任，得到上司認可。

農曆十月丁亥月（西曆 2025 年 11 月 07 日至 12 月 06 日）

兩人的溝通越來越少，就算分隔兩地也不應該有任何問題出現影響，懂得抵擋外界誘惑，給到愛人滿滿的安全感。

農曆十一月戊子月（西曆 2025 年 12 月 07 日至 2026 年 01 月 04 日）

心情大好，整個人都很放鬆，總想要吃大餐慶祝一下，這樣容易給腸胃方面帶來負擔的，最好避免出現暴飲暴食的情況。

喝酒之後絕對不能開車，避免意外事故發生。

2001 年　辛巳年　壓力過大影響身體
2001 年屬蛇之人 2025 年整體運勢

正處於年輕年華，各方面的運勢都是相當不錯的。努力的屬蛇人不管是在學業上和事業上，肯定都會得到自己心中滿意的答卷。除此，對感情充滿著嚮往的少年們，今年也會遇到自己對的那個人。不過很多屬蛇人都是大學生，除了學習壓力的巨大影響，各種不良因素的影響，也直接影響到他們的身體情況。

2001 屬蛇之人 2025 年事業運勢

在為還求學而努力的大學生。學習壓力何其大！今年他們都會不懼艱難險阻，勇往直前，繼續為獲得更加知識而努力奮鬥著。老師們也毫不清閒，將畢生的功力絲毫不留得傳授給他們。父母就不用說了，是他們強大的精神與物質後盾。而那些少數已入社會的少年們，也會努力的排除一切萬難，奪得屬於自己的一片天下。

2001 屬蛇之人 2025 年財富運勢

在財運上因很多因素的影響可能會有很大的波动。一方面，很多都是在校學生，生活來源大部分都來自父母，所以財運的好壞不能由自己做主。另一方面，大學生的思維會比以前更開拓，有更多奇思妙想的想法。這時，有的人會選擇去做兼職，有的人努力學習，獲得學校的獎學金；有的人甚至開啟創業之路。

2001 屬蛇之人 2025 年感情運勢

已經不再是那個天天為哪道考試題答不出而煩惱的少年，他們也有情感，只是這個時候強大的壓力不允許他們分心。而在這美好的二十四歲，他們走出了避港灣，走向了更大的世界，也會遇到來自五湖四海的人。興趣，愛的相互吸引，可能會碰撞出愛的火花。當然，遠離了家鄉可能不能再常常見到家人，滿滿的都

是思念，今年屬蛇人會更加珍惜與家人相處的時間，與家人的關係也會越來越好。

2001 屬蛇之人 2025 年健康運勢

健康方面要多下些功夫。雖然還很年輕但學業的壓力下，大多數人只顧著學習，對自身的健康卻是滿不在乎，不想鍛鍊，可是身體的健康才是本錢！要學習與鍛鍊身體兼照顧。然而還有很多屬蛇人是因為懶得動，天天躺着玩手機電腦，最後玩得一身病，比如近視、內分泌失調等。此外，大學裡還是有積極鍛鍊身體的人的，美好的身材，健康的體魄才是最重要的。

每月攻防：

(所有月份計算以二十四節氣轉換作為每月之開始，並非以初一為每月之第一天)

農曆一月戊寅月（西曆 2025 年 02 月 03 日至 03 月 04 日）
文昌星的到來，讓人善於學習，工作思維意識強。

農曆二月己卯月（西曆 2025 年 03 月 05 日至 04 月 03 日）
善於吸收借鑒周圍人的意見建議，對於一些新的工作內容，上手也很快。

農曆三月庚辰月（西曆 2025 年 04 月 04 日至 05 月 04 日）
對於健康飲食、健康起居的要求也不會降低，因此整體的健康指數是穩定的。

農曆四月辛巳月（西曆 2025 年 05 月 05 日至 06 月 04 日）
在感情上可以遇到和自己氣場相合，能夠遇到喜歡的人。

農曆五月壬午月（西曆 2025 年 06 月 05 日至 07 月 06 日）
受到小人的挑唆和陷害，自身聲譽受到影響，心情低落，導致和身邊親友關係也逐漸疏遠。

農曆六月癸未月（西曆 2025 年 07 月 07 日至 08 月 06 日）

　　在工作中會出現諸多亮點，受到上司的贊賞和青睞。

農曆七月甲申月（西曆 2025 年 08 月 07 日至 09 月 06 日）

　　在工作運勢上，終於可以舒口氣，工作壓力也減輕了不少，工作變得平靜穩定。

農曆八月乙酉月（西曆 2025 年 09 月 07 日至 10 月 07 日）

　　精神健康層面，壓力減少，人際關係舒緩，個人氣場回升。

農曆九月丙戌月（西曆 2025 年 10 月 08 日至 11 月 06 日）

　　各方面花銷少，幾乎很少有需要掏腰包的情況，掙到的錢完全可以儲存起來，財富安全感增加。

農曆十月丁亥月（西曆 2025 年 11 月 07 日至 12 月 06 日）

　　情感運勢表現較為旺盛，個人幸福指數高。

農曆十一月戊子月（西曆 2025 年 12 月 07 日至 2026 年 01 月 04 日）

　　在工作中和同事、上司的關係也會得到緩和，能夠重新獲得大家的認可，工作氣氛和諧融洽。

農曆十二月己丑月（西曆 2026 年 01 月 05 日至 2026 年 02 月 03 日）

　　在工作上霉運不斷，工作失誤比較多，受到小人的算計，遭遇同事的排擠，讓工作不便，難以表現出應有的工作能力。

2013 年　癸巳年　玩心過強影響學業
2013 年屬蛇之人 2025 年整體運勢

　　學業運勢有點低迷，雖然這個年份的屬蛇男聰明伶俐，但是玩心太重，平日裡聽話懂事，但是一涉及到學習問題，就會表現特別被動。自身沒有意識到學業的重要性，再加上父母平時工作忙碌的話，缺乏正確的引導和監管，成績方面可能會大幅下滑，表現不是特別好。

馬

屬馬的出生年份
1942 壬午年，1954 甲午年，1966 丙午年，
1978 戊午年，1990 庚午年，2002 壬午年

屬馬之人 2025 年整體運勢

屬馬人受到太歲的影響，各方面的運勢波動都比較大，甚至還會出現嚴重的下滑情況。事業運勢方面，屬馬人在工作上的表現並不出色，而且常常會在細節上犯下不少嚴重的錯誤，導致個人形象受到極大損害，不僅在上司、老闆心中的地位出現了倒退，甚至還會面臨被競爭對手取代的危機。今年屬馬人在工作中會面臨諸多考驗，建議小心謹慎行事。幸運的是，屬馬人財運狀況比較理想，相對去年來說，雖然正財方面沒有出現太大的變化，但偏財運相對較旺，時常能夠增加一些意外的收入，即使數額不多，但也是對正財運平平的一點彌補。

在 2025 年裡，屬馬人的感情運勢比較低迷，尤其是異地戀中的屬馬人，常常會與戀人發生矛盾。即將步入婚姻殿堂的屬馬人，今年很可能會因為一些突發狀況，或溝通不到位而與對方一拍兩散。健康運勢方面，可以說是好壞參半，平時屬馬人要加強身體方面的鍛鍊，不僅有利於緩解壓力，同時也能促進更好的工作。在衝太歲的年份裡，不管生活還是事業方面都會面臨較大的變化，因此屬馬人要有主動求變、敢於突破現狀的勇氣，才能在衝太歲之年化被動為主動，將負面的影響變為機會。

屬馬之人 2025 年整體事業運勢

今年生肖馬的事業運勢比較低迷，總是被工作上的一些瑣事給纏住，也常常容易在決策、執行的時候犯下錯誤。即使屬馬人在工作上表現得認真踏實、盡心盡力，也經常會遭到上司的批評和客戶的刁難。從事設計、美工、編輯等行業的屬馬人，常常會因為注意力不集中或者缺乏創新性等原因，工作成果常常不被上司認可，常常需要重復修改、編輯，嚴重打擊了屬馬人的自信心。不僅如此，長久以來努力塑造的認真、負責形象也會在老闆（上司）以及同事面前大打折扣，在團隊中的地位岌岌可危。

從整體上來說，自主創業的人今年沒有取得太大的事業成就，過慢的成長可能會屬馬人的心情過於急躁或者低落、失望。在這種情況下，建議屬馬人要學會通過娛樂、旅行、運動等途徑釋放壓力，也可以多聽取一下朋友以及家人的建議並且積極求變，勇敢創新去解決問題，扭轉不利的局面。對於剛入職的屬馬人來說，不宜過於著急表現自己，要學會虛心和低調，用時間以及能力去證明自己，太過張揚會引起他人的不滿，不利於未來的發展。

屬馬之人 2025 年整體財富運勢

屬馬人的財運比較樂觀，這主要歸功於屬馬人的偏財運。從整體上來說，屬馬人的正財運不佳，主要是因為受到事業運的負面影響，收入有所下跌。今年偏財運不錯，經常能夠在投資、親友饋贈、與人合作上獲取到不少回報，並因此增加了今年的整體收入。在這種偏財運比正財運旺盛的情況下，建議屬馬人多進行股票、項目、房產等方面的投資。當然，最好在專業人士的建議與指導下進行，忌追求高風險投資和聽取小道消息，以免讓自己血本無歸。同時，無論屬馬人偏財運有多旺盛，也不宜一下子投入太多，畢竟投資有風險，誰都沒有辦法取得百分之百的勝利，哪怕是投資也需要給自己留一點餘地。

日常開銷花費方面，需要有所克制，非日常所需物品能不買就盡量不要購買，同時也不宜將金錢大量花費在電子產品、香水、包包等奢侈物品上，要多存一些錢，為未來的美好規劃做好資金準備。另一方面，當與朋友之間的來往涉及大量金額時務必要慎重，比如說借錢、合作等，不宜因為別人的激將法或者是好面子等緣故，而讓多年的儲蓄打水漂。

屬馬之人 2025 年整體感情運勢

感情運勢並不理想，戀愛中的情侶常常會遭遇前所未有的危機和考驗，如若處理不當，將會面臨各奔東西的悲慘結局。今年屬馬人的工作、生活等方面會出現不少煩惱，務必要及時調整好自己的心態，不宜將負面情緒帶到感情中來，容易導致雙方的感情容易出現裂痕，對戀情發展起到阻礙作用。冷戰、爭吵等情況容易導致第三者乘虛而入，發生爭執時務必要好好解釋、溝通，避免讓誤會加深，進而造成無法挽留的局面。

對於部分決定在今年登記、結婚的屬馬人來説，不管遇到什麼問題都不宜任性、衝動處事，同時也需要學會給予對方足夠的空間和自由。已婚多年的屬馬朋友，今年的婚姻生活過得比較平淡，建議多製造一些驚喜給對方，有利於愛情保鮮。

屬馬之人 2025 年整體健康運勢

健康運勢不容樂觀，雖然不會經歷大的災難病痛，但事業、感情方面的困擾，給屬馬的人造成了很大程度上的心理壓力，如果長時間得不到宣洩，則會積壓成病，對屬馬人的生活、工作造成嚴重影響。建議今年屬馬人要主動與身邊的朋友交流、談心，有利於釋放自己的負面情緒。

除此之外，部分睡眠不足的屬馬人需要加強身體鍛鍊，只有擁有健康的體魄，才能以更好的狀態投入到工作中。不僅如此，屬馬人還要留意脾胃、肝臟方面的狀況，尤其是長期居住在南方地區或者是炎熱區域的朋友，不宜經常食用辛辣、油膩、生冷類的食物。

今年是衝太歲的年份，尤其容易受到意外傷害，開車的屬馬人一定要打醒精神，時刻提醒自己注意安全，不能隨意違反交通法則，否則會釀成意外災禍甚至有血光之災。

出生年運程

1942年　壬午年　適當調節負面情緒

1942年屬馬之人2025年整體運勢

對於屬馬人來說總體上還是不錯的。但是也有不好的一面，要主動調節將其帶來的負面影響降到最低。「六合」吉星高照，會讓很多事情變得順利，朝著好的方向發展。另外還有「天輔星」貴人的幫扶，遇到挫折會有人及時出手相助，問題最終都會圓滿解決。雖然2025年可能在某些時候會遇到一些棘手的問題，但是「乙奇」吉星將會常伴左右，會很好地化解矛盾。不過「白虎」凶星的出現則會帶來金錢上的損失，一定要注意保管個人財物。「天心星」則會對健康造成負面的影響，一定要注意保重身體。

1954年　甲午年　留意身體及早治療

1954年屬馬之人2025年整體運勢

各方面都不是很順心，麻煩事情會很多，需要謹慎小心。健康問題不能小看，一定要定期體檢防止重大疾病的出現。平時要保持健康規律的生活方式，以免出現較為嚴重的慢性疾病。其次在財運方面也不能掉以輕心，不要期望賺到太多的錢，能夠守住現有的錢財就已經非常不錯了，不能輕信來歷不明的投資理財項目，防止被騙。

1954年屬馬之人2025年事業運勢

在事業運勢上，對於大多數人來說已經不存在，畢竟已經到了享受退休生活的年齡。告別職場生活是每個人都要經歷的階段，不要有太大的心理落差，過好眼前的生活就足夠了。而對於仍然在職場拼殺的朋友來說一定要將健康放在第一位，不要為了工作犧牲個人身體。要注意勞逸結合千萬不要熬夜工作，身體感覺不適也要將手頭的工作放一放。

1954年屬馬之人2025年財富運勢

財運方面狀況並不是十分樂觀，很有可能陷入詐騙案件之

中。如果手裡有點閒錢想進行一些投資理財項目，那最好選擇穩健的基金，千萬不要將全部家當投入風險較大的股票之中，這樣很有可能傾家蕩產。在支出方面不要太過節省，畢竟到了這個年紀還是應該享受下生活的。但是不能過度揮霍，在合理的範疇之內提高生活品質，而不是大手大腳買一堆不實用的東西。

1954 年屬馬之人 2025 年感情運勢

在感情方面，夫妻之間還是挺融洽的。雖然偶爾也會吵架，畢竟每天生活在一起，摩擦肯定是會存在的，但是矛盾會很快解決不會造成太大的問題。除了夫妻之間，與子女關係也很不錯，會享受到家庭的溫馨。不過與鄰居的關係可能並不是非常好，平時要注意克制情緒別與他人發生衝突。

1954 年屬馬之人 2025 年健康運勢

在健康方面，身體狀況可能不是很好。不但會出現一些小的疾病甚至還有重大疾病出現的可能性，平時一定要定期檢查。這樣雖説不能避免疾病，但是最起碼可以盡早發現及時治療，治癒的可能性就會更大一些。平時不要吃太多的保健品，在經濟條件允許的情況下一定要適度。另外不管是在家裡走動，還是出門在外要防止磕磕絆絆，畢竟摔跤對於老年人來説還是很嚴重的。

每月攻防：

（所有月份計算以二十四節氣轉換作為每月之開始，並非以初一為每月之第一天）

農曆一月戊寅月（西曆 2025 年 02 月 03 日至 03 月 04 日）
　　與人交流的時候務必要謙虛、低調。

農曆二月己卯月（西曆 2025 年 03 月 05 日至 04 月 03 日）
　　小心辨別真心與假意，以免上當受騙。

農曆三月庚辰月（西曆 2025 年 04 月 04 日至 05 月 04 日）
　　在飲食上把好關，不宜過多食用冰凍食品、飲料。

農曆四月辛巳月（西曆 2025 年 05 月 05 日至 06 月 04 日）

生活中的小事發生爭吵、冷戰事件，換位思考，多給予對方理解和寬容。

農曆五月壬午月（西曆 2025 年 06 月 05 日至 07 月 06 日）

財富運勢比較旺盛。

農曆六月癸未月（西曆 2025 年 07 月 07 日至 08 月 06 日）

健康運勢狀況也在不斷惡化。

農曆七月甲申月（西曆 2025 年 08 月 07 日至 09 月 06 日）

自己長時間處於緊張、消極的狀態之中。

農曆八月乙酉月（西曆 2025 年 09 月 07 日至 10 月 07 日）

健康問題上，務必加以重視。

農曆九月丙戌月（西曆 2025 年 10 月 08 日至 11 月 06 日）

整體運勢狀況依舊比較糟糕，請耐心一點，一切都很快會過去。

農曆十月丁亥月（西曆 2025 年 11 月 07 日至 12 月 06 日）

受到鼻炎、咽喉炎等方面的困擾，務必要向醫生及時尋求治療。

農曆十一月戊子月（西曆 2025 年 12 月 07 日至 2026 年 01 月 04 日）

無論做什麼事情都會處處碰壁，一切都要忍耐。

農曆十二月己丑月（西曆 2026 年 01 月 05 日至 2026 年 02 月 03 日）

經常受到頭暈、頭痛、失眠、淺眠等方面的困擾。

1966年　丙午年　健康良好鍛鍊得宜

1966年屬馬之人2025年整體運勢

　　全年運勢會比較平淡普通，在各方面不會有太多的變化，還會出現比較多的波折，容易有好事一波三折的事情。工作內容會比較得心應手，因此做事會比較有效率，但也會逐漸感覺無趣，從而會尋求其他的發展機會，可以根據自身的職業規劃而行動。部分考慮辭職的屬馬人可以給自身一段休息的時間，可外出旅遊、接觸大自然，很容易通過朋友的介紹而獲得不錯的工作機會。創業人士能通過長輩或熟人而接到更多的項目，因此今年收益會比較可觀，但必須要學會管理員工，否則會容易被洩漏機密資料和信息給同行。感情比較平淡，容易因小事與家人、朋友爭吵。

1966年屬馬之人2025年事業運勢

　　事業運勢會迎來不錯的提升，工作內容會同以往一般，但也會遇到新的挑戰和機會，雖然也會出現困難和阻礙，但仍然能夠應對，可以期待新的機會的發展前景。在團隊中會有自己的想法，能明確指出其中的關鍵問題所在，也因此會獲得領導的贊賞，升職的機會也有所增大。但要避免參與職場關係中的八卦，不可與同事過多談論薪資的問題，要學會在別人試探時轉移話題，否則容易被他人造謠或傳播不利的流言。

1966年屬馬之人2025年財富運勢

　　財運運勢會顯得動蕩起伏，因為在工作上的表現並不佳，正財受到較大的影響，也沒有偏財，因此今年的財運狀況並不樂觀，如在娛樂或其他地方上進行過多不必要的消費，會導致財務狀態更加緊張，甚至會出現負債。今年要避免考慮房產和裝修的事情，投資上會有不錯的機會，但必須用閒錢投資，並且不可集中投資一個項目。創業人士會遇到財務信息被他人洩漏的問題，盡可能地選擇專業人士處理為宜。

1966 年屬馬之人 2025 年感情運勢

感情運勢會比較平淡，與親人朋友之間反而不夠熱絡，來往也會減少，屬馬人會比較喜歡獨處，不喜他人打擾，娛樂聚會也同樣銳減。但與家人之間也會因過於平淡，而出現矛盾或厭倦，尤其會對伴侶有倦怠的感覺，要避免因小事而出現爭執，也不可過於冷落伴侶，多關心對方並多做溝通，不可一味沈浸在自身的世界中。也容易忽略子女，可定期關心他們的生活，尤其是身體健康上，要多督促他們關照身體。

1966 年屬馬之人 2025 年健康運勢

健康運勢會略有起色，雖然工作繁忙，但在生活方面會比較克制和自律，因此會保持良好的生活習慣，在運動和飲食上的表現比較良好，身體狀況比較健康。可以帶動親人朋友一同進行運動，帶動別人的同時自身也會勤加鍛鍊，會更加健康，不容易有病痛侵擾。飲食上面要多注意並節制，因常年外出聚會和酒會較多，經常碰到油膩、燒烤和辛辣的食物，少量食用為宜，經常食用會容易引發牙齒上的問題，或有發炎、上火的症狀。

每月攻防：

(所有月份計算以二十四節氣轉換作為每月之開始，並非以初一為每月之第一天)

農曆一月戊寅月（西曆 2025 年 02 月 03 日至 03 月 04 日）

會產生熱烈的親情，最好與家人或愛人共同度過，對你的人生將會有重大啟示。

農曆二月己卯月（西曆 2025 年 03 月 05 日至 04 月 03 日）

經營事業有成，新創事業也頗得利，不妨利用這股好運，予以增資或擴大經營。

農曆三月庚辰月（西曆 2025 年 04 月 04 日至 05 月 04 日）

進行信息的蒐集、整理，學習與藝文有關的知識，訪師探友等活動，皆很適宜。

農曆四月辛巳月（西曆 2025 年 05 月 05 日至 06 月 04 日）

　　情緒不穩定，若培養自信心和瞭解他人的能力，可望在文藝等方面有好的發展。

農曆五月壬午月（西曆 2025 年 06 月 05 日至 07 月 06 日）

　　事業及財運皆佳，如設立分支機構，會有良好的發展，但貿易業者，回收較慢。

農曆六月癸未月（西曆 2025 年 07 月 07 日至 08 月 06 日）

　　別忽略你的潛能，如對藝術及戲劇有興趣，不妨拜師學習，將會使你名利雙收。

農曆七月甲申月（西曆 2025 年 08 月 07 日至 09 月 06 日）

　　記憶力佳的你，可將人生成長經驗及敏感的想像力撰述出書，將是感人的詩篇。

農曆八月乙酉月（西曆 2025 年 09 月 07 日至 10 月 07 日）

　　人際關係通暢，若主動聯絡國外親友，會有好的響應，並可望增強彼此間感情。

農曆九月丙戌月（西曆 2025 年 10 月 08 日至 11 月 06 日）

　　情緒突然衝動，應避免與父母、親友或同事爭論，情侶及夫妻間應多關懷寬容。

農曆十月丁亥月（西曆 2025 年 11 月 07 日至 12 月 06 日）

　　求知慾旺盛，宜加強語文能力，可報名語文班、延聘外語家教或出國研習語文。

農曆十一月戊子月（西曆 2025 年 12 月 07 日至 2026 年 01 月 04 日）

　　適宜種植觀賞性的花木，會長得艷麗、多彩；不宜搬家、旅行、動土、破土等。

農曆十二月己丑月（西曆 2026 年 01 月 05 日至 2026 年 02 月 03 日）
準備好自己，快要踏入花甲之年。

1978 年　戊午年　面對事業力有不逮
1978 年屬馬之人 2025 年整體運勢

　　事業上會遭遇中年危機，處於一種很尷尬的境地，到了一定的年齡可能並沒有太大的成就。甚至在公司裡工資都比不上年輕人，心情愈發焦躁，甚至還會導致身體健康出現問題。這一年主要還是要穩扎穩打，別抱太多不切實際的幻想，給自己制定明確的計劃一步一步努力就行了。

1978 年屬馬之人 2025 年事業運勢

　　事業上會感受到深深的危機。畢竟到了這個年紀仍然碌碌無為確實有些可怕。但如果一直都是普通職員，想在短時間內爬到領導階層也不怎麼現實。所以要制定詳細的計劃，目標要實際一點，比如說，先讓自己在一個月內提高個人業績。有了目標再去慢慢努力，情況就會一點點改善。

1978 年屬馬之人 2025 年財富運勢

　　財運方面非常一般，甚至還會出現錢不夠用的情況。如果缺錢花了最好可以尋求親朋好友的幫助，不要去網上找一些亂七八糟的借貸，謹防陷入詐騙之中。除了正常的工資收入之外，閒暇之餘也要盡量多找一些賺錢的方法，不管小錢大錢都要來者不拒。

1978 年屬馬之人 2025 年感情運勢

　　在感情方面不是很好。總是會因為一些瑣碎的事情和另一半或者孩子發生爭吵。而且雙方都不肯讓步，最後讓問題升級引發家庭更大的裂痕。一定要學會克制不好的情緒，即使心情不好也不能隨便對家人發火，更不能說太多傷人心的話。不管出現什麼矛盾，都要坐下來心平氣和討論。將問題擺到台面上，這樣解決起來就更加快速，切忌不要試圖掩蓋矛盾，這樣等到其徹底爆發的那一天，後果不堪設想。

1978 年屬馬之人 2025 年健康運勢

在健康方面身體上可能會出現一些小問題，不過不必太過擔心。但是精神狀態可能會特別嚴重。由於生活不如意可能心情不好，還容易出現焦躁的情況。工作上遇到的煩心事總是回家把氣撒到家人頭上，引發各種家庭矛盾。一定要放平心態，心情不好多和家人朋友溝通交流。

每月攻防：

(所有月份計算以二十四節氣轉換作為每月之開始，並非以初一為每月之第一天)

農曆一月戊寅月（西曆 2025 年 02 月 03 日至 03 月 04 日）

整體運勢並不能起到一個好頭，不管是事業運勢、財富運勢，還是感情運勢、健康運勢，都會呈現嚴重下滑的狀態。

農曆二月己卯月（西曆 2025 年 03 月 05 日至 04 月 03 日）

財運上，本月經常會丟錢包、手機，而在投資上也經常出現虧損、賠本現象，可以說是負收入。

農曆三月庚辰月（西曆 2025 年 04 月 04 日至 05 月 04 日）

本月會招來爛桃花，不管是戀愛中還是已婚的屬馬人，都極有可能面臨巨大的感情危機。

農曆四月辛巳月（西曆 2025 年 05 月 05 日至 06 月 04 日）

工作上，屬馬人經常會受到上司的批評、同事的奚落，嚴重打擊了屬馬人的自信心。

農曆五月壬午月（西曆 2025 年 06 月 05 日至 07 月 06 日）

工作運勢稍微有所回升，而健康運勢則依舊不理想。

農曆六月癸未月（西曆 2025 年 07 月 07 日至 08 月 06 日）

富運勢有所好轉，尤其是下半月，偏財運十分旺盛，熱衷於投資。

農曆七月甲申月（西曆 2025 年 08 月 07 日至 09 月 06 日）

　　在工作上，上司的刁難、小人的陷害都會有所減少，壓力也隨之得到了緩解，在完成任務時也相對輕鬆了些。

農曆八月乙酉月（西曆 2025 年 09 月 07 日至 10 月 07 日）

　　在感情方面，經常會與伴侶產生誤會，致使兩人之間的距離越來越遠，若無法妥善處理，則情侶或者夫妻關係則有可能會因此而分裂。

農曆九月丙戌月（西曆 2025 年 10 月 08 日至 11 月 06 日）

　　身體狀況並不樂觀，經常容易感冒、發燒、咳嗽，尤其是免疫力低下的屬馬人，經常會產生失眠多夢、頭暈頭痛、腹瀉嘔吐等現象，務必要保持膳食平衡，同時多鍛鍊身體，提高身體素質。

農曆十月丁亥月（西曆 2025 年 11 月 07 日至 12 月 06 日）

　　感情運勢依舊起伏不定。

農曆十一月戊子月（西曆 2025 年 12 月 07 日至 2026 年 01 月 04 日）

　　在工作上，屬馬人經常會因為心直口快而得罪不少同事、上司，尤其是從事銷售行業的人，本月會得罪不少客戶，建議在溝通交流的時候務必要控制好自己的脾氣和言行。

農曆十二月己丑月（西曆 2026 年 01 月 05 日至 2026 年 02 月 03 日）

　　感情方面，需要學會將一部分注意力擺放在另一半和兒女的身上，工作固然重要，但卻並不是生命的全部。

1990 年　庚午年　順心如意生活美好
1990 年屬馬之人 2025 年整體運勢

　　全年運勢會比較順心如意，在生活的多個方面的發展情況都比較樂觀，因此，在今年也會遇到較多的機遇，但要小心的是仍然會有挫折出現，避免過於得意忘形。

　　事業上會出現較多的機會，因為以往的表現不錯，所以機會會比較容易抓住，但仍然要多點耐心，避免過於急躁而導致原本談好的項目泡湯，在細節上多加留意，避免出錯。創業人士有機會通過長輩的提點而贏得不錯的合作機會，自身的事業也會運營的有聲有色。財運上會因工作的表現而明顯好轉，在年底時會發現自身的收益非常可觀。仍然要多關心家人的健康，同時不可忽略自己的身體。

1990 年屬馬之人 2025 年事業運勢

　　事業運勢會有明顯的上升，工作任務會增大，因此也會帶來一定的壓力，但仍然會覺得比較有動力工作。要在工作中及早確定好方向，避免盲目行事，盡早制訂比較實際的計劃後，踏實努力地去實施，就能收穫一定的成績。跟客戶溝通時容易出現誤會，保持冷靜地處理，不可跟同事抱怨客戶，容易因此類小細節而丟失客戶，也會讓上司懷疑自身的人品。自身的財務問題要避免讓同事知道，否則會引起小人惦記。

1990 年屬馬之人 2025 年財富運勢

　　財運運勢會有明顯的起色，在工作中的勤奮得到了可觀的報酬，甚至會獲得不少的獎金，因此，進帳有明顯的增加。以往的投資也會有所收益，可以考慮繼續用閒錢投資，但必須學會分散投資，否則也會因市場不可預期的震蕩而受到影響。因工作忙碌，外出消費的時間會有所減少，但在人際和娛樂上也會有一定的支出，仍然是很適合儲蓄的時機。避免給他人借款、融資，容易出現破財危機。

1990 年屬馬之人 2025 年感情運勢

　　感情運勢會比較良好，會通過工作、朋友從而認識到新的朋友，能夠發展出不錯的來往關係，在之後也有機會成為貴人。聚會和酒會增多，已婚的屬馬人可與伴侶一同參與，能讓彼此的心情都愉快。單身人士會通過朋友而認識到不錯的異性，但人品要多加考察，要避免過於注重外表而忽略了內心，否則容易出現不

愉快的事情。多與家人相處並關心家人，不可因小事而與家人爭吵，需學會體諒和包容。

1990 年屬馬之人 2025 年健康運勢

健康運勢會比較一般，事業上有較多的事情出現，所以身心容易感到疲憊不堪，但好在以往身體的狀況比較良好，基本不會受到較大的病痛侵擾。當身體疲憊時，要及時補充睡眠。壓力大時要避免暴飲暴食為妙，否則脂肪會增多，毫無節制的飲食習慣也會對健康不好。多關心家人的身體健康，尤其是伴侶，容易情緒不穩，可多溝通、瞭解對方的想法，或者幫對方分擔，也可一同外出旅遊，事業開闊後心情也會好轉。

每月攻防：

（所有月份計算以二十四節氣轉換作為每月之開始，並非以初一為每月之第一天）

農曆一夕戊寅夕（西曆 2025 年 02 夕 03 日至 03 夕 04 日）

約心儀的人晚餐、看電影或作其它約會，加上甜言密語，極容易打動對方心靈。

農曆二夕己卯夕（西曆 2025 年 03 夕 05 日至 04 夕 03 日）

愛情長跑最好有所突破，以免夜長夢多，建議你不妨主動提出共組家庭的希望。

農曆三夕庚辰夕（西曆 2025 年 04 夕 04 日至 05 夕 04 日）

工作上，同事的奚落，嚴重打擊了屬馬人的自信心。

農曆四夕辛巳夕（西曆 2025 年 05 夕 05 日至 06 夕 04 日）

努力拓寬來錢渠道，除了努力工作之外，私底下也要經營一些副業，不要天天好吃懶做。

農曆五夕壬午夕（西曆 2025 年 06 夕 05 日至 07 夕 06 日）

婚姻生活比較糟糕，夫妻倆壓根沒什麼交流。

47

農曆六月癸未月（西曆 2025 年 07 月 07 日至 08 月 06 日）

　　每天大部分時間都待在公司上班，回家之後也懶得做飯，會選擇外賣，然後各玩各的手機。

農曆七月甲申月（西曆 2025 年 08 月 07 日至 09 月 06 日）

　　本月中生活比較困頓，手裡沒有多少錢，甚至還要找人借錢。注意不要尋求借貸軟件，可以向親戚朋友求助。

農曆八月乙酉月（西曆 2025 年 09 月 07 日至 10 月 07 日）

　　本月中脾氣特別暴躁，不管做什麼事情都沒法靜下心來。

農曆九月丙戌月（西曆 2025 年 10 月 08 日至 11 月 06 日）

　　本月中很有可能遇到詐騙危機，千萬不要輕信來路不明的理財產品，也不要隨意點開網絡上的鏈接。

農曆十月丁亥月（西曆 2025 年 11 月 07 日至 12 月 06 日）

　　合理規劃好工作和休息的時間，不要太過拼命。

農曆十一月戊子月（西曆 2025 年 12 月 07 日至 2026 年 01 月 04 日）

　　妥善保管好個人的錢財，不說賺到大錢了，最起碼不能將辛辛苦苦賺到手的錢，白白送給了別人。

農曆十二月己丑月（西曆 2026 年 01 月 05 日至 2026 年 02 月 03 日）

　　家庭氛圍相當緊張，孩子在這樣的環境之下，身心也無法得到健康發展，一定要引起重視。

2002 年　壬午年　充份休息減低壓力
2002 年屬馬之人 2025 年整體運勢

　　2025 年將正式進入這年頭，很多方面都不能太過大意了。學業運勢可能有些糟糕，想要取得理想的成績必須要付出艱辛的努力。不過由於受到「文昌」吉星的幫助，在一定程度上也會輕鬆不少。財運上這一年可能會受到外界很多誘惑，控制不住想買東西，建議要學會克制，畢竟本身還沒有穩定的收入來源。

2002 年屬馬之人 2025 年學業運勢

在學業上會處於一個瓶頸期。平時成績比較好的學生，想要再上一個階層非常困難。即便是花了很多精力和時間，但是仍然止步不前，建議要把心態放好，適度給自己放個小假，別把學習的這根弦繃得太緊了。對於成績差的學生，可能情況就更糟糕了，不僅要面對來自家長和老師的壓力，自身狀態也不行。學習沒有捷徑，後進生還是要花更多的心血在學習上。

2002 年屬馬之人 2025 年財富運勢

在財運方面，除了少數從事特殊職業的朋友，比如說，明星和作家等等，可能大多數人在這個年齡並沒有固定的收入來源。但是外界的誘惑又太多了，美食、衣服以及遊戲等等，都會讓其控制不住消費的慾望。這點其實能夠理解，但是要知道現階段的主要任務是學業，其他事情就暫且擱置一邊，更不能花費大量金錢在上面。

2002 年屬馬之人 2025 年感情運勢

感情方面較為平淡。雖說可能內心會萌發暗戀的情愫，不過由於諸多現實原因可能並不會開花結果。所以這一年可以將談戀愛的心思收一收，把主要精力放在學習上，多多儲備知識，為自己將來走上社會做好準備，這樣才能收穫更加美好的人生。

2002 年屬馬之人 2025 年健康運勢

健康方面運勢還算可以。畢竟正處於人生中的大好年華，不太容易被疾病侵襲，不過不能太過恣意放肆，平時不要吃太多垃圾食品。晚上也別一直熬夜玩手機，不僅對眼睛不好，對身體負面影響也很大。晚上沒事的時候可以在操場跑跑步，放鬆心情的同時又能強身健體，很不錯。

每月攻防：

(所有月份計算以二十四節氣轉換作為每月之開始，並非以初一為每月之第一天)

農曆一月戊寅月（西曆 2025 年 02 月 03 日至 03 月 04 日）

　　生活看起來依舊春風得意，工作順順利利，人際關係也很不錯，不管走到哪裡都很受到歡迎，且經常被邀請參加各種飯局。

農曆二月己卯月（西曆 2025 年 03 月 05 日至 04 月 03 日）

　　本月中可能會被傳染上流感，或是其他一些具有傳染性的疾病。

農曆三月庚辰月（西曆 2025 年 04 月 04 日至 05 月 04 日）

　　用積極的心態投入到工作當中，但因為性格太過於灑脫的緣故導致錯失機會。

農曆四月辛巳月（西曆 2025 年 05 月 05 日至 06 月 04 日）

　　上班族根本就不想過循規蹈矩的生活，很多人看到別人賺錢都萌生了創業的想法。

農曆五月壬午月（西曆 2025 年 06 月 05 日至 07 月 06 日）

　　遇到任何困難都有朋友支援，對方不僅會用實際行動支持，還會力所能及在資金上給予幫助。

農曆六月癸未月（西曆 2025 年 07 月 07 日至 08 月 06 日）

　　由於異性緣比較好的緣故，就算有伴侶的朋友身邊也依舊有人示好。

農曆七月甲申月（西曆 2025 年 08 月 07 日至 09 月 06 日）

　　多注意身體健康，此時天氣炎熱，不管是外出工作還是遊玩都要做好防曬的工作，避免出現中暑的情況。

農曆八月乙酉月（西曆 2025 年 09 月 07 日至 10 月 07 日）

　　遲到早退甚至曠工也會成為本月常態，請務必要約束好自己，切勿給人留下話柄。

農曆九月丙戌月（西曆 2025 年 10 月 08 日至 11 月 06 日）

　　飲食方面要保持清淡，切勿為了獵奇而吃小眾的野味，容易引起腸道的問題。自己駕車的朋友更要小心路面安全，切勿疲勞酒駕。

農曆十月丁亥月（西曆 2025 年 11 月 07 日至 12 月 06 日）

　　工作運勢非常不錯，由於經營能力比較強，為人也很親切，總是能夠留住客戶。

農曆十一月戊子月（西曆 2025 年 12 月 07 日至 2026 年 01 月 04 日）

　　收斂玩心，不要再觀望糾結，認定目標努力，好消息很快就會傳來。

農曆十二月己丑月（西曆 2026 年 01 月 05 日至 2026 年 02 月 03 日）

　　單身的朋友有望遇到正緣，結束放蕩不羈的單身生活。

2014 年　甲午年　聰慧懂事學業上揚
2014 年屬馬之人 2025 年整體運勢

　　出生於 2014 年的屬馬男只有十一歲，這個年紀的孩子調皮可愛，同時又非常的聰明，雖然有時候會因為不聽話而惹得家人父母生氣，但是在大多情況下都是非常懂事的，是家裡的開心果，能夠給家人帶來開心和快樂。14 年屬馬男在 2025 年期間整體運勢走向表現的比較明朗，本年學習方面會得到老師和父母的全力支持，在同學的幫助下也能找到什麼方法。再加上本身就很聰明，將會有很大的進步。不過需要注意的是，健康方面要養成良好的飲食和作息習慣，因為這個年紀正處於長身體的階段，保證充足的營養和睡眠，才能擁有更好的身體。

屬羊的出生年份

1943 癸未年，1955 乙未年，1967 丁未年，
1979 己未年，1991 辛未年，2003 癸未年

屬羊之入 2025 年整體運勢

屬羊的人，2025 年運程吉凶參半，事業與健康未如理想，不過財運與感情卻相當值得期待。事業發展方面，因有歲殺這顆凶星照命，因此將會出現不少阻滯，若不加倍努力，很可能一蹶不振！今年最有必要注意的是，一定不要與上司或有權勢的人士發生衝撞，要不然便會嚴重危及前程。另外，並需主動與客戶保持聯絡，以防被人乘虛而人。財運方面，屬羊的人 2025 年正財收入穩定，投資將可獲利，而且橫財亦頗不俗，偶有意外收入，不過一定不要過貪免得最終得不償失。2025 年因有天芮照命，感情有所突破，正是締結良緣的大好時機。

屬羊之入 2025 年整體財富運勢

屬羊的人 2025 年財運頗佳，正財收入豐足無虞，不過橫財相當反覆，因此一定不要富向險中求，強求則必定有損！今年可購買物業，不過並不適宜投資自主經營。今年財運較佳的月份是陽曆的 1 月、6 月、9 月及 11 月，應好好把握時機努力求財。不過陽曆 4 月、7 月、12 月及 2026 年 1 月則財運反覆，一定小心理財，年尾 12 月一定慎防墮入商業陷阱或金錢圈套。

屬羊之入 2025 年整體事業運勢

屬羊的人 2025 年工作方面不少阻滯，往往一波三折，未能一氣呵成，不過一定不要中途放棄，免得功虧一簣。2025 年一定忍辱負重，盡量避免與客戶或上司衝撞，免得自毀前程。2025 年事業發展不少阻滯的月份，是陽曆 3 月、4 月、8 月、10 月及 2026 年 1 月，除了加倍努力之外，並要懂得明哲保身。陽曆的 2 月、6 月、9 月及 11 月事業發展將會有些順暢。

屬羊之入 2025 年整體感情運勢

屬羊的人 2025 年天篷旺相，因此特易與異性投緣，感情有所突破，很可能結出情花愛果！不過一定不要太縱情聲色，免得酒色傷身。2025 年感情進展甚佳的月份，是陽曆 1 月、6 月、9 月及 12 月，在這幾個月內應好好把握時機培養感情。

張然熏

2025乙巳

蛇

年流年運程

羊

屬羊之人 2025 年整體健康運勢

屬羊的人 2025 年因有病符凶星照命，顯示健康易出毛病，一定小心保養，稍有不慎，便很可能疾病纏身。請謹記病從淺中醫，一定不要諱疾忌醫。今年健康最易出問題的月份，是陽曆 7 月、8 月及 12 月，4 月及 6 月則要慎防水險。

出生年運程

1943 年　癸未年　順心順意切忌衝動
1943 年屬羊之人 2025 年整體運勢

整體運勢不斷上漲，遇事容易解決，生活中比較順心遂意不會遇到太多的阻礙。今年健康運勢還好，畢竟是有太歲的影響，所以也要在各方面多留點神。「白虎」、「天芮星」都是凶星，極有可能會讓你發生意外狀況甚至是出現受傷流血的情況。這方面主要在於自身，平時要具有安全意識學會保護自己，平時生活中最好不要過於衝動。除了身體精神上也需要注意，「天篷星」會讓人情緒不穩定，遇到一點小事就多愁善感甚至失去生活的動力。遇到不如意的事情不妨看開一些，不要總是一個人悶著，多去結交新的朋友感受新的事物，這樣就會覺得生活充滿樂趣。

1955 年　乙未年　提防重疾注意健康
1955 年屬羊之人 2025 年整體運勢

在今年家庭關係比較緊張，容易因為一點小事而大發雷霆，發起火來很難控制住情緒造成難以收拾的後果，對於兒女也有些刻薄，經常會得理不饒人，性情古怪，會有眾叛親離的危險，建議命主多外出郊遊散心，調整情緒，特殊情況特殊對待，不要盲目發火傷人傷己，在這年對於老人會有不動產易名的跡象，若兒女眾多則一定妥善處理。以往有高血壓、糖尿病等症狀的屬羊人要在蛇年多加小心，會有復發並且加重的危險。

1955年屬羊之人2025年事業運勢

事業發展是比較艱難的。受到太歲的影響，在工作中很容易因為決策失誤造成嚴重的後果。尤其對於自己創業的人，由於性格固執，不聽家人勸阻，一時衝動做出錯誤的判斷，導致事業受到很嚴重的影響，甚至以後再也無法翻身，從此家族事業毀於一旦。在這一年要多聽取他人的意見，凡事要多與家人商量，遇到事情不要急躁，更不能盲目跟風，要有自己的判斷力，這樣才能避免嚴重的後果。

1955年屬羊之人2025年財富運勢

財富運勢也不是很好，會有很大的虧損。這一年與家人的財運都很差勁，首先事業發展受阻，正財方面的收穫減少，並且他們還投入了不少錢，都無法收回本金，造成資金鏈斷裂，陷入經濟緊張的局面中。除了收入減少之外，她們在生活中的開支也比較大，家人的身體情況不佳，看病就醫需要花費不少錢。要注重理財，同時也要照顧好家人的身體，畢竟家人身體情況好的話，可以減少很多開支，不至於經濟壓力過大。

1955年屬羊之人2025年感情運勢

感情發展也不是很穩定。他們在這一年情緒起伏較大，對人很挑剔，尤其對於另一半，無論對方怎麼做，都無法得到他們的認同，總是沒事找事，夫妻間很容易因為小事爭執。個性強烈，不喜歡服軟，即使是自己的錯也不願低頭，這樣的性格會讓家人之間的關係更加緊張，如果再不做出改變，婚姻很容易出現問題，與子女的關係也會越來越差。要努力控制好自己的情緒，對家人多一些包容，多一些理解，只有這樣婚姻感情才能向好的方向發展。

1955年屬羊之人2025年健康運勢

要多注意身體的變化，在這一年很容易遭遇到疾病的侵襲，並且都是比較嚴重的疾病，稍不注意，可能會有喪命的風險。最主要的是要調節好心情，情緒不宜起伏太大，如果遇到煩心的事

情，多與家人朋友溝通，不要一個人藏在心裡。平時生活中也要養成一個良好的生活習慣，多吃一些溫和滋補的食物，注意營養的攝入，這樣才能保持好的身體，有利於健康運勢的提升。

每月攻防：

(所有月份計算以二十四節氣轉換作為每月之開始，並非以初一為每月之第一天)

農曆一夕戊寅夕（西曆 2025 年 02 夕 03 日至 03 夕 04 日）
　　這個月運勢先衰後盛，上半月諸多停滯，但下半月便會出現轉機。

農曆二夕己卯夕（西曆 2025 年 03 夕 05 日至 04 夕 03 日）
　　事情渴望每每添枝加葉，必須時間保持鑒戒。

農曆三夕庚辰夕（西曆 2025 年 04 夕 04 日至 05 夕 04 日）
　　在事情及財運方面切勿妄起貪念，以免因貪而得不償失！

農曆四夕辛巳夕（西曆 2025 年 05 夕 05 日至 06 夕 04 日）
　　身體狀態衰弱，必須警惕保養，慎防病魔攻其不備。

農曆五夕壬午夕（西曆 2025 年 06 夕 05 日至 07 夕 06 日）
　　這個月因有福星高照，故可化險為夷，是本年稀有的運。

農曆六夕癸未夕（西曆 2025 年 07 夕 07 日至 08 夕 06 日）
　　財運太有轉機，財運亨通，運勢順暢，力圖上游。

農曆七夕甲申夕（西曆 2025 年 08 夕 07 日至 09 夕 06 日）
　　必須保持鑒戒警備，以免摔得屁滾尿流！

農曆八夕乙酉夕（西曆 2025 年 09 夕 07 日至 10 夕 07 日）
　　雖然事情停滯，但會有貴人指引提攜，得心應手。

農曆九月丙戌月（西曆 2025 年 10 月 08 日至 11 月 06 日）
注意交通安全，切勿貪快。

農曆十月丁亥月（西曆 2025 年 11 月 07 日至 12 月 06 日）
健康狀況欠佳，慎防過勞，小心照顧。

農曆十一月戊子月（西曆 2025 年 12 月 07 日至 2026 年 01 月 04 日）
財運依然低沉不振，切勿作出巨大投資或賭博，否則便會痛恨莫及！

農曆十二月己醜月（西曆 2026 年 01 月 05 日至 2026 年 02 月 03 日）
出門必須密切注意人身安全，切勿涉險。

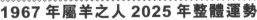

1967 年　丁未年　感情波動易生矛盾
1967 年屬羊之人 2025 年整體運勢

在今年工作中的機會較多，會有較大可能要外派公幹，事業上會有男性貴人提拔，身份地位有明顯的上升跡象，而且就算是平職調動也會在權力上增強，是個難以多得的好年份。自己已經經營產業的朋友由於受到貴人和朋友的關照，可謂火借風勢如龍得雨，稍加努力即可獲得豐厚的回報。不過感情方面容易出現問題，家庭矛盾凸顯，跟愛人缺乏有效的溝通而發生吵架、冷戰，嚴重的影響了平日的心情。建議命主不要因為工作冷落家人，盡量多攜妻帶子外出郊遊，家人大於天。

1967 年屬羊之人 2025 年事業運勢

工作當中會出現很多意外情況，阻礙重重，難有好的發展。在這段時間家庭瑣事比較多，可能需要經常請假處理家庭的事情，工作任務無法在規定時間內完成，在一定程度上會影響到公司的收益，也會引起領導和其他同事的不滿。對於經商創業的人來説，在事業上遇到的阻力更大，身邊會有不少同行競爭者，不乏一些惡意競爭，導致事業受到重創，甚至公司會有倒閉風險。在 2025 年要做好兩手準備，避免無路可走。

1967 年屬羊之人 2025 年財富運勢

　　財富運勢也不是很好。受到太歲的影響，破財是比較嚴重的，經常會在無意中損耗財富，比如走在路上掉錢，手機遺失，家中遭遇盜賊光顧等等，總之會損失不少錢。除了錢財損耗之外，屬羊女的收入也大幅度降低，因為工作不穩定，獎金與薪水會有很大的降幅，在這一年經濟壓力比較大，生活質量也會大幅度降低。在 2025 年沒有偏財運，所以不要把精力放在投資上，最好的辦法就是制定一個合理的消費計劃，不亂花錢才能讓生活狀態變得平穩。

1967 年屬羊之人 2025 年感情運勢

　　感情波動也是比較大的，不僅與丈夫的關係淡薄，與子女家人的關係也變得很緊張。在平時生活中很墨跡，一件事情總是反復的說，再加上更年期情緒不穩定，總是看丈夫不順眼，每次吵架的時候都會說一些難聽刺耳的話語，導致夫妻之間的感情變得特別差。總是想要插手子女的生活，只要是自己看不過的地方就不停說，這樣只會讓子女對她們產生厭惡感。所以如果想要有一個溫馨和睦的家庭，就要從自身做出改變。

1967 年屬羊之人 2025 年健康運勢

　　健康情況也有所起伏，尤其在季節交替的時候，身體抵抗力下降，很容易感冒發燒。隨著年紀的上漲，屬羊女會明顯發現身體情況大不如從前，各種小毛病都會出現，比如失眠、健忘、腰腿疼之類的，雖然這些小毛病不會影響到生命，但是卻會給生活和工作帶來不少的影響。在 2025 年要多加強鍛鍊，平時可以多做一些戶外運動，在天氣適宜的情況下，可以與家人多出去走走，這樣能讓身體更好。

每月攻防：

（所有月份計算以二十四節氣轉換作為每月之開始，並非以初一為每月之第一天）

農曆一夕虎寅夕（西曆 2025 年 02 夕 03 日至 03 夕 04 日）

　　財星高照，這是本年財運良好的月份之一，應想法開源節流以改善財政狀態。

農曆二夕己卯夕（西曆 2025 年 03 夕 05 日至 04 夕 03 日）

　　運勢反覆，旺運難以長期。

農曆三夕庚辰夕（西曆 2025 年 04 夕 04 日至 05 夕 04 日）

　　身邊小人環伺，虎視眈眈，工作小心。

農曆四夕辛巳夕（西曆 2025 年 05 夕 05 日至 06 夕 04 日）

　　這個月財運急劇逆轉，正財橫財俱不宜嚮往，而且必須慎防墮入騙局，損失慘重。

農曆五夕壬午夕（西曆 2025 年 06 夕 05 日至 07 夕 06 日）

　　健康大有轉機，而情感亦將出現轉機，大有渴望。

農曆六夕癸未夕（西曆 2025 年 07 夕 07 日至 08 夕 06 日）

　　事業方面勞碌奔忙，壓力甚大，而且會有獨木難支之勢，幸而月尾略有改善。

農曆七夕甲申夕（西曆 2025 年 08 夕 07 日至 09 夕 06 日）

　　在面對決議時必須知所進退，切勿太夷猶，以免進退失據而昏暗收場！

農曆八夕乙酉夕（西曆 2025 年 09 夕 07 日至 10 夕 07 日）

　　這個月的運勢是先盛後衰，反覆向下，財運似是而非，趁早積穀防饑。

農曆九月丙戌月（西曆 2025 年 10 月 08 日至 11 月 06 日）

　　健康平平，慎防血壓和脾胃出現問題。

農曆十月丁亥月（西曆 2025 年 11 月 07 日至 12 月 06 日）

　　是在逆境中必須明白纖塵不染，在形勢未清朗之前，切勿任意亮相，以免肇事上身爾痛恨莫及！

農曆十一月戊子月（西曆 2025 年 12 月 07 日至 2026 年 01 月 04 日）

　　這個月因財星粉碎，將會有不少不測開銷，理財稍一不慎便出現入不敷支。

農曆十二月己醜月（西曆 2026 年 01 月 05 日至 2026 年 02 月 03 日）

　　這個月因有吉星拱照，故此運勢暢旺，有如日正中天，倒霉將一掃而空！

1979 年　己未年　戶外活動風險增高

1979 年屬羊之人 2025 年整體運勢

　　在今年工作中會因為溝通不暢，信息來源不足而引起錯誤的判斷，自己經營產業的朋友損失更為嚴重，會錯過多次發財致富的好機會，工作中壓力較大，雖然跟上司接觸的時間不少，不過沒有實質性進展，並不能留給上司特別突出的印象，所以這方面有必要命主強化。感情上會出現變動，即使以往感情和睦的家庭也會在蛇年出現或多或少的糾葛，特別是跟長輩會產生格格不入的情緒，甚為嚴重。身體方面建議多鍛鍊，少房事，在蛇年容易腎虧氣虛，需多服用增強體質的食物。

1979 年屬羊之人 2025 年事業運勢

　　事業發展是非常不穩定的。由於太歲的緣故，在工作中很容易出現錯誤，並且都是一些嚴重的失誤，不僅給自己的工作帶來影響，還會給其他同事帶來不小的麻煩。這種情況下很容易引起他人的不滿，如果不控制好情緒，可能會與同事發生肢體衝突。在這段時間要表現得謙虛低調一些，對待工作一定要認真，如果

出現失誤，適當的給其他同事道歉，或者私下請客吃飯之類的進行彌補，不要將矛盾擴大，不然後果會很嚴重。

1979年屬羊之人2025年財富運勢

財富運勢可以説是非常差的。首先他們在工作方面由於失誤，收入會降低很多，還要承擔一定的賠償責任，在很長一段時間內，工資都無法滿足日常開支。再加上生活中需要花錢的地方比較多，經濟情況非常緊張。除此之外，所投入的一些股票和基金大跌，損失不少錢財。在這段時間如果想要提升財運，最好的辦法就是努力工作，不要將精力放在那些無用的事情上，不僅浪費時間，還會影響工作。

1979年屬羊之人2025年感情運勢

感情之路也比較坎坷。單身的在生活中會遇到一些追求者，但是對方並不是良配，不要被對方的花言巧語所迷惑，更不要為了物質條件而決定在一起。在這個年紀，雖然物質重要，但是人品更重要，一定要擦亮雙眼。已婚的人與愛人之間在教育孩子的立場上，會出現比較大的分歧，雙方都覺得自己的教育方法是正確的，各執己見，不願做出讓步。如果一直處於這樣的狀態，婚姻關係很容易決裂。與其爭執不休，不妨兩個人坐下來好好商量，不要把小矛盾鬧成無法挽回的局面。

1979年屬羊之人2025年健康運勢

健康情況相對來説還算穩定，身體方面一般不會出現太大的問題，但是如果不注意的話，可能會遭遇一些意外情況。平時喜歡外出遊玩，都是一些比較驚險刺激的項目，比如蹦極游泳之類的。在這2025年一定要多加注意，因為太歲讓他們遭遇意外的風險增高，很有可能會出現嚴重的事故，所以在這一年盡量不要去參與具有危險性的活動。

每月攻防：

（所有月份計算以二十四節氣轉換作為每月之開始，並非以初一為每月之第一天）

農曆一夕戊寅夕（西曆 2025 年 02 夕 03 日至 03 夕 04 日）

　　在財運這方面收入還是挺可觀的，而且主要是來自正財。

農曆二夕己卯夕（西曆 2025 年 03 夕 05 日至 04 夕 03 日）

　　必需帶眼識人，認清身邊披著羊皮的虎狼，財運浮沉反覆，切勿受人唆擺而胡亂投資，免血本無歸。

農曆三夕庚辰夕（西曆 2025 年 04 夕 04 日至 05 夕 04 日）

　　情感若鞭若毒，患得患失，得放手時需放手。

農曆四夕辛巳夕（西曆 2025 年 05 夕 05 日至 06 夕 04 日）

　　駕駛時要留意交通安全，不可輕視交通法規而隨意違反，而且避免疲勞駕駛，否則會帶來意外災禍。

農曆五夕壬午夕（西曆 2025 年 06 夕 05 日至 07 夕 06 日）

　　這個月情懷落寞，將會形單影隻。

農曆六夕癸未夕（西曆 2025 年 07 夕 07 日至 08 夕 06 日）

　　工作將處於非常好的上升期，使得屬羊人平步青雲，工資和職位都會一直往上走，收入將會特別穩定。

農曆七夕甲申夕（西曆 2025 年 08 夕 07 日至 09 夕 06 日）

　　可以想一些賺錢的門路，並且將想法付諸行動，將會獲得更多的收益。

農曆八夕乙酉夕（西曆 2025 年 09 夕 07 日至 10 夕 07 日）

　　不要到處惹麻煩。

農曆九夕丙戌夕（西曆 2025 年 10 夕 08 日至 11 夕 06 日）
　　不管是花錢看病還是花錢解決事情，都會花費一筆不少的金錢。

農曆十夕丁亥夕（西曆 2025 年 11 夕 07 日至 12 夕 06 日）
　　工作方面運程及運勢升高，表現不錯會獲得誇獎。

農曆十一夕戊子夕（西曆 2025 年 12 夕 07 日至 2026 年 01 夕 04 日）
　　會陷入糾紛之中甚至招惹是非官司，破財的風險比較大。

農曆十二夕己醜夕（西曆 2026 年 01 夕 05 日至 2026 年 02 夕 03 日）
　　感情方面運程及運勢降低，跟另一方由於房屋的事吵了起來。

1991 年　辛未年　少管閒事避免爭拗

1991 年屬羊之人 2025 年整體運勢

　　在今年貴人運頗佳，還在努力向上的屬羊人要把握這個好年份，爭取更多的機會在上司和上司部門面前展示自身的能力，會得到較多的機會外出公幹，這種公幹可以當作是上司對於選拔人才的考驗，各種艱難險阻只要能夠解決必然有福報在等著你。財運相對不錯，除了工作以外還會有些許額外收入，打工族的朋友希望要謹慎處理免得事情敗露引起上司不必要的懷疑和誤會。感情生活豐富，命主不論男女很大可能會發生兩段以上的感情，需注意取捨。

1991 年屬羊之人 2025 年事業運勢

　　工作中會出現一些常規性的錯誤，其實這些錯誤完全可以避免，大多是因為不認真引起的，雖然沒有造成嚴重的後果，但是卻會因此失去升職加薪的機會。在這一年可能會因為一時好奇心強，在背後討論同事是非，傳到對方的耳朵中之後引起一些誤會，導致同事關係破裂，引起不少的矛盾，這會給以後的發展帶來不少的阻礙。在 2025 年要認真對待工作中的問題，容不得一點馬虎，也要做好自己的事情，少管他人閒事，盡量避免與同事發生矛盾。

1991 年屬羊之人 2025 年財富運勢

財富狀態也不是很穩定，因為工作失誤可能要承擔不少的賠償，收入也會受到一定的影響，年底的獎金分紅都會大幅度減少，正財方面的收穫很不理想。除此之外，在生活中的開支卻不斷上漲，家中老人身體出現問題，看病吃藥需要花費不少錢，孩子報興趣班之類的也是一筆不小的開支。有些可能會為了補貼家用去找一些兼職副業之類的，在這個過程中也很不順，不僅沒有找到合適的賺錢渠道，還有可能會被人欺騙，損失不少錢。所以在這方面也要多注意，凡事多長一個心眼，不要輕信陌生人。

1991 年屬羊之人 2025 年感情運勢

感情方面的發展起伏也比較大。單身的人由於性格內向，不善於表達，雖然會遇到喜歡的人，但是卻因為表現不積極而錯過，眼睜睜的看著對方與其他人走到一起，情緒低落，陷入自怨自艾的悲傷當中。而已婚的人這一年與伴侶之間的關係明顯變得冷淡很多，兩人在家裡很少交流，各忙各的，缺少溝通和話題，如果一直處於這樣的狀態中，很有可能會被第三者插足。在 2025 年對待感情的問題上要多付出一些精力，多關心伴侶，如果遇到喜歡的人就主動表白，不要讓遺憾發生。

1991 年屬羊之人 2025 年健康運勢

健康情況也不是很樂觀。由於太歲的緣故，在這一年意外頻發，很容易受到意外的傷害，比如發生交通事故，不小心被人撞到，吃飯被卡之類的，這些意外發生在他們身上的概率是非常高的。面對這種情況，要保持良好的心態，平時生活中多加注意，提高警惕，但是也不要有太沉重的心理壓力，只要在外保護好自己就行，沒有必要給自己施加太大壓力，不然心理容易有問題。

每月攻防：

（所有月份計算以二十四節氣轉換作為每月之開始，並非以初一為每月之第一天）

農曆一夕戊寅夕（西曆 2025 年 02 夕 03 日至 03 夕 04 日）

　　建議要學會勞逸結合，不要讓工作損耗太多精力，渾渾噩噩的工作狀態是沒法取得矚目成績的。

農曆二夕己卯夕（西曆 2025 年 03 夕 05 日至 04 夕 03 日）

　　健康方面運程及運勢降低，忌暴食暴飲。

農曆三夕庚辰夕（西曆 2025 年 04 夕 04 日至 05 夕 04 日）

　　情感方面將會有諸多閒言閒語，造成很多不須要的誤會。

農曆四夕辛巳夕（西曆 2025 年 05 夕 05 日至 06 夕 04 日）

　　工作方面運程及運勢升高，地位提高，晉升加薪。

農曆五夕壬午夕（西曆 2025 年 06 夕 05 日至 07 夕 06 日）

　　整體運程及運勢升高，花了許多精力去作的事總算有了回饋。

農曆六夕癸未夕（西曆 2025 年 07 夕 07 日至 08 夕 06 日）

　　工作方面運程及運勢升高，要為自己定個目的。

農曆七夕甲申夕（西曆 2025 年 08 夕 07 日至 09 夕 06 日）

　　運勢處於一種比較平穩的狀態，這是一個非常好的兆頭。

農曆八夕乙酉夕（西曆 2025 年 09 夕 07 日至 10 夕 07 日）

　　單身的朋友桃花運比較旺盛，如果沒有處理妥當很可能就會陷入感情糾紛之中。

農曆九夕丙戌夕（西曆 2025 年 10 夕 08 日至 11 夕 06 日）

　　事業受挫或是感情遭遇打擊，抑或是遭遇經濟危機、疾病纏身，身邊都會出現貴人的幫助而脫離困境，盡快回歸到安穩的生活狀態之中。

農曆十月丁亥月（西曆 2025 年 11 月 07 日至 12 月 06 日）

　　破財的風險增加，所以千萬要管理好個人的財物，畢竟賺錢不易。

農曆十一月戊子月（西曆 2025 年 12 月 07 日至 2026 年 01 月 04 日）

　　單身朋友桃花旺盛，請小心處理感情問題。

農曆十二月己醜月（西曆 2026 年 01 月 05 日至 2026 年 02 月 03 日）

　　感情上有喜有憂，要提前做好準備。

2003 年　癸未年　胡思亂想影響學習

2003 年屬羊之人 2025 年整體運勢

　　在今年對於學業完全是憑心情而論，孩子情緒轉變較大，成績就產生起伏，學業和做事往往三分鐘熱度，剛開始表現得比較積極，逐漸就失去興趣而無法堅持下去，父母和老師應該在持久性方面對孩子予以加強，課堂反應較快，接受能力強，愛好也比較廣泛，總括來說是個培養小樹苗的好年份，如果能夠對樹苗進行必要的修剪，日後成為參天大樹，成為棟梁之材。

2003 年屬羊之人 2025 年學業運勢

　　受太歲影響，壓根沒心思學習。上課難以集中注意力，總是會胡思亂想，課後即便父母請了家教，也無法專心於學業之上。今年一定要端正學習態度，認識到只有好好提升成績，才能為今後人生發展打下堅實的基礎。值得一提的是，這一年在戀情中，也會遭受到很多讓人挫敗的事情，最終肯定也會影響到學業。即便身邊有不少競賽的機會，屬羊的人也無法取得好的名次，還是挺可惜的。

2003 年屬羊之人 2025 年財富運勢

　　大多數仍然還在求學期間，所以也沒有賺錢的能力。少部分人可能會想著通過做兼職賺點零花錢，理想是美好的，現實卻是殘酷的。受太歲影響，到最後不但沒辦法賺到錢，還有可能陷入

詐騙之中，所以還是不要動亂七八糟的心思了。這一年家庭經濟狀況不太好，父母手裡沒有太多錢，甚至還會遇到沒錢花的窘境。

2003 年屬羊之人 2025 年感情運勢

可能會遇到很多煩心的事情。單身的朋友，雖說有機會遇到心儀之人，但對方壓根就沒有談戀愛的打算，最終只能無疾而終。即便是強硬表白或是死纏爛打，到最後也不會有好的結果，甚至連朋友都做不成了。有對象的朋友，彼此之間畢竟都是小孩子，心智各個方面還不太成熟，最終也會因為各種小的問題而面臨分手的境地。

2003 年屬羊之人 2025 年健康運勢

雖說不會遭到重大疾病的侵襲，但意外事件發生的概率相當大，千萬不能掉以輕心。平時在與同學朋友踢球玩耍的時候，都要把握好強度，以免出現不必要的流血事件。更不能因為輸球或是一些小的摩擦和矛盾，發生言語和肢體上的衝突，結果必定是兩敗俱傷。另外飲食方面，每天都要好好吃飯，不要飢一頓飽一頓，也不要天天吃零食。晚上要早睡早起，不要熬夜玩遊戲，哪怕是熬夜看書也是不可取的。

每月攻防：

（所有月份計算以二十四節氣轉換作為每月之開始，並非以初一為每月之第一天）

農曆一月戊寅月（西曆 2025 年 02 月 03 日至 03 月 04 日）

雖說桃花運旺盛，但是往往伴隨的卻是情感上的糾紛和衝突。

農曆二月己卯月（西曆 2025 年 03 月 05 日至 04 月 03 日）

健康這方面情況不是特別樂觀，需要多花點心思了。

農曆三月庚辰月（西曆 2025 年 04 月 04 日至 05 月 04 日）
　　財運比較一般，要想攢到錢必須要付出一定的努力。

農曆四月辛巳月（西曆 2025 年 05 月 05 日至 06 月 04 日）
　　謹防錢財被偷盜，另外一方面還要節約用錢，不要太過鋪張浪費了。

農曆五月壬午月（西曆 2025 年 06 月 05 日至 07 月 06 日）
　　容易因為疏忽大意而損失錢財。建議加強財務管理，避免不必要的支出。

農曆六月癸未月（西曆 2025 年 07 月 07 日至 08 月 06 日）
　　在事業上表現平平，可能會遇到一些困難和挑戰。建議保持冷靜，積極尋求解決方案，不要輕易放棄。

農曆七月甲申月（西曆 2025 年 08 月 07 日至 09 月 06 日）
　　雖然有機會遇到喜歡自己的異性，但自身接受程度不高。

農曆八月乙酉月（西曆 2025 年 09 月 07 日至 10 月 07 日）
　　財運方面表現尚可，雖然花費不少，但基本上都能用在刀刃上，給自己帶來實際好處。

農曆九月丙戌月（西曆 2025 年 10 月 08 日至 11 月 06 日）
　　事業運勢不佳，工作中可能會遇到一些波折和挑戰，容易因為散漫和任性而引發口舌是非。

農曆十月丁亥月（西曆 2025 年 11 月 07 日至 12 月 06 日）
　　正財收入穩定，但需注意控制支出，避免浪費。

農曆十一月戊子月（西曆 2025 年 12 月 07 日至 2026 年 01 月 04 日）
　　身體狀況不是很好，會經常生病往醫院跑，也是不小的開支。

情緒不穩定可能導致衝動投資而損失錢財。建議保持冷靜和理智，避免盲目跟風。

2015 年　乙未年　成績下滑須加留意
2015 年屬羊之人 2025 年整體運勢

在父母家人的溺愛中長大，在成長的過程當中沒有經歷過太多的挫折和委屈，不過本年度學業方面會遇到較多的阻力，不少人都會出現成績下降的情況。所以在學習的問題上一定要多花費一些心思和精力，父母在教育的過程當中不能一味的追求成績，更要注重孩子的心理健康。如果在這方面不注意的話，可能會影響到孩子的性格和成長。

張啟東

2025乙巳

蛇年流年運程

猴

猴

屬猴的出生年份
1944 甲申年，1956 丙申年，1968 戊申年，
1980 庚申年，1992 壬申年，2004 甲申年

屬猴之人 2025 年整體運勢

屬猴人在工作、生活上會出現一些阻礙和困擾，但能在貴人以及朋友的幫助之下順利解決。需要謹記的是，屬猴人在遇事時，務必要保持冷靜和理智，擁有良好的心態，才能將事情處理得更為妥善。

事業方面，各項工作、事務都能夠得到有秩序、有效率的開展，還會迎來不少表現自己的機會，在激烈的競爭中得到成長和發展，在事業上取得比較大的突破。其次，屬猴人的財運雖然比事業運稍差，但整體上處於緩慢上升的趨勢。今年屬猴人在工作和生活上會有不少的支出，實際進帳並不會特別多，建議平時要克制自己的消費慾望，能省則省，以免出現意外時加重經濟負擔。

今年屬猴朋友的感情運勢一般，多數人的精力主要都放在了事業上，常常容易忽略另一半的感受或者子女的需要。在這種缺乏溝通的情況之下，兩人的感情、婚姻極有可能出現危機，務必要及時與對方溝通與及時解決感情上的矛盾，才能減少誤會的產生，維持這段來之不易的感情。屬猴人在 2025 年裡的健康運勢並不理想，尤其是青年以及中年人士，工作上的應酬、聚餐、飯局比較多。不宜過度飲酒、吸煙，以免引起腸胃、肝臟等方面的問題，平時也要注重飲食，多吃新鮮的水果、蔬菜。

屬猴之人 2025 年整體事業運勢

在 2025 年裡事業運非常旺盛，不僅能一改去年的低迷狀態，各項工作開展十分順利，還能夠在事業上取得巨大的進步和突破。普通屬猴上班族，有望在今年獲得晉升的機會，建議平時多注重細節方面的問題，不僅有助於將任務完成得更出色，同時也能夠加深上司的好感。部分屬猴人在工作上需要學會積極、主動，同時也要多學習與工作相關的知識、技能，有助於在激烈的競爭中立於不敗之地。

打算更換工作環境的屬猴人，務必果斷做出決定，並需要盡

張北熏

2025乙巳

蛇年臨年運程

猴

71

最大能力快速融入到群體之中，與同事、團隊打好關係有利於未來工作的進展。工作能力強的屬猴人，能夠在極短時間內做出讓人羨慕的成果，並受到上司的認可與重用，年底有望加薪晉職。自主創業以及經商的屬猴人，今年事業發展比較迅速，能夠在行業中成功樹立起品牌和擁有好的口碑。在此情況下，務必更加注重產品質量和員工素質、服務，才能在激烈的競爭中取得絕對的勝利。

屬猴之人 2025 年整體財富運勢

肖猴人的財運狀況比較理想，除了正財方面有不少的增長之外，偏財運也十分旺盛。部分的屬猴人可以通過投資、外快、獎金等途徑，增加不少的額外收入，今年的收入十分可觀。需要提醒的是，切忌因為財運旺盛而得意忘形。屬猴人除了在日常生活上有所支出之外，也會遇到不少突發狀況，或者意外急需錢財的支持，容易影響或打亂屬猴人的財務狀況和計劃，建議制定好合理的消費和理財計劃。同時在日常生活中，屬猴人需要適當的克制購物、消費慾望，盡量減少沒必要的支出，合理利用每一筆錢。

對於偏財運好的屬猴人來說，今年不宜追求高風險、高收益的投資，務必要結合專業人士的意見和建議進行股票、項目、基金方面的選擇。當然，屬猴人也可以將目標轉移到旅遊業、餐飲業上來，會有意想不到的收穫。想在冷門行業投資發展的屬猴人，務必要進行詳細的市場調查和瞭解及研究，不宜一時衝動草率做出決定，以免投資得不到相應回報，反而讓錢財打了水漂。

屬猴之人 2025 年整體感情運勢

屬猴人的感情運勢並不是特別的順暢，無論是戀愛人士還是已婚人士，感情狀況都不穩定。今年屬猴人大多將精力、時間花費在事業的發展上，嚴重忽略了另一半的感受，聚少離多的現象經常發生。若不及時引起注意和採取適當措施，則容易導致兩人的感情出現裂痕，爭吵與冷戰的情況不斷出現。在此情況下，第三者有可能趁虛而入，分手、出軌甚至離婚等現象亦無法避免。

無論兩人的感情深厚與否，屬猴人都不宜因為事業而冷落另一半，務必要多抽時間陪伴戀人、愛人和子女，畢竟工作不是生活的全部。

至於單身的屬猴人，今年脫單的機率並不高，還需要多加努力，主動接近或者追求心儀的對象，但不能太過急躁，以免給對方留下不良印象。已婚多年的屬猴人婚姻運勢十分平穩，能夠做到相互理解和扶持，在今年他們會繼續享受細水長流的溫情。

屬猴之人 2025 年整體健康運勢

屬猴人的健康運勢比較一般，日常生活中除了要特別注意身體健康之外，還需要擁有良好的心態。對於家中屬猴的老人，家人要多關心他們的身體健康，不宜讓他們單獨出門，平時也要多陪伴、照顧他們。除此之外，大多數的屬猴人在今年要特別注意飲食衛生問題，以免病從口入。尤其是平時應酬、飯局、聚會比較多的人，務必要注意合理飲食，不宜酗酒、拼酒、鬥酒，盡量少吃辛辣、油膩類的食物以及垃圾食品。同時也需要定期進行身體檢查，以免出現高血壓、高血脂、高血糖等問題。

懷孕的屬猴女性今年要注意養胎，不宜做重活，容易因為累著而導致流產，同時要及時做好產檢的工作，以保證寶寶的健康和安全。

出生年運程

1944 年　甲申年　定期體檢保持樂觀
1944 年屬猴之人 2025 年整體運勢

綜合運勢不容樂觀，還會遇到很多倒霉的事情。這一年家庭生活中，會有很多矛盾出現，當然對於八十多歲高齡的屬猴人來說，當前最緊要的事情，就是要保重身體健康。不管身體狀況如何，都要定期去醫院做體檢，這樣才能對自己的健康狀況，有著更為全面的瞭解。

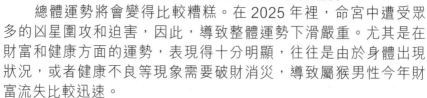

1956 年　丙申年　切忌近水免生意外

1956 年屬猴之人 2025 年整體運勢

　　總體運勢將會變得比較糟糕。在 2025 年裡，命宮中遭受眾多的凶星圍攻和迫害，因此，導致整體運勢下滑嚴重。尤其是在財富和健康方面的運勢，表現得十分明顯，往往是由於身體出現狀況，或者健康不良等現象需要破財消災，導致屬猴男性今年財富流失比較迅速。

1956 年屬猴之人 2025 年事業運勢

　　對於絕大部分的人來說，流年的事業運勢對其是沒有什麼影響的。但也有一小部分的是屬於那種在家閒不住的人，他們往往會為自己安排一些退休後再就業的計劃，並且企圖尋找可再就業的工作。不過，由於歲數太大的問題，所以他們今年的求職路程十分艱辛，並且結果也大都不盡人意。

1956 年猴之人 2025 年財富運勢

　　財富運勢還是比較低迷的。在這一年裡，雖然日常收入尚且比較穩定，但由於他們在今年裡受凶星的衝擊比較嚴重，故而需要通過破財消災等手段，來維護自身的安全與健康。另外，也有部分人在今年裡進財容易守財難。主要是因為有些雖然年老了，但是好賭心卻十分嚴重，今年特別喜歡賭博，所以很容易把錢財敗光在賭場。

1956 年屬猴之之人 2025 年感情運勢

　　各方面運勢均表現得不盡如人意，令人欣慰的是，今年感情運勢表現還不錯。在感情運勢上，今年你與另一半之間的情感比較穩定；而且他們與家庭各成員之間的關係也十分融洽，一家人相處和睦，很少會出現爭執和吵鬧。

1956 年屬猴之人 2025 年健康運勢

在健康方面嚴重亮起了紅燈。在這一年裡，你們會明顯地感覺到自己的身體狀況大不如前，不僅各種老年病頻發，也有不少身體素質欠佳的，會出現併發症嚴重等現象。所以說，在 2025 年裡，須格外注意自身的身體健康狀況，若是出現不舒服的情況，必須馬上就醫。另外，關於凶星「死門」會帶來一些「水險」意外。因此，建議在今年裡不宜接近池塘、河邊或者水庫等地方，避免遭受意外災難。

每月攻防：

(所有月份計算以二十四節氣轉換作為每月之開始，並非以初一為每月之第一天)

農曆一月戊寅月（西曆 2025 年 02 月 03 日至 03 月 04 日）
新年新開始，為自己定下一個健康目標，好好完成計劃。

農曆二月己卯月（西曆 2025 年 03 月 05 日至 04 月 03 日）
手腳舊患不適應盡早處理，免得影響外出心情。

農曆三月庚辰月（西曆 2025 年 04 月 04 日至 05 月 04 日）
請注意泌尿系統的疾病。

農曆四月辛巳月（西曆 2025 年 05 月 05 日至 06 月 04 日）
初相識的朋友金錢往來要帳目分明，不宜太過慷慨。

農曆五月壬午月（西曆 2025 年 06 月 05 日至 07 月 06 日）
身體健康比任何事情都重要，遇有不快事要好好找一個合適的對像傾訴。

農曆六月癸未月（西曆 2025 年 07 月 07 日至 08 月 06 日）
心煩意亂，無明的忐忑不安，原因未明，其實只是自己想得太過了。

農曆七夕甲申夕（西曆 2025 年 08 夕 07 日至 09 夕 06 日）
　　事不關己，己不勞心，何苦替人強出頭，令得自己煩惱。

農曆八夕乙酉夕（西曆 2025 年 09 夕 07 日至 10 夕 07 日）
　　是外出旅行的好天氣，到處走走有助身體健康，曬曬太陽也是一件不錯的提議。

農曆九夕丙戌夕（西曆 2025 年 10 夕 08 日至 11 夕 06 日）
　　後輩對你的尊敬你應當接受，他們若請你吃飯去便是大家都開心。

農曆十夕丁亥夕（西曆 2025 年 11 夕 07 日至 12 夕 06 日）
　　這月不要小看別人的一句說話，當中玄機不少，不防參詳一下。

農曆十一夕戊子夕（西曆 2025 年 12 夕 07 日至 2026 年 01 夕 04 日）
　　家庭生活突然成為你的壓力，放鬆心情處理。

農曆十二夕己丑夕（西曆 2026 年 01 夕 05 日至 2026 年 02 夕 03 日）
　　好好準備過一個好新年，這個月平穩渡過。

1968 年　戊申年　努力工作會有突破
1968 年屬猴之人 2025 年整體運勢

　　屬猴的人今年有著強烈的自我優越感，他們對別人不很尊敬，總是從自己的利益出發，過多考慮自己的得失，他們會是極端自私自利又極愛虛榮的人。他們由此會產生很強的嫉妒心理，每當別人有進步或別人有的東西他們沒有時，這種嫉妒心理便不可遏制地表現出來。他們的競爭意識很強，但善於隱藏自己的想法，善於背後制定自己的行動計劃。在尋求生財之道和進行周到的謀劃，能顯示自己有力的方面。

1968 年屬猴之人 2025 年事業運勢

事業興旺，仍能脫穎而出，有重大突破，但必需精力集中，戒除分心，嚴格自律，戒除鬆散，否則事業興旺運程便會大打折扣，難有成就。這個蛇年亦要慎防小人攻訐，慎獨自潔，以免生出是非，誤了前程。

1968 年猴之人 2025 年財富運勢

財運旺上，正財豐足，額外收入不時順手拈來，可謂財源興旺。財運最好的月份多的是，須好自為之，莫讓財運落空。今年切莫貪心不足，濫斂錢財、或賭博、或投機，否則錢財將得而復失，散盡難來。亦不可憑財張狂，小心誤入別人設計的圈套。

1968 年屬猴之人 2025 年感情運勢

在感情方面平平淡淡。使他們越是渴求，越是難求，求而不得。需要平和處之，順其自然，隨緣而往，若這樣反而會有意想不到的情緣。

1968 年屬猴之人 2025 年健康運勢

健康還可以，偶有小恙，並無大礙，亦可藥到病除。只因今年中有「天芮星」凶星，易惹血光之災，所以必須小心謹慎，注意安全，切勿涉險。另外，還需注意飲食衛生，慎防病從口入。

每月攻防：

（所有月份計算以二十四節氣轉換作為每月之開始，並非以初一為每月之第一天）

農曆一夕戊寅夕（西曆 2025 年 02 夕 03 日至 03 夕 04 日）

本月份運勢較為平穩，雖說沒什麼值得期待的事情發生，但最起碼也不會遭遇可怕的事情。

農曆二夕己卯夕（西曆 2025 年 03 夕 05 日至 04 夕 03 日）

這個月金錢運勢不太好，花錢的地方比較多。要注意開源節流，沒事別亂買東西，尤其不能養成攀比的心理。

張悲熏

2025乙巳

蛇

年歲年運程

猴

77

農曆三月庚辰月（西曆 2025 年 04 月 04 日至 05 月 04 日）

　　建議可以適當放慢腳步，多去享受生活，除了上班和上學，其餘時間要多多陪陪家人和朋友。

農曆四月辛巳月（西曆 2025 年 05 月 05 日至 06 月 04 日）

　　事業發展得不錯，可以得到不少機遇。要牢牢把握住機會。

農曆五月壬午月（西曆 2025 年 06 月 05 日至 07 月 06 日）

　　本月份感情生活不太順暢，尤其是夫妻之間，可能會發展到離婚的程度。

農曆六月癸未月（西曆 2025 年 07 月 07 日至 08 月 06 日）

　　想成為有錢人，最重要的不是省錢而是賺錢。所以説，還要不斷拓寬賺錢的渠道，除了做好本職工作之外，還可以經營一些副業。

農曆七月甲申月（西曆 2025 年 08 月 07 日至 09 月 06 日）

　　身體狀況還是挺好的，胃口特別不錯，很有口福。

農曆八月乙酉月（西曆 2025 年 09 月 07 日至 10 月 07 日）

　　本月份要謹防意外事件發生，盡量不要去參加危險的娛樂項目。

農曆九月丙戌月（西曆 2025 年 10 月 08 日至 11 月 06 日）

　　生活比較清閒，沒什麼事情可以做。

農曆十月丁亥月（西曆 2025 年 11 月 07 日至 12 月 06 日）

　　遇到一些不好的事情，從而讓其壓力倍增。一定要懂得排解負面情緒，沒事還可以向家人和朋友，多多傾訴。

農曆十一月戊子月（西曆 2025 年 12 月 07 日至 2026 年 01 月 04 日）

　　妥善保管好個人的錢財，尤其是家裡要做好防盜措施，否則隨時都有可能遭到盜竊。

收入來源可能會出現很大的銳減，要做好心理準備。

1980 年　庚申年　開拓副業慎重考慮
1980 年屬猴之人 2025 年整體運勢

本年度運勢上將會出現一些波折。事業方面這一年的工作量會比較大，且有經常出差或者被派遣的機會，對於一向喜歡自由的人來說會覺得身心疲憊。不過付出是有收穫的，這一年工作的效率提高了，那麼效益也就會跟隨而來。在「天輔星」吉星的助運之下，收入還是很可觀的。但是「白虎」也會產生負面影響，既有可能賺得多但花得也多，因此一定要好好控制收支平衡。情感方面要收斂心性，否則家庭也會出現矛盾。

1980 年屬猴之人 2025 年事業運勢

事業運勢還是相當不錯的，雖然「驛馬」星的出現會增加了奔波勞碌的機會，且很多不屬於自己分內的事情，也會被分攤到頭上，在工作的時候幾乎沒有了喘息的空間，但是這對於你們來說無疑是個歷練的機會。屬猴男雖然很聰明，但是為人不夠穩重，因此常常錯失機會，雖然這一年犯太歲，但只要調整好心態，積極努力去做好每件事情，最後還是會有收穫的。

1980 年屬猴之人 2025 年財富運勢

財運運勢起伏比較大，由於工作量增加的緣故，這一年的收入會比較可觀。但同時本年度「玄武」飛臨命宮，注定錢財難以留住，以屬猴人的性格，平時本就喜歡花天酒地生活，這一年裡又多了各種應酬社交，因此難免多花錢。甚至在朋友的鼓勵之下，還可能會有開拓副業的心思。不過，犯太歲的年份不建議輕易投資理財或者發展兼職，一切還是應該以穩定為主。建議慎重決定，切勿因為副業而影響了主業。

1980 年屬猴之人 2025 年感情運勢。

感情運勢將會遭遇一定的起伏，年過四十的人大多數都已經

成家立業，但這一年裡，即便是身處婚姻中的人也會因為三觀不合等原因和愛人發生爭執。本年度雙方發生矛盾的導火索最有可能是金錢，屬猴的人應該拿出該有的責任，收入與支出明細要向愛人坦誠公佈，做任何決定時也都要商量，如果長期各自決定自己的事情，時間長了難免漸行漸遠。因此建議在這一年裡凡事都要和伴侶商量，這樣家庭才會和諧。

1980 年屬猴之人 2025 年健康運勢

踏入 2025 年大家要多留意身體健康狀況，在 2025 年雖然正值壯年，但是「景門」凶星作用之下，健康運勢也多有不利，本年度身體方面會出現一些小問題，雖然對個人健康不會造成太大的威脅，但是也不能掉以輕心，如果身體發現不適異樣，就一定要好好調理。同時心態也要放平穩，切勿太急躁，一些不必要的社交能免則免，若是能將生活節奏慢下來，那麼對身體的好處還是很多的。

每月攻防：

（所有月份計算以二十四節氣轉換作為每月之開始，並非以初一為每月之第一天）

農曆一月戊寅月（西曆 2025 年 02 月 03 日至 03 月 04 日）
　　工作中煩心事多，要注重調整情緒，還要找到高效工作方法，否則只會越來越煩躁。

農曆二月己卯月（西曆 2025 年 03 月 05 日至 04 月 03 日）
　　容易與人產生言語糾紛和肢體衝突，屬猴人要學會控制情緒，特殊情況中，不可衝動行事，應當成熟而理智。

農曆三月庚辰月（西曆 2025 年 04 月 04 日至 05 月 04 日）
　　有機會和許久未見的朋友或親戚團聚，可以拓寬人脈資源，還可以得到工作或是人生方面的積極建議。

農曆四月辛巳月（西曆 2025 年 05 月 05 日至 06 月 04 日）

本月花銷很大，除了人情世故往來外，屬猴人購物欲也會空前膨脹旺盛，要管住雙手。

農曆五月壬午月（西曆 2025 年 06 月 05 日至 07 月 06 日）
容易迷失自我，還會受到虛假投資理財廣告的誤導，務必妥善打理錢財，不可貪圖高收益。

農曆六月癸未月（西曆 2025 年 07 月 07 日至 08 月 06 日）
本月桃花運不錯，可以在旅行或是工作途中，結識到優秀的異性，想要脫單的話，務必牢牢把握住機會。

農曆七月甲申月（西曆 2025 年 08 月 07 日至 09 月 06 日）
健康運勢旺盛蓬勃，如果本身體質有些差，或是身體有舊疾的朋友，這個月注重休息和調養的話，很有可能徹底恢復痊癒。

農曆八月乙酉月（西曆 2025 年 09 月 07 日至 10 月 07 日）
不適宜做大型投資，比如說房地產或是整形美容產業等，千萬不要涉足。

農曆九月丙戌月（西曆 2025 年 10 月 08 日至 11 月 06 日）
本月可能會出現小的破財，比如車子受損、手機丟失等，要提高警惕心。

農曆十月丁亥月（西曆 2025 年 11 月 07 日至 12 月 06 日）
凡事要量力而行，不可過度，以免遭受不必要打擊。

農曆十一月戊子月（西曆 2025 年 12 月 07 日至 2026 年 01 月 04 日）
人際關係不太好，要管住嘴巴，不可在公共場合亂說話。

農曆十二月己丑月（西曆 2026 年 01 月 05 日至 2026 年 02 月 03 日）
容易遭受意外人身傷害，盡量不要大晚上在外面晃悠，也不要前往未經開發的旅遊景區。尤其是年輕的女孩子，要注重個人保護工作。

1992年　壬申年　積極努力有望突圍

1992年屬猴之人2025年整體運勢

　　運勢上不穩定也會令人覺得很疲憊。此時事業上將會發生一些變動，「驛馬」星的出現預示著工作上的不穩定，有可能出現換崗位或者離職、被調遣等等意外情況，需要做好應對的準備。同時財運上的收入也較為不穩定，雖說有「杜門」與「太陰」出現，意味著這一年還是有發家致富的機會，但同時「天芮星」也有破財的危機，總體而言本年度對於你們而言是充滿了挑戰的，需要強大的心態去面對。

1992年屬猴之人2025年事業運勢

　　事業運勢變幻莫測，自己的抉擇很重要。對於職場上班族來說，這是比較被動的一年，也許會被安排到自己不喜歡的崗位去工作，或者會被派遣到外地，甚至於因為工作上的失誤被開除。這些狀況的出現就很考驗屬猴朋友的決策能力，去留與否都決定了今後的發展。不過，好在有「值符」吉星出現，只要願意積極努力，並且找出自身存在的原因，最終的結局就是好的。

1992年屬猴之人2025年財富運勢

　　本年度的財運運勢比較極端，雖說工作上有變動，但是卻有偏財運的機會，有一夜暴富的可能性，但也有破財的危機。「奇遊祿位」的到來意味著這一年財富方面不缺，尤其對於下海創業者而言，可能第一次創業就會暴富。但是「白虎」的出現卻預示著難以很好地掌管住財富，因此這一年只要是涉及金錢上的事情都要小心應對，切勿隨意聽信他人的建議，還是要自己好好思考判斷。

1992年屬猴之人2025年感情運勢

　　在感情方面也會面臨一定的危機。這一年由於工作和錢財方面的被動，導致單身的人沒有心思考慮到個人問題，同時接觸異性的機會也在變少，因此桃花運基本是沒有的。對於非單身的人而言，這一年很多現實的問題也在考驗著兩個人，彼此之間可能

會因為生活壓力而爭吵，如果不及時溝通，矛盾將會越來越深。屬猴的人愛自由，平時不喜歡受人約束，但是這種性格卻會讓伴侶沒有安全感。建議此時還是要以家庭為主，切勿只顧著自己的感受，否則家庭關係將會破裂。

1992 年屬猴之人 2025 年健康運勢

健康運勢較為不穩定，由於經常四處奔波勞碌，總是不停面對新的環境，因此會有水土不服的可能性，一定要注意飲食和腸胃方面的問題，保證身體處在最佳的狀態，否則也會影響到工作和生活的正常進行。這一年不宜吃重口味的食品，平時若是有空也要經常鍛鍊，這樣才能確保有良好的狀態面對工作生活。另外，開車人士出門在外也要特別注意出行安全，切記遵守交通規則，不可疲勞駕駛，更不可酒後駕駛。

每月攻防：

(所有月份計算以二十四節氣轉換作為每月之開始，並非以初一為每月之第一天)

農曆一月戊寅月（西曆 2025 年 02 月 03 日至 03 月 04 日）
說話小心，講者無心聽者有意，身邊太多傳聲筒。

農曆二月己卯月（西曆 2025 年 03 月 05 日至 04 月 03 日）
你真是閒不了，又想動起念頭將家翻新，切忌勞累了自己。

農曆三月庚辰月（西曆 2025 年 04 月 04 日至 05 月 04 日）
這月探病之類的事件，你最好還是避一避，不管是喜是悲。

農曆四月辛巳月（西曆 2025 年 05 月 05 日至 06 月 04 日）
忙了又是忙，整月忙不停，過年親朋戚友往來頻繁，今你吃不消。

農曆五月壬午月（西曆 2025 年 06 月 05 日至 07 月 06 日）
小心運用調配金錢，開支大自然要計算清楚。

農曆六月癸未月（西曆 2025 年 07 月 07 日至 08 月 06 日）

　　健康運不佳，要好好保重自己，不要生病才是，特別是皮膚過敏症狀。

農曆七月甲申月（西曆 2025 年 08 月 07 日至 09 月 06 日）

　　財運不俗，投資有道，進退得當，把所獲之財好好運用。

農曆八月乙酉月（西曆 2025 年 09 月 07 日至 10 月 07 日）

　　如意如意，好一個稱心的月份，事事順心。

農曆九月丙戌月（西曆 2025 年 10 月 08 日至 11 月 06 日）

　　奢侈品並非你的最終選擇，不妨看看其他的。

農曆十月丁亥月（西曆 2025 年 11 月 07 日至 12 月 06 日）

　　鬧得雞犬不靈，你這又何苦呢？收一收自己的魯莽和脾氣吧。

農曆十一月戊子月（西曆 2025 年 12 月 07 日至 2026 年 01 月 04 日）

　　匠心獨運，精心安排的一切這個月算是有回報了。

農曆十二月己醜月（西曆 2026 年 01 月 05 日至 2026 年 02 月 03 日）

　　從年頭到年尾，你真是沒有一個月是清閒的，年尾又是你忙碌的月份了，請人幫忙幫忙。

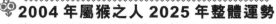

2004 年 甲申年　性格衝動不善理財
2004 年屬猴之人 2025 年整體運勢

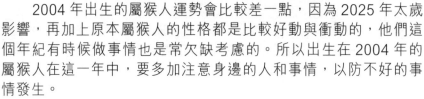

　　2004 年出生的屬猴人運勢會比較差一點，因為 2025 年太歲影響，再加上原本屬猴人的性格都是比較好動與衝動的，他們這個年紀有時候做事情也是常欠缺考慮的。所以出生在 2004 年的屬猴人在這一年中，要多加注意身邊的人和事情，以防不好的事情發生。

2004 年屬猴之人 2025 年學業運勢

學業運勢也會受到很大的衝擊，因為在今年太歲刑、破又合的影響，造成 2004 年出生的屬猴人在今年學習上面會比較不上心。上課多會注意力不夠集中，有點散漫，不過好在屬猴的人天生比較聰穎，所以學習成績也不會落下太多。不過也要身邊監護人時刻督促才行，以免荒廢學業。

2004 年屬猴之人 2025 年財富運勢

在這年中會有大筆的花銷，因為原始性格的原因，他們雖然很聰明但是做事情沒有計劃性和原則性，很容易形成花錢大手大腳的毛病。所以在今年他們很可能會把錢花在吃吃喝喝上面，在食祿上面會投入大量的錢財。那麼這時候作為他們監護人的父母要做到一定的引導，以免家庭出現破財現象發生，培養他們養成良好的消費觀。

2004 年屬猴之人 2025 年感情運勢

在 2025 年會有爛桃花出現。之所以説是爛桃花，因為在年青人身上，如果一旦出現有桃花現象出現的時候，多半是爛桃花的。因為他們現在的首要任務是學習，而思想不成熟的他們，也多半不會處理好發生在自己身上的感情事情。所以，監護人要在 2025 年要謹防屬猴少年早戀事情的發生，如果處理不當會影響到學業。

2004 年屬猴之人 2025 年健康運勢

健康上面需要注意的是，在戶外活動時的扭傷和擦傷，所以在出門時一定要做好防護措施。監護人盡量陪同，以免發生不測。除了戶外受傷以外，腸道的健康也要多加留意。如果監護人對於他們又稍有疏忽的話，很有可能會有進醫院的情況發生。為了以免發生大的意外，在今年屬猴的家長一定要時刻關注自己孩子的健康和安全問題。

每月攻防：

(所有月份計算以二十四節氣轉換作為每月之開始，並非以初一為每月之第一天)

農曆一月虎寅月（西曆 2025 年 02 月 03 日至 03 月 04 日）
請注意人個行為、言行舉止避得使人誤會，引來一大堆爛桃花。

農曆二月己卯月（西曆 2025 年 03 月 05 日至 04 月 03 日）
這個月運勢比較強勁，可以好好利用。

農曆三月庚辰月（西曆 2025 年 04 月 04 日至 05 月 04 日）
存心有天知，別人的誤解不要放在心上，做大事何必計較。

農曆四月辛巳月（西曆 2025 年 05 月 05 日至 06 月 04 日）
學業運勢亮眼，可以在重要的大考中，超常發揮、一舉成名。要保持謙虛心理，別太沾沾自喜了，只有這樣才能不斷進步。

農曆五月壬午月（西曆 2025 年 06 月 05 日至 07 月 06 日）
這個月可謂是一年當中最好運的，各樣事件都得心應手。

農曆六月癸未月（西曆 2025 年 07 月 07 日至 08 月 06 日）
交際應酬煩多，開支大收獲少。

農曆七月甲申月（西曆 2025 年 08 月 07 日至 09 月 06 日）
事業的波折總算過去了，今月好好與同事相處，自有貴人從天來。

農曆八月乙酉月（西曆 2025 年 09 月 07 日至 10 月 07 日）
注意健康不要吃太多油膩食物引致消化不良；今月投資方案要謹慎。

農曆六月丙戌月（西曆 2025 年 10 月 08 日至 11 月 06 日）

　　財政上出現周轉問題，小心今月開支超出預算。

農曆十月丁亥月（西曆 2025 年 11 月 07 日至 12 月 06 日）

　　單身人士有桃花，不過只有開花，結果就難了……

農曆十一月戊子月（西曆 2025 年 12 月 07 日至 2026 年 01 月 04 日）

　　這月個突然間想去學一點手藝，不防考慮學一些怡情養性的興趣班。

農曆十二月己丑月（西曆 2026 年 01 月 05 日至 2026 年 02 月 03 日）

　　今月機會、際遇多多，能否更上一層樓，就要看各下的選擇如何了。

屬雞的出生年份
1945 乙酉年，1957 丁酉年，1969 己酉年，
1981 辛酉年，1993 癸酉年，2005 乙酉年

張花熏
2025乙巳
蛇年流年運程
雞

雞

88

屬雞之人 2025 年整體運勢

屬雞人各方面的運勢都會有所下滑，生活、工作、感情方面會遭遇諸多阻礙。在所有的運勢之中，財富運勢跌落得最為嚴重。今年的求財之路十分不順暢，偷盜、坑騙等事件常常發生在屬雞人身上，在投資、生意上也得不到理想的回報，年底收入遠遠達不到預期目標。屬雞人不宜抱著一夜暴富的想法將重心擺高風險的投機上，腳踏實地工作才是獲取財富的正確方式。其次，今年事業運勢狀況比較一般，付出比收穫要多一些，最好將重點擺放在人脈積累方面。在事業得到發展的同時，切記要懷著一顆感恩的心報答對自己有幫助的人，尤其是對於陷入困難的朋友，務必要及時援助之手，此舉有助於讓未來的發展道路變得更加順暢。

今年屬雞朋友的感情運勢頗佳，尤其是單身的屬雞人，經常遭遇不少異性朋友的表白、追求，建議要好好的把握機會，以免讓幸福擦肩而過。需要注意的是，屬雞人不宜花心，更不應一腳踏兩船，否則將會讓更多的人受到傷害。健康運勢受到破太歲的影響同樣不容樂觀，不管是哪個年齡階段的屬雞人都會受到小病小痛的困擾，建議要多鍛鍊身體以提高免疫力，同時也要保持積極樂觀的心態面對生活。

屬雞之人 2025 年整體事業運勢

相比其他方面的運勢，今年屬雞人的事業運勢發展比較平穩。在工作中，屬雞人偶爾會遇到煩惱或者阻礙，但大都能利用自身的智慧解決掉，再加上有同事的幫助，大多能夠圓滿完成上司所佈置下來的任務。個別的屬雞朋友會因為出色的工作表現贏得了上司的讚賞、重用，同時也得到了公司的重點栽培，發展前途十分光明。在此情況下，屬雞人應學會虛心和低調，不宜得意忘形，以免遭到上司的打壓、同事的嫉妒甚至是小人的陷害。

對於剛入職的屬雞朋友來說，即使工作能力十分強，也不宜太過頻繁的表現自己。雖然能夠吸引到上司的注意，但同時也會遭到前輩的不滿，在為人處世方面務必要把握好尺度，踏實工作才是最明智的做法。

張洲熙

2025乙巳

蛇

年流年運程

雞

屬雞之人 2025 年整體財富運勢

　　財運受合太歲捆綁式影響最為明顯，下跌得十分厲害。今年屬雞人的經商方式、理財思維等都受到了限制，賺取到的財富、利潤往往無法填補回在投資上的損失，最好多聽取他人的建議，或者多往外地走動以尋求新的突破。但要注意的是，在外出差時務必要注意人身安全，以免因為一時大意而讓身體受到傷害，並因此導致破財、漏財狀況，加重經濟負擔。對於初次創業的屬雞朋友來說，凡事務必要親力親為，不宜輕信謠言或者是小道消息，以免偏離正確的求財道路。投資無論規模大小，只要涉及到金錢都應該引起足夠的重視，不宜因為與合作夥伴關係好而放鬆警惕，否則將容易遭到對方的無情背叛或惡意陷害，導致因財失義、反目成仇。

　　簡單來說，屬雞人今年財運不佳，不宜抱有太多的虛無縹緲的想法，腳踏實地工作才是獲取收入最實在和直接的途徑。

屬雞之人 2025 年整體感情運勢

　　在過去的一年中，屬雞人的感情運勢狀況比較低迷，而今年感情運則有所提升，桃花運也相對比較旺盛。2025 年，屬雞人的自信和整體素質都得到了一定程度的提升，再加上溝通、表達能力提高，無論在什麼場所，都能夠吸引到條件不錯的異性朋友的目光。若屬雞人能夠充分發揮自身的獨特魅力，則今年有望追求到理想對象，並成功擺脫單身生活。已經有心儀對象的屬雞朋友，務必要學會主動出擊，例如適時的出現在對方身邊，或者給予對方支持、鼓勵，往往能夠成就一段姻緣。需要注意的是，在追求的過程中屬雞人不宜過於心急，以免給對方留下輕浮的印象。

　　已有對象者的屬雞男女，今年感情狀況比較容易出現危機，尤其是結婚已久的屬雞人，會因為缺乏新鮮感而產生一些不正確的想法，分手、出軌、離婚等概率比較大。在此情況下，夫妻雙方最好是能夠出去過過二人世界，找回戀愛的感覺，能夠有效減少悲劇的發生。

屬雞之人 2025 年整體健康運勢

健康運勢亦不理想，尤其是心理健康方面，由於在工作、生活中經常遇到不少意外、煩惱，情緒常常處於焦灼、緊張、不安的狀態之中。各個年齡段的屬雞朋友，會受到各種壓力的困擾，例如學習、就業、感情等，出現睡眠嚴重不足的現象，建議屬雞人要學會通過運動、傾訴、旅行等方式及時釋放壓力。

今年屬雞朋友要格外注意人身安全和生命安全，尤其是經常出差的屬雞人，容易出現水土不服或其他意外情況，最好隨身攜帶傷藥以備不時之需。此外，家中有屬雞老人的朋友，也要經常關注他們的身體狀況，多與他們聊天、談心，對他們的健康十分有幫助。屬雞的女性今年要留意皮膚方面的問題，不要經常熬夜，也不宜多吃刺激辛辣的食物，以免身體濕氣較重導致皮膚出現問題。

出生年運程

1945 年　乙酉年　年事已高不宜煩憂
1945 年屬雞之人 2025 年整體運勢

此時人生即八十大關，人們心目中的目標和追求也都逐漸減少，且自身的能力也有所下降，就算想再創輝煌，也是心有餘而力不足。特別是 2025 年，將深受衝太歲的困擾，不管工作還是財運、健康方面的問題都有所限制。尤其是辛苦經營的小生意，此時雖然年紀逐漸增長，但依舊在勉強支撐，但最後往往被疾病困擾。

1957 年　丁酉年　抵抗力差注意保養
1957 年屬雞之人 2025 年整體運勢

踏入 2025 年，雖然眾稱三合之年，但這合是絆腳石，運勢自然會有所下降。不過也不必過於擔心，只要謹慎處事提前做好充分準備，這一年還是可以安穩度過的。感情運勢可能會有些棘手，由於代溝與子女會產生比較多的磨擦，甚至是反目成仇。財

運上也不是很樂觀，收入基本上已經很少了，另外還有破財的可能性，不能太過大意。

1957 年屬雞之人 2025 年的事業運勢

事業運勢不是很好。由於年齡大了即使有心將工作做好，可能身體已經跟不上了。建議事業型強人或者是自己擁有大企業的朋友，留意觀察身邊的人及時選好自己的接班人。剩下的大部分朋友可能都已經退休了，事業已經逐漸遠離其生活，可以將心思花在自己喜歡的事情上。

1957 年屬雞之人 2025 年的財富運勢

財運方面不要抱有太大的期待。正財收入來源不穩定或者說已經不存在了，能夠拿到退休金的可能也僅僅只是少部分朋友。偏財運勢也不是很好，畢竟年紀大了，也沒有太多的精力和心思去賺錢。另外由於健康狀況不是很好，可能還會花大筆的金錢去醫院看病。這一年建議要管理好個人財富，為今後的養老生活多存點資金。

1957 年屬雞之人 2025 年的感情運勢

在感情方面與另一半相處還是挺不錯的，相攜到老平淡幸福。但是與子女後代的關係就比較惡劣了，在很多事情上都將與子女產生很嚴重的分歧，並且會爆發口角。建議要調整好心態，注意養生，情緒太過暴躁容易對健康造成威脅。要知道兒孫自有兒孫福，不要計較和管束太多，如果孩子真的做錯事了要以勸解為主，切記不要說話太過難聽，這樣容易產生反效果。

1957 年屬雞之人 2025 年的健康運勢

在健康方面稍微有些讓人頭疼。抵抗力會比較差，稍微受到外界的侵襲，就有可能出現傷風感冒的狀況，平時要多注意保養。另外在家的時候要注意防火防電，要具有強烈的安全常識。否則手腳不便，一旦出現危險事故後果將非常嚴重。

每月攻防：

農曆一月 戊寅月（西曆 2025 年 02 月 03 日至 03 月 04 日）

　　這個月有貴人相助，編排之事都可以於預期中完成。

農曆二月 己卯月（西曆 2025 年 03 月 05 日至 04 月 03 日）

　　病神在近，醫生在遠，留意呼吸系統毛病。

農曆三月 庚辰月（西曆 2025 年 04 月 04 日至 05 月 04 日）

　　檢查身體是時候了，不要讓小病變成大病。

農曆四月 辛巳月（西曆 2025 年 05 月 05 日至 06 月 04 日）

　　在年輕時要好好珍惜時間，多歷練自己令自己放遠放寬眼界，這對將來任何事都有幫助。

農曆五月 壬午月（西曆 2025 年 06 月 05 日至 07 月 06 日）

　　無論如何在職或是經商是有機遇，不過旅途中還得小心。

農曆六月 癸未月（西曆 2025 年 07 月 07 日至 08 月 06 日）

　　投資或借貸此等事件最好先考慮清楚，錯誤就可以避免。

農曆七月 甲申月（西曆 2025 年 08 月 07 日至 09 月 06 日）

　　流言四起，以訛傳訛之說令你哭笑不得，說穿了只是你自己太在意別人的無心閒言閒語。

農曆八月 乙酉月（西曆 2025 年 09 月 07 日至 10 月 07 日）

　　不應流連娛樂場所，要睜開眼睛看真才是。

農曆九月 丙戌月（西曆 2025 年 10 月 08 日至 11 月 06 日）

　　許多阻力已經過去，是時間收穫了，春耕夏播秋收冬藏這是必然之事。

農曆十月丁亥月（西曆 2025 年 11 月 07 日至 12 月 06 日）

　　在投資的道路上你還有很多知識要好好學習，損失小小就當是交學費吧！

農曆十一月戊子月（西曆 2025 年 12 月 07 日至 2026 年 01 月 04 日）

　　事件要分緩急先後，次序不能亂，工作上要多加注意分工的問題。

農曆十二月己丑月（西曆 2026 年 01 月 05 日至 2026 年 02 月 03 日）

　　今月生活多姿多彩，容易獲得異性的垂愛，特別是男性；但記住用情要專一，感情要克制，色字頭上一把刀。

1969 年　己酉年　舊疾復發定檢防患
1969 年屬雞之人 2025 年整體運勢

　　生活和工作可能都不是十分如意。在人際關係上面，不僅與他人關係不好，還可能由語言上的糾紛上升到肢體上的衝突，甚至是惹上官司。建議在與人相處的時候多留點心眼，即使出現了矛盾情緒也不要太過激進。

1969 年屬雞之人 2025 年事業運勢

　　在事業上由於快要接近退休年齡，總體來説是很平穩。而且事業上基本已經定型了，想要取得重大的突破幾乎沒有可能。因此不管是領導階層還是普通上班族，做好手頭的工作就行了，不會遇到太多的波浪，工作內容和性質和以往差別不大。當然即使到了這個年齡段仍然要踏實工作，不要混日子。

1969 年屬雞之人 2025 年財富運勢

　　在財運上收入不是很多，正財雖然穩定但可能較少。另外在偏財方面幾乎沒有收入。因此這一年要想讓手頭寬裕一些，最主要的就是省錢。除了日常生活基本的開銷之外，其他方面能省則省。另外還要保養好身體，否則一旦出現問題去醫院看病的錢，將讓人承擔非常大的經濟壓力。

1969 年屬雞之人 2025 年感情運勢

在感情方面還是比較讓人滿意的。雖説可能工作和生活中會遇到很多不如意的事情，但是另一半會始終陪伴在身旁，共同面對生活中的風風雨雨。平時要對另一半多一些體貼和關心，即使是老夫老妻了也要時刻製造驚喜和浪漫。或許愛情早已蛻變成了親情，但這才是最讓人感動的，相攜到老攜手並進，無畏過往更無懼未來。

1969 年屬雞之人 2025 年健康運勢

在健康上身體狀況不是很好。有舊疾的朋友很有可能復發，因此一定要時刻關注自己的身體。一旦感覺到不對勁就需要立刻去醫院做檢查。對於醫生的叮囑要認真履行，不要將其當作耳旁風，不然最後吃虧的還是自己。沒事的時候多出去走走，短途旅行也非常值得考慮，不過不能單獨出行，最好是在子女的陪同之下。

每月攻防：

(所有月份計算以二十四節氣轉換作為每月之開始，並非以初一為每月之第一天)

農曆一夕戊寅夕（西曆 2025 年 02 夕 03 日至 03 夕 04 日）
踏入新年的第一個月，家庭的氣紛總覺得怪怪的，平靜得讓人不安。

農曆二夕己卯夕（西曆 2025 年 03 夕 05 日至 04 夕 03 日）
財運表面平穩，但是仍有暗伏危機。

農曆三夕庚辰夕（西曆 2025 年 04 夕 04 日至 05 夕 04 日）
人緣雖好，但身體卻是欠佳，走路時要小心。

農曆四夕辛巳夕（西曆 2025 年 05 夕 05 日至 06 夕 04 日）
今年這個月不宜晚上在外停留太多，免得有驚恐之事。

農曆五月壬午月（西曆 2025 年 06 月 05 日至 07 月 06 日）

　　精神狀態不佳，多加保重身體；家中氣氛和諧，算是安心了。

農曆六月癸未月（西曆 2025 年 07 月 07 日至 08 月 06 日）

　　多加出外走走，消消悶氣，使自己心情舒暢。

農曆七月甲申月（西曆 2025 年 08 月 07 日至 09 月 06 日）

　　凡事見好便收，何必太盡。

農曆八月乙酉月（西曆 2025 年 09 月 07 日至 10 月 07 日）

　　月到中秋格外圓，借此機會讓家人聚首一起消消誤會吧！

農曆九月丙戌月（西曆 2025 年 10 月 08 日至 11 月 06 日）

　　秋風送爽，當心着涼。

農曆十月丁亥月（西曆 2025 年 11 月 07 日至 12 月 06 日）

　　家有喜事，沖沖喜令家中多添祥和之氣。

農曆十一月戊子月（西曆 2025 年 12 月 07 日至 2026 年 01 月 04 日）

　　是非、不和、猜忌這一切都已經過去，好好準備過新年接好運。

農曆十二月己丑月（西曆 2026 年 01 月 05 日至 2026 年 02 月 03 日）

　　運程反覆，事事未能順心，時間又常感不夠用，心情更是煩躁不安。

1981 年　辛酉年　夫妻和睦平淡是福
1981 年屬雞之人 2025 年整體運勢

　　對於 1981 年出生的屬雞人來說，2025 年合太歲，絆腳難前行，萬事需小心。尤其是還會受到凶星「休門」的影響，人際關係會非常糟糕，可能不僅與同事關係不好，就連親朋好友之間也會矛盾重重。建議這一年要學會收斂脾氣，真誠友善待人，以免

給自己帶來很多麻煩。事業上可能沒有太大的突破，甚至還會出現很多棘手的問題，要花點心思去好好解決。

1981年屬雞之人2025年事業運勢

在事業運勢上，人際關係很差，與同事會因為某些小事鬧得很僵。建議要與同事打好關係，即使心裡不喜歡某些人但表面還要繼續維持和諧，泛泛之交就可以了。另外，這一年工作上可能會有些精力交瘁、力不從心的感覺，明明很想要將某件事情做好，但總是會出一些岔子，一定要及時找到根結所在及時解決問題。

1981年屬雞之人2025年財富運勢

財運方面收入可能會與往年持平，想要一夜暴富幾乎是不可能的。而且運氣不是很好，想要通過經營副業賺到錢財，難度也比較大。不過最主要是問題是這一年的支出將變得很多，除了基本的一些開銷之外還有一些無法預料的支出。比方說，可能會與他人發生糾紛甚至是惹上官司，需要花錢解決。房屋出現一系列問題，需要支出維修費用等等，這一年要想攢到一些錢必須要省點錢花了。

1981年屬雞之人2025年感情運勢

在感情方面較為平淡，每天都能享受到安穩的小日子。可能會讓人覺得有些瑣碎和無聊，但這正是生活原本的面貌。夫妻之間感情很融洽，不管生活和工作中遇到了哪些問題，夫妻倆之間都能夠共同努力，一起解決問題，將小日子開開心心地向前推進。

1981年屬雞之人2025年健康運勢

在健康方面沒有太嚴重的問題出現。主要可能就是一些頭疼腦熱的小毛病，平時多注意保養就沒問題了。盡量不要熬夜，吃飯要有規律，不能暴飲暴食。最好可以定期到健身房鍛鍊，不僅是為了外在的好看更是為了身體健康著想。除了要關注身體健康之外，精神健康問題也需要重視，不要給自己施加太大的壓力。

每月攻防：

（所有月份計算以二十四節氣轉換作為每月之開始，並非以初一為每月之第一天）

農曆一月 戊寅月（西曆 2025 年 02 月 03 日至 03 月 04 日）
　　財運差，支出大，好好看着自己的錢包。

農曆二月 己卯月（西曆 2025 年 03 月 05 日至 04 月 03 日）
　　用錢要有節制，不宜為了一點面子問題破費。

農曆三月 庚辰月（西曆 2025 年 04 月 04 日至 05 月 04 日）
　　市場波動大，投資要選擇穩健的，貪字便得貧。

農曆四月 辛巳月（西曆 2025 年 05 月 05 日至 06 月 04 日）
　　運程反覆，探病之事少去為妙。

農曆五月 壬午月（西曆 2025 年 06 月 05 日至 07 月 06 日）
　　無心之失境釀成大錯，攻守不得宜，萬事小心為上。

農曆六月 癸未月（西曆 2025 年 07 月 07 日至 08 月 06 日）
　　性格太強太固執並非好事，多聽別人意見。

農曆七月 甲申月（西曆 2025 年 08 月 07 日至 09 月 06 日）
　　家宅不安，家人間誤會多多。

農曆八月 乙酉月（西曆 2025 年 09 月 07 日至 10 月 07 日）
　　朋友有事相求，小事一幫無防，説到錢財就應當提神。

農曆九月 丙戌月（西曆 2025 年 10 月 08 日至 11 月 06 日）
　　時間過得真快，一年又將過去，若是還有事件未完成，可以盡此月之力。

農曆十月丁亥月（西曆 2025 年 11 月 07 日至 12 月 06 日）
心有不順，找朋友談一談，其實只是自己想多了。

農曆十一月戊子月（西曆 2025 年 12 月 07 日至 2026 年 01 月 04 日）
運動雖好，但過度會使自己受傷。

農曆十二月己丑月（西曆 2026 年 01 月 05 日至 2026 年 02 月 03 日）
今月是非口舌爭拗多，就連閒人亦會對你有意見。

1993 年　癸酉年　跳槽有望廣闊眼光

1993 年屬雞之人 2025 年整體運勢

對於 1993 年出生的屬雞人來說，這一年可能日子比往年要艱辛一些。事業上會遇到較大的阻礙，想要升職加薪就要付出雙倍的努力。好在還有「六合」吉星的保佑，過程可能會歷經艱險，但是結局還是很美好的。感情上也不是很順利，處於比較微妙的年紀，是否成家將是一個比較麻煩的問題，處理不好可能會面臨分手的境地。

1993 年屬雞之人 2025 年的事業運勢

在事業方面機遇比較少，即使自身工作能力比較強，可能也缺少施展的天地。如果情況實在不是很樂觀，也得不到上級的重用，建議可以試著跳槽，尋找更為廣闊的天地。另外，生活中的瑣事會變多，這將會使其分身乏術，工作精力難以集中甚至會出差錯，造成公司巨大損失，千萬不能掉以輕心。

1993 年屬雞之人 2025 年的財富運勢

財運方面可能要多花點心思。工作不是很順利，正財收入會有些動蕩，另外偏財收入也比較少，可能投入的時間和精力也不少，但最後到手的金錢也沒有想象中那麼多。除了收入不是很多之外，花銷相比之前也會有所增加，日常基本的消費再加上人情世故的往來都是不少的支出，要學會開源節流。

1993 年屬雞之人 2025 年的感情運勢

在感情方面，由於時代觀念的轉變，可能結婚的只是少部分朋友。大多數人仍然沒有成家，有的甚至連對象都沒有。單身的朋友桃花運比較差，要學會自己尋找機會，合規的婚介所在不得已的情況下也是不錯的選擇。有對象的朋友，這一年在相處中雙方可能都比較累。但是不管是吵架還是冷戰，千萬不要輕易將分手說出手，這是非常傷感情的。

1993 年屬雞之人 2025 年的健康運勢

健康方面要謹防慢性疾病帶來的危害。可能會將大部分的時間都花在工作上，熬夜加班、喝酒應酬以及飲食紊亂，都會因此變成很正常的事情。這點相當不好，一定要及時調整，將工作和生活安排好，否則身體出現嚴重問題，即使事業上取得再多的成就也都於事無補。

每月攻防：

（所有月份計算以二十四節氣轉換作為每月之開始，並非以初一為每月之第一天）

農曆一月戊寅月（西曆 2025 年 02 月 03 日至 03 月 04 日）
　　凡事放寬心，別再太小心眼，講者多是無心之失。

農曆二月己卯月（西曆 2025 年 03 月 05 日至 04 月 03 日）
　　真是好事不出門，壞事傳千里，身體剛好，但是家庭又見不和睦。

農曆三月庚辰月（西曆 2025 年 04 月 04 日至 05 月 04 日）
　　今月運氣反覆不定，只見向下走不見有起色，還是自保為上策。

農曆四月辛巳月（西曆 2025 年 05 月 05 日至 06 月 04 日）
　　魯莽行事會令你損失更大，凡事不要只看表面。

100

農曆五月壬午月（西曆 2025 年 06 月 05 日至 07 月 06 日）
　　運氣漸入佳境，厄運總算停下來，問題解決可以放下心情了。

農曆六月癸未月（西曆 2025 年 07 月 07 日至 08 月 06 日）
　　投機活動風險高，注意不可貪心。

農曆七月甲申月（西曆 2025 年 08 月 07 日至 09 月 06 日）
　　麻煩之事總算平靜下來，曙光初現。

農曆八月乙酉月（西曆 2025 年 09 月 07 日至 10 月 07 日）
　　這個月請盡量減少晚上出外走動。

農曆九月丙戌月（西曆 2025 年 10 月 08 日至 11 月 06 日）
　　持續身體欠佳，未見好轉，情況令人擔心。

農曆十月丁亥月（西曆 2025 年 11 月 07 日至 12 月 06 日）
　　苦盡甘來了，喜事重重福氣降臨了，貴人又再臨門了。

農曆十一月戊子月（西曆 2025 年 12 月 07 日至 2026 年 01 月 04 日）
　　有任何大事都不宜急於作出決定，改年再作罷。

農曆十二月己丑月（西曆 2026 年 01 月 05 日至 2026 年 02 月 03 日）
　　今月身體孱弱，多多保重。

2005 年　乙酉年　調整心態學業提升
2005 年屬雞之人 2025 年整體運勢

　　運勢比較糟糕，不過好在還有「天心星」吉星的保佑，對不好的運勢稍微會起到沖淡的作用。學業運勢不是很好，精力難以集中，學習效率很低，而且生活中還會遇到煩心事都會干擾學習狀態，要學會及時調整。健康運勢也需要注意，可能會發生意外事故，一定要小心。

2005 年屬雞之人 2025 年的學業運勢

在學業上，上課的時候難以專心聽講，不能高效接收老師傳授的知識。回家之後可能還會受到父母的監督，熬夜看書甚至陷入題海戰術之中。這樣時間長了不但沒有辦法提高成績，還會適得其反。建議要調整學習狀態，找到適合自己的學習方法，遇到不懂的問題要及時尋求老師和同學的幫助。

2005 年屬雞之人 2025 年的財富運勢

財運方面比較一般。本身還處於上學階段沒有賺錢的能力，經濟來源於父母，好在父母工作還算穩定。但是如果花錢沒有節制甚至是與同學相互攀比，去買一些奢侈品，錢肯定不夠用。情況嚴重的話，有些人還會走上歪路，通過不正當的手段去獲取錢財，這點需要注意。

2005 年屬雞之人 2025 年的感情運勢

在感情方面，可能會出現早戀的情況。雖說戀愛的無罪的，但要能夠清醒地認識到當前主要的事情是好好學習。等到成年之後有更多的時間可以談戀愛，所以不能在該學習的年紀把時間都浪費在談戀愛上了。同時這個年齡可能正是叛逆期，在某些事情上會與父母產生分歧。要體會家長的良苦用心，凡事都能站在對方的角度考慮，不要吵架冷戰更不能離家出走，這不僅是對自己負責也是對整個家庭負責。

2005 年屬雞之人 2025 年的健康運勢

健康方面，本身不會出現重大的疾病，小病小災可能也不怎麼光顧。但是不要以為這樣就可以高枕無憂了，意外事故發生的概率相當大。平時要遵守交通規則，不要橫穿馬路，學校組織的活動也要緊跟大部隊，不要隨意單獨行動，防止出現突發狀況危及自己的生命。

每月攻防：

（所有月份計算以二十四節氣轉換作為每月之開始，並非以初一為每月之第一天）

農曆一月戊寅月（西曆 2025 年 02 月 03 日至 03 月 04 日）
　　注意男女有別，發乎情止乎禮，過度親近反惹人誤會。

農曆二月己卯月（西曆 2025 年 03 月 05 日至 04 月 03 日）
　　運程漸有起色，學業運不俗。

農曆三月庚辰月（西曆 2025 年 04 月 04 日至 05 月 04 日）
　　借貸之事今月易，朋友急需求救，你亦要看情況。

農曆四月辛巳月（西曆 2025 年 05 月 05 日至 06 月 04 日）
　　奔波忙碌停不下，處事靈活方為上策。

農曆五月壬午月（西曆 2025 年 06 月 05 日至 07 月 06 日）
　　經驗教訓總是能讓人成長，日後處理事情會顯得比前穩重。

農曆六月癸未月（西曆 2025 年 07 月 07 日至 08 月 06 日）
　　家和萬事興，整天不安寧，這樣有損家運。

農曆七月甲申月（西曆 2025 年 08 月 07 日至 09 月 06 日）
　　注意家人各人健康，尤其是小輩。

農曆八月乙酉月（西曆 2025 年 09 月 07 日至 10 月 07 日）
　　健康運欠佳，多加休息。

農曆九月丙戌月（西曆 2025 年 10 月 08 日至 11 月 06 日）
　　事業多有困境，遠離是非為上策，避免口舌，提防小人背後作怪。

農曆十月丁亥月（西曆 2025 年 11 月 07 日至 12 月 06 日）
　　桃花之事請盡早處理，否則會變成大禍。

農曆十一月戊子月（西曆 2025 年 12 月 07 日至 2026 年 01 月 04 日）
　　因個人情緒問題而影響了工作或學業，白白流走了提升機會。

農曆十二月己丑月（西曆 2026 年 01 月 05 日至 2026 年 02 月 03 日）
　　感情上出現缺口，伴侶之間應多加溝通。

狗

張心悅

2025乙巳

蛇

年流年運程

狗

屬狗的出生年份
1946 丙戌年，1958 戊戌年，1970 庚戌年，
1982 壬戌年，1994 甲戌年，2006 丙戌年

屬狗之人 2025 年整體運勢

2025 年對於屬狗的朋友們來說，將是一個多事之年，充滿挑戰和變動。但不用擔心，因為這也是一個豐富的年份，充滿了新的機會和潛力。只要您能保持積極的態度和靈活的思維，您將能夠應對各種情況，迎接新的發展和變革。

屬狗之人 2025 年整體事業運勢

在事業方面，2025 年對於屬狗的人來說，注定是一個具有挑戰性的年份。困難和阻礙可能會出現，但同時也伴隨著機遇的來臨。在面對挑戰時，您需要保持積極的心態和堅定的意志，勇往直前。與他人合作和溝通將是取得成功的關鍵，團隊合作能夠幫助您克服困難，實現目標。財運方面，穩定的收入將會持續存在，但也需要注意理財規劃和投資風險，避免衝動行為。

屬狗之人 2025 年整體財富運勢

2025 年屬狗人的財運運勢相對平穩。在投資和理財方面，要注意風險控制和理性投資，不要被情緒左右而做出衝動的決定。在工作方面，可以積極溝通，努力爭取更好的職位和薪資待遇。

屬狗之人 2025 年整體感情運勢

在感情和人際關係方面，屬狗的朋友們將會面臨一些挑戰和測試。2025 年可能會出現一些爭吵和矛盾，但並不意味著失敗或不幸。相反，在這種挑戰中，您將有機會更好地瞭解自己和與他人的關係。溝通和妥協將是解決問題的關鍵，記住在艱難時刻保持平衡和理性的態度。命運並不是注定的，您的態度和努力決定著您在 2025 年的運勢。無論遇到什麼困難和挑戰，不要放棄，相信自己的能力和智慧。在這個變動和充滿機遇的一年裡，保持樂觀和自信，積極應對，您將會獲得更多的收穫和成功。

屬狗之人 2025 年整體健康運勢

在健康方面，屬狗的朋友們需要多加關注和照顧自己的身體。2025 年可能會給您帶來一些精神和身體上的壓力，因此要注意保持良好的生活習慣和規律作息，以增強自身的抵抗力。第一，家庭的支持和關愛也是調整心態和放鬆壓力的重要因素，與家人共享快樂和困難，共同度過這個年份。

出生年運程

1946 年　丙戌年　生活簡約心靈健康

1946 年屬狗之人 2025 年整體運勢

大多數人在這個年齡階段都已經沒有太多追求和目標，唯一的心願就是身體健康，家庭幸福。值得慶幸的是，各個方面的運勢很不錯，在吉星助力下可心想事成。

1958 年　戊戌年　事業受挫切忌爭執

1958 年屬狗之人 2025 年整體運勢

在 2025 年的發展是比較坎坷的，受到太歲的影響，在工作當中容易陷入口舌之爭，與同事的關係緊張，會因為一些瑣事產生爭執矛盾；感情發展也不盡人意，與家人之間在許多事情上都無法達成共識，各執己見，如果不及時處理，關係可能會破裂，要多花一些精力來處理感情方面的問題。

1958 年屬狗之人 2025 年事業運勢

在 2025 年遭遇太歲的影響，事業上的發展很艱難，工作中會遇到很多不順心的事情，最明顯的感覺就是付出與收穫不成正比，會遇到一些不公平的待遇。雖然她們入職時間長，但是在晉升方面卻不如那些新同事，並不是因為表現不好，而是那些新人具有強大的背景與靠山，這對一向安分於工作的屬狗女來說是非常不公平的，但是又無力改變。除此之外，屬狗的朋友也很容易陷入同事間的糾紛中，在不經意間得罪他人，會給她們帶來不少麻煩。58 年屬狗的朋友在這一年要注意自己的言辭和行為，平時

不要在背後討論他人的是非，也不要多管閒事，做好自己的本職工作即可，這樣才能讓不必要的麻煩發生。

1958 年屬狗之人 2025 年財富運勢

財富運勢也不是很理想，正財方面的收入減少，偏財方面也沒有什麼收穫，但是生活中的開支增加。在這一年可能會因為一些意外情況損失不少錢，比如與其他車輛發生摩擦，承擔主要責任，需要賠償不少錢，另外也很容易惹上官司，陷入經濟糾紛當中。在這一年盡量不要與其他人有經濟方面的往來，若有人提出借錢的話，要適當的給予拒絕。

1958 年屬狗之人 2025 年感情運勢

在 2025 年與家人之間的關係不合，與丈夫相處的過程中容易產生分歧，比如飲食和作息不一致，常常會因為這些小事爭吵不休。本身個性強勢，不懂得服軟認輸，與家人之間斤斤計較，嚴重影響到家庭的和睦。在這段時間要多反省個人的行為，不要太過於上綱上線，畢竟家人講究的是情分，如果太過於偏執的話，只會讓感情破裂，家庭失和。在日常生活中多為家人著想考慮，遇到事情坐下來好好商量。

1958 年屬狗之人 2025 年健康運勢

健康情況不是很樂觀。在這一年情緒起伏不定，喜怒無常，不僅容易得罪人，也會讓她們的身體情況越來越差。明顯感覺到記憶力下降，剛做過的事情轉眼就忘，給生活和工作帶來了不少的影響。除此之外，腸胃方面容易發生病變，時常會感到惡心、食慾不振，稍微吃點東西就會有飽腹感，這種情況要及時治療，即使沒有不適感也要定期檢查，否則會給身體健康埋下很大的隱患，不利於健康運勢的提升。

每月攻防：

（所有月份計算以二十四節氣轉換作為每月之開始，並非以初一為每月之第一天）

農曆一月戊寅月（西曆2025年02月03日至03月04日）

貴人扶助，青雲路可攀。

農曆二月己卯月（西曆2025年03月05日至04月03日）

事事親力親為，成果立見。

農曆三月庚辰月（西曆2025年04月04日至05月04日）

感情方面多有麻煩，小心孽緣。

農曆四月辛巳月（西曆2025年05月05日至06月04日）

小不忍則亂大謀，別把貴人嚇走。

農曆五月壬午月（西曆2025年06月05日至07月06日）

不要為一些不相干的人和事而費心神。

農曆六月癸未月（西曆2025年07月07日至08月06日）

心有餘悸，一切小心。

農曆七月甲申月（西曆2025年08月07日至09月06日）

提防受騙不要貪一時而逞強，招致損失。

農曆八月乙酉月（西曆2025年09月07日至10月07日）

事業有新發展，可以作新嘗試。

農曆九月丙戌月（西曆2025年10月08日至11月06日）

注意飲食健康，新年食品豐足，但是小心吃壞了肚皮！

農曆十月丁亥月（西曆2025年11月07日至12月06日）

風風雨雨不停，令人心煩，小心處理即可。

農曆十一夕戊子夕（西曆2025年12夕07日至2026年01夕04日）
財運平平，投資會有小進帳。

農曆十二夕己丑夕（西曆2026年01夕05日至2026年02夕03日）
事業雖然有阻滯，但不宜跳槽，免得後悔。

1970年　庚戌年　戶外活動擱置為妙

1970年屬狗之人 2025年整體運勢

在2025年中，不但自身難保，還有可能給身邊的親近之人，帶來可怕的災難，一定不能大意。「螣蛇」凶星可能會讓其處於輿論的風暴中，因此一定要提高警惕，尤其不能在公共社交媒體上發表不當的言論，否則肯定會給自己惹來巨大的麻煩，甚至是陷入牢獄之災。同時，還要保重身體，這一年不要指望賺大錢，只要能夠身體健康、家庭幸福美滿，就已經相當不錯。

1970年屬狗之人 2025年事業運勢

工作中會遇到很多煩心的事情，特別倒霉，隨時隨地都會萌生辭職的念頭。每天都有處理不完的事情，關鍵下屬不給力，上司還總是做錯事，都要他們跟在身後收拾爛攤子。同時，還會遇到特別多棘手的難題，需要協調各方，到最後明明自己出力最多，卻哪邊都不討好，只能落到悲慘的境地中。值得注意的是，在年中的時候，可能還會遭到小人的陷害，一定不要在背後隨便說人壞話，這樣才能保證清者自清。

1970年屬狗之人 2025年財富運勢

生於1970年屬狗的朋友，今年有機會陷入詐騙陷阱中，一定要提高警惕心。購買理財產品之時，不要過分貪圖高收益，要將目光放在穩健的基金上，至於股票要少配置一些。對於那些來歷不明的理財產品，更要懂得規避，否則肯定會讓自己出現巨大的虧損。同時，2025年可能還會有親朋好友找自己借錢，要具體問題具體分析，不要盲目仗義。如果對方沒有遇到緊急的情況，還是拒絕為好，否則借出去的錢，要回來的可能性很小。

1970 年屬狗之人 2025 年感情運勢

　　家庭生活複雜多變，會遇到很多意料之外的事情。夫妻之間感情不太好，經常吵架和冷戰，關鍵伴侶身體狀況還不好，需要耗費大量的錢財。除此之外，屬狗與親戚和朋友之間的關係也會變得僵化，甚至還會因為一些利益問題，而直接鬧上法庭，整個場面會相當尷尬和難看。另外，屬狗男性的子女也特別叛逆和不聽話，會惹出各種事情，相當讓人頭疼。

1970 年屬狗之人 2025 年健康運勢

　　在 2025 年，要謹防意外事件的發生，不可掉以輕心。平時在家裡，上下樓梯要注意，不要摔倒，否則可能會引發嚴重的骨折。如果有一些特殊的愛好，比如說跳傘、蹦極，以及滑雪等等，在這年都應當暫且擱置一下，否則肯定會出現意想不到的可怕事件。有條件的話要定期去做體檢，還要堅持服用一些保健品，這樣才能有助於身體健康。如果條件一般的話，想要保重身體，那就要規律飲食、堅持鍛鍊，以及早睡早起。

每月攻防：

（所有月份計算以二十四節氣轉換作為每月之開始，並非以初一為每月之第一天）

農曆一月戊寅月（西曆 2025 年 02 月 03 日至 03 月 04 日）
　　新年新開始，給自己一個好開始。

農曆二月己卯月（西曆 2025 年 03 月 05 日至 04 月 03 日）
　　要傷補感情裂痕，選一份精品送給對方定可以有良好效果。

農曆三月庚辰月（西曆 2025 年 04 月 04 日至 05 月 04 日）
　　工作煩多，不宜急躁，靜心安排。

農曆四月辛巳月（西曆 2025 年 05 月 05 日至 06 月 04 日）
　　賺錢是一件辛苦事，不要亂投資。

農曆五月壬午月（西曆 2025 年 06 月 05 日至 07 月 06 日）
機會來了好好把握，財運、事業都有新景象了。

農曆六月癸未月（西曆 2025 年 07 月 07 日至 08 月 06 日）
工作煩忙，壓力大，關心旁人的時間少了。

農曆七月甲申月（西曆 2025 年 08 月 07 日至 09 月 06 日）
感情爭執不斷，兩人相處應該互相遷就別太計較。

農曆八月乙酉月（西曆 2025 年 09 月 07 日至 10 月 07 日）
感情上出現了一點小事，自己花一點耐性。

農曆九月丙戌月（西曆 2025 年 10 月 08 日至 11 月 06 日）
投資須謹慎，提防損失。

農曆十月丁亥月（西曆 2025 年 11 月 07 日至 12 月 06 日）
與長輩不和，吃虧的始終是自己。

農曆十一月戊子月（西曆 2025 年 12 月 07 日至 2026 年 01 月 04 日）
舉止輕率，惹人非議。

農曆十二月己丑月（西曆 2026 年 01 月 05 日至 2026 年 02 月 03 日）
晨昏癲倒，傷及身體那壞了事。

1982 年　壬戌年　面對窘境自求多福
1982 年屬狗之人 2025 年整體運勢

在 2025 年不要期望太高，還是自求多福吧。「天芮星」，這凶星會帶來很多可怕事情，可能是事業受挫，也可能是錢財受損，還有可能是感情破裂。無論如何都要以不變應萬變，不要稍微遇到一點困難，就立刻哭天喊地，或是乖乖受死。人在任何時候都要具有主觀能動性，而屬狗的朋友一定要把握住機會，在逆境中絕處逢生，不斷磨練自己的毅力，這樣才可以變得越來越強大和勇敢。

1982 年屬狗之人 2025 年事業運勢

受太歲影響，可能會面臨辭退的窘境。由於公司整體運營不行，可能要大規模裁員，平日裡工作態度不端正，工作能力平平或是業務能力一般的人，都會直接被開除。即便這種尷尬的事情落到自己頭上，也沒必要大失所望，而是應當積極樂觀起來，盡快找到新的工作。要根據自己的特長去尋找，不要抱著一種破罐子破摔的心態，隨便找個工作糊弄，這樣很快還會被勸退。找到工作之後，就要扎根於此，踏實努力。

1982 年屬狗之人 2025 年財富運勢

在 2025 年受太歲影響，破產和破財的概率都比較大。家裡面可能會被竊賊盯上，所以要加固好門窗，出門之前也要檢查一下房門有沒有鎖好。屋裡面千萬不要放置太多貴重的物品，或是大量的現金，最好能夠安置一個攝像頭。這樣即便失竊了，還有可能將錢財追回來，不至於損失慘重。另外，在這一年收入不太多，要提前做好心理準備，除了做好主業之外，私底下也要經營各項副業，這樣才能收穫更多的錢財。

1982 年屬狗之人 2025 年感情運勢

男士受太歲影響，很有可能被妻子戴綠帽子。由於生活不順心，每天可能都負能量滿滿，賺不到多少錢，家裡經濟比較困難，他們甚至還會直接將火氣撒到妻子身上。時間長了，彼此的矛盾肯定會越來越多，伴侶紅杏出牆，也就不那麼奇怪了。所以一定要克制自己的脾氣，在努力工作賺錢的同時，還要多花時間陪伴妻子和孩子。當然如果倆人確實矛盾突出，無法調節的話，建議還是早點處理為好。女士感情狀態不佳。對於單身的屬狗女來說，已經是大齡剩女，每天都要面對家人的催促，希望她們能夠盡快找到合適的人結婚。屬狗女身邊會有一些追求者出現，但是千萬不要為了結婚而勉強在一起，如果覺得不合適就及時拒絕，不要在意別人的眼光，不然即使結婚，婚姻也很難幸福。已婚的屬狗女與丈夫的感情逐漸趨於平淡，缺乏浪漫，平時也很少交流，除了討論孩子的問題，很少會主動溝

通，這樣的生活狀態會讓屬狗女生出離婚的念頭，一定要慎重，不要因一時衝動做出後悔的決定。

1982 年屬狗之人 2025 年健康運勢

屬狗的朋友會遭遇很多肉體上的疼痛與折磨。騎車出行或是開車外出的話，很有可能遭遇重大車禍，不但需要耗費大量的錢財，關鍵還需要在醫院治療很長時間。一定要提高安全防範意識，不要醉駕，更不能無視交通規則，在雨雪等惡劣天氣，盡量減少出門的次數。同時，這一年身體狀況也不太好，身子特別虛弱，稍微一變天或是身邊有感冒的人，他們也會很快出現發燒發熱的情況。總而言之，一定要認真調理身子，注意健康。

每月攻防：

(所有月份計算以二十四節氣轉換作為每月之開始，並非以初一為每月之第一天)

農曆一月戊寅月（西曆 2025 年 02 月 03 日至 03 月 04 日）
偏財運不佳，賭博之事可避則避。

農曆二月己卯月（西曆 2025 年 03 月 05 日至 04 月 03 日）
易有慢性病，精神壓力大，要盡量保持生活規律較正常。

農曆三月庚辰月（西曆 2025 年 04 月 04 日至 05 月 04 日）
與朋友在金錢上有磨擦，小心理財。

農曆四月辛巳月（西曆 2025 年 05 月 05 日至 06 月 04 日）
不要胡思亂想，引起神經衰弱或頭痛。

農曆五月壬午月（西曆 2025 年 06 月 05 日至 07 月 06 日）
自信心不足，不順事件較多，凡事自己都無法預期。

農曆六月癸未月（西曆 2025 年 07 月 07 日至 08 月 06 日）
將錢財多作一點佈施，這可以減輕意外的開支。

農曆七月甲申月（西曆 2025 年 08 月 07 日至 09 月 06 日）
　　人緣好，有應酬又有口福。

農曆八月乙酉月（西曆 2025 年 09 月 07 日至 10 月 07 日）
　　身體容易疲倦不適，另外，不要吃生冷的食物，由於抵抗力較差，要特別注意保重身體健康，減少去公眾場合，避免受感染。

農曆九月丙戌月（西曆 2025 年 10 月 08 日至 11 月 06 日）
　　勞心勞神，喜鑽牛角尖，孤僻心較強。

農曆十月丁亥月（西曆 2025 年 11 月 07 日至 12 月 06 日）
　　與朋友相處中，有磨擦的現象，盡量減少批評對方。

農曆十一月戊子月（西曆 2025 年 12 月 07 日至 2026 年 01 月 04 日）
　　精神與情緒壓力大，要儘量放輕鬆。

農曆十二月己丑月（西曆 2026 年 01 月 05 日至 2026 年 02 月 03 日）
　　財運方面，有意外的開支，或破財的現象。謹記不要亂投資，理財要保守。

1994 年　甲戌年　人生關口沉實應對
1994 年屬狗之人 2025 年整體運勢

　　整體上來講還是很不錯的。正值人生的大好年華，卻也是處在人生的十字路口處，徘徊不知道到底自己的人生應該是什麼方向的。但是不要灰心喪氣，明確目標，持之以恆地努力，要相信自己，要記住年輕就是本錢。

1994 年屬狗之人 2025 年事業運勢

　　2025 年沒有在事業上特別成功或者事業騰飛的樣子，畢竟他們的事業還處於剛剛起步的狀態，切記不要心浮氣躁、妄自菲薄。而屬狗的人，總是比較溫順的，所以不想要有什麼突破。要改變這種想法，努力去適應這個社會。還要注意，狗雖然很忠誠，

但是要防止事業上的競爭對手利用這個點來擊敗你。另外要好好地為老闆工作，他不會虧待你。

1994 年屬狗之人 2025 年財富運勢

財運方面的運勢還是比較穩定的，也許比起別人不算什麼，但是和之前的自己比起來已經有很大的改善。這一年雖然需要花錢的地方也有很多，且意外的開銷總是會時不時來臨，導致總感覺入不敷出。但幸好屬狗人本就崇尚開源節流，萬事都會提早打算，因此即便遇到財務危機，也能夠想辦法解決，整體還是不會給生活帶來負擔的。

1994 年屬狗之人 2025 年感情運勢

愛情運處於低潮期。很有可能大學談了很久的女朋友忽然要跟你分手，或者女朋友想要回老家去，但是你放不下自己的事業，於是兩個人容易吵架。一定要注意不要忽略陪伴你的那個人的感受。而結婚的人倒是很少，而且不建議 1994 年出生的屬狗人 2025 年結婚，因為有很大的可能性是，這麼早結婚，兩個人會不歡而散。

1994 年屬狗之人 2025 年健康運勢

財運、事業運、愛情運都很一般，不過很幸運的事情就是，他們的健康運很不錯。這就是最大的幸福。因為沒有健康，其他的一切都是空談，有了健康，慢慢地其他的也會有的。屬狗的人就是要注意一個方面，肉不要吃得太多，而是要多吃蔬菜水果。

每月攻防：

（所有月份計算以二十四節氣轉換作為每月之開始，並非以初一為每月之第一天）

農曆一月戊寅月（西曆 2025 年 02 月 03 日至 03 月 04 日）
將錢財多作一點佈施，這可以減輕意外的開支。

農曆二月己卯月（西曆 2025 年 03 月 05 日至 04 月 03 日）
桃花暢旺，放眼選擇。

農曆三月庚辰月（西曆 2025 年 04 月 04 日至 05 月 04 日）
　　最好不要作任何的合作的決定，以免日後麻煩。

農曆四月辛巳月（西曆 2025 年 05 月 05 日至 06 月 04 日）
　　因一時意氣用事而花費金錢，不要讓別人的一句説話宜作無謂的「金錢損失」！

農曆五月壬午月（西曆 2025 年 06 月 05 日至 07 月 06 日）
　　家運較差，家中有爭執，凡事不可只聽一面之詞，要冷靜分析。

農曆六月癸未月（西曆 2025 年 07 月 07 日至 08 月 06 日）
　　不要胡思亂想，引起神經衰弱或頭痛。

農曆七月甲申月（西曆 2025 年 08 月 07 日至 09 月 06 日）
　　子女方面較難管教，他們有自己的思想，不可將自己的個人主觀強加於他們身上。

農曆八月乙酉月（西曆 2025 年 09 月 07 日至 10 月 07 日）
　　全年最好運的一個月，一年的煩惱得到解決。

農曆九月丙戌月（西曆 2025 年 10 月 08 日至 11 月 06 日）
　　身體抵抗力差，要特別注意健康，會有一些小毛病。

農曆十月丁亥月（西曆 2025 年 11 月 07 日至 12 月 06 日）
　　心情煩躁，又有是非，做起事來又自覺自信心不足，力不從心，凡事宜守不宜攻，嘗試往外走走，會有新發現。

農曆十一月戊子月（西曆 2025 年 12 月 07 日至 2026 年 01 月 04 日）
　　有強烈的慾望追求，但行事激進，容易損傷身體或與人有是非爭執！

農曆十二月己丑月（西曆 2026 年 01 月 05 日至 2026 年 02 月 03 日）
　　這個月適宜去旅行，開懷心情。

2006 年　丙戌年　少管閒事平順度過

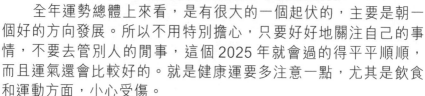

2006 年屬狗之人 2025 年整體運勢

全年運勢總體上來看，是有很大的一個起伏的，主要是朝一個好的方向發展。所以不用特別擔心，只要好好地關注自己的事情，不要去管別人的閒事，這個 2025 年就會過的得平平順順，而且運氣還會比較好的。就是健康運要多注意一點，尤其是飲食和運動方面，小心受傷。

2006 年屬狗之人 2025 年學業運勢

2025 年大概在讀高中，他們剛剛升入高中，和初中的學習習慣和氛圍特別不一樣的，所以從前成績好的，反而會在高中一下子適應不了，成績下降也不是沒有可能的。所以請這些人的父母一定要注意孩子的情緒，防止他們出現厭學的情緒。多和老師溝通，和班級裡面的同學也要搞好關係，爭取快一點適應，成績就會慢慢恢復的。

2006 年屬狗之人 2025 年財富運勢

財運主要是體現在他們的副財運上面，屬狗的天生就有一種很敏銳的特徵，他們總是能夠發現一些商機，也許不是自己去做，可能就是會給家裡的一些長輩帶來靈感。蠻不錯的一個機遇就是，很有可能他們給爸爸帶的彩票會中一個小獎。另外他們的父母事業會比較順利的，家裡很有可能會遇上房屋拆遷等忽然的錢財到來。不過要注意的是，這一年確實財運很好，不過因為還在念書，很有可能心智不成熟，要爸爸媽媽多注意他們。

2006 年屬狗之人 2025 年健康運勢

身體方面，這一年，他們特別容易招惹小病小痛，感冒發燒一年都不斷，而且還會特別容易過敏。但是最嚴重的是，他們這一年，崴腳的可能性會很大，所以一定要注意運動的時候的健康問題。另一個方面是心理健康問題。首先是環境的變化，他們會很難適應，屬狗的人就是很留戀自己的老窩，所以不能很快適應新的環境，因而不能保持一個良好的心態。作為父母要多關心他們的身體和心理健康。

每月攻防：

(所有月份計算以二十四節氣轉換作為每月之開始，並非以初一為每月之第一天)

農曆一夕戊寅夕（西曆 2025 年 02 夕 03 日至 03 夕 04 日）
　　不可作任何形式的投資，會造成無謂的損失，以及與好朋友反面，得不償失。

農曆二夕己卯夕（西曆 2025 年 03 夕 05 日至 04 夕 03 日）
　　注意肝、膽方面的疾病，此月宜做身體檢查。

農曆三夕庚辰夕（西曆 2025 年 04 夕 04 日至 05 夕 04 日）
　　精神、情緒起伏較大有壓力，心情要放開朗，不宜鑽牛角尖。多聽別人的意見。

農曆四夕辛巳夕（西曆 2025 年 05 夕 05 日至 06 夕 04 日）
　　家運較差，家中易有是非，或有異動。

農曆五夕壬午夕（西曆 2025 年 06 夕 05 日至 07 夕 06 日）
　　有貴人幫，財運不錯，有一筆意外之財，好好理財。

農曆六夕癸未夕（西曆 2025 年 07 夕 07 日至 08 夕 06 日）
　　在外與人相處比較霸道，給人壓力不自覺，要多收斂。

農曆七夕甲申夕（西曆 2025 年 08 夕 07 日至 09 夕 06 日）
　　要特別注意休息，因身體抵抗力差，會有一些小毛病的困擾。應儘量少去公共場合。

農曆八夕乙酉夕（西曆 2025 年 09 夕 07 日至 10 夕 07 日）
　　打掃居所，清淨家中的磁場，有安定家運的功效。

農曆六月丙戌月（西曆 2025 年 10 月 08 日至 11 月 06 日）

　　自信心較不足，做事比較不順，凡所做之事，會有一種白做的感覺。儘量不要與人爭。

農曆十月丁亥月（西曆 2025 年 11 月 07 日至 12 月 06 日）

　　外出要特別小心，留意意外受傷。

農曆十一月戊子月（西曆 2025 年 12 月 07 日至 2026 年 01 月 04 日）

　　最好不要作任何的合夥決定，會造成無謂的損失，以免日後留下麻煩。

農曆十二月己丑月（西曆 2026 年 01 月 05 日至 2026 年 02 月 03 日）

　　易有是非，凡事宜守不宜攻。

豬

屬豬的出生年份

1947 丁亥年，1959 己亥年，1971 辛亥年，
1983 癸亥年，1995 乙亥年，2007 丁亥年

屬豬之人 2025 年整體運勢

生肖屬豬人不能不面對天禽星臨門，財星受克，不宜求財，即使偶有偏財降臨，短時間內就會橫生枝節，多有消耗，切忌衝動冒險投資，保財為上。事業方面應留有預備方案和備選人材，否則輕易難堪。情感上切莫心急，終成正果。外出時留心保護好眼睛和口鼻。

屬豬之人 2025 年整體事業運勢

在事業方面綜合運勢還算可以，很多工作基本上都會按照預料當中展開，可是小細節方面仍然會有一些誤差，之前就要好好安排。一些項目比較費事，需求屬豬人不時做出調劑與修改，雖然有時候不斷更改方案會很煩，但只要認真踏實的幹，最終都會有好結果的。

屬豬之人 2025 年整體財富運勢

生肖屬豬人在財氣方面整體來講不是特別好，最好不要衝動行事，特別是一些表面看上去很有誘惑的投資，屬豬人一定要三思而行，不能一時衝動，而且在投資時也要把握好度，不能將所有錢財都投進去，還是要留足自己家庭的開支，否則一旦投資失利，生活家庭會變得一團糟。

屬豬之人 2025 年整體感情運勢

在情感方面仍是要耐心一點，喜歡一個人就不要輕易放棄。單身的人在物色對象時要多瞭解對方的喜好，家庭背景，減少交往後的矛盾。有對象的人要懂得珍惜，有什麼事情要開誠布公，共同解決問題，不要口是心非。

屬豬之人 2025 年整體健康運勢

進入 2025 年，生肖屬豬人的健康狀況整體來講不錯，但要注意保養自己的皮膚，多補水，外出要防曬，不然容易曬傷，尤其是女孩子。

出生年運程

1947 年　丁亥年　小心錢財謹防電騙

1947 年屬豬之人 2025 年整體運勢

綜合運勢低迷慘淡，他們將遭遇很多沉重的打擊，務必要提前做好心理準備。這一年要注重身體健康保養，千萬不要暴飲暴食，也不要故意冒險，否則可能會引發生命危險。另外這一年還要妥善打理個人錢財，謹防電信詐騙，否則一輩子辛辛苦苦累積的錢財，很有可能會被騙光。

1959 年　己亥年　生活優閒相當愜意

1959 年屬豬之人 2025 年整體運勢

全年運勢從整體上來看是相當好的，這一年他們生活的各方面都是非常順利的，心情愉悦是最經常的，兒女也有出息了，孫仔孫女也有了，錢財不愁、吃穿不愁，身體還是很硬朗的。

1959 年屬豬之人 2025 年事業運勢

已經要到了退休的年齡，事業什麼的對於 1959 年出生的屬豬人來説並不是那麼的關鍵了，不過他們要注意的是，屬豬人很容易懈怠，所以在最後幾年可能對工作特別不上心，其實只要再堅持一下就好了，不要那麼不在意，可能會影響退休的工資啊。當然也有人很在乎自己工作，老了也要創業，這其實是鼓勵的，因為屬豬的人有一種後勁，可能真的在老來得到了一份新的事業。

1959 年屬豬之人 2025 年財富運勢

這一年，男人和女人都可以算作是晚年生活的開始了。他們馬上就可以退休，享受平靜而安詳的退休生活。含飴弄孫大概是他們最理想的生活願景吧。他們的財運其實從一生來看，並沒有在 2025 年忽然有質的飛躍，只不過因為人已經邁入老年，而且子女已經成家立業，不要他們操心，老兩口自己拿著一點退休工資，吃吃喝喝玩玩還是相當愜意的。

1959 年屬豬之人 2025 年感情運勢

婚姻還在繼續,這一輩子基本上就不會離婚的了,兩個人的感情已經變成了一種親情,老來伴的話會讓他們更加珍惜彼此。如果是已經離婚,很有可能在 2025 年兩人會復合,畢竟屬豬的人本來就是比較戀舊的。如果説單身已久的,2025 年很有可能會有一個多年不見的好友,與你一起相伴晚年,屬豬人的晚年一般是不會很孤獨的。

1959 年屬豬之人 2025 年健康運勢

最值得高興和感到幸運的事情就是,1959 年出生的屬豬人2025 年的健康運很不錯啊。雖然到這個年紀了,但是他們這一年的身體一定很硬朗。不會有很大的疾病,需要去醫院。頂多就是那種小感冒,吃點藥就好了。不過早睡早起,不要熬夜,飲食要營養豐富,營養還要均衡,這是很重要的。另外一個很大風險的就是,因為給兒子女兒帶小孩,雖然心裡很高興,但是畢竟太累了,記得要量力而行。

每月攻防:

(所有月份計算以二十四節氣轉換作為每月之開始,並非以初一為每月之第一天)

農曆一月 戊寅月 (西曆 2025 年 02 月 03 日至 03 月 04 日)
　謹防財物失落,有失竊的機會。

農曆二月 己卯月 (西曆 2025 年 03 月 05 日至 04 月 03 日)
　需防受利器所傷,有破損,嚴重會有破相之危機。

農曆三月 庚辰月 (西曆 2025 年 04 月 04 日至 05 月 04 日)
　胸悶氣脹,常生嘔吐,反胃等疾病。

農曆四月 辛巳月 (西曆 2025 年 05 月 05 日至 06 月 04 日)
　心情易感到孤獨、孤僻,情緒比較波動。

農曆五月壬午月（西曆 2025 年 06 月 05 日至 07 月 06 日）

　　易有是非，凡事宜守不宜攻，加上自信心動搖，雖然可以逢凶化吉，但行事還是謹慎為上。

農曆六月癸未月（西曆 2025 年 07 月 07 日至 08 月 06 日）

　　經常發生口舌，衝突誤會，溝通有障礙，產生更大的疏離感。

農曆七月甲申月（西曆 2025 年 08 月 07 日至 09 月 06 日）

　　容易意志消沉，精神不振，做事有心無力。

農曆八月乙酉月（西曆 2025 年 09 月 07 日至 10 月 07 日）

　　情緒不穩，較容易患上情緒病，導致一發不可收拾。

農曆九月丙戌月（西曆 2025 年 10 月 08 日至 11 月 06 日）

　　任何探病、問喪之事不宜。

農曆十月丁亥月（西曆 2025 年 11 月 07 日至 12 月 06 日）

　　智慧與才能的發揮比平時較高效率，感受力與領悟力也較為敏銳。

農曆十一月戊子月（西曆 2025 年 12 月 07 日至 2026 年 01 月 04 日）

　　理財保守一點，對自己最為有利。

農曆十二月己丑月（西曆 2026 年 01 月 05 日至 2026 年 02 月 03 日）

　　朋友之間的是非最好也不要參與，有時候熱心也會為自己帶來困擾。

1971 年　辛亥年　爛桃花劫避而遠之

1971 年屬豬之人 2025 年整體運勢

　　全年運勢從宏觀的角度來看是可以的。這一年他們已邁入 54 歲了，半百知命，年輕的時候那種爭強好勝的心態，也在慢慢地平復下來。只不過這些屬豬人對自己的子女要求過於嚴格，總是和子女起爭執，這一點要注意。

1971 年屬豬之人 2025 年事業運勢

　　事業運其實和財運一樣，相當的平穩和普通。他們拘泥於自己所創造的成就，只是躺在自己的功勞簿上面好好享受。而後面進來的年輕人還處在一個想要拼搏一下的狀態里，所以 1971 年出生的屬豬人的事業在 2025 年是處於停滯的狀態，往好的方面想，也可以說是自己的事業還不錯，沒有後退吧。

1971 年屬豬之人 2025 年財富運勢

　　財運情況說不上好，也不能說不好，就是很一般吧。中年時期，自己的財運也和心態一樣，屬於一個很穩定發展的階段，沒有很讓人意外的飛財降臨到身上。正財運屬於普普通通的樣子，而副財運幾乎可以說是沒有。屬豬人的性格特點使得他們在中年的時候，就逐漸地開始放棄對大富大貴的追求，其實這也不錯，小日子過得平平順順。

1971 年屬豬之人 2025 年感情運勢

　　一般來說，想要知道愛情婚姻運勢的人，都是年輕人的事。畢竟上了 54 歲之後，很少有人還沒有穩定下來，就算是沒有穩定下來，自己的心態也算是很佛系的那種了。不過 71 年出生的屬豬人 2025 年要注意，這一年會有爛桃花加身，不注意的話會很麻煩。可能是你曾經的戀人忽然來找你，或者說你的同事對你有所表示。切記心智要堅定。否則的話，自己的家庭就會遭到破壞了，就算自己的家庭還好，和配偶的感情又會有一定的不利影響。

1971 年屬豬之人 2025 年健康運勢

　　健康其實是一個人活著最重要的東西，這句話應該沒有人會反對的吧。只不過健康看不見摸不著，只有自己失去的時候，才會明白它的珍貴。71 年出生的屬豬人特別貪吃，這不僅僅是他們這個屬相造成的影響，還有一部分是因為小時候物資匱乏。現在生活條件確實變好了，想吃什麼都有，但是屬豬人且吃且珍惜，飲食要規律，不能暴飲暴食或者説是吃太多油膩的東西，都會對健康運有損。

每月攻防：

（所有月份計算以二十四節氣轉換作為每月之開始，並非以初一為每月之第一天）

農曆一月戊寅月（西曆 2025 年 02 月 03 日至 03 月 04 日）
　　防財物掉失，有失竊的機會。

農曆二月己卯月（西曆 2025 年 03 月 05 日至 04 月 03 日）
　　容易與人發生爭執，所以盡量避免不必要的麻煩。自己會有脫離現實的想法。

農曆三月庚辰月（西曆 2025 年 04 月 04 日至 05 月 04 日）
　　身體比較敏感熱氣，宜吃清淡一點的食物。

農曆四月辛巳月（西曆 2025 年 05 月 05 日至 06 月 04 日）
　　與人相處，給了別人壓力而不自知，宜自己多加收斂。

農曆五月壬午月（西曆 2025 年 06 月 05 日至 07 月 06 日）
　　裡有很多不滿，煩惱常生，以平常心去面對，遇事可以逢凶化吉。

農曆六月癸未月（西曆 2025 年 07 月 07 日至 08 月 06 日）
　　容易疲勞，引起腦神經衰弱或頭痛，病向淺中醫。

農曆七月甲申月（西曆 2025 年 08 月 07 日至 09 月 06 日）
　　計劃有波折，所計劃的事情，在實施上有阻力。

農曆八月乙酉月（西曆 2025 年 09 月 07 日至 10 月 07 日）
　　財運不錯，財源穩定。

農曆九月丙戌月（西曆 2025 年 10 月 08 日至 11 月 06 日）
　　自己不要給自己太大壓力，令自己增加煩惱。

農曆十月丁亥月（西曆 2025 年 11 月 07 日至 12 月 06 日）
　　不要一意孤行，不聽別人勸告，使自己走入死胡同，導致事情難以收拾。

農曆十一月戊子月（西曆 2025 年 12 月 07 日至 2026 年 01 月 04 日）
　　有意外的開支，最好不要亂投資。

農曆十二月己丑月（西曆 2026 年 01 月 05 日至 2026 年 02 月 03 日）
　　雖然遇事可逢凶化吉，但行事還是謹慎為上。

1983 年　癸亥年　貴人相助財運提升
1983 年屬豬之人 2025 年整體運勢
　　對於 1983 年出生的屬豬人來說，2025 年的運勢很不錯。這一年，他們很可能會著手買房子和裝修房子，不再租房子住，經濟已經能夠基本上穩定下來。要注意的是，千萬不要因為買房這件事和配偶吵架，傷肝動氣。

1983 年屬豬之人 2025 年的事業運勢
　　在 2025 年已經是 42 歲，屬於事業的穩定時期。這個時候，屬豬的人的那種想要安逸休閒的生活，想要稍微偷個懶的念頭在這一年會特別明顯。所以他們很有可能在這一年處於懈怠狀態，從而使得自己的事業上的進展特別慢。如果半路上殺出個程咬金，那麼辛辛苦苦打拼得來的地位就會被取而代之。所以這些人一定要注意，不要在事業上偷懶啊。

1983 年屬豬之人 2025 年的財富運勢

人們都以為豬又懶又蠢，而實際上豬很聰明，只不過豬圈太小了。屬豬的人，本性中帶著一點小聰明，他們腦子很靈光，會有很多奇思妙想，好點子特別多。不過要注意的是，不能空想，1983 年出生的人如果能在這一年把自己的想法落到實處，便會有貴人出手相助，錢財滾滾。

1983 年屬豬之人 2025 年的感情運勢

在 2025 年愛情婚姻上看似平平順順，實際上要注意，這是表面上的平靜，實際上暗潮湧動。如果這些人已經結婚了，值得關注自己在婚姻中的狀態，很有可能自己已經失去了當年的激情，所以要和配偶一起做一些浪漫的事情，重新燃起熱情。而那些仍然單身的朋友，應該注意自己身邊玩的比較好的異性朋友，他們很有可能在暗戀你卻不敢說出來。這時候一定要好好把握機會，如果你對他們也有好感，一定要主動一點。錯過這一年，暗戀你們的人馬上就會喜歡上別人，再要等這個機會就很難了。

1983 年屬豬之人 2025 年的健康運勢

健康方面都會比較安逸，沒有很劇烈的波動。這些人的健康沒有大問題，只不過要很注意一些不起眼的小病小痛，比如鼻炎、牙疼、胃炎等，雖然不是大問題，但是總是會對生活造成一定的不方便。而屬豬的人又比較貪吃，所以他們要特別注意忌口，加上這一年沒有什麼煩心事，所以特別容易胖，也要很注意自己的肥胖所帶來的高血壓高血脂。總之要清淡飲食，勤於鍛鍊。

每月攻防：

(所有月份計算以二十四節氣轉換作為每月之開始，並非以初一為每月之第一天)

農曆一月虎寅月（西曆 2025 年 02 月 03 日至 03 月 04 日）

朋友之間的是非最好也不要給與任何意見，盡量聆聽他們的說話，不要給與任何的意見或批評，避免好心做壞事。

農曆二夕己卯夕（西曆 2025 年 03 夕 05 日至 04 夕 03 日）
　　受到上司重用，而同時加重工作上的責任及份量。

農曆三夕庚辰夕（西曆 2025 年 04 夕 04 日至 05 夕 04 日）
　　實行上有阻力，最好拖過此月再作打算。

農曆四夕辛巳夕（西曆 2025 年 05 夕 05 日至 06 夕 04 日）
　　得有能力的同學或同事啟發，而開悟智慧

農曆五夕壬午夕（西曆 2025 年 06 夕 05 日至 07 夕 06 日）
　　個人的表演慾很強，時時希望表現自己的意見，由於見識多令自己容易被人妒忌，招事非，必需留意，減少誤會。

農曆六夕癸未夕（西曆 2025 年 07 夕 07 日至 08 夕 06 日）
　　男女感情易有爭執，應以柔制剛。

農曆七夕甲申夕（西曆 2025 年 08 夕 07 日至 09 夕 06 日）
　　工作上，會有貴人出現，幫你解決工作上的難題。

農曆八夕乙酉夕（西曆 2025 年 09 夕 07 日至 10 夕 07 日）
　　工作上遇到的挑戰更加大，上司對自己要求比前更加高，甚至有不合理的要求，宜凡事忍耐。

農曆九夕丙戌夕（西曆 2025 年 10 夕 08 日至 11 夕 06 日）
　　受環境限制，有志難伸之慨，宜保持心境平穩才是。

農曆十夕丁亥夕（西曆 2025 年 11 夕 07 日至 12 夕 06 日）
　　小心外來災禍，並留意錢財流失。

農曆十一夕戊子夕（西曆 2025 年 12 夕 07 日至 2026 年 01 夕 04 日）
　　工作壓力比較大，有遷動之舉，同事與同事之間的競爭更見明朗化，工作上的人際關係要謹慎處理。

農曆十二月己丑月（西曆 2026 年 01 月 05 日至 2026 年 02 月 03 日）
自信心較不足，諸事不順，所忙之事，常會有一種白忙的感覺。

1995 年　乙亥年　事事順利貴人相助
1995 年屬豬之人 2025 年整體運勢

　　進入 2025 年豬年，雖然是沖太歲的一年，但因為有吉星拱照，化解了本年的衝擊，全年運勢會比較順利，去年遇到的挫折和困難會逐漸遠去，情緒上會明顯得到改善或輕鬆。運勢也在慢慢地好轉起來，今年會有不錯的貴人運，容易在需要幫助時得到貴人的相助。工作上會從去年不佳的狀態中有所轉變，而且也會有貴人指導，工作上會更加順利，能夠做出好的業績。讀書的屬豬人跟同學玩樂要適當，不可過度沉迷娛樂、玩遊戲，在學校內對老師的態度要保持尊敬，不可驕傲自負。財運上會有所改善，還會有小的偏財運。但在健康上面需要多注意，避免過多地消耗身體的精力，交通方面要多注意安全，避免意外的發生。

1995 年屬豬之人 2025 年的事業運勢

　　屬豬人事業運一開始就會有一種要騰飛的苗頭，畢竟他們為人還是很踏實的，做事情也很勤勤懇懇，讓人挑不出什麼大毛病。今年要注意一點的是，不要一直都很傻很天真，總是幫助別人。因為在事業上，屬豬人特別容易招小人然後被騙。如果能學會看人，這年定會為事業奠定一個很好的基礎。

1995 年屬豬之人 2025 年的財富運勢

　　屬豬人的財運會有所起色，可制訂存錢計劃，雖然進修影響屬豬人主要的經濟情況，但是只要在日常開支中減少購買不必要的物品，就會省下不少的錢財，有利於解決在急需用錢時而沒有錢可用的情況，雖然會是較小的金額，但仍然可以積少成多。成績上會得到明顯的提升，會漸漸培養成良好的習慣，因此在娛樂上的花費會減少，同時，好成績會有機會獲得獎金，會更有利於存錢。屬豬人今年要合理安排自己的工資，不可隨意揮霍，可報讀專業培訓班，對以後的提升和成長會有很好的幫助。

131

1995 年屬豬之人 2025 年的感情運勢

在 2025 年裡將會有很大的幾率收穫一份甜蜜的愛情。屬豬人為人誠懇，而且整個人看上去是很踏實的，好像是可以依靠的樣子。所以到了 2025 年這個更加成熟而且有魅力的年紀，總是能夠吸引很多異性的注意。但是要切記一點，不要被所謂的美好的愛情衝昏了頭腦，而忽視自己的健康或者工作，還繼續進修的人也不要放棄學業。

1995 年屬豬之人 2025 年的健康運勢

今年的健康運勢顯得比較普通，雖然其他方面都比較順心，但往往在健康上會有所忽略，長期熬夜、玩手機或遊戲導致體質下降，所以會容易在今年出現病痛，需要多注意。要及時做體檢，並培養運動的好習慣，可經常跟同事、朋友早起跑步、健身，會提高身體體質，尤其是要注重培養健康的飲食習慣和運動習慣，才會有益健康。情緒上會容易著急上火，要避免被負面情緒控制，不可經常發怒發火，會容易發炎、發燒上火，對身心有較大的影響。

每月攻防：

(所有月份計算以二十四節氣轉換作為每月之開始，並非以初一為每月之第一天)

農曆一月戊寅月（西曆 2025 年 02 月 03 日至 03 月 04 日）
　　長輩、父母會給你帶來運氣，多聽他們的話，運氣自然來。

農曆二月己卯月（西曆 2025 年 03 月 05 日至 04 月 03 日）
　　注意自己的健康，身體會容易生病，抵抗力弱。金錢有透支的情形。

農曆三月庚辰月（西曆 2025 年 04 月 04 日至 05 月 04 日）
　　投資會容易造成無謂的損失，令自己失了預算，出現透支的情況，更不要貪小便宜。

農曆四月辛巳月（西曆 2025 年 05 月 05 日至 06 月 04 日）
　　遇事可逢凶化吉，仍然會有好運。與父母，配偶，異性朋友之間發生口角。

農曆五月壬午月（西曆 2025 年 06 月 05 日至 07 月 06 日）
　　所忙之事，自己都無法享受成果，會有一種白做的感覺。

農曆六月癸未月（西曆 2025 年 07 月 07 日至 08 月 06 日）
　　工作出現不順，應該以平常心去面對。做事時不要強出頭，樹大會招風，即使可逢凶化吉，但還是謹慎為先。

農曆七月甲申月（西曆 2025 年 08 月 07 日至 09 月 06 日）
　　若有不如意的事情發生，不要因為一點小事就動怒，因容易遭人誹謗。

農曆八月乙酉月（西曆 2025 年 09 月 07 日至 10 月 07 日）
　　不要給自己太大的壓力，否則在你心裡，會有很多不滿，徒生煩惱。

農曆九月丙戌月（西曆 2025 年 10 月 08 日至 11 月 06 日）
　　男女感情易有波折，彼此之間有大的歧見，自己宜多冷靜一點，多想想對方的好處與優點，宜忍過此階段。

農曆十月丁亥月（西曆 2025 年 11 月 07 日至 12 月 06 日）
　　工作壓力大，精神與情緒上儘量放輕鬆，避免造成內分泌的失調。

農曆十一月戊子月（西曆 2025 年 12 月 07 日至 2026 年 01 月 04 日）
　　人際關係要特別留意，因易惹莫名的是非，不要強出頭，樹大招風。

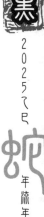

農曆十二月己丑月（西曆 2026 年 01 月 05 日至 2026 年 02 月 03 日）

身體易有不適，最好不要吃生冷的食物。此月工作順利，所計劃的事情，可順利完成。

2007 年　丁亥年　步步為營好壞參半

2007 年屬豬之人 2025 年整體運勢

2025 年全年運程是比較特別的，屬於那種注意一點就會變得特別好，要是不注意的話，就會差勁很多。所以説，一個人要隨時關注自己的生活的方方面面，包括自己的運勢，千萬不要一失足成千古恨。雖然年紀還小，但是經歷卻不少。

2007 年屬豬之人 2025 年的學業運勢

屬豬人很聰明而且很踏實。他們也不張揚，總是默默地學習提升自己。這當然是一件很好的事情，只不過要知道也該學會社交了，要多交幾個朋友，這對學業運會有幫助。如果一直死讀書，反而會不好。

2007 年屬豬之人 2025 年的財富運勢

對於一個剛成年的小孩子來説，財運是一個貌似很遙遠的事情，這是成年人的想法，不過從今年開始就有着一個不一樣的世界了。要知道在現代這個社會，很多人很小的時候就可以賺大錢了。所以 2007 年出生的屬豬人在這一年的財運説實話很不錯，就看你用不用這個運勢了。你們可以通過一些有獎比賽獲得一些錢財，前提是要去參加。偏財運其實也很好，他們能夠幫助家裡的大人帶來一些很好的財運。

2007 年屬豬之人 2025 年的感情運勢

屬豬人的愛情運居然很不錯，所以會有很多父母擔心會不會早戀什麼的。然而值得高興的事情是，屬豬人雖然心智成熟，但是在愛情方面的心智開發得比較晚，所以作為屬豬人父母不用擔心。

2007 年屬豬之人 2025 年的健康運勢

　　注意飲食結構和營養均衡，少吃垃圾食品，健康運才會好起來。同時，有時間也要出門曬曬太陽，多鍛鍊，這樣這個好的健康運才可以延續下去。

每月攻防：

(所有月份計算以二十四節氣轉換作為每月之開始，並非以初一為每月之第一天)

農曆一月戊寅月（西曆 2025 年 02 月 03 日至 03 月 04 日）
　　多聽聽家人的意見，問題自然能夠解決。

農曆二月己卯月（西曆 2025 年 03 月 05 日至 04 月 03 日）
　　留意血光、刀傷之事，減少意外受傷之機會，否則受傷之事會令自己需要入院治療。

農曆三月庚辰月（西曆 2025 年 04 月 04 日至 05 月 04 日）
　　家中不安，或身邊有喪服、悲傷之事發生，亦切忌探病、問喪。

農曆四月辛巳月（西曆 2025 年 05 月 05 日至 06 月 04 日）
　　在財運方面，有破財的現象，有意外的開支，或突如其來的購買欲；最好不要亂投資，小心理財。

農曆五月壬午月（西曆 2025 年 06 月 05 日至 07 月 06 日）
　　抵抗力較差，容易有小毛病，少吃生冷的食物；情緒反覆，宜控制自己，減低內分泌失調的出現。

農曆六月癸未月（西曆 2025 年 07 月 07 日至 08 月 06 日）
　　不要強出頭，樹大招風。

農曆七月甲申月（西曆 2025 年 08 月 07 日至 09 月 06 日）
　　學業有新轉機，從前的麻煩，漸漸有曙光，會有貴人出面協助。

農曆八月乙酉月（西曆 2025 年 09 月 07 日至 10 月 07 日）

　　自己會有無助、六親無緣之感覺，但是其實問題不大，可以過度。

農曆九月丙戌月（西曆 2025 年 10 月 08 日至 11 月 06 日）

　　家宅不安，易有官非，破財之事，而自己身體上會有血光、刀傷，切忌探病問喪。

農曆十月丁亥月（西曆 2025 年 11 月 07 日至 12 月 06 日）

　　招惹是非，有爭訟之事，幸有吉星相助逢凶化吉。

農曆十一月戊子月（西曆 2025 年 12 月 07 日至 2026 年 01 月 04 日）

　　注意水火滾湯，廚房內勿近。

農曆十二月己丑月（西曆 2026 年 01 月 05 日至 2026 年 02 月 03 日）

　　與好朋友交惡；投資失利損財。

鼠

張老師
2025乙巳蛇年流年運程
鼠

屬鼠的出生年份
1936 丙子年，1948 戊子年，1960 庚子年，1972 壬子年，
1984 甲子年，1996 丙子年，2008 戊子年

屬鼠之入 2025 年整體運勢

從古至今素來有蛇鼠一窩的說法，屬鼠的朋友來到蛇年，將會有各方面的運勢波動起伏過大，諸多不順的事情頻繁發生，危害程度嚴重、涉及面廣泛，凡事都要多加小心。而且生肖鼠的朋友在本年裡很難會有大發展，部分的屬鼠人還將面臨前所未有的大挑戰。

首先是事業方面，全年工作的進展，完全不能按照自己所期望的方向發展，會受到較多的瑣事羈絆，難有大展拳腳的機會。如果此時稍有不慎，部分屬鼠人甚至會面臨失業的危險，嚴重程度可見一斑。工作上的諸多不如意所產生的負面情緒，會被肖鼠人帶到生活中。因為自己的緊張情緒得不到合理的宣洩，家庭成員以及戀人在與屬鼠人相處中，也會顯得畏首畏尾，整年中多數時間家庭的氣氛都比較低沈，人際交往方面也會受到波及。

除此之外，需要注意的就是身體健康問題，高強度的工作下身體難免會吃不消。建議要注重勞逸結合，學會調整心態和釋放壓力，凡事都不可太過於急躁，要懂得冷靜思考以及處理問題。在 2025 年裡，屬鼠朋友的財運也會出現比較大的漏洞，個人的收入常常低於所需的開支，破財的機率明顯變大。建議要做好規劃，合理消費才會減少損失。

屬鼠之入 2025 年整體事業運勢

工作上不會有太理想的發展以及突破，因為受到犯命年的影響，工作進展會遇到比較多的阻礙，一年中陷入事業瓶頸期次數繁多。以這種情形來分析，如果想要在工作上有好的發展，依靠自己現有的力量是不夠的，建議主動利用個人的閒暇時間進修相關知識，努力提升自己各方面的專業知識以及技能。

除此之外，在日常的工作中，還要處理好與同事之間的關係，謹言慎行，即使不求他們能幫助自己完成工作項目，也可以防止在自己遇到困難的時候他人落井下石。在完成上司分配的任務時

切忌因小失大，要特別留意細節的問題，不可正面頂撞上司。對於自出創業的屬鼠人，在公司的發展方面不可操之過急，對員工不要太過苛刻，偶爾聽一下員工的意見能有意想不到的收穫。

屬鼠之人 2025 年整體財富運勢

在 2025 年裡並不是特別樂觀，需要花錢的地方太多，並且會有意外失財的情況出現。即使是對於擅長理財的生肖鼠人而言，想要在這種情況下盡量減少不必要的支出，也是比較困難的。今年建議不要進行過大金額的投資，否則會導致血本無歸，至於中等數額的投資，在沒有完全把握的情況中，能免則免。

個人方面的開銷也要適當控制，切忌因為心血來潮，而去購買生活中並不需要的物品，否則很容易打亂個人或家庭的財務狀況。此外，在鼠年裡凡是涉及錢財方面的事情，都建議親力親為，切忌讓他人代勞，以免給個人帶來不必要的損失。尤其是生活中剛結交的朋友，不可太過於信任，在與他們進行金錢往來時最好是立下借據，不要因為好面子而給自己帶來巨大的損失，到時將會後悔莫及。

屬鼠之人 2025 年整體感情運勢

屬鼠感情方面的運勢並不穩定，會有層出不清的狀況發生，處理得當就能迎來雨後彩虹，處理不當就會結束一段可貴的感情。單身的屬鼠人在今年裡，想要順利脫單並不容易，其結果與自身條件的好壞並沒有多大的關係。在犯命年的影響下，自己的感情會出現較多的坎坷與波折，即使兩人正處於某種曖昧的階段，也會因為一些誤會，而導致結束這段還沒開始的感情。

至於有對象的屬鼠男女，今年的感情會出現兩個極端現象，要麼雙方之間相處非常融洽，要麼就是以分手結束。這樣特殊的一年裡，與愛人在平時的相處中，切記要懂得收斂自己的脾氣，懂得包容。平時要主動與伴侶溝通，千萬不要把個人的想法默默的藏在心中，時間一長容易滋生出更多的問題，若得不到有效的處理，最終會演變成感情破裂的導火線。

已經成家的生肖鼠，家庭內部的問題不大，夫妻雙方的相處也算比較和諧，但在平時也不可掉以輕心。與其他異性的相處要把握好尺度，避免因為自己的一個不恰當的行為讓他人誤會，給家庭的其他成員帶來麻煩。

屬鼠之人 2025 年整體健康運勢

健康運勢平平，稍不留意，會給自己帶來不少的損失與麻煩。對於屬鼠小孩子來說，家長要注重給他們補充維生素，以及其他身體所需要的營養，增強自身的免疫力，防止生病的概率，讓其在健康快樂的環境之下學習。工作中的生肖鼠，在工作中要注重勞逸結合，可利用休息時間鍛鍊身體。不要整天宅在家中，也不要經常的熬夜加班，盡量養成良好的作息習慣，以免因小失大給自己造成更大的損失。如果條件允許，可利用假期出去旅遊散心，釋放工作壓力調節心情。

對於步入中年的生肖鼠，在 2025 年裡要特別注意身體健康，不可經常喝酒，身上一旦出現小毛病，就要馬上選擇去醫院檢查，千萬不要等到小病拖成大病才後悔莫及。如果家中有屬鼠老年人，建議經常與他們談談心，陪陪他們，讓老人能夠以愉悅的心情度過每天，這對健康方面也有很大的幫助。最好是給他們定期做個檢查，因為到了老年身體機能也會慢慢衰老，隨之而來的就是各種各樣的疾病。

出生年運程

1948 年　戊子年　慎防受騙看守好錢財
1948 年屬鼠之人 2025 年整體運勢

今年的流年運程頗佳，比較去年大有起色。財運方面，今年頗為暢旺，但年中甚為反復，應該提高警惕，慎防被人侵吞錢財。年尾財運甚佳，若不胡亂花費，定可有豐富收穫。健康方面，屬鼠的人今年頗多病痛，而且不時會有意外損傷，所以起居飲食不可不慎。須注意駕駛或橫過馬路，以免交通意外。

1960 年　庚子年 入不敷出慎重理財

1960 年屬鼠之人 2025 年整體運勢

對於 1960 年出生的屬鼠人來説，在這一年如果沒有好的開始，一整年的時間都會處於狀態不好，吉運不佳的狀態。1960 年出生的屬鼠人，在 2025 年健康方面會出現多種問題，小的病痛不斷，以前有過手術或者創傷，今年會出現復發的可能。在感情上，1960 年屬鼠人在 2025 年會面臨與家人發生口角的問題。事業和財運方面變化不是很大，如果能繼續保持原有狀態，不會有太大變化。

1960 年出生的屬鼠之人 2025 年事業運勢

事業方面沒有太大的變化。因為 60 年出生的屬鼠人在工作已經處於比較重要的崗位，有的已經可能提前退休。無論是繼續在單位任職還是退休，在 2025 年屬鼠人的事業方面不會有很大影響。屬鼠人的聲望在今年仍然會繼續保持，事業上沒有太大的精進，但是也處於平穩的狀態。

1960 年出生的屬鼠之人 2025 年財富運勢

財運會處於下降狀態，出現財務流失的問題。主要因為在今年屬鼠人的支出增加。在 2025 年屬鼠人因為身體方面會出現各種病症，更多的財務都用於身體健康保養和治療方面。儘管家人朋友們拿出自己的財務幫助他們度過難關，但是屬鼠人因為比較逞強，除非迫不得已一般不輕易接受別人的饋贈。

1960 年出生的屬鼠之人 2025 年感情運勢

感情狀態不太樂觀。因為在 2025 年屬鼠人的感情方面比較脆弱，情緒上會不定時的出現一些小的問題，導致感情忐忑不安，容易出現負面情緒。建議屬鼠人多和家人交流溝通，子孫們對家中長輩的健康問題非常關心，通過交流溝通，讓自己走出陰影，和家人一起面對各種問題。不要自己糾結，做無謂的掙扎矛盾。

1960 年出生的屬鼠之人 2025 年健康運勢

2025 年的健康狀態比較嚴重，需要屬鼠人加倍小心。因為在犯命年，屬鼠人的運勢並不是很好，特別是健康方面，應該是 2025 年全年都需要關注的問題。60 年出生的屬鼠人今年容易出現各種病痛，特別是之前做過手術或者有過嚴重創傷的屬鼠朋友，在本年尤其要注意。在戶外散步、運動的時候，要有家人陪伴，不可私自活動。

每月攻防：

（所有月份計算以二十四節氣轉換作為每月之開始，並非以初一為每月之第一天）

農曆一月戊寅月（西曆 2025 年 02 月 03 日至 03 月 04 日）

運勢還算是可以的，雖說不是特別旺盛但是也不會有特別糟糕的事情發生。金錢運勢比較一般。

農曆二月己卯月（西曆 2025 年 03 月 05 日至 04 月 03 日）

由於事業基本上已經到了一個極限沒有什麼突破，所以正財收入不是很理想。

農曆三月庚辰月（西曆 2025 年 04 月 04 日至 05 月 04 日）

健康運勢稍微有點不好，雖然不會出現重大疾病，但是由於到了一定的年齡體質較弱，容易遭到各種小病的侵襲。

農曆四月辛巳月（西曆 2025 年 05 月 05 日至 06 月 04 日）

在感情運勢上應該還是比較不錯的。夫妻相敬如賓，這個時候矛盾也會比較少，每天都是細水長流的幸福小日子。

農曆五月壬午月（西曆 2025 年 06 月 05 日至 07 月 06 日）

心平氣和，謹記和氣生財。

農曆六月癸未月（西曆 2025 年 07 月 07 日至 08 月 06 日）

日常生活中一定要注意照顧好自己，防止一些小病帶來比較嚴重的後果。

農曆七夕甲申夕（西曆 2025 年 08 月 07 日至 09 月 06 日）
　　與人相處小心，多做少說，防止禍從口出。

農曆八夕乙酉夕（西曆 2025 年 09 月 07 日至 10 月 07 日）
　　凡事動起來，多外出走動，會帶來意想不到的財運。

農曆九夕丙戌夕（西曆 2025 年 10 月 08 日至 11 月 06 日）
　　感情要多關心愛人的朋友圈，可能對你會有所隱瞞。

農曆十夕丁亥夕（西曆 2025 年 11 月 07 日至 12 月 06 日）
　　金錢上比較拮据，忌吃喝玩樂，避免破財散財。

農曆十一夕戊子夕（西曆 2025 年 12 月 07 日至 2026 年 01 月 04 日）
　　容易與上司發生誤會，應與上司多溝通，避免誤會的加深。

農曆十二夕己醜夕（西曆 2026 年 01 月 05 日至 2026 年 02 月 03 日）
　　往往一個錯別字或者一個未表述明白的語句就會讓你葬送大好的前程。

1972 年　壬子年　身體勞累休養生息
1972 年屬鼠之人 2025 年整體運勢

　　整體運勢不是很理想，事業上遇到瓶頸，如何能夠進一步開展，需要綜合考慮各種原因。1972 年出生的屬鼠人感情上也經歷著考驗，晚婚晚育的這一代人，子女現在正處於好玩好折騰的反叛期，這無疑給 1972 年出生的屬鼠人帶來很多的頭疼問題。健康方面，因為在今年，屬鼠人疲於奔波，勞心勞力，健康會亮起紅燈。

1972 年出生的屬鼠之人 2025 年事業運勢

　　事業上發展遭遇瓶頸期。這個年齡段的屬鼠人正處於公司內中高層階段，屬鼠人在今年會有個決斷，是努力一把更上一層，還是就此一直保留在原有狀態，甚至出現被代替的危險，所以

2025 年對於 1972 年出生屬鼠人來説比較關鍵。在本年，屬鼠人要多留意身邊人狀態及變化，做好本職工作的同時，有針對性的做好各種準備工作。

1972 年出生的屬鼠之人 2025 年財富運勢

今年財運上不會有很多波動。雖然事業上面臨著抉擇，但是憑借著屬鼠人天生的敏鋭，財運方面並不會受到影響。除了正常工資及各種獎金收入，屬鼠人還會在空閒時間做些投資。小打小鬧的投資行動，會給屬鼠人帶來一些財運，在加上平時的理財規劃，收入支出規劃，屬鼠人 2025 年的財運運勢是比較平穩的。

1972 年出生的屬鼠之人 2025 年感情運勢

感情上起伏比較大。這種變化除了來自單位上工作競爭的壓力，還來自於家庭內部各種矛盾的產生。特別是子女方面，會有很多問題讓屬鼠人難以掌控卻又不得不面對。比如孩子的叛逆期、不好好學習等。面對種種問題，屬鼠人應該積極和家人溝通，否則各種問題和矛盾會越積越多，最後不可收拾。

1972 年出生的屬鼠之人 2025 年健康運勢

健康方面運勢也非常不好。因為整年圍繞事業、家庭等問題，讓屬鼠人疲憊不堪，難以應對。屬鼠人會經常出現失眠、睡眠質量差等問題。1972 年屬鼠人現在的階段正是一個家庭的支柱，所以一定要調整好自己，多運動，鍛鍊好身體；多和家人溝通，多和子女們親近，取得他們的理解和信任。從心理上得到慰藉，健康自然會好轉。

每月攻防：

(所有月份計算以二十四節氣轉換作為每月之開始，並非以初一為每月之第一天)

農曆一月戊寅月（西曆 2025 年 02 月 03 日至 03 月 04 日）

健康要注意腸胃，本月容易引起腸道疾病，少吃油膩多吃蔬菜可化解。

農曆二月己卯月（西曆 2025 年 03 月 05 日至 04 月 03 日）
　　本月肺部最好注意保養，容易引起呼吸道的疾病。

農曆三月庚辰月（西曆 2025 年 04 月 04 日至 05 月 04 日）
　　應多做事少說話為妙，尤其是做文字處理工作的朋友，需多斟酌檢查自己的作品方可上交上級部門。

農曆四月辛巳月（西曆 2025 年 05 月 05 日至 06 月 04 日）
　　財運方面運程及運勢升高，沒有花錢即使是在掙錢了。

農曆五月壬午月（西曆 2025 年 06 月 05 日至 07 月 06 日）
　　財運較差，有資金來往的建議躲過這個月，容易產生糾紛。

農曆六月癸未月（西曆 2025 年 07 月 07 日至 08 月 06 日）
　　睡前不適合吃東西，非常容易消化不良。

農曆七月甲申月（西曆 2025 年 08 月 07 日至 09 月 06 日）
　　將會遇到新的機遇，並且誘惑性非常大。建議可以仔細考量一下，如果對於未來的發展確實十分有益，是可以考慮跳槽的。

農曆八月乙酉月（西曆 2025 年 09 月 07 日至 10 月 07 日）
　　不要在衝動之下做出讓人後悔的事情。

農曆九月丙戌月（西曆 2025 年 10 月 08 日至 11 月 06 日）
　　開銷比較大，收入基本上還是保持之前的水平，請小心理財。

農曆十月丁亥月（西曆 2025 年 11 月 07 日至 12 月 06 日）
　　在工作中展現出優秀的條理性，能夠詳細記錄會議紀要，受到同事和上級的表揚。

農曆十一月戊子月（西曆 2025 年 12 月 07 日至 2026 年 01 月 04 日）
　　正財收入穩定，有望通過努力工作獲得更多回報。

農曆十二夕己醜夕（西曆 2026 年 01 夕 05 日至 2026 年 02 夕 03 日）

掌握天氣，減少感冒。

1984 年　甲子年　感情動盪存有暗湧

1984 年屬鼠之人 2025 年整體運勢

今年總體運勢還是不錯的。雖然是屬鼠人的犯命年，但是處理得到，這對屬鼠人反而有利無害，還能幫助屬鼠人擁有更好的運程。屬鼠人事業上因為剛剛攻克難關，得到領導的關注和賞識。感情方面要特別注意，本年對 1984 年出生的屬鼠人，會多一些情感糾結問題；財運上屬鼠人今年會有不少偏財，但是因為一貫不善理財，存款數量還是沒有上來。

1984 年出生的屬鼠之人 2025 年事業運勢

事業運勢不錯。總是能漂亮的完成領導交代的任務，通過多次的考察，都得到領導的肯定，升職加薪功能是指日可待的。另外，和身邊的同事處好關係，細節決定成敗。屬鼠人應該借助外界裡面，通過吃飯等具體問題得到保證。84 年出生的屬鼠人事業上比較順暢，但是也要注意身體情況和身邊小人的活躍程度。

1984 年出生的屬鼠之人 2025 年財富運勢

財運還是不錯的。一方面因為工作上少有成效，升職加薪是很快面臨的問題。另外一方面，因為屬鼠人善於理財，投資的基金等理財產品都有不錯的收益。雖然取得了不錯的成就，但是還是要多看書，多溝通學習，特別是多和家人一起學習，如何理財，如何更可能的賺取更多利益。

1984 年出生的屬鼠之人 2025 年感情運勢

感情上在 2025 年亮起紅燈。首先因為忙於工作，對伴侶的關注開始減少。另外因為工作的關係，屬鼠人也會在不同場合遇見不同的異性，有些因為工作原因，聯繫頻繁。屬鼠人要認識到問題的嚴重性，採取一定的措施來規避。屬鼠人要多和家人和伴侶們溝通，有問題及時解決。不要等問題堆到一起，量變引起質變，到時候就不好解決。

1984 年出生的屬鼠之人 2025 年健康運勢

健康方面變化平平，運勢一般。84 年出生的屬鼠人正是壯年時期，擁有更多的精力處理生活中的各種問題。同時也多注意健身，多運動。和同伴一起戶外旅行、有氧運動等，都是不錯的。但是也不能因為年輕，就不注重保養身體，少喝酒，少抽煙熬夜等等，保證良好的作息習慣，才能擁有更好的健康狀況。

每月攻防：

(所有月份計算以二十四節氣轉換作為每月之開始，並非以初一為每月之第一天)

農曆一月戊寅月（西曆 2025 年 02 月 03 日至 03 月 04 日）

偏財運勢較佳，可能會有一些意外的收入，但需注意不要過於貪心，避免損失。

農曆二月己卯月（西曆 2025 年 03 月 05 日至 04 月 03 日）

感情運勢不錯，與伴侶間的溝通順暢，能夠相互理解和包容。

農曆三月庚辰月（西曆 2025 年 04 月 04 日至 05 月 04 日）

雖然有一些小收入，但整體來說並不算多。建議不要進行大額投資或消費，以免增加經濟壓力。

農曆四月辛巳月（西曆 2025 年 05 月 05 日至 06 月 04 日）

善於利用二手市場出售閒置物品，實現資源的再利用，為自己的財富積累添磚加瓦。

農曆五月壬午月（西曆 2025 年 06 月 05 日至 07 月 06 日）

在事業上表現平穩，能夠按照計劃有條不紊地推進工作。與同事間的關係融洽，合作愉快，共同完成任務。

農曆六月癸未月（西曆 2025 年 07 月 07 日至 08 月 06 日）

正財收入穩定，但增長幅度不大。

農曆七月甲申月（西曆 2025 年 08 月 07 日至 09 月 06 日）

懂得與其他部門的同事保持良好的溝通，這有助於在合作過程中避免不必要的麻煩，從而節省大量時間和精力。

農曆八月乙酉月（西曆 2025 年 09 月 07 日至 10 月 07 日）

保持謙虛好學的態度，不斷提升自己的專業能力，以應對職場上的各種挑戰。

農曆九月丙戌月（西曆 2025 年 10 月 08 日至 11 月 06 日）

需要注意調整自己的飲食習慣。盡量避免食用過於冰冷的食物。

農曆十月丁亥月（西曆 2025 年 11 月 07 日至 12 月 06 日）

保持清醒的頭腦，避免在衝動之下做出錯誤的決定。在行動之前，不妨先做好充分的計劃和準備，確保自己能夠穩步前行。

農曆十一月戊子月（西曆 2025 年 12 月 07 日至 2026 年 01 月 04 日）

要學會疼愛自己，多為自己著想，因為有些付出終究會換來相應的收穫。

農曆十二月己醜月（西曆 2026 年 01 月 05 日至 2026 年 02 月 03 日）

懂得開源節流，對於不必要的開支能夠堅決抵制。

1996 年　丙子年　舊病復發小心身體
1996 年屬鼠之人 2025 年整體運勢

整體運勢不太理想，在本命年會有很多不順。事業上因為剛剛踏入社會，會遇到很多問題和困擾。工作中會面臨工作能力生疏、不善與和同事處理各種關係，以及不知如何開展工作等。財運上也不是很好，因為工作上的各種問題，工資獎金等會受到影響。過度憂慮，經常加班熬夜等，導致身體出現一些小病症。感情上運勢不錯，身邊會有不少異性出現，會在事業上或者生活上提供一些幫助。

1996 年出生的屬鼠之人 2025 年事業運勢

事業運勢處於低谷狀態。初入職場，需要學習的東西很多。也會經常碰壁，遭受比人冷眼。但是對於堅強的屬鼠人，這些不會成為阻礙他們成長的困擾，反而會成為墊腳石，哪怕在低谷狀態下，也會一步一步走的踏實堅定。今年，屬鼠人會遇到影響自己一生的貴人，在貴人幫助下，事業會很快起色。

1996 年出生的屬鼠之人 2025 年財富運勢

財運方面運勢不太好，工作進展不順暢是影響財運的一大原因。工資不能在短時間內得到提升，所以開銷方面，屬鼠人要量力而行。但是屬鼠人對投資方面有一定的眼光，偶爾小的投資會獲得一定的收益。在經濟條件允許的情況下，可以適當的做一些理財投資。理財知識越早學習越好，可以幫助自己快速積累財富。

1996 年出生的屬鼠之人 2025 年感情運勢

感情運勢好。在這一年屬鼠人很容易遇到志同道合的夥伴，在事業上相互幫助，並且相互激勵，一起走出事業的低谷期。這一年會遇到值得一生交往的良師益友，讓屬鼠人受益很多。單身的屬鼠人，因為今年無暇估計感情問題，心思重點在發展事業上，感情問題會被擱置。總體來説，這一年屬鼠人的感情運勢還是不錯的，能獲得良師益友也是很大的收穫。

1996 年出生的屬鼠之人 2025 年健康運勢

因為年輕，早期蓬勃，健康方面並沒有太大的問題。但是對於曾經做過大手術、身體有創傷未復原的屬鼠人，在這一年一定要多關注下自己身體狀況，很有可能在某個機緣下會復發。儘管年輕人，身體素質好，但是也不能過度揮霍。

每月攻防：

（所有月份計算以二十四節氣轉換作為每月之開始，並非以初一為每月之第一天）

農曆一月戊寅月（西曆 2025 年 02 月 03 日至 03 月 04 日）
　　財運比較穩定，沒有太大的波動。

農曆二月己卯月（西曆 2025 年 03 月 05 日至 04 月 03 日）
　　愛情運勢比較平穩，沒有太大的起伏。單身的屬鼠人可能會有一些新的認識，但是進展並不會太快，需要耐心地相處和瞭解。

農曆三月庚辰月（西曆 2025 年 04 月 04 日至 05 月 04 日）
　　在投資方面，需要謹慎選擇投資項目，不要盲目跟風或者聽信他人的建議。

農曆四月辛巳月（西曆 2025 年 05 月 05 日至 06 月 04 日）
　　事業運勢比較順利，工作上能夠取得一些進展和突破。

農曆五月壬午月（西曆 2025 年 06 月 05 日至 07 月 06 日）
　　用平常心去面對生活，這樣的狀態有利於他們更好地處理各種問題。

農曆六月癸未月（西曆 2025 年 07 月 07 日至 08 月 06 日）
　　健康運勢一般，需要注意保持良好的作息習慣和飲食習慣。

農曆七月甲申月（西曆 2025 年 08 月 07 日至 09 月 06 日）
　　保持理性和謹慎的態度，避免因為衝動而做出錯誤的決策。

農曆八月乙酉月（西曆 2025 年 09 月 07 日至 10 月 07 日）
　　懂得把握分寸，不會為了面子而打腫臉充胖子。

農曆九月丙戌月（西曆 2025 年 10 月 08 日至 11 月 06 日）
　　存款逐漸增多，為未來的財富積累奠定了堅實的基礎。

農曆十月丁亥月（西曆 2025 年 11 月 07 日至 12 月 06 日）

　　對待工作充滿熱情與拼搏精神，總是利用業餘時間不斷學習，提升自己的專業能力。

農曆十一月戊子月（西曆 2025 年 12 月 07 日至 2026 年 01 月 04 日）

　　有時候，稍一猶豫就可能錯過許多寶貴的時機。

農曆十二月己醜月（西曆 2026 年 01 月 05 日至 2026 年 02 月 03 日）

　　懂得節儉持家，對於不必要的開支能夠堅決抵制。

2008 年　戊子年　易生疾病多加鍛鍊
2008 年屬鼠之人 2025 年整體運勢

　　整體運勢還是不錯的。學業上學習效率很高，對書本知識的理解能力逐漸加強，記憶能力也顯著提高。和家人關係也不錯，這個年紀正是開始懂事的時候，能夠理解家人對自己的期望，能夠踏實好好學習。健康方面，注意學習勞逸結合，不可沉迷於手機或者網絡遊戲，不然造成身體傷害還會嚴重影響學習。在金錢支出上，因為自身還沒有掙錢能力，在開銷上盡量避免揮霍，做到節儉節約。

2008 年出生的屬鼠之人 2025 年學業運勢

　　今年並沒有受到太歲影響，一切都呈現出利好的一面。2008 年出生的屬鼠人重點在於學習上，在 2025 年經過反復琢磨總結，找到適合自己的學習方式，理解領悟能力，得到很大的提升，記憶能力也得到相應的鍛鍊。大腦非常清晰，每次考試都會很幸運地考到自己熟悉的知識點。

2008 年出生的屬鼠之人 2025 年財富運勢

　　財運運勢一般。各方面的支出並不會很多，按部就班的學習，並沒有太大的開銷。週末或者暑假的時候，偶爾會在父母的帶領下外出旅行，或者購物等活動。2008 年屬鼠人在金錢上開始明白來之不易，不會輕易揮霍浪費。

2008 年出生的屬鼠之人 2025 年感情運勢

感情運勢良好。因為課業壓力越來越大，作為青少年的屬鼠人會承受一定的壓力。無論是在學習上還是生活中，如何與老師與同學相處，也會時常成為困擾屬鼠人的主要問題。屬鼠人善於溝通，遇到問題會和自己親人好友及時溝通，所以很多問題都會得到及時的幫助，2008 年屬鼠人在思想和心理上都積極健康向上。

2008 年出生的屬鼠之人 2025 年健康運勢

健康情況不太樂觀。屬鼠人本身體質問題，很容易觸發一些疾病，一般這些問題都是小毛病，很容易經過加強鍛鍊等得到康復。因為 2008 年出生的屬鼠人還處於升學階段，學業任務並不是很繁重，業餘時間多多運動，加強體質。擁有一個好的體制，才能在持久戰的學習中取得更好的成績。可以適當的開發自己在運動方面的愛好，比如籃球、足球等等。

牛

屬牛的出生年份

1937 丁丑年，1949 己丑年，1961 辛丑年，
1973 癸丑年，1985 乙丑年，1997 丁丑年，
2009 己丑年

屬牛之人 2025 年整體運勢

整體運勢凶吉參半，有喜有憂。平時切忌得意忘形，無論身處什麼情況下都應該保持警惕，以防樂極生悲。對於屬牛朋友而言，在 2025 年裡事業運可謂順風順水，自己所制定的目標，都能在個人以及團隊的努力之下出色的完成。不過要懂得與其他成員分享勝利的果實，這樣才能讓事業不斷地向前發展。而部分做生意的屬牛人，則要特別注意自己的合作夥伴，要瞭解清楚對方的人品和真正實力再合作，不要被對方的外在和語言蒙蔽。

本年裡屬牛人的財運平平，很難有比較大的突破，自己的收入與支出基本持平。生活中突發性的支出比較多，導致屬牛人在 2025 年裡很難有可觀的存款。2025 年裡生肖牛的感情問題頗多，時常會出現極端現象，需要記住的是凡事不可急進，平時多注意雙方感情的培養。今年的健康運勢呈現樂觀的態勢，良好的身體狀況可以讓屬牛的人更好的打拼事業，在一定程度上能夠進一步促進事業的發展，有助於整體運勢的提升。總而言之，在 2025 年裡建議生肖屬牛的人凡事都要謹慎對待，防止在一些事情上出現因小失大的情況。

屬牛之人 2025 年整體事業運勢

事業運頗佳，工作上各項事務進展順利，在工作效率上也能超出別人一截，其中當然也包括同事對自己的幫助。因此，在事成之後切忌居功自傲，要與同伴分享勝利的果實，還能促進與同事之間的和睦關係。對於自主創業的生肖牛來說，本年運勢並不是一直會暢通無阻，尤其是涉及到與他人的合作的情況。因此在選擇合作者的時候，要格外的注意，不要過分的相信熟人的推薦，自己要有一定的考量，在決定合作之前要蒐集對方的資料，瞭解清楚他們的底細再選擇是否要合作。

對於新入職的屬牛人而言，今年也存在不少的挑戰。首先要擺正自己的姿態，要有虛心求教的態度，但也不能沒有底線的一味服從前輩，堅持一步一個腳印，會有不錯的回報。總而言之，屬牛人今年的事業發展要比往年的好。

屬牛之人2025年整體財富運勢

　　雖然工作上發展順利，但今年只是出於打基礎的階段，工作順利帶來的收入並不如預期的大。肖牛人在2025年中財運並不是特別理想，即使自己使盡渾身解數，也很難有比較大的突破。工資上雖有不小的漲幅，但偏財運平平，再加上生活中許多的突發性開銷，稍有不慎就會造成入不敷出的情況。建議在今年裡，屬牛的人要合理的開銷，最好的制定合理的消費計劃，或者是詳細的記錄自己的支出情況，有助於自己清楚每一筆錢財的去向。今年切忌衝動性消費，會發現往往買回的，是一些不實用的閒置物。

　　除此之外，今年屬牛朋友不宜進行過大的投資，失敗的概率較大，但可以考慮一些小投資，如不過於貪心，會有可觀的收入。一小部分的屬牛朋友，在感情上開銷會比較大。主要原因是自己在追求另一半的時候，急切的想要表現自己，不惜花費自己手中的資金來博美人一笑，但要記住的是，這種行為有可能會帶來相反的結果，最終賠了夫人又折兵。

屬牛之人2025年整體感情運勢

　　今年的感情運勢中可謂是有喜有憂，穩步發展的感情會有，但比較少見；多數的屬牛朋友，今年感情運勢起伏波動比較大，部分的屬牛人會因為聚少離多，而結束雙方維持已久的戀情甚至婚姻。建議屬牛人不管平時自己多忙，最好抽一點時間與對方溝通，用心的維護雙方的感情，才不至於走上不可挽回的道路。

　　在2025年裡，身邊的部分朋友也會成為雙方感情的負面因素。不要過分的相信身邊的朋友、閨蜜，讓自己的另一半與他們保持一定的安全距離。還有一部分的生肖牛，他們的感情生活比較穩定。每天與對方過著細水長流的生活，雖然會有一些小爭吵，但且不影響他們的感情生活，反而會成為他們感情的催化劑，讓雙方的感情越來越甜蜜。如果平時能夠偶爾給對方一個浪漫的驚喜，效果會更好，雙方的甜蜜值也會不斷的上升，簡直羨煞旁人。

單身的屬牛人今年桃花運較旺，不論是工作上還是生活中，總會有貴人給自己介紹合適的對象。但要做好選擇，不可只看外表，或者經濟實力而忽略其他因素，才能找到那個最合適自己的另一半。

屬牛之人 2025 年整體健康運勢

健康運勢不錯，整年裡自身有很強的氣場，精神狀態較佳，以至於災厄病氣難以近身。雖然平時還是會有一些小病發生，但不用擔心，這絲毫不影響全局。不過要提醒的是，即使今年生肖牛的健康運勢極佳，但平時也要多注意身體。比如屬牛小孩，要多注意提高免疫力，家長要督促他們勞逸結合，學習之余要適當的放鬆。青年以及中年的屬牛人，要盡量的少熬夜，盡量養成良好的作息習慣；工作中的屬牛人難免會有應酬的時候，要多留意脾胃問題，堅持能少喝絕對不多喝的原則，因為身體也要有未雨綢繆的意識。再者就是屬牛老年朋友，平時要多出門走動，鍛鍊身體，養成良好的生活習慣，強健自己的體魄，想要長壽不是困難的問題。

總而言之，不管自己的健康運勢如何，都不能糟蹋自己的身體。堅持鍛鍊提高免疫力，注意飲食百病不侵。屬牛的女性今年則要注意婦科方面的問題，保持私處的清潔和衛生。

出生年運程

1949 年　己丑年　安享晚年生活美滿
1949 年屬牛之人 2025 年整體運勢

到了這個年紀，大多數人的綜合運勢都會呈現的起伏不定，一方面是因為年事已高，另一方面是很多事情身不由己，也沒有了改變命運的能力。好在 49 年屬牛人的整體還算不錯，大多數人都擁有著良好的晚年生活，主要是因為他們的兒女特別爭氣，平時會給予精心的照顧；而且屬牛人也很有健康意識，所以他們的身體情況比較穩定。

1961 年　辛丑年　注意心臟定期體檢

1961 年屬牛之人 2025 年整體運勢

　　整體運勢處於下滑狀態，要多方面注意。年紀大了金錢名利什麼的也就看的很淡了，所以事業基本已經處於停止狀態了；財運上很有可能會因為自己的子女要破財；年輕時候太過放縱，落下了一身的慢性病，在 2025 年可能會住院一段時間；家庭方面不太圓滿，和愛人經常吵架，而且子女也不讓自己省心，總之 2025 年整體運勢不是太好。

1961 年屬牛之人 2025 年事業運勢

　　事業基本已經停止了，該退休的退休，該把公司店鋪交給孩子接手的也早就被接手了，事業基本算是沒有了。但是屬牛人積攢了大半輩子的人脈關係和金錢，都能為自己的子女帶來許多幫助，另一方面也算是讓自己打拼大半輩子的事業能在子女手裡越來越有起色。老人有時候的提點對年輕人來說是非常有用的，屬牛人應該多提點提點自己的子女。

1961 年屬牛之人 2025 年財富運勢

　　已經到了年過花甲的時候了，人生的重心早已轉移到了健康和孩子的身上，早就不追求金錢名利了，辛苦了大半輩子也該放鬆享受一下了。但是在 2025 年可能會因為自己的子女要破一次財，並且數目還比較大，很有可能會將大半輩子的積蓄都敗出去。或許是因為自己的孩子借了網貸；也可能是自己的孩子要買房娶親生子；或者孩子的事業遭遇了滑鐵盧。

1961 年屬牛之人 2025 年感情運勢

　　經常和自己的老伴也吵吵鬧鬧的過了大半輩子了，兩人早已成為彼此不可分割的一部分，除非對方因故而去，否則是絕對不會分開的。但是自己的子女就沒那麼省心了，總是不聽屬牛人的話，走了許多彎路，讓屬牛人又急又氣。兩代人經常因為觀念不同吵架或者是冷戰，屬牛人有時候對自己的孩子都有點心灰意冷。有時候適當的放手一點，不要操太多的心，讓孩子自己去闖也未嘗不是一件好事。

1961 年屬牛之人 2025 年健康運勢

　　屬牛人在當時物質條件不太好，所以從小身體素質就比較差，再加上青少年時期經常不吃飯把錢省下來做別的事情，身體狀況一直不如同齡人。尤其是胃病很嚴重，在加上喝酒抽煙過多現在就有點動脈硬化和心臟病，預計屬牛人在 2025 年會迎來一次血管方面疾病的爆發，可能需要住院好好治療一下。人老了一定要注意自己的身體，身體不好三天兩頭的往醫院跑也是一種折磨。

每月攻防：

（所有月份計算以二十四節氣轉換作為每月之開始，並非以初一為每月之第一天）

農曆一月戊寅月（西曆 2025 年 02 月 03 日至 03 月 04 日）
　　計劃多多，但實行力低，三心二意！

農曆二月己卯月（西曆 2025 年 03 月 05 日至 04 月 03 日）
　　做事魄力不足，虎頭蛇尾，有始無終。

農曆三月庚辰月（西曆 2025 年 04 月 04 日至 05 月 04 日）
　　異性緣極佳，但是由於已婚，必須懂得忌諱！

農曆四月辛巳月（西曆 2025 年 05 月 05 日至 06 月 04 日）
　　動土勿近，切忌探病問喪，路上送葬亦勿看，要避開！

農曆五月壬午月（西曆 2025 年 06 月 05 日至 07 月 06 日）
　　父母的身體要多留意，他們有小病小痛時必須及早醫治，同時要小心跌倒之問題。

農曆六月癸未月（西曆 2025 年 07 月 07 日至 08 月 06 日）
　　突然有創業的念頭，宜作詳細考慮，不可一時衝動。

農曆七月甲申月（西曆 2025 年 08 月 07 日至 09 月 06 日）
　　人際關係不好，小心說話技巧，可避是非。

農曆八月乙酉月（西曆 2025 年 09 月 07 日至 10 月 07 日）
　　依賴心強，而且容易養成懶惰的習慣，把事情想得過份美好，以致經常失望，宜修心養性，多吸收新知識。

農曆九月丙戌月（西曆 2025 年 10 月 08 日至 11 月 06 日）
　　做事一意孤行，不聽勸告，導致事情難以收拾。

農曆十月丁亥月（西曆 2025 年 11 月 07 日至 12 月 06 日）
　　遇事猶豫不決，錯失良機。

農曆十一月戊子月（西曆 2025 年 12 月 07 日至 2026 年 01 月 04 日）
　　人際關係不好，宜少說話多做事，可避是非。

農曆十二月己丑月（西曆 2026 年 01 月 05 日至 2026 年 02 月 03 日）
　　夫妻容易發生意見衝突或伴侶容易生病。

1973 年　癸丑年　運勢低迷穩守初心

1973 年屬牛之人 2025 年整體運勢

　　性格很老實，膽子也較小，但是做事非常有毅力，一直以來的運氣不如意，尤其今年蛇年運勢更低迷，他們需要等到的時候才會迎來好運，也就是在 2025 年生活會比較幸福。屬牛人在這一年會擁有升職加薪的機會，而且文憑晉級也很順利。

1973 年屬牛之人 2025 年事業運勢

　　事業運勢較為複雜。一方面經過上半年的辛勞付出，下半年事業上將會節節攀升，同時更會遇到貴人的點撥幫助。但值得一提的是，2025 年的屬牛人切記勿驕勿躁，工作做事也一定要恪守自己的初心，不可粗心大意馬馬虎虎，否則職位上出現大幅度的下降也是非常有可能的。

1973 年屬牛之人 2025 年財富運勢

財運運勢將會分成兩部分，前半年主要是事業的平穩上升時期，這時候的財運也會比較平穩。而到了下半年，則會迎來事業上薄積厚發的回報，財運也將水漲船高。屬牛人要做好財運上升的準備，記住不要把財外洩，平時最好不要參與賭博活動，比如打麻將，打牌等等。此外還要要守好錢財，不要輕易借錢給外人，否則後果不敢想象，小則破財消災，大則傾家蕩產。

1973 年屬牛之人 2025 年感情運勢

進入 2025 年要注意多分配些時間給家庭，可以多陪伴愛人和小孩，盡力營造和和睦睦的家庭環境。事實上，由於前幾年花費太多的時間在事業上，屬牛人的婚姻狀況已經出現了少許的問題，其愛人會因為你們不關心照料家庭而心有不滿，如果屬牛的朋友再不注意調節和處理，那嚴重的可能會導致離婚。

1973 年屬牛之人 2025 年健康運勢

在 2025 蛇年中，身體健康方面是不需要太擔心的，這一年中不會有什麼疾病來襲。也是適合交朋友的一年，屬牛人性格經過多年的沉澱，身上的稜角也會慢慢磨平，本身屬牛人就比較溫和貼心，所以加之 2025 年屬牛人運勢還算不錯，極易給周圍人一個好印象。有了穩固的人脈資源，後代也可以因此得福，在以後的工作中會少走很多彎路，距離成功也會更進一步。

每月攻防：

(所有月份計算以二十四節氣轉換作為每月之開始，並非以初一為每月之第一天)

農曆一ダ戊寅ダ（西曆 2025 年 02 ダ 03 日至 03 ダ 04 日）
　　與朋友相處中，有磨擦的現象，盡量減少批評對方。

農曆二ダ己卯ダ（西曆 2025 年 03 ダ 05 日至 04 ダ 03 日）
　　工作有波折，阻礙、拖延或是有一些不順，謹防小人，凡事少說話多做事，避免跟人爭執。

農曆三月庚辰月（西曆 2025 年 04 月 04 日至 05 月 04 日）
　　不要因為一點小事就動怒，凡事忍讓一點，可逢凶化吉。

農曆四月辛巳月（西曆 2025 年 05 月 05 日至 06 月 04 日）
　　有擴充事業的野心，思想敏捷，隨機應變力強。

農曆五月壬午月（西曆 2025 年 06 月 05 日至 07 月 06 日）
　　今月容易血光之災，對一切金屬物品要小心。

農曆六月癸未月（西曆 2025 年 07 月 07 日至 08 月 06 日）
　　工作壓力增加，工作量亦增加，引起神經衰弱或頭痛。

農曆七月甲申月（西曆 2025 年 08 月 07 日至 09 月 06 日）
　　積極計劃事業，智慧與才能比平時發揮較好

農曆八月乙酉月（西曆 2025 年 09 月 07 日至 10 月 07 日）
　　工作受環境限制，有志難伸，宜保持心平氣和才是。

農曆九月丙戌月（西曆 2025 年 10 月 08 日至 11 月 06 日）
　　不要貪小便宜，有遷移或變動之現象。

農曆十月丁亥月（西曆 2025 年 11 月 07 日至 12 月 06 日）
　　自己易有孤獨感，有脫離現實的想法。情緒起伏較大，不宜鑽牛角尖。

農曆十一月戊子月（西曆 2025 年 12 月 07 日至 2026 年 01 月 04 日）
　　身體火氣旺，宜吃清淡一點的食物。

農曆十二月己丑月（西曆 2026 年 01 月 05 日至 2026 年 02 月 03 日）
　　強烈的理財概念，可以做理財計劃。

張幽熏

2025乙巳

蛇年流年運程

牛

1985年屬牛之人 2025年整體運勢

屬牛人可以説已經步入了中年社會。在這些年裡，你們一定在社會生活中積累了不少經驗，結交了不少朋友，也積攢了一些個人財產。但是，由於每年的運勢不一樣，其運氣和命運也不一樣。總的來説，1985年出生的屬牛人在2025年還是比較坎坷的。

1985年屬牛之人 2025年事業運勢

在事業方面，屬牛的人是有一些不順利，亦會有一些小的波動。身居領導職位的你們會被小範圍的降職，幅度不會太大正常的部門調動，只是沒有原來的待遇和薪資好。但是假期會多一些，與家人在一起的時間也會多一點。身處在職工位的朋友也會被部門調動，做的工作與原來相比也會更苦更累一點，但這也是為了磨煉他們的意志，為以後的工作打下良好的基礎。

1985年屬牛之人 2025年財富運勢

在財運方面還算是不錯的。雖然總體運勢有些偏差，但是在財運這方面還是有所改善的。你們會偶爾發一些小財，例如獎金，彩票，分紅等等。平時如果再注意積累的話，那麼在2025年也是會有一筆不錯的存款。但是平時不懂得攢錢的話，即使運勢有所改善也不會讓你們有額外的收入。

1985年屬牛之人 2025年感情運勢

在感情上，屬牛的人基本不會有什麼太大的變化，還是能夠與父母、愛人、子女繼續和睦相處。如果説有什麼變化的話，那就是與愛人之間的爭吵會少一些，陪伴父母的時間能夠長一些。今年會有多出來的休息時間去和愛人和父母做幾次遠足，多出去遊玩幾趟。對於還沒有結婚的屬牛人來説，你們的緣分也是比較佛系的。如果想要追求一名異性的話，可能需要多花費一些心思了。

1985 年屬牛之人 2025 年健康運勢

在健康方面，1985 年出生的屬牛人也是比較平穩的，基本不會有什麼大傷大病的，只是偶爾會有一些風寒感冒。經常在一些艱苦環境工作的人可能會感染一些職業病，例如工廠，麵粉廠等等。在辦公室工作的白領會因為事業的原因感到放鬆，而且有更多的時間去調節自己的身體狀況，所以不會有大病纏身。在平時的生活中，如果有注重養生的好習慣的話，你們的健康狀況會得到不錯的改善。

每月攻防：

(所有月份計算以二十四節氣轉換作為每月之開始，並非以初一為每月之第一天)

農曆一月戊寅月（西曆 2025 年 02 月 03 日至 03 月 04 日）

得到貴人提拔或之助力，生活事業較為平穩。

農曆二月己卯月（西曆 2025 年 03 月 05 日至 04 月 03 日）

自信心不足，計劃未能達到目標，如能在精神領域方面，多多用心，心情會開朗很多。

農曆三月庚辰月（西曆 2025 年 04 月 04 日至 05 月 04 日）

心情煩悶，火氣大，宜吃得清淡一點。

農曆四月辛巳月（西曆 2025 年 05 月 05 日至 06 月 04 日）

與人相處給人壓力不自覺，要多收斂。

農曆五月壬午月（西曆 2025 年 06 月 05 日至 07 月 06 日）

情侶之間，意見上難溝通，可以採用另類方法得到共識，可將彼此分歧的意見減少，降到最低點。

農曆六月癸未月（西曆 2025 年 07 月 07 日至 08 月 06 日）

勇於向惡劣環境挑戰，應變能力強。

農曆七月甲申月（西曆 2025 年 08 月 07 日至 09 月 06 日）

　　可得有能力的同事開智慧，在事業上態度非常積極，事業平穩。

農曆八月乙酉月（西曆 2025 年 09 月 07 日至 10 月 07 日）

　　多與家人相處，家中的環境對你有幫助。

農曆九月丙戌月（西曆 2025 年 10 月 08 日至 11 月 06 日）

　　工作比較奔波，留意身力透支。

農曆十月丁亥月（西曆 2025 年 11 月 07 日至 12 月 06 日）

　　特別小心坐車、駕車一定要慢，不要貪快，安全為上。

農曆十一月戊子月（西曆 2025 年 12 月 07 日至 2026 年 01 月 04 日）

　　多與家人相處，自有想不到的運氣。

農曆十二月己丑月（西曆 2026 年 01 月 05 日至 2026 年 02 月 03 日）

　　與人相處，易有嫌隙或格格不入。

1997 年　丁丑年　安份守己平穩過度
1997 年屬牛之人 2025 年整體運勢

　　屬牛人各方面的運勢會有很大的差別，但總體上來說運勢還是不錯的。雖然他們的事業不會有太大的突破，沒有什麼升職的機會，工資也沒有什麼大的變化；但是財富會從別的地方來。在感情方面，還沒有找到真愛的也會找到自己的另一半，已經步入婚姻的則會有一個幸福的家庭，總之都會有圓滿的結局。健康方面則不會有什麼大變化，不會生什麼大病。

1997 年屬牛之人 2025 年事業運勢

　　事業運勢不怎麼好，事業上不會有什麼太大的變化。在這一年，你們不會有升職的機會，只會就職在原來的崗位上。其實屬牛人不用花太多的功夫在討好上司或與同事相處上，只要把那些

屬於自己的工作盡職盡責地做好就可以了。雖然在這一年不會升職，但也不用害怕會失去工作，不會遇到這種壞情況，也不用擔心會被辭退。

1997 年屬牛之人 2025 年財富運勢

財運運勢很好，在投資方面有大收穫，投資的項目如股票、房地產都會有很大的利潤，不會出現賠得很慘的情況。屬牛人千萬不要錯過一個這麼好的機遇，可以科學地適當多投資一些項目，投資的結果也不會讓其失望。如果本身是做生意的，可以在這一年擴大一下自己的生意，生意會越做越好。

1997 年屬牛之人 2025 年感情運勢

感情運勢特別好，還沒有找到另一半的人的會在這一年裡，找到陪伴自己餘生的另一半。1997 年生的屬牛人特別適合在 2026 年結婚。而對那些已經結婚的人來說，他們的感情在這一年不會遇到什麼大挫折，會像以前一樣很恩愛，吵架的次數還會減少。所以並不用擔心感情方面會出現什麼問題，也不會出現什麼感情危機。

1997 年屬牛之人 2025 年健康運勢

健康運勢一般。在這一年裡，他們雖然不會出現什麼大的身體危機，感冒頭痛的一些小問題還是會出現，但都不是什麼大病。屬牛人要學會照顧好自己的身體，注意飲食，多吃些清淡的食物，不要吃太多的辛辣食物；更要學會抽時間鍛鍊，每周固定鍛鍊身體，下班多出去走走，讓自己的身體適當的休息休息，學會享受生活。

每月攻防：

（所有月份計算以二十四節氣轉換作為每月之開始，並非以初一為每月之第一天）

農曆一月戊寅月（西曆 2025 年 02 月 03 日至 03 月 04 日）

　　受到上司器重，因而工作上的責任加重，人際關係好，與人相處得心應手。

農曆二月己卯月（西曆 2025 年 03 月 05 日至 04 月 03 日）

　　智慧及才藝方面，有進一步的發展，有很多機會認識一些新的事物，這可以增加你的眼界！

農曆三月庚辰月（西曆 2025 年 04 月 04 日至 05 月 04 日）

　　全心全意投入追求事業上的成果，而忽略自身的健康問題，要懂得靈活運用時間。與同事或朋友間相處時，不自覺得罪別人。

農曆四月辛巳月（西曆 2025 年 05 月 05 日至 06 月 04 日）

　　理想過高，脫離現實，引致吃虧、上當、不如意的事發生。

農曆五月壬午月（西曆 2025 年 06 月 05 日至 07 月 06 日）

　　不要胡思亂想，引起神經衰弱或頭痛。

農曆六月癸未月（西曆 2025 年 07 月 07 日至 08 月 06 日）

　　財運不錯，機緣巧合，獲得驚喜，有一些意外之收穫。

農曆七月甲申月（西曆 2025 年 08 月 07 日至 09 月 06 日）

　　適合旅行，增廣見聞，令自己在事業有新看法。

農曆八月乙酉月（西曆 2025 年 09 月 07 日至 10 月 07 日）

　　不可作任何形式的投資，會造成無謂的損失。

農曆九月丙戌月（西曆 2025 年 10 月 08 日至 11 月 06 日）

　　長輩緣甚重，有機碰上從前的師長！

農曆十月丁亥月（西曆 2025 年 11 月 07 日至 12 月 06 日）
　　同輩間有磨擦的現象，自己的脾氣宜收斂一下。

農曆十一月戊子月（西曆 2025 年 12 月 07 日至 2026 年 01 月 04 日）
　　做事過於激進，使人難以容忍與諒解，競爭心又強，使其容易樹敵致禍。

農曆十二月己丑月（西曆 2026 年 01 月 05 日至 2026 年 02 月 03 日）
　　事業上雖然有點曙光，但仍要小心計劃，準備突如其來的變化。

2009 年　己丑年　學業上揚定下目標
2009 年屬牛之人 2025 年整體運勢

　　整體運勢表現非常好。學業方面，隨著智力的增長，認知能力的提升，接收能力會有較大的提高，成績也會有很大的進步。情感方面，與家人的感情不會出現什麼危機，不會爆發很大的矛盾，也會結交到很多新朋友。健康方面，感冒發燒的次數也會比往年來的少，身體發育的情況也會很明顯。

2009 年屬牛之人 2025 年學業運勢

　　學業運勢非常好。隨著年齡的增長，探索未知的興趣被慢慢激發，各方面的能力都漸漸提高了，學習能力也變得很強，在學業方面也有很大的提高。大人們可以開始為自家的孩子報一些學習班，提高孩子各方面的能力，幫助孩子找到熱愛的事物，早早地樹立下人生的目標，找到自己所熱愛的事物。

2009 年屬牛之人 2025 年財富運勢

　　2009 年出生屬牛的朋友，他們沒有什麼收入；要說收入的話，就只有過年的時候，親戚朋友給的壓歲錢了。屬牛寶貝們在 2025 年財運運勢很好，過年收到的紅包會比往年多，金額也會比往年多很多。家長們也可以開始引導孩子認識金錢，樹立起正確的金錢觀和物質觀。

2009 年屬牛之人 2025 年感情運勢

會出現情緒不穩定，脾氣變大的趨勢，開始變得不喜歡和父母交流，不能和同學友好相處。這就很需要父母的幫助了，對於年幼的屬牛寶貝們來説，情緒的處理是一個大問題，因為還太小，所以還沒能學會很好地控制自己的情緒。

2009 年屬牛之人 2025 年健康運勢

健康運勢還是可以的。孩子正是長身體的時候，孩子在長身體期間發育的速度很快，家長們需要為孩子們適當地準備一些補品，補充一些能量。在這一年裡，屬牛寶貝的身體會比以前強壯，換季期間出現的感冒流感，發燒次數也會比以前少，什麼摔傷、燙傷等的情況也不會出現在孩子身上，同樣也不用太焦慮孩子的安全問題。

虎

屬虎的出生年份
1938 戊寅年，1950 庚寅年，1962 壬寅年，
1974 甲寅年，1986 丙寅年，1998 戊寅年，2010 庚寅年

屬虎之人 2025 年整體運勢

　　與太歲雖然出現刑剋現象，總體運勢比較平穩。不論事業還是生活都循序漸進的發展，只要自己願意付出努力，各方面也能夠朝著自己規劃中的方向進展。不過平時要多留意細節問題，避免因小失大，給自己造成不可彌補的損失。今年財運頗佳，但卻有小人隨行，不管是正財運還是偏財運，都會有不錯的進帳，自己的存款數額也會不斷的增加，但在求財之路上要特別留意小人的陷害，防止自己最後血本無歸。事業運平平，平時工作上的瑣事比較多容易出錯，但好在自己能夠及時處理妥當。今年工作中的存在感比較低，缺少展示身手的機會，以至於被他人的光芒給掩蓋。感情運勢喜大於悲，職場失意情場得意，部分的屬虎人能夠收獲一份美滿的感情，家庭幸福美滿，能夠享受家庭的溫暖，與家人的關係較為和睦。健康運勢不佳，稍不留意就會有小病不斷的情況發生。不要忽視小的病痛，遇到不適要及時檢查醫治，而且平時要多注意身體的鍛煉，增強自身的免疫力，減少病氣的侵害。

屬虎之人 2025 年整體事業運勢

　　今年屬虎人在事業上所遇到的阻力頗多，除了經常被一些瑣事困擾外，業務上也沒有特別大的進展。尤其是想要自主創業的屬虎人，發展道路上布滿荊棘與坎坷。在此期間，想要靠著一個人的力量闖蕩出屬於自己的一片天地，比較困難，遇到阻礙時不妨虛心請教長輩。

　　今年工作上處於一個瓶頸，但不要因此而選擇自暴自棄，最好不要輕易的更換工作環境，應該努力找到方法突破瓶頸，才能在事業上更上一層樓。平時多與同事、朋友、家人溝通，多聽取他們的意見以及建議，會有意想不到的收穫。不過要記住的是，遇到困難的時候切忌病急亂投醫，讓心懷不軌之徒有可乘之機，後果會很嚴重。對於剛入職場的生肖虎來說，在前期要適當的保持低調，切忌不要做出頭鳥搶佔前輩的風頭，以免讓他人不滿，為自己日後的職業生涯留下隱患，要一步一步努力得到同事以及上司的認可。

屬虎之人 2025 年整體財富運勢

屬虎人今年財運可謂是風生水起，不論是偏財運還是正財運，不管是職場人士還是生意場上的人，都會獲得滿意的回報，成為自己過上美好生活的一大助力。今年的屬虎人深得財神爺的照顧，同等的環境下自己所得的回報要比其他人要多，但也正是因為這樣的情況，導致他人分外眼紅，難免會做出一些有損他人利益的事情。因此屬虎的人要特別注意，不要被財運向好的形勢衝昏頭腦，平時生活中要多注意身邊的人；凡是跟錢有關的事情都要謹慎，不可輕易他人的投資建議，高收益往往伴隨高風險。

今年聚會較多，能結交不少朋友，但屬虎人的性格往往會讓自己總是不斷搶著埋單，享受別人的崇拜目光以及讚美。但要提醒的是，偶爾一兩次是可行的，但不要養成這樣的習慣，否則將會損耗不少的金錢。今年也不適合借錢給人，尤其是平時人品和口碑不佳的親友，會導致錢財無法收回。

屬虎之人 2025 年整體感情運勢

感情問題不多且總體的趨勢是較為樂觀，特別是對於單身的屬虎人，只要自己用點心去追求心儀的對象，最終能夠收穫一份幸福美滿的感情。還在徘徊迷茫的屬虎人，也有幸能夠遇見自己喜歡的人，建議要多出門走走，參加朋友的聚會，畢竟自己找上門的幸福不多。正處於熱戀中的生肖虎人則要注意，今年的戀情發展會出現兩個情況，一是雙方的熱戀值會在原基礎上更上一層樓；二是因為自身過大的魅力，導致鍾情自己的異性越來越多。其中難免會有一兩顆爛桃花，如果處理得不當，那麼原本美好的感情也會葬送在自己的手中。已婚的屬虎婚姻幸福美滿，夫妻雙方享受著細水長流的溫暖幸福，倘若能找機會一起出門旅遊散散心，尋找戀愛時候的感覺效果會更好。

屬虎之人 2025 年整體健康運勢

健康運勢不太樂觀，身體素質沒有緣由的就開始下降，平時生活中小病接連不斷的找上自己。個人的身體受到影響，難免會

無心做其他事情，導致各方面的運勢開始有下滑的現象。建議今年肖虎人不管處於哪個年齡階段，都要留意自己的健康問題，切忌麻痺大意。平時多抽時間鍛鍊身體，養成良好的作息時間，特別是換季階段以及各種流行病毒高發的階段，要做好預防措施。

對於常年宅在家中人，建議多出去走走，養成良好的生活習慣，呼吸新鮮空氣。家中有老人的也要特別注意，最好是能定期做身體檢查，常與他們溝通及時瞭解狀況。

出生年運程

1938 年　戊寅年　天生頑強先苦後甜
1938 年屬虎之人 2025 年整體運勢

天生就比較勇猛，因此遇到什麼困難對他們來講也不是問題，而 1938 年出生的屬虎的人在財運方面並不是太好，尤其是在年輕的時候是不容易享受到金錢方面的福氣的，但他們天生比較不甘於認命，因此都會憑藉著自己的能力賺錢，所以，在財運上是先苦後甜。

1950 年　庚寅年　管理脾氣避免動武
1950 年屬虎之人 2025 年整體運勢

整體運勢相對來説是相當不錯的。雖然已過古稀之年，但是在事業上不但沒有江河日下反而蒸蒸日上，這多半是得道多助。在家庭方面，也是兒孫滿堂，闔家歡樂的。需要注意的是：由於已至花甲之年，受年齡、體質的影響，健康、財運等方面不是很樂觀。不過無需擔心，採取適當的措施就可避免。

1950 年屬虎之人 2025 年事業運勢

事業運勢也是很好的。今年屬虎人在事業上有貴人相助，很大程度上可以順風順水；對於還在崗位上奮鬥的老人家，會得到上級和下屬的認可。雖然在工作中也會遇到很多問題，但只要多加思考且有貴人相助事情一定能夠迎刃而解。即使沒有在工作上，做其他的事情也會如魚得水。

1950 年屬虎之人 2025 年財富運勢

財運運勢一般。年齡增長身體狀況的不樂觀，很多人已不在工作崗位上，大多的來源都是來自於政府的補給和兒女的供養。更甚的是有很多老人無人供養，僅靠政府補貼也遠遠不能維持生計，只能靠撿破爛和其他來維持。所以需要大家靠自己的努力讓自己的生活過得越來越好。更好的選擇一些投資理財的方法，例如購買國債，低風險高收入，可以加大自己的收入。

1950 年屬虎之人 2025 年感情運勢

感情運勢在 2025 年可以用非常棒來形容。這時的 50 後都已享受在兒孫滿堂，家庭幸福的歡樂中。兒孫的尊敬，兒女的愛戴更是讓老人喜笑顏開。今年生活會越過越好，家人感情也會越來越融洽。但虎的本性脾氣大。有時會因一些小事與家人爭吵，這時應該收斂一點，將心比心多為對方考慮。這樣家人的感情就固如泰山了。

1950 年屬虎之人 2025 年健康運勢

健康運勢不是很好。首先，隨著年齡的不斷增長，體質也在呈下降的趨勢。但是這是可以改善的，飯後多走動、散步，多鍛鍊身體，多吃健康食品，身體可能會越來越好。其次，老虎的暴脾氣可是有名的，在與人相處的過程中還是會意氣用事，與別人打架鬥毆，生惹是非，平時需多練練書法、看看書，收收心。出門在外也要多加注意，以免遇到一些大麻煩而失去生命。

每月攻防：

(所有月份計算以二十四節氣轉換作為每月之開始，並非以初一為每月之第一天)

農曆一月虎寅月（西曆 2025 年 02 月 03 日至 03 月 04 日）
　　精神與情緒上起伏較大，心情不開朗，有壓力，會鑽牛角尖。

農曆二月己卯月（西曆 2025 年 03 月 05 日至 04 月 03 日）
　　兄弟姐妹朋友，是你在這個月的貴人，如有任何困難，兄弟姐妹可幫你一把。

農曆三月庚辰月（西曆 2025 年 04 月 04 日至 05 月 04 日）
　　容易固執己見，不聽別人意見，不可以自以為是。

農曆四月辛巳月（西曆 2025 年 05 月 05 日至 06 月 04 日）
　　工作順利，大型計劃可在此月順利完成，準備接受成果。

農曆五月壬午月（西曆 2025 年 06 月 05 日至 07 月 06 日）
　　財運比較差，有意外的開銷，或有破財的現象。

農曆六月癸未月（西曆 2025 年 07 月 07 日至 08 月 06 日）
　　身體火燥，睡眠不足，睡不安寧，必須盡快調理。

農曆七月甲申月（西曆 2025 年 08 月 07 日至 09 月 06 日）
　　是非不斷，不要與人爭，謹守本份，自然可以迎刃而解。

農曆八月乙酉月（西曆 2025 年 09 月 07 日至 10 月 07 日）
　　容易遭小人陷害，朋友拖累而破財。

農曆九月丙戌月（西曆 2025 年 10 月 08 日至 11 月 06 日）
　　面對工作上的決擇，暫時不宜作出大的轉變。

農曆十月丁亥月（西曆 2025 年 11 月 07 日至 12 月 06 日）
　　受到上司器重，因而工作量增加。

農曆十一月戊子月（西曆 2025 年 12 月 07 日至 2026 年 01 月 04 日）
　　打掃居所，清淨家中的磁場，有安定家運的功效。

農曆十二月己丑月（西曆 2026 年 01 月 05 日至 2026 年 02 月 03 日）
　　今月多關心家人的感受，多與他們溝通。

1962年　壬寅年　小心投資以免失利

1962年屬虎之人2025年整體運勢

運勢說不上好卻也不算太糟糕，整體尚在把握之中。只是需要格外注意身體健康導致的財運流失，雖說已過了需要拼搏的年紀，可是仍然需要在該努力的地方努力，以免導致不必要的麻煩和損失。在感情方面，已經細水長流的階段，偶爾的鬥嘴反倒為生活增添了色彩，感情沒有太大的問題。而在財運方面，避免大筆金額交易方為上上之選。

1962年屬虎之人2025年事業運勢

在事業方面不會有太大的起伏，依舊會在現有的職位上安安穩穩過日子。不過平淡未嘗不是好事，正因為屬虎人今年的運勢不佳，還是理應避免那些起伏過大的事情才好，安安穩穩何嘗不是好的解決方法呢，畢竟也是早就過了事業第二春的年紀了，還是平穩度日的好。

1962年屬虎之人2025年財富運勢

整體的財運運勢都不佳，雖不至於完全虧損，可是小範圍的虧損還是無法避免的。尤其要注意的是，在今年應當避免進行投資方面的活動，否則會在上面栽大跟頭。今年最佳的解決方法還是避免大手筆的投資活動，能存住的就不要花出去，否則造成的損失會很大。

1962年屬虎之人2025年感情運勢

今年的感情運勢依舊是平淡毫無起伏的一年。與伴侶之間的情誼經過十幾年的攜手並進，早就已經到了平淡點，少了激情燃燒卻有著細水長流。兩人之間的感情不會因為時間而改變，反倒會在平淡中增加對彼此的信任。鬥嘴雖然還是會有，可是偶爾的吵架已經成為了另類的感情見證，度過了磨合期早就對彼此心意相通了。

1962 年屬虎之人 2025 年健康運勢

　　健康運勢整體是不錯的。屬虎人向來體格健壯，平時又多注意鍛鍊身體，即便偶爾有小病小痛卻完全沒有影響，而那些危及健康的大病卻是不會找上門的。只要注意平時的飲食健康，少吃油膩辛辣的食品，晚飯後多出去散散步或者是早起晨練都是不錯的解決方法，那些體質好的老年人大多都是閒不住喜歡出去溜達的。

每月攻防：

（所有月份計算以二十四節氣轉換作為每月之開始，並非以初一為每月之第一天）

農曆一月虎寅月（西曆 2025 年 02 月 03 日至 03 月 04 日）
　　工作上，會有貴人出現，幫你解決工作上的難題。

農曆二月己卯月（西曆 2025 年 03 月 05 日至 04 月 03 日）
　　與朋友相處中，有磨擦的現象，彼此間最好不要有金錢上瓜葛，不然，受對方的影響，造成困擾或是非。

農曆三月庚辰月（西曆 2025 年 04 月 04 日至 05 月 04 日）
　　自己的內心世界，會給自己很多壓力，又將標準定得高，凡事量力而為，免得煩惱。

農曆四月辛巳月（西曆 2025 年 05 月 05 日至 06 月 04 日）
　　在金錢上會有損失，要特別注意不要貪小便宜。

農曆五月壬午月（西曆 2025 年 06 月 05 日至 07 月 06 日）
　　有一些小麻煩，最終可以逢凶化吉，但行事還是要謹慎。

農曆六月癸未月（西曆 2025 年 07 月 07 日至 08 月 06 日）
　　往外跑，走動多。遇事可以逢凶化吉，會有好運。

農曆七月甲申月（西曆 2025 年 08 月 07 日至 09 月 06 日）
　　凡事不要強出頭，遭人誹謗，樹大招風，盡量避免不必要的麻煩。

農曆八月乙酉月（西曆 2025 年 09 月 07 日至 10 月 07 日）
　　雖然感覺做事不順，但不要因此而灰心。謹防財物失掉。

農曆九月丙戌月（西曆 2025 年 10 月 08 日至 11 月 06 日）
　　與同事間，易有嫌隙，相處要留意。

農曆十月丁亥月（西曆 2025 年 11 月 07 日至 12 月 06 日）
　　在工作上會有阻礙、拖延，需謹防小人。

農曆十一月戊子月（西曆 2025 年 12 月 07 日至 2026 年 01 月 04 日）
　　容易與父母、配偶、異性朋友之間發生口角。

農曆十二月己丑月（西曆 2026 年 01 月 05 日至 2026 年 02 月 03 日）
　　有意外或突如其來的開支，理財要保守一點，對自己最為有利。

1974 年　甲寅年　投資得宜事業上揚
1974 年屬虎之人 2025 年整體運勢

　　2025 年是運勢不錯的一年，整體呈上升的趨勢，偶爾有起伏卻不至於影響整體。健康方面依舊是飲食的問題，應當注意健康飲食；而在感情方面因為小矛盾起的口角爭執可能會影響到感情，還是要放平心態的好；事業運勢伴隨著財運走，合理理財會有助於事業的發展，事業的第二春不再是夢想中的幻想了。

1974 年屬虎之人 2025 年事業運勢

　　2025 年是個事業運跟著財運走的一年，若是投資理財成功，在事業上會有不少的助力。尤其是那些自己創業的人來說，資金的充足正是代表著事業的蓬勃發展，而那些在辦公室做事的屬虎

人，則可以利用資金進行事業第二春，開店或是跟著別人合伙做生意都是相當不錯的選擇了。

1974 年屬虎之人 2025 年財富運勢

對於屬虎的人來說，絕對是最適合投資理財的一年，前提是必須合理規劃提前瞭解，而不是盲目的投資，那樣只會造成不可挽回的後果。因為有財運運勢加成，只要不隨便亂來，屬虎人的財運絕對是不錯的。但也要注意少聽信那些所謂的親友的讒言，凡事眼見為實，實地考察後再做投資商議，不要因為別人說好就盲目跟風造成虧損。

1974 年屬虎之人 2025 年感情運勢

於 2025 年來說可是個不小的挑戰和麻煩，今年因為雙方爭執導致的感情問題可是不少。從年頭到年尾，無論大事小事都會出現矛盾點引起爭吵，導致感情破裂崩塌。遇事之前沉著冷靜的思考完後，再去與戀人商量，避免意氣用事，避免出現矛盾各執己見，才是最好的解決方法。

1974 年屬虎之人 2025 年健康運勢

飲食導致的健康問題，也是最常見的健康問題了。1974 年出生的屬虎人，也算是進入了中老年的早期，身體狀況本就大不如前。若是還不多加注意飲食問題，只會導致健康每況愈下。拼搏事業前還是要養好身體的好才是。如果是長期坐辦公室的屬虎人，更加不能對健康問題放任，電腦前久坐本就對身體不好，若是再不鍛鍊，只會是各種麻煩病痛輪番找上門了。

每月攻防：

(所有月份計算以二十四節氣轉換作為每月之開始，並非以初一為每月之第一天)

農曆一月戊寅月（西曆 2025 年 02 月 03 日至 03 月 04 日）

凡事宜守不宜攻，加上自信心不足，儘量退居二線較好，因做事總感覺不順心。

178

農曆二月己卯月（西曆 2025 年 03 月 05 日至 04 月 03 日）
　　有心事可以多聽家人的意見，不要一意孤行。

農曆三月庚辰月（西曆 2025 年 04 月 04 日至 05 月 04 日）
　　環境限制，有志難伸，但是事情總會過去。

農曆四月辛巳月（西曆 2025 年 05 月 05 日至 06 月 04 日）
　　工作有波折、阻礙、拖延，凡事多做事少說話，安守本份。

農曆五月壬午月（西曆 2025 年 06 月 05 日至 07 月 06 日）
　　易有是非，凡事宜守不宜攻。不對自己要求太高，這樣會令自己壓力增加，煩惱倍增。

農曆六月癸未月（西曆 2025 年 07 月 07 日至 08 月 06 日）
　　外出要特別小心留意交通情況。

農曆七月甲申月（西曆 2025 年 08 月 07 日至 09 月 06 日）
　　人際關係好，多認識新朋友。

農曆八月乙酉月（西曆 2025 年 09 月 07 日至 10 月 07 日）
　　工作上受到上司重用，增加工作量，亦令精神、情緒起伏較大，要學習放鬆心情，不可以鑽牛角尖。

農曆九月丙戌月（西曆 2025 年 10 月 08 日至 11 月 06 日）
　　可得同學或同事或同輩之間的助力，增加運氣解決問題。

農曆十月丁亥月（西曆 2025 年 11 月 07 日至 12 月 06 日）
　　得同輩或同事之間的助力，好好計劃工作上的安排。雖然煩事特別多，但只要以平常心去面對，問題就可以解決。

農曆十一月戊子月（西曆 2025 年 12 月 07 日至 2026 年 01 月 04 日）
　　注意自己的健康，身體會容易生病，抵抗力弱。

情緒起伏大，不宜鑽牛角尖，不宜杞人憂天，若有不如意的事情發生，不要因為一點小事就動怒。

1986 年　丙寅年　平步青雲路路亨通
1986 年屬虎之人 2025 年整體運勢

屬虎人正是少當益壯的時候，整體運勢都處於上升期，尤其是財運，在 2025 年屬虎人很有可能在官場上平步青雲，之前幾年的韜光養晦都得到了回報；事業方面也大有起色，容易有新的創新；在感情方面沒有特別大的波瀾，但是有可能會遇到自己的真愛；身體狀況方面有點下滑，要自己多多注意。

1986 年屬虎之人 2025 年事業運勢

正處於少當益壯的時期，踏踏實實的奮鬥幾年積累下一定的人脈和資源，在 2025 年會迎來大爆發。通過幾年的積累之後可能會考慮擴大店面或者是發展幾個連鎖店，事業規模會不斷擴大。但是也不能太過得意忘形，並且要加強公司人員管理，否則很有可能事業走下坡路。此外，也不能固步自封，要時刻追隨時代的發展步伐。

1986 年屬虎之人 2025 年財富運勢

對於 1986 年出生的屬虎人來說，2025 年絕對是他一生中最值得回顧的一年，財運會一路亨通，並且會得到貴人的賞識。再加之過去幾年的韜光養晦，自此之後會在官場上平步青雲。尤其是 2025 年會達到以前覺得一輩子都無法企及的高度，工資也隨之水漲船高。屬虎人要學會感恩提攜自己的貴人，唯有這樣才能取得進一步的發展。

1986 年屬虎之人 2025 年感情運勢

屬虎人也該到了談婚論嫁的年齡了，這幾年由於一心發展自己的事業，他們在感情方面並沒有投入過多的精力和時間，所以還沒有遇到自己心儀的另一半。在 2025 年屬虎人可能會遇到自

己想共度一生的人，或許是朋友昇華為戀人，也可能是走在街上的一見鍾情！屬虎的人一定要注意多關心對方，不要為了工作而忽略對方的感受，不然不利於兩人感情的發展。

1986年屬虎之人2025年健康運勢

近幾年由於屬虎人化身為工作狂魔無暇顧及自己的身體，在2025年身體就出現了大大小小的許多毛病，頸椎病、偏頭痛、胃病等各種慢性病將會在2025年都顯現出來，尤其是胃病比較嚴重，要注意戒煙戒酒，少吃辛辣刺激。屬虎人在2025年也會成了醫院的常客，所以需要好好保養自己的身體，可以適當的放鬆一下，將工作放一下，不然健康狀況就會每況愈下。

每月攻防：

(所有月份計算以二十四節氣轉換作為每月之開始，並非以初一為每月之第一天)

農曆一月虎寅月（西曆2025年02月03日至03月04日）
　　在男女感情上有波折，有分歧，宜冷靜一點。

農曆二月己卯月（西曆2025年03月05日至04月03日）
　　頭腦容易疲勞，導致神經衰弱。

農曆三月庚辰月（西曆2025年04月04日至05月04日）
　　財運不錯，會有一些意外收穫。

農曆四月辛巳月（西曆2025年05月05日至06月04日）
　　會為自己的物業花費金錢，例如修茸等。

農曆五月壬午月（西曆2025年06月05日至07月06日）
　　容易突發性地與人發生爭執，所以要盡量避免不必要的麻煩。

農曆六月癸未月（西曆2025年07月07日至08月06日）
　　小心財物掉失，有失竊的可能。

農曆七夕甲申夕（西曆 2025 年 08 夕 07 日至 09 夕 06 日）
　　家運較差，家中有是非、麻煩事，記謹「家和萬事興」。

農曆八夕乙酉夕（西曆 2025 年 09 夕 07 日至 10 夕 07 日）
　　做事時不要強出頭，樹大會招風，即使可逢凶化吉，但還是謹慎為先。

農曆九夕丙戌夕（西曆 2025 年 10 夕 08 日至 11 夕 06 日）
　　人際關係要特別留意，容易惹莫名的是非，凡事不要強出頭，樹大招風。

農曆十夕丁亥夕（西曆 2025 年 11 夕 07 日至 12 夕 06 日）
　　有服務群眾的精神，得到群眾的認同。

農曆十一夕戊子夕（西曆 2025 年 12 夕 07 日至 2026 年 01 夕 04 日）
　　處事不可以太過霸道，容易得罪別人，說話用詞要小心。

農曆十二夕己丑夕（西曆 2026 年 01 夕 05 日至 2026 年 02 夕 03 日）
　　會無謂花費，失預算。外出要特別小心，易有意外。

1998 年　戊寅年　感情波折遇到暗湧
1998 年屬虎之人 2025 年整體運勢

　　整體運勢處於平穩狀態，屬虎人還很年輕，初入茅廬，對一切都還是懵懂無知的，沒有多少閱歷，對事業的規劃也不是太清楚，比較容易受騙。所以事業方面不太順利，而且很有可能會受騙令事業受到重創；財運也是正常的收支水平，沒有什麼太大的變動，努力一下應該可以換一個更有發展前景的部門，而且應該會發一筆意外之財；感情方面可能不太順利，有可能會遇到比自己愛人更優秀的追求者，要注意分寸；健康很棒，沒有什麼不良嗜好，身體很好，唯一要注意的就是腸胃性的慢性病。

1998 年屬虎之人 2025 年事業運勢

　　屬虎人還未到而立之年，剛踏入社會也沒幾年，所以無論是社會閱歷還是人際關係都很淺薄，初出茅廬比較容易受身邊人的影響，對自己的未來走向很迷茫，比較容易被別人牽著鼻子走。所以事業方面沒有什麼太大的起色，而且很有可能受騙賠本賠到血本無歸，這個時候也不要氣餒，這是成功路上必經的失敗，要保持良好的心態。

1998 年屬虎之人 2025 年財富運勢

　　財運比較平穩，沒有什麼太大的起色，需要自己好好去努力一下，爭取去一個發展前景好的部門，升職的機率也會變大，漲工資也就指日可待了。工作中不可掉以輕心，每一次的工作都應該認真對待。在 2025 年屬虎人應該會發一筆意外之財，可能是無意間買的中了獎，也可能是買的股票漲了，雖說錢不多，但也算是平淡生活中的一個驚喜。

1998 年屬虎之人 2025 年感情運勢

　　感情會有一點波折，最後結果的好壞完全看個人。屬虎人由於出色的長相和不俗的談吐，很容易引起別人的注意，雖說有相愛多年的愛人，但難免也會把持不住自己。如果遇到了比自己伴侶優秀很多的追求者並且自己也被其所吸引，就應該好好考慮一下是否值得為了這個人拋棄陪伴自己多年的愛人，要明白誰是真愛誰是一時興起。

1998 年屬虎之人 2025 年健康運勢

　　身體較為虛弱，稍一不慎，便會病魔纏身，而尤其在年中及年尾時要最小心保養，以免患上急性傳染病。另外，要注意戒除煙酒嗜好，特別是對麻醉品及毒品更要提高警惕。屬虎的人蛇年必須密切注意衛生，慎防病從口入！若有任何疾病，請趕緊去醫院看病，千萬不可諱疾忌醫。

每月攻防：

（所有月份計算以二十四節氣轉換作為每月之開始，並非以初一為每月之第一天）

農曆一夕戊寅夕（西曆 2025 年 02 夕 03 日至 03 夕 04 日）
　　結識新朋友機會增加，會為自己帶來新的衝擊！

農曆二夕己卯夕（西曆 2025 年 03 夕 05 日至 04 夕 03 日）
　　心中會生有很多的不滿，煩惱多多。

農曆三夕庚辰夕（西曆 2025 年 04 夕 04 日至 05 夕 04 日）
　　自己會有不自覺的霸道，給人壓力而不自知。

農曆四夕辛巳夕（西曆 2025 年 05 夕 05 日至 06 夕 04 日）
　　朋友相處中，有磨擦的現象，不要有金錢上的往來。

農曆五夕壬午夕（西曆 2025 年 06 夕 05 日至 07 夕 06 日）
　　財運上有突如其來的開支。

農曆六夕癸未夕（西曆 2025 年 07 夕 07 日至 08 夕 06 日）
　　自信心不足，做事不順，凡所做之事，會有一種白做的感覺。

農曆七夕甲申夕（西曆 2025 年 08 夕 07 日至 09 夕 06 日）
　　注意保重自己的身體，抵抗力弱，會有小毛病的困擾。

農曆八夕乙酉夕（西曆 2025 年 09 夕 07 日至 10 夕 07 日）
　　有意外的開銷，最好不要亂投資，理財保守一點，小心理財為妙！

農曆九夕丙戌夕（西曆 2025 年 10 夕 08 日至 11 夕 06 日）
　　遭小人陷害或受朋友兄弟拖累而損財。

農曆十月丁亥月（西曆 2025 年 11 月 07 日至 12 月 06 日）

　　計劃理想過高會與現實脫節。

農曆十一月戊子月（西曆 2025 年 12 月 07 日至 2026 年 01 月 04 日）

　　財運不錯，會有一筆意外之財。

農曆十二月己丑月（西曆 2026 年 01 月 05 日至 2026 年 02 月 03 日）

　　容易受騙或因判斷錯誤導致損失。

2010 年　庚寅年　腸胃脆弱易染生病
2010 年屬虎之人 2025 年整體運勢

　　整體運勢是非常不錯的。虎寶貝們，這時正處於少年階段，也剛進入大的學堂。這般活潑可愛，生龍活虎的他們，在學業上由於好奇心興趣的指引，會讓他們對學習充滿持之以恆的動力。在感情，健康，財運等方面的發展趨勢也是非常的不容小覷的。

2010 年屬虎之人 2025 年學業運勢

　　學業運勢是相當棒的。小寶貝們即將升入二年級，學習內容的不斷豐富，極大引起了他們的學習興趣，聰明伶俐的虎小孩也會認真學習新的內容，把專注力都放在學習上，但是也有虎孩專注的是學習以外的東西。這時，老師和家長的細心教導是不可少的，這樣可以幫助他們前往正確的方向邁進。

2010 年屬虎之人 2025 年財富運勢

　　屬虎人其財運運勢是不用擔心的。這些懵懂的小朋友對金錢的意識還不是很清楚，一般都是由父母代之。這時父母可以培養小孩子的金錢意識，以後可能會對小寶貝們的財運運勢有很大的幫助。但畢竟是小孩喜好嬉戲，擁有一個充滿快樂的童年才是最重要的。

2010 年屬虎之人 2025 年感情運勢

　　屬虎的人感情運勢一般。肖虎寶貝在本性上脾氣略大，且比較霸道倔強，年齡到 15 歲也已經有自己的認知能力，小小世界。在與同學、朋友、父母的交流過程中，可能會因為脾氣暴躁而生惹是非甚至打架。這就需要父母多花心思多陪陪孩子，多與孩子溝通，教會其心平氣和的處理問題。但不用擔心這些寶貝們，得到老師同學的喜愛是毋庸置疑的。

2010 年屬虎之人 2025 年健康運勢

　　在身體方面需要多加小心的。寶貝們因為年齡還小，他們的體質還不是完善，又因小孩喜愛遊戲，難免在過程中會受傷，這就需要父母增強他們的安全意識。除外，他們的腸胃很脆弱，容易感染生病，爸爸媽媽應該多加注意他們的飲食，切勿讓他們吃過冷過辣的食物。這對小寶貝們的健康很有幫助。

兔

張玉玲

2025乙巳

蛇

年流年運程

兔

屬兔的出生年份

1939 己卯年，1951 辛卯年，1963 癸卯年，
1975 乙卯年，1987 丁卯年，1999 己卯年，2011 辛卯年

屬兔之人 2025 年整體運勢

屬兔人的人，今年工作不是很順利，就是易有意外事故發生，不管做什麼事情都需要小心翼翼。不過也有的人例外，但不會發生災禍，反而會十分旺盛。屬兔人在 2025 年的運勢就是如此，雖然也有凶星干擾，但吉星卻很旺盛，能夠在一定程度上化解很多不利事件。

屬兔之人 2025 年整體事業運勢

在工作過程中，煩惱的事情有很多，沒有辦法擁有輕鬆愉悦的職場氛圍，整個人壓力還特別大，一定要提高自信心和積極性，還要努力多找事情做，千萬不要在公司裡，表現出一副遊手好閒的樣子，這樣肯定會引起上司的不滿，還會被故意挑剔。2025 年屬兔人還要低調內斂，應該多多向老員工學習，如果公司新招聘了一批新人，也要與其打好關係，這樣對於今後職場發展而言，都會有很多好處。另外需要提醒的是，本年度千萬不要有任何辭職的念頭，否則一旦丟掉工作，接下來就很難再次找到心儀的工作了。

屬兔之人 2025 年整體財富運勢

在金錢方面，今年屬兔人的手頭會變得很緊張，經常會陷入沒錢花的窘境中，還要找身邊的親戚朋友借錢。屬兔人本身就是非常愛面子的人，即便開口借錢，對方給錢了，也會讓他們感到很窘迫，還會覺得特別不好意思。今年要想辦法多賺錢，不要做語言上的巨人，行動上的矮人，只要是能夠賺錢的項目，都應該積極去嘗試。在花銷方面，應該學會適當剁手，不要看到什麼東西都想買，要提前評估一下個人的收支狀況，應該為今後的生活著想，不要只顧當下的享受，或者是購物快感，這樣肯定會讓自己的日子，變得越來越艱難。

屬兔之人 2025 年整體感情運勢

在感情方面，由於「休門」的影響，屬兔人今年容易遭遇爛桃花的糾纏，發生婚外情或被緋聞纏身。而戀愛之人的戀情也難以維持長久，請各位珍惜眼前人。

屬兔之人 2025 年整體健康運勢

本年度主要影響屬兔人的凶星有「白虎」八神，易有外傷害，預示著有被利器或者金屬、刀具傷害的可能性，要小心血光之災。同時，「天芮星」和「景門」也會帶來小人及各種意外事件等。健康方面的不利影響，有被疾病困擾的可能。

出生年運程

1939 年　己卯年　小心行事防惹官非

1939 年屬兔之人 2025 年整體運勢

其年運勢尚可，可以適當做些投機性投資，但要防官司。健康方面，勿過度投入工作中而耗損精神。

1951 年　辛卯年　小心理財謹防耗損

1951 年屬兔之人 2025 年整體運勢

自身運勢較好，並不會因為凶星的打擾而破壞自己的好運。不過 51 年屬兔人仍然不能大意，畢竟年事已高，不管是身體還是反應能力都無法再與年輕的時候相比。在這個階段，一定要增強安全意識，同時也要保持一個良好的心態，對於那些不開心的事情盡快忘記。

1951 年屬兔之人 2025 年事業運勢

畢竟到了這個年紀，大多數人都已經退休，雖然有少數人仍然在崗位上堅持工作，但是對於體力勞動者來説，在工作的過程當中，常常會感到非常的辛苦，同時也會因為體力不支而導致許多工作無法完成。

1951 年屬兔之人 2025 年財富運勢

財運相對來説不是特別好，由於凶星「白虎」和「六儀」擊刑來勢洶洶，會導致他們在錢財方面容易出現耗損。

1951 年屬兔之人 2025 年感情運勢

本身就屬於責任心比較重的一類人，他們把家庭和事業看的很重要。尤其上了年紀之後，更是把家庭放在第一位。而他們今年也能夠與老伴兒互相攙扶，互相照拂，在平淡中感受到溫馨和幸福。

1951 年屬兔之人 2025 年健康運勢

因為上了年紀之後，大多數人的身體都大不如前，或多或少都會出現一些小毛病。在這個階段一定要多關注自身的健康問題，對於那些心臟不好的人，也要隨身攜帶急救的藥品。同時讓家人掌握一些急救小知識，這樣在關鍵時刻能夠派上用場，甚至還會起到救命的作用。另外出門在外要特別注意出行安全，尤其開車人士切記遵守交通規則，不可疲勞駕駛，更不可酒後駕駛。

每月攻防：

（所有月份計算以二十四節氣轉換作為每月之開始，並非以初一為每月之第一天）

農曆一月戊寅月（西曆 2025 年 02 月 03 日至 03 月 04 日）

做任何事情都要會堅持到底，不要衝動做決定。

農曆二月己卯月（西曆 2025 年 03 月 05 日至 04 月 03 日）

身體方面沒什麼大礙，只不過平時出行要多注意安全就行了。

農曆三月庚辰月（西曆 2025 年 04 月 04 日至 05 月 04 日）

花錢方面要謹慎，不要有任何衝動消費的行為，只要經過充分分析之後再做決定。

農曆四月辛巳月（西曆 2025 年 05 月 05 日至 06 月 04 日）

當感覺到身體不適就及時看醫生，積極配合醫生治療。

農曆五月壬午月（西曆 2025 年 06 月 05 日至 07 月 06 日）
　　必須要好好調整心態，任何時候都不能過於緊張，否則也會影響到身體健康。

農曆六月癸未月（西曆 2025 年 07 月 07 日至 08 月 06 日）
　　留意金錢上的預算，否則後果非常麻煩。

農曆七月甲申月（西曆 2025 年 08 月 07 日至 09 月 06 日）
　　每一次出門都會做好防暑工作，不容易中暑的。在飲食方面也會很注重，避免過多食用油膩食物，做到健康飲食。

農曆八月乙酉月（西曆 2025 年 09 月 07 日至 10 月 07 日）
　　建議每個週末都抽出時間好好鍛鍊，保證充足的睡眠，能夠有效保證身體健康。

農曆九月丙戌月（西曆 2025 年 10 月 08 日至 11 月 06 日）
　　容易與人有口舌是非，小心説話。

農曆十月丁亥月（西曆 2025 年 11 月 07 日至 12 月 06 日）
　　注意留心打理和維繫好自己的人脈，朋友就是發展的道路。

農曆十一月戊子月（西曆 2025 年 12 月 07 日至 2026 年 01 月 04 日）
　　此月財富上花銷較大，多注意理財。

農曆十二月己丑月（西曆 2026 年 01 月 05 日至 2026 年 02 月 03 日）
　　此月有小的偏財之運，可以適當投資。

1963 年　癸卯年　保持低調安守本份
1963 年屬兔之人 2025 年整體運勢

　　全年運勢會起伏震蕩，但好在並不會特別誇張地一切都很差，只是阻礙、困難會經常突然出現，尤其是在事業上面。工作上會增加難度，因此需要的技能、能力也需有所提高，意外總會

在屬兔人以為事情已經解決完畢並且打算鬆一口氣的時候出現，往往會手忙腳亂，毫無頭緒。這時要盡快跟有經驗的人求助，例如同事、長輩。創業人士要多瞭解主動上來尋求合作機會的其他公司，瞭解他們的財務和運營狀況如何，口碑如何，不然很容易被想使小伎倆的同行給欺騙。感情上跟家人相處會比較融洽，會出現喜事。財運上仍然要自律和節制，學會理財和規劃，不可盡信他人之言。

1963 年屬兔之人 2025 年事業運勢

屬兔人今年的事業運勢會有所起伏，工作的壓力會比較大，因為工作內容會增加，並且會出現從未接觸過的事務，經常會感到焦頭爛額。但細心地處理好手頭的工作，還是會有一定的收穫和回報，不過要多注意細節問題，例如合約、資料上的條例，避免因一時出錯而引發麻煩的事情。在職場中跟同事相處時要更多地保持理智，並且保持恰當的距離，不可談論他人的八卦，容易被有心人利用，多保持低調、安守本份為妙。

1963 年屬兔之人 2025 年財富運勢

財運會因為事業有所起伏而出現少許變故，正財收入偶爾出現不穩定的情況，但是整體來說依然還是很可觀的。會有貴人指點，因此在投資上面更加理智才能獲得收益，學會有所取捨，避免將所有閒錢都投入到高風險的投資中去，建議搭配部分的固定儲蓄。容易收到他人來請求借款，要細心考察對方的人品，避免輕易借出，會出現借款難以要回來的情況，有必要採取簽合同的手段。

1963 年屬兔之人 2025 年感情運勢

今年屬兔人的感情運勢會有所回升，會有機會認識到一些新的朋友，但同樣要維護好人際關係，避免心直口快導致發生口角或不愉快的事情。在聚會場合要避免過分開朋友或他人的玩笑話，容易被人記仇，會引來後續的麻煩。家人之間的關係會有所緩和，會發現伴侶比以往更加貼心和溫柔，能讓屬兔人的心情也

充滿了幸福，因此，家庭的氛圍比較和諧美滿。與子女之間相處避免過於強勢，多聽從他們的想法，多從他們的角度來考慮。

1963 年屬兔之人 2025 年健康運勢

健康運勢會明顯得到提升，身體狀態比較明朗，不容易受到病痛的侵擾，日常增加活動和運動的時間，體質會越發良好。今年遇到的煩心事大部分都是小事，來得快去的也快，因此，心情狀態上也會很不錯，基本不會有比較大的困擾、煩惱發生。與朋友之間發生摩擦後容易責怪、埋怨自己，要學會盡快釋懷才行，避免對自己總是保持高要求，會容易耗盡身體的活力。不可經常熬夜，保持飲食均衡就不會出現大問題。

每月攻防：

（所有月份計算以二十四節氣轉換作為每月之開始，並非以初一為每月之第一天）

農曆一月戊寅月（西曆 2025 年 02 月 03 日至 03 月 04 日）

在這個月中遇見各種驚喜，只要耐心一些就能發現很多事情都對自己有利，整個人狀態也變得更好。

農曆二月己卯月（西曆 2025 年 03 月 05 日至 04 月 03 日）

健康方面也不錯，多注重營養搭配就行了。

農曆三月庚辰月（西曆 2025 年 04 月 04 日至 05 月 04 日）

在工作中，要比其他同事都要有耐性。

農曆四月辛巳月（西曆 2025 年 05 月 05 日至 06 月 04 日）

在這個月對自己的要求更高，在職場中做到努力拼搏，用實際行動來證明自己的能力，克服各種挑戰。

農曆五月壬午月（西曆 2025 年 06 月 05 日至 07 月 06 日）

感情方面還是要控制好自身情緒，避免對愛人要求太高，不然會影響到兩人之間的感情，親子關係也不理想。

農曆六月癸未月（西曆 2025 年 07 月 07 日至 08 月 06 日）

　　健康方面只要注意飲食和作息方面就無大礙，身體免疫力也能得到提升。

農曆七月甲申月（西曆 2025 年 08 月 07 日至 09 月 06 日）

　　保持著熱情，對自己很自信，努力克服各種難題。任何方面都能按著計劃去做，捉住每一個重要時機。

農曆八月乙酉月（西曆 2025 年 09 月 07 日至 10 月 07 日）

　　做事方面很有計劃，總會採取各種措施來讓自己成功，不斷的成長，成為更有實力的人。

農曆九月丙戌月（西曆 2025 年 10 月 08 日至 11 月 06 日）

　　會獲得不少額外收入，不再因為金錢的事情感到煩惱，經濟狀況得到很大改善。

農曆十月丁亥月（西曆 2025 年 11 月 07 日至 12 月 06 日）

　　要注意到心理方面的健康，學會尋找釋放壓力的方法，不要讓自己處於壓力大的狀態中，不然會影響到身心健康。

農曆十一月戊子月（西曆 2025 年 12 月 07 日至 2026 年 01 月 04 日）

　　情侶、夫妻兩人在溝通方面很順暢，總能站在對方的角度去想一想，不會給自己任何壓力，懂得如何遷就對方。

農曆十二月己丑月（西曆 2026 年 01 月 05 日至 2026 年 02 月 03 日）

　　在購物方面總能保持理性，能夠保證財務方面穩定增長，經濟壓力越來越少。

1975 年　乙卯年　事業低迷切忌煩躁
1975 年屬兔之人 2025 年整體運勢

全年運勢會有較大的起伏動蕩，雖然會有貴人運，但大部分

194

仍然要自己處理，往年未解決或未處理好的事情會再度出現，會有手忙腳亂的情況。事業上的處境比較平淡普通，也會因此失去興趣和動力，逐漸地渾水摸魚，但往往上司都看在眼裡。人際關係上容易遭到他人誤解，如這時品性和態度調整不好，就會容易出現關係上的問題，還會影響到事業發展。創業人士容易遇到他人破壞生意情況，或是遇到同行競爭激烈的事情，要冷靜處理好，否則會非常嚴重的影響到事業。健康上要更多關心長輩的身心健康，尤其要多關心他們的情緒，容易感到孤獨憂鬱。

1975 年屬兔之人 2025 年事業運勢

事業運勢略微低迷，工作的內容和難度都會增加，因此會經常感到煩躁不安，也會因此有敷衍的狀態，在團隊合作中拖延也會表現的比較明顯，會容易失去工作機會，要盡快調整自身對工作上的態度，避免一味任性行事。在職場中也容易有抱怨的傾向，會給周圍環境帶來不和諧的氛圍，也會被他人告知上司，要學會減少在工作場合中過度表現自己，少説話多低調做事，才能在工作中逐漸平穩。

1975 年屬兔之人 2025 年財富運勢

財運運勢會有所起伏，正財基本來源於事業，所以在工作中一旦心態不正，經常出錯或挑戰紀律，都會受到壓制，甚至出現罰款的情況，因此今年的正財運比較差，如在能調整自身對工作的態度，才會有些起色。外出時要注意自身的財產安全，會有漏財、破財的傾向，多防盜，並且避免給他人擔保，不可盲目參與融資，要多小心別人的花言巧語，否則容易有被騙導致漏財的情況，可經常做些公益。

1975 年屬兔之人 2025 年感情運勢

感情運勢會比較一般，與朋友的聚會和外出的活動會減少，會容易感覺沒有太多的時間和活力，因此，會減少活躍在朋友圈中的活動。家庭關係會比較平淡，尤其是與另一半之間容易出現距離感，大部分時間還會沉浸在自己的世界裡也會讓伴侶感到被

冷落。要避免過於自我，多用心體貼和關心家人，促使彼此的關係增加親密，也能讓屬兔人的注意力轉移，減少沉迷在自我的世界裡。子女會在事業的選擇上比較糾結，可多跟他們溝通，給他們比較合理的建議。

1975 年屬兔之人 2025 年健康運勢

　　健康運勢會略微低迷，今年會過於盲目地忙碌，總是在透支身體的體力、活力，精神狀態也會因此越來越差，如能多加關照身體的狀況，避免出現經常在外忙碌、加班的情況才會逐漸有所好轉。情緒上容易悶悶不樂，可與家人傾訴，能有效幫助調整心態。多關心家中子女、長輩的健康，督促他們改掉生活中的壞習慣，例如經常吃垃圾零食、油炸食品，及時提醒他們能夠減少食用，身體也才會保持健康。

每月攻防：

（所有月份計算以二十四節氣轉換作為每月之開始，並非以初一為每月之第一天）

農曆一月虎寅月（西曆 2025 年 02 月 03 日至 03 月 04 日）

　　工作上會有新的調動和新方案落到你的頭上，並會有跟他人合作的機會，之前你提出的想法也會被上司認可，適合開始有所行動並積極開展。

農曆二月己卯月（西曆 2025 年 03 月 05 日至 04 月 03 日）

　　夫妻之間做到相互理解和包容，親密度越來越高，更有安全感。

農曆三月庚辰月（西曆 2025 年 04 月 04 日至 05 月 04 日）

　　為公司爭取了不少好機會，談下多個好項目，從而得到上司的表揚，工資收入也有所增加。

農曆四月辛巳月（西曆 2025 年 05 月 05 日至 06 月 04 日）

　　財運正財收入會因事業的發展順利而有不錯的收穫，可適當做一些穩妥的投資。

農曆五＊壬午＊（西曆 2025 年 06＊05 日至 07＊06 日）

　　感情上單身人士會變得比較不想談戀愛，不想去主動認識新的人。

農曆六＊癸未＊（西曆 2025 年 07＊07 日至 08＊06 日）

　　財運方面比較平順，但因為日常生活的過度浪費，而容易導致自己到了月底就變成缺錢花的狀況，會有一些投資機會出現，但你的消費會因此錯過。

農曆七＊甲申＊（西曆 2025 年 08＊07 日至 09＊06 日）

　　在職場上容易被人誤解，在與同事交際的時候需要注意用詞，避免讓人產生誤會，或是你曾與同事說過的一些秘密和八卦會被傳播出去，需謹慎小心。

農曆八＊乙酉＊（西曆 2025 年 09＊07 日至 10＊07 日）

　　事業運勢比較平順，你負責的項目或事務可能會一下子增多起來讓你忙的團團轉。

農曆九＊丙戌＊（西曆 2025 年 10＊08 日至 11＊06 日）

　　高強度的工作狀態能夠讓你效率提高不少，進展也會因為你的付出而進行的比較順利，不過情緒上會因為壓力大而容易脾氣暴躁，注意自己對同事的態度。

農曆十＊丁亥＊（西曆 2025 年 11＊07 日至 12＊06 日）

　　事業運勢略微低迷，事業上容易遇到挫折，會有項目出現停滯的狀況，還會有人給你製造一些麻煩。

農曆十一＊戊子＊（西曆 2025 年 12＊07 日至 2026 年 01＊04 日）

　　財運上有不錯的正財，沒有偏財運，遠離投機形式的賭博賭彩，可以考慮保守投資或傳統儲蓄。

農曆十二月己丑月（西曆 2026 年 01 月 05 日至 2026 年 02 月 03 日）

　　感情方面有伴的人士會因為工作上的不順心而對伴侶發脾氣，矛盾增加，使兩人關係走向惡化。

1987 丁卯年　事業上揚靜待成果

1987 年屬兔之人 2025 年整體運勢

　　全年運勢會有明顯上升，往年的辛苦努力，都會在今年有好消息和回報，因此，今年要做好可實施的規劃，並且保持穩定地展開，能夠在各方面都得到新的突破和成績。事業上會有貴人相助，但大部分也是以往的辛勤成果，今年會有比較大的機會獲得加薪提職，但仍然要保持在工作上努力，才會有更多的收穫。職場上人際簡單，不會有太複雜的人際出現，但仍然要學會經營關係，可偶爾給同事送些小禮品。創業人士也會迎來較大的新局面，機會很多，但不可過於貪心，避免多處發展，最好只專心發展其一即可。感情上要多加注意，避免與伴侶爭吵。健康上避免過度勞累身體，心情不可太多焦慮，基本不會出現大問題。

1987 年屬兔之人 2025 年事業運勢

　　事業運勢會有明顯的起色，以往付出的努力會逐漸開始收穫結果，公司的環境氛圍比較和諧，同事也會較多的互幫互助，在工作中比較用心和努力，因此會在今年獲得能夠使能力有所提升和表現的機會，要懂得牢牢把握。創業人士會遇到管理上的問題，需請教專業人士，事業的發展狀況比較良好，不會有太大的問題，但在選擇轉型、開發新項目時仍然要多做考察和瞭解，不可衝動行事，會造成不必要的挫折。

1987 年屬兔之人 2025 年財富運勢

　　財運運勢會有明顯的提升，因為在工作中勤懇表現，所以正財的收入會比較可觀，還會因為表現出色而有額外的獎金，但要避免得意忘形，否則容易被他人算計導致損失錢財。要將財物放在安全的地方，不可隨身攜帶過多的現金，會容易被小偷惦記。賭博、融資都要盡量遠離，否則會陷入債務。高風險的投資要保

持用閒錢投資的原則，不能因為過於急躁和貪心而動用儲蓄的資金，市場比較震蕩，理性投資為宜。

1987 年屬兔之人 2025 年感情運勢

感情運勢會略有起色，外出的聚會、應酬會比以往頻繁，但仍然會有比較多的時間陪伴家人，會令屬兔人感到比較滿意和放鬆。已婚的屬兔人會與另一半感情甜蜜，經常會考慮一同外出旅遊的事宜，遇到好玩有趣的事情也會彼此分享，比較幸福。單身人士會容易在今年遇到合適的異性，對方的人品要認真考察一段時間，避免過於輕率做出戀愛的決定或追求舉動，慎重點戀愛的機會反而會到來。

1987 年屬兔之人 2025 年健康運勢

健康運勢會有所起色，身體狀況會逐漸越來越健康，在今年也會有結婚、懷孕的好事到來，聚會和外出交友的時間增多，因此要多加注意飲食上的克制，避免暴飲暴食，不可過度食用油炸、辛辣的食品，會讓腸胃感到不適從而容易引起消化系統方面的問題。關心伴侶的身心健康，可與家人一同外出郊遊，或是進行戶外運動，一起養成良好的生活習慣，基本不會有太大的問題。

每月攻防：

(所有月份計算以二十四節氣轉換作為每月之開始，並非以初一為每月之第一天)

農曆一月戊寅月（西曆 2025 年 02 月 03 日至 03 月 04 日）
事業發展抱太大希望，處事盡職盡責，親力親為才行。

農曆二月己卯月（西曆 2025 年 03 月 05 日至 04 月 03 日）
忙碌的工作會讓生肖兔覺得生活是無趣且沉重的，這時需調整好心態，妥善安排作息，以免出現睡眠不足影響工作效率。

農曆三月庚辰月（西曆 2025 年 04 月 04 日至 05 月 04 日）
感情上單身人士適合明示對方，可能收穫意外的驚喜或回應。

農曆四月辛巳月（西曆 2025 年 05 月 05 日至 06 月 04 日）

　　運勢穩定，工作狀態不錯，一切計劃會穩步發展，一些工作上的瓶頸也能突破。

農曆五月壬午月（西曆 2025 年 06 月 05 日至 07 月 06 日）

　　機會伴隨著挑戰，也會換來緊張繁重的工作事務，需要調整工作態度，堅持對抗壓力，穩穩抓住機會。

農曆六月癸未月（西曆 2025 年 07 月 07 日至 08 月 06 日）

　　多關注人脈運勢的變化，小心與人發生口舌是非爭執，無形中得罪了小人，最後遭遇到小人使絆子，對職場發展不利。

農曆七月甲申月（西曆 2025 年 08 月 07 日至 09 月 06 日）

　　在職場競爭關係中，遇事盡量謹言慎行，不要咄咄逼人，斤斤計較。特別是複雜的職場人脈，小心才能駛得萬年船。

農曆八月乙酉月（西曆 2025 年 09 月 07 日至 10 月 07 日）

　　工作按部就班，人際危機有所緩解，壓力小，做起事來會倍感輕鬆。

農曆九月丙戌月（西曆 2025 年 10 月 08 日至 11 月 06 日）

　　要保持清晰頭腦，融洽好各種關係，帶動團隊工作效率，才能讓事業更上一層樓。

農曆十月丁亥月（西曆 2025 年 11 月 07 日至 12 月 06 日）

　　思維清晰，頭腦靈活，在一些重要考核中都可以脫穎而出，展示個人實力。

農曆十一月戊子月（西曆 2025 年 12 月 07 日至 2026 年 01 月 04 日）

　　事業運勢會有下降的趨勢，不僅工作節奏強，工作任務繁重，壓力也會有明顯的提升。

農曆十二月己丑月（西曆 2026 年 01 月 05 日至 2026 年 02 月 03 日）
感情中與家人朋友的關係不佳，經常會出現是非爭執。

1999 年　己卯年　事業迷失幸遇貴人

1999 年屬兔之人 2025 年整體運勢

開始真正走上社會。只要好好努力，認真準備，屬兔人會在這一年找到不錯的工作。屬兔人感情方面會有不錯的收穫，因為有很多共同點，身邊會出現很多志同道合的朋友，對於找工作不會孤單。健康方面不會有太大問題，保證精神狀態良好。

1999 年屬兔之人 2025 年事業運勢

事業運勢比較複雜，因為在這一年屬兔人剛剛走進社會，很多問題還在摸索階段。所以事業方面運勢比較變化多樣，但是因為屬兔人今年會有貴人相助，所以會很順利的通過這畢業季及失業季，找到合適的工作。如果有部分屬兔人對工作不滿意，也不要過於急著換工作，不妨先靜下心來好好工作，等到真正明白自己想做什麼的時候再作打算。

1999 年屬兔之人 2025 年財富運勢

事情進展的並不是很順利，所以財運上不會有太大的起色。但是因為今年工作上會有貴人出現，所以在貴人的幫助下他們會很容易找到合適的工作。

1999 年屬兔之人 2025 年感情運勢

感情運勢不錯，雖然身邊會有不少桃花出現，但是屬兔人的中心在於工作，並沒有把過多的精力放在感情上。但是因屬兔人豁達的性格，身邊會有很多朋友出現，大家一起相互扶持，相互鼓勵，一起走過最艱難的歲月。有對象的屬兔人今年一定要好好珍惜你們的感情，能走到一起不容易，一定要堅定走下去。

1999年屬兔之人2025年健康運勢

健康方面不會有太大的變化。因為年輕身體本身就充滿活力，但是也要注意不能過度揮霍。初始上班會遇到很多問題，年輕人往往找不到方向，會過度憂慮焦躁。

每月攻防：

(所有月份計算以二十四節氣轉換作為每月之開始，並非以初一為每月之第一天)

農曆一夕戊寅夕（西曆2025年02夕03日至03夕04日）

整體運勢十分糟糕，尤其是事業運和感情運，可以説是一跌再跌，狀況慘不忍睹。

農曆二夕己卯夕（西曆2025年03夕05日至04夕03日）

本月需要學會沉下心來充電以完善自己。

農曆三夕庚辰夕（西曆2025年04夕04日至05夕04日）

事業運勢依舊不容樂觀，而健康方面也容易出現問題。

農曆四夕辛巳夕（西曆2025年05夕05日至06夕04日）

務必要學會冷靜，分析原因並制出相關的調整。

農曆五夕壬午夕（西曆2025年06夕05日至07夕06日）

容易受外傷，如燒傷、燙傷等，在用水、用火的時候一定要格外小心，以免讓皮膚受到不必要的傷害。

農曆六夕癸未夕（西曆2025年07夕07日至08夕06日）

面對的壓力、困難都會有所減少，完成任務時可以説是得心應手。

農曆七夕甲申夕（西曆2025年08夕07日至09夕06日）

戀情不僅沒有進展，還會出現倒退現象，與戀人之間的關係會隨著誤會的加深而變得疏遠。

農曆八月乙酉月（西曆 2025 年 09 月 07 日至 10 月 07 日）

　　財富運勢有所緩和，健康運勢發展狀況則比較一般。

農曆九月丙戌月（西曆 2025 年 10 月 08 日至 11 月 06 日）

　　本月發生摔傷、擦傷等意外事故的概率會比較高，務必要注意安全，以免讓自己再在醫藥費上有所支出，加重經濟負擔。

農曆十月丁亥月（西曆 2025 年 11 月 07 日至 12 月 06 日）

　　在工作上，屬兔人常常會遇到許多突發狀況，如客戶的故意刁難、小人的栽贓陷害等，務必要學會沉著冷靜。

農曆十一月戊子月（西曆 2025 年 12 月 07 日至 2026 年 01 月 04 日）

　　戀愛中的屬兔人也有可能面臨分手的抉擇，感情運勢可以說是撲朔迷離，毫無進展。

農曆十二月己丑月（西曆 2026 年 01 月 05 日至 2026 年 02 月 03 日）

　　事業運勢依舊呈現下滑趨勢，同時也間接影響到了財富運勢。

2011 年　辛卯年　學業進步思維提高
2011 年屬兔之人 2025 年整體運勢

　　這年整體運勢不錯，學業上會有不錯的進展。在這一年屬兔人學習熱情高漲，很容易記住課本知識，學習熱情和大腦思維能力，在這年會有飛速猛進的成長。同時，在這一年屬兔人的大腦思維得到很好的發展，會隨著家人旅行，旅途中的所見所聞會對屬兔人的成長起到很好的作用。身體方面沒有太大變化，但是因為在長身體階段，一定要多注意休息，不能過度勞累。在這一年，屬兔人開始懂得各種真善美，知道什麼是可以做的，什麼是不可以做的。特別是在學習上雖然愛玩，但是精神集中，吸收知識能力強。發散的思維能力在今年得到開發，是迸發火花，創作旺盛的時期。

龍

屬龍的出生年份

1940 庚辰年，1952 壬辰年，1964 甲辰年，
1976 丙辰年，1988 戊辰年，2000 庚辰年，2012 壬辰年

屬龍之人 2025 年整體運勢

2025 年對於屬龍的人來說將是一個充滿挑戰與機遇並存的一年。您的個人魅力和上司才能將在這一年中發揮至關重要的作用。勇敢地迎接這些挑戰，並以樂觀和自信的態度面對，您將能夠充分發揮自己的潛力，實現自身的進步與成就。屬龍人在 2025 年的運勢是非常順暢的，他們將會迎來全新的一年，充滿著新的機遇和挑戰。屬龍人的事業發展將會有著非常大的突破，工作上的壓力也會逐漸減少，事業上的運勢也會水漲船高。第二，屬龍人的財運也非常不錯，新的財源將會不斷湧現，收入也會越來越豐厚。在家庭方面，屬龍人也會受到家人的支持和鼓勵，家庭氛圍也會變得更加和諧溫馨。第三，在感情方面，屬龍人的異性緣也會非常不錯，在 2025 年裡，屬龍人將會遇到自己心儀的人，戀愛運勢也會非常不錯。總體來看，屬龍人在 2025 年的運勢是非常不錯的，無論是事業、家庭還是感情，都會迎來很多機遇和挑戰。希望屬龍人能夠抓住機遇，開創美好的未來。

屬龍之人 2025 年整體財富運勢

2025 年對於屬龍的人來說，財運也將表現出色。你會收穫一些額外的收入，可能是因為你的事業和投資所帶來的回報。你的理財能力也將在這一年得到提升，你將能夠做出明智而穩健的決策，為自己創造更多財富積累的機會。然而，你仍然需要保持謹慎，不要過於冒險投資，以免出現意外的損失。

屬龍之人 2025 年整體事業運勢

2025 年對於屬龍的人而言，事業運勢將會非常旺盛。你將迎來許多機遇和挑戰，需要付出更多的努力和耐心。不過，這些努力將會得到應有的回報。儘管一開始可能會遇到一些阻礙，但你的堅持和聰明才智將助你克服困難，取得成功。與他人的合作和團隊工作將成為你事業發展的重要因素。

張芯熏

2025乙巳

蛇

年流年運程

龍

屬龍之人 2025 年整體感情運勢

2025 年對於屬龍的人而言，感情運勢也將十分順利。單身的屬龍人有機會遇到一個特別的人，這段關係可能會逐漸發展成為長久的感情。對於已有伴侶的人來說，你們的感情將更加穩定和幸福。你們可以一起追求共同的目標，享受彼此的陪伴和理解。然而，隨著感情的提升，也需要更多的溝通和包容。

屬龍之人 2025 年整體健康運勢

2025 年對於屬龍的人來說，健康運勢整體較好。你將擁有充沛的精力和好的體魄，適合從事各種運動和鍛鍊。然而，你仍然需要注意合理的作息時間和飲食習慣，避免過度勞累和不良生活習慣對健康造成潛在的負面影響。定期進行身體檢查和保持積極的心態也是保持健康的重要因素。

出生年運程

1940 年　庚辰年　生活富足安享晚年
1940 年屬龍之人 2025 年整體運勢

屬龍的人大多有不服老的心，儘管年逾八旬，對身邊事物依然興趣十足，今年生活安定，宜保持身心愉快，身體允許的話可多參加社區舉辦的興趣小組，與年齡相近的親友鄰居共同學習；或含飴弄孫，晚年生活也能多采多姿。但今年要多加提防手足跌傷碰傷，盡量避免單獨出行，可以選擇家人接送或搭乘便捷交通工具；在家上下樓梯也應有人看扶，家居最好不要囤積大量雜物，以免絆倒。

1952 年　壬辰年　事事順利風生水起
1952 年屬龍之人 2025 年整體運勢

不管做什麼事情都將是一順百順，不會有障礙出現。這一年的整體運勢也是屬於上吉運勢，只是需要在健康上面需要注意一下。

1952 年屬龍之人 2025 年事業運勢

在事業上面已經很難在去大展拳腳了，事業運勢相對已經開始遲暮。不過，如果是自己的生意，今年還是比較有利於將事業經營的風生水起的。

1952 年屬龍之人 2025 年財富運勢

在大財上面不會有太多的回報可以看到，但小財還是不斷的，比如娛樂時的偏財運，子女給的孝敬紅包等等，總之今年屬龍人的腰包是不會空的

1952 年屬龍之人 2025 年感情運勢

今年建議屬龍人多多關注另一半，經營好自己的感情生活，這樣日子才會越來越紅火。

1952 年屬龍之人 2025 年健康運勢

在健康上面要多多關注一下，畢竟年齡不饒人的。有時候不能太逞強，畢竟這個年紀的你們已經不再是年輕人，要多注意心腦血管等方面的健康問題。

每月攻防：

(所有月份計算以二十四節氣轉換作為每月之開始，並非以初一為每月之第一天)

農曆一夕戊寅夕（西曆 2025 年 02 夕 03 日至 03 夕 04 日）

各方面的運勢都比較旺盛，為新的一年開了一個好頭。

農曆二夕己卯夕（西曆 2025 年 03 夕 05 日至 04 夕 03 日）

財運方面，不管是正財運還是偏財運，都十分旺盛，有望得到一筆意外之財。

農曆三夕庚辰夕（西曆 2025 年 04 夕 04 日至 05 夕 04 日）

在飲食方面，需要多講究，不宜食用辣椒、洋蔥、大蒜等刺激性食物，以免對睡眠質量造成干擾，同時忌抽煙、喝酒。

農曆四月辛巳月（西曆 2025 年 05 月 05 日至 06 月 04 日）

　　因為過度購買昂貴的奢侈品而讓自己捉襟見肘，務必要控制自己的消費慾望。

農曆五月壬午月（西曆 2025 年 06 月 05 日至 07 月 06 日）

　　深得財神爺的青睞，在生意場上總能夠滿載而歸。

農曆六月癸未月（西曆 2025 年 07 月 07 日至 08 月 06 日）

　　容易磕傷、碰傷、划傷，無論做什麼事情，務必要增強自我保護意識和集中精神，以免讓身體受到傷害。

農曆七月甲申月（西曆 2025 年 08 月 07 日至 09 月 06 日）

　　在健康問題上，游泳的屬龍朋友必須在水性好的人陪同下進行活動，忌一個人到野外游泳，以免發生意外溺水事故。

農曆八月乙酉月（西曆 2025 年 09 月 07 日至 10 月 07 日）

　　堅守在自己的崗位上，將自己所需要完成的每一個任務都完成得比較圓滿，不會出現什麼差錯。

農曆九月丙戌月（西曆 2025 年 10 月 08 日至 11 月 06 日）

　　事業發展受到阻礙，運勢波動比較大。

農曆十月丁亥月（西曆 2025 年 11 月 07 日至 12 月 06 日）

　　與伴侶發生爭吵的次數較以往會有明顯的增加，務必要控制好自己的情緒。

農曆十一月戊子月（西曆 2025 年 12 月 07 日至 2026 年 01 月 04 日）

　　財富運勢和健康運勢在整體上依舊呈現下滑趨勢，其他方面的運勢狀況一般。

農曆十二月己丑月（西曆 2026 年 01 月 05 日至 2026 年 02 月 03 日）

　　自身能力不足的問題，卻不知從何下手提高自己的能力，同

時在人際溝通方面，無法把握好尺度，常常給人造成心靈上的傷害。

1964年　甲辰年　保持耐性換來收穫

1964年屬龍之人2025年整體運勢

在這一年會非常給力，因為值符相助，會讓這一年不管是事業、健康還是婚姻這三大運勢都會在平穩中發展。而今年對於屬龍的人來說也是收穫的一年。事業上有更上一層樓的跡象，財運上面財富積累會有很大提升，今年感情上也是和自己另一半有美美的一年。

1964年屬龍之人2025年事業運勢

事業運在今年會發生大的變化，也可以說是坐火箭上升的一年，今年屬龍人在事業上會遇到自己的貴人與伯樂，他們有助於你今年在事業上面一飛沖天，會有升職加薪的事情發生。不過雖然今年的事業運勢很強，但是切記要保持耐心，在處理工作上面的事情時一定要認真和細心，不要因為工作上面的事情與人發生不愉快的口舌衝突，如果你能夠避開這點，那麼今年你可以靜候事業佳音吧，年底時你會看到今天事業上面所給你帶來的一切收穫的。

1964年屬龍之人2025年財富運勢

今年會財運大開，正財和偏財運都會有意想不到的大收穫，工作上會有正財進賬，比如加班時老闆會多給加班費，季度獎金也會因為比身邊同事工作努力，從而老闆看到你的辛苦付出，也會給出厚厚的犒勞獎賞你。偏財運上面你可以多關注一下彩票和小型抽獎活動，今年雖然在彩票投入上面見不到大的收穫，不過小獎會讓你開不停的。

1964年屬龍之人2025年感情運勢

今年會和自己的另一半舉案齊眉，生活和諧幸福，家庭生活會比較美滿，不過三和貴人的助力讓屬龍人今年的桃花會非常旺

盛，婚前有桃花，那會讓你的感情生活豐富多彩，婚後有桃花的話都會成為爛桃花，不過為了美滿的家庭生活，屬龍人要認清爛桃花的危害，瞭解家感情滿對於整個家庭的重要性，拒絕爛桃花事情的發生，就能在今年擁有美滿家庭。

1964 年屬龍之人 2025 年健康運勢

屬龍人今年多關注自己的身體健康，多抽時間鍛鍊，少熬夜，身體是革命的本錢，有一個健康的身體才能諸事順利。

每月攻防：

（所有月份計算以二十四節氣轉換作為每月之開始，並非以初一為每月之第一天）

農曆一月戊寅月（西曆 2025 年 02 月 03 日至 03 月 04 日）
財運都表現出頹廢、衰敗的跡象，掙錢非常困難，正財方面也表現出動盪的情況。

農曆二月己卯月（西曆 2025 年 03 月 05 日至 04 月 03 日）
可以做到勤儉節約，需要額外支出的情況減少，終於不用再為金錢發愁。

農曆三月庚辰月（西曆 2025 年 04 月 04 日至 05 月 04 日）
個人魅力指數提升，身邊的親友，也樂於給他們介紹異性。

農曆四月辛巳月（西曆 2025 年 05 月 05 日至 06 月 04 日）
避免出差，如果無奈之下必須選擇外出遠行。

農曆五月壬午月（西曆 2025 年 06 月 05 日至 07 月 06 日）
工作推進會更快更穩，工作表現欲提升，工作上收穫頗豐。

農曆六月癸未月（西曆 2025 年 07 月 07 日至 08 月 06 日）
在工作和財富運勢上失利，和家人朋友之間的相處，也會出現一些問題。

農曆七月甲申月（西曆 2025 年 08 月 07 日至 09 月 06 日）

　　工作上出現了諸多阻礙，工作上心氣不足，職場上的風采減弱，氣場不再強大，一些平時可以輕鬆處理的職場問題，對於你而言也成了挑戰。

農曆八月乙酉月（西曆 2025 年 09 月 07 日至 10 月 07 日）

　　家庭地位會降低，家庭氣氛不再和諧。

農曆九月丙戌月（西曆 2025 年 10 月 08 日至 11 月 06 日）

　　對財富的判斷力降低，自身的財富指數下滑，收入減少的情況會接踵而來。

農曆十月丁亥月（西曆 2025 年 11 月 07 日至 12 月 06 日）

　　變得自信心受挫，懷疑自己的能力，進而進一步影響自身的工作運勢。

農曆十一月戊子月（西曆 2025 年 12 月 07 日至 2026 年 01 月 04 日）

　　毫無準備和反映的能力，只能被動的接受運勢上的壓力和波動。

農曆十二月己丑月（西曆 2026 年 01 月 05 日至 2026 年 02 月 03 日）

　　在工作上可以獲得一些助力。阻礙開始減少，一些原來與你有隔閡和矛盾的同事、領導，也開始和屬龍人主動緩和關係。

1976 年　丙辰年　事業阻滯時遇小心
1976 年屬龍之人 2025 年整體運勢

　　整體運勢並不是特別理想。經濟由於失策的投機投資可能會財運受損。健康上，今年要多留意自己身體，多年留下的隱疾有復發的可能。感情上面由於和貴人的相衝，會有婚姻危機出現。對於屬龍的人而言，並不是太順暢的年份，今年還是要多多留意自己各個方面的運勢，這樣才能防患未然。

1976 年屬龍之人 2025 年事業運勢

事業運勢也不太好。今年你們在工作中會時時刻刻偶遇小人，可能是平時不小心留下的把柄被小人利用了，如果是很嚴重的問題，那可能會危及自己的職業生涯，小則被降職位或者扣工資；嚴重點的可能會被辭退，如果是後者那就嚴重了。經濟來源中斷，非常不利於家庭和諧。所以屬龍人今年一定要謹慎小心，不跟小人為伍，善待身邊人，廣結友善，提防小人。

1976 年屬龍之人 2025 年財富運勢

這一年破財情況隨處可見。在以前也許屬龍的人會覺得自己財運相當不錯，就算今年的衝擊也不至於讓自己財運大損。但是相比往年，這可以稱得上是一次重創了。今年在理財上要多以保守投資為主，不可投機投資和獵手投資，容易損財。

1976 年屬龍之人 2025 年感情運勢

感情運有點差強人意。和合貴人有點湊熱鬧的意思，今年屬龍人越是不如意，它們就越喜歡來搗亂。屬龍人本性自私，即使是對待身邊的另一半也是有所保留的，在以往另一半或許會包容你們的自私和任性，但今年你們的伴侶似乎無法忍受，各種反抗爭吵一一爆發。對於屬龍人而言，要想在今年婚姻美滿，家庭幸福，你們肯定是要做出大改變的。

1976 年屬龍之人 2025 年健康運勢

健康運勢很容易受到多年隱疾的騷擾。在今年，健康對於你們來說，也是讓人十分堪憂的。由於以往日常的麻痹大意，今年多年的隱疾也有要來找你麻煩的意思。建議一直有未除的多年隱疾的屬龍朋友，今年要多加注意和提前預防，比如按時吃藥，聽醫生的話按時體檢等等；對於沒有隱疾困擾的屬龍人而言，今年也要提前預防身體的狀況，提早防範，免留遺憾。

每月攻防：

（所有月份計算以二十四節氣轉換作為每月之開始，並非以初一為每月之第一天）

農曆一月 戊寅月（西曆 2025 年 02 月 03 日至 03 月 04 日）

壓力一股腦的襲來，讓你毫無準備和反映的能力，只能被動的接受運勢上的壓力和波動。

農曆二月 己卯月（西曆 2025 年 03 月 05 日至 04 月 03 日）

對財富的判斷力降低，自身的財富指數下滑，收入減少的情況會接踵而來。

農曆三月 庚辰月（西曆 2025 年 04 月 04 日至 05 月 04 日）

在工作和財富運勢上失利，和家人朋友之間的相處，也會出現一些問題。

農曆四月 辛巳月（西曆 2025 年 05 月 05 日至 06 月 04 日）

做好財富防範，提前準備一些備用金，不要等到危機時再進行謀劃。

農曆五月 壬午月（西曆 2025 年 06 月 05 日至 07 月 06 日）

沒有溝通慾望，對於自身感情問題，也表現得比較被動，這讓身邊的親友對其產生了怨言。

農曆六月 癸未月（西曆 2025 年 07 月 07 日至 08 月 06 日）

由於心思不專一，導致工作中容易出差錯，一些小的失誤很有可能會帶來一連串的反映，甚至會讓你丟掉工作。

農曆七月 甲申月（西曆 2025 年 08 月 07 日至 09 月 06 日）

財富運勢波動會比較明顯，開支會完全不受控，花錢的地方很多。

農曆八月乙酉月（西曆 2025 年 09 月 07 日至 10 月 07 日）

　　有許多社交活動，對於工作不再重視，工作有些浮於表面

農曆九月丙戌月（西曆 2025 年 10 月 08 日至 11 月 06 日）

　　自信心受挫，懷疑自己的能力，進而進一步影響自身的工作運勢。

農曆十月丁亥月（西曆 2025 年 11 月 07 日至 12 月 06 日）

　　偶爾的放鬆不會給他們帶來工作上的麻煩和失誤，不過想要晉升的人，可能要與機會擦肩而過。

農曆十一月戊子月（西曆 2025 年 12 月 07 日至 2026 年 01 月 04 日）

　　在財富上壓力增加，甚至是措手不及。

農曆十二月己丑月（西曆 2026 年 01 月 05 日至 2025 年 02 月 03 日）

　　工作上心氣不足，職場上的風采減弱，氣場不再強大，一些平時可以輕鬆處理的職場問題，對於你而言也成了挑戰。

1988 年　戊辰年　把握機遇再上巔峰
1988 年屬龍之人 2025 年整體運勢

　　整體運勢是不錯的。在財運上面能夠有較大的收穫，所以在生活品質上能夠有較大的提升。事業運較旺，在工作上能夠有很多的機會，需要自己去努力的爭取並且牢牢的把握，這樣事業才能有一個質的飛躍。健康運勢較差，需要多留意身心健康，不要因為過於忙碌而忽視身心健康。感情方面需要努力，明確想要的，多和對方溝通，這樣才會有一個很好的發展。

1988 年屬龍之人 2025 年事業運勢

　　是事業的一個巔峰年，他們在這一年能夠讓事業做到最好，憑借在公司裡面的優異表現，從而獲得上司的青睞，依靠自身的努力和能力坐到了管理層。同時在這一年屬龍人會有貴人相助，在事業運勢上錦上添花，更是為自己的前程打下了一個堅實的基礎。

1988 年屬龍之人 2025 年財富運勢

　　財運可謂是呈上升趨勢。因為自身的努力，讓事業有了很大的進步，因此能夠在原有的薪水基礎上又增加了很多的獎金，這讓屬龍人的生活質量能夠有很大的提高。同時屬龍人的理財產品在 2025 年有一路飄紅的趨勢，讓投入的資金能夠翻倍的回到自己手裡。

1988 年屬龍之人 2025 年感情運勢

　　如果是單身屬龍的人，對於你們來説這一年很重要，需要對自己的追求對象更加上心，把握住機會，能夠和對方順利的進入婚姻殿堂。對於已婚的屬龍人來説，這一年需要抽出一些時間來陪伴伴侶，不要因為工作而忽略他們，工作要緊但家庭也很重要，時間長了一定會影響到家庭的和睦，對其他運勢也有一定的影響。

1988 年屬龍之人 2025 年健康運勢

　　健康運勢是不太好的。因為工作的關係，今年的應酬相比往年要增加許多，熬夜加班、抽煙、喝酒等更是今年常見的狀態。正是因為如此，屬龍人的生活作息肯定會被打亂，讓身體一下子沒有一個適應的過程，很容易引發一些疾病。因此 88 年出生的屬龍人在工作之餘，一定要多花心在健康這方面，多體檢多鍛鍊，或者是盡量的按照健康的生活方式去生活，一定能健康的度過。

每月攻防：

（所有月份計算以二十四節氣轉換作為每月之開始，並非以初一為每月之第一天）

農曆一月虎寅月（西曆 2025 年 02 月 03 日至 03 月 04 日）

　　人氣旺盛能夠為你帶來收益，尤其是一些熱衷於做自媒體行業的人。

農曆二月己卯月（西曆 2025 年 03 月 05 日至 04 月 03 日）

　　感情中可以完全享受，不用主動出擊，身邊的異性就會不自覺的圍繞在身邊。

農曆三月庚辰月（西曆 2025 年 04 月 04 日至 05 月 04 日）

工作運勢旺盛，不僅工作上有諸多貴人相助，工作運也非常穩。

農曆四月辛巳月（西曆 2025 年 05 月 05 日至 06 月 04 日）

對於財富的掌控慾望是很強的，錢看的也很重。

農曆五月壬午月（西曆 2025 年 06 月 05 日至 07 月 06 日）

有足夠的錢財傍身，應對隨時可能到來的危機。

農曆六月癸未月（西曆 2025 年 07 月 07 日至 08 月 06 日）

不善於和伴侶進行溝通，聊天的次數減少，屬龍人會更喜歡清靜。

農曆七月甲申月（西曆 2025 年 08 月 07 日至 09 月 06 日）

工作上運勢會出現一定波動，對此感覺不明顯，工作還可以按部就班，不過需要從現在開始就做好應對工作運勢下滑的準備。

農曆八月乙酉月（西曆 2025 年 09 月 07 日至 10 月 07 日）

由於安排出現問題，在工作中小錯不斷，容易得罪小人。

農曆九月丙戌月（西曆 2025 年 10 月 08 日至 11 月 06 日）

自身的工作能力無法全面施展，即使工作表現按部就班的去做，還是沒有大的提升空間，

農曆十月丁亥月（西曆 2025 年 11 月 07 日至 12 月 06 日）

個人能力和氣場都會逐步穩定回歸，可以達到收支平衡。

農曆十一月戊子月（西曆 2025 年 12 月 07 日至 2026 年 01 月 04 日）

做好防寒保暖工作，盡量減少外出，可以適當的在家中進行鍛鍊，按時吃藥，控制慢性病，從而進一步穩定健康運勢。

張老師 2025乙巳 蛇年流年運程 龍

農曆十二月己丑月（西曆 2026 年 01 月 05 日至 2026 年 02 月 03 日）

雖然看似財富收益上略微有浮動，其實只是運勢波動的前兆。

2000 年　庚辰年　少生爭吵避免破財

2000 年屬龍之人 2025 年整體運勢

錢方面多少受到影響。本年度不管是收入還是支出都要更為謹慎小心，千萬不要因為個人錯誤決策，而出現破財的狀況。由於「太陰」、「開門」吉星入駐，屬龍人可憑藉個人實力，獲取穩定的金錢入賬。只是「開門」吉星也會影響到人際關係，尤其對於銷售人員來說，必須要維繫好人緣，千萬不要因為誤解，或是出言不遜得罪客戶，否則也會讓個人收入大幅度削減。

2000 年屬龍之人 2025 年事業運勢

這個年齡段，不管是社會閱歷還是工作技能，可能都有著很多欠缺。要想不遭受歧視，一定要從自身出發，踏實肯幹，不要存有任何投機取巧，或是懶惰懈怠的心理。與同事要和諧相處，盡量不要在背地裡拉幫結派，或是到處說人壞話，否則肯定會樹敵無數，遭受小人的打擊與報復。

2000 年屬龍之人 2025 年財富運勢

這一年有破財的跡象。主要由於屬龍的人做事比較衝動，欠缺考慮不夠成熟，所以在今年很容易與人發生爭吵，各種口舌是常見的，甚至還會為此而破財。今年不宜單獨開機動車上路，如果有需要駕駛機動車外出時，身邊一定要有人陪伴。以免年少輕狂的龍人，在衝動輕狂下會因為交通事故而發生破財。同時，家長也不要太寵溺孩子，給的零花錢要適當，培養孩子正確的消費觀。

2000 年屬龍之人 2025 年感情運勢

感情上面會有爛桃花出現。單身的朋友在今年會有異性追求，但是那些不是正桃花，很有可能在接受感情以後會有上當受騙的情況出現。而有伴的屬龍朋友今年的爛桃花主要體現在第三者的問題上面。在感情上切記要保持對戀人的忠貞度，不可三心二意，否則很容易錯失眼前人，丟掉好姻緣。

2000年屬龍之人2025年健康運勢

　　健康運勢上面稍微有點需要注意的地方，因為金木相衝的原因，在這一年福德宮會影響健康。所以辰龍人今年切記要改掉熬夜的習慣，也要注意腸胃健康，飲食規律，不暴飲暴食，以免腸胃負擔過大進而受損。這是個長身體的最佳時期，好的睡眠和飲食是不可少的

每月攻防：

（所有月份計算以二十四節氣轉換作為每月之開始，並非以初一為每月之第一天）

農曆一月戊寅月（西曆2025年02月03日至03月04日）

　　工作上有一定的威懾力，適合做一些談判、訪談之類的工作，是可以見識到一些大場面的。

農曆二月己卯月（西曆2025年03月05日至04月03日）

　　好好利用這個時間段，多接觸一些異性，只要你對對方要求不是太苛刻，能夠適當的放鬆自己的擇偶標準，那麼脫單希望很大。

農曆三月庚辰月（西曆2025年04月04日至05月04日）

　　社交活動增加，他們會比較擅長與交際，良好的人緣為屬龍人拓展了人脈資源，掙錢也變得不再困難。

農曆四月辛巳月（西曆2025年05月05日至06月04日）

　　無論是正財還是偏財運勢都有走高的傾向，掙錢不會覺得費力，掙錢的速度和效率得到提升。

農曆五月壬午月（西曆2025年06月05日至07月06日）

　　懂得呵護伴侶，只是平時他們的性格較為強勢，尤其是嘴上不饒人，讓很多異性對你望而卻步。

農曆六月癸未月（西曆2025年07月07日至08月06日）

　　不斷為自己積累財富，財富指數提升迅速，而需要花錢的地方卻並不多。

農曆七夕甲申夕（西曆 2025 年 08 夕 07 日至 09 夕 06 日）

努力工作為自己未來的工作運勢提升，打下一定基礎。

農曆八夕乙酉夕（西曆 2025 年 09 夕 07 日至 10 夕 07 日）

各方面表現還是比較不錯，個性開朗，做事積極，狀態積極

農曆九夕丙戌夕（西曆 2025 年 10 夕 08 日至 11 夕 06 日）

注意因為休息過晚導致皮膚狀態不佳，神采不佳等問題。

農曆十夕丁亥夕（西曆 2025 年 11 夕 07 日至 12 夕 06 日）

工作狀態是舒心順意的，和同事之間相處也會是和諧融洽
的，工作氛圍輕鬆愜意。

農曆十一夕戊子夕（西曆 2025 年 12 夕 07 日至 2026 年 01 夕 04 日）

桃花運勢旺盛，這對於單身的人來説是非常有利的，身邊優
秀的異性可以讓單身人盡快脫單。

農曆十二夕己丑夕（西曆 2026 年 01 夕 05 日至 2026 年 02 夕 03 日）

運勢有了提升的跡象，心情和身體都非常放鬆，健康指數也
在不斷的提升。

2012 年　壬辰年　厭學情緒影響學習
2012 年屬龍之人 2025 年整體運勢

今年需要注意的問題比較多。在蛇年會有不太好的學業運
勢，因為今年的相沖會影響他們自身主管學識的天輔星，所以在
學業上龍人的監護人也會為了孩子的學業而勞心勞力。即使勞心
勞力了也不一定會看到好的成效，今年屬龍的人還會有厭學的情
緒產生。所以建議屬龍人的監護人，要做好情緒上的引導，讓屬
龍寶寶在這年能夠學業順利。

219

六十甲子術運程

　　奇門遁甲盤式除了可以預測十二生肖運程外，當中還可以利用盤式對個別出生之人作流年預測，這只屬於一個簡單的預測，廖廖幾字說前程。大家首先從以下的圖表中查出該日之天干地支，例如有人是出生於 1984 年 08 月 06 日，從圖表中查出該日為「壬申」日，但此方法有分為陽遁與陰遁的分別。這分別是根據每年的冬至和夏至所分。每年夏至後值到該年之冬至前為陰遁，而該年冬至後值到後一年至夏至前則為陽遁。1963 年 10 月 22 日查為夏至後出生，所以為陰遁，答案則在陰遁的「戊戌」日。

12月	11月	10月	9月	8月	7月	6月	5月	4月	3月	2月	1月	月 日
庚寅	庚申	己丑	己未	戊子	丁巳	丁亥	丙辰	丙戌	乙卯	丁亥	丙辰	1
辛卯	辛酉	庚寅	庚申	己丑	戊午	戊子	丁巳	丁亥	丙辰	戊子	丁巳	2
壬辰	壬戌	辛卯	辛酉	庚寅	己未	己丑	戊午	戊子	丁巳	己丑	戊午	3
癸巳	癸亥	壬辰	壬戌	辛卯	庚申	庚寅	己未	己丑	戊午	庚寅	己未	4
甲午	甲子	癸巳	癸亥	壬辰	辛酉	辛卯	庚申	庚寅	己未	辛卯	庚申	5
乙未	乙丑	甲午	甲子	癸巳	壬戌	壬辰	辛酉	辛卯	庚申	壬辰	辛酉	6
丙申	丙寅	乙未	乙丑	甲午	癸亥	癸巳	壬戌	壬辰	辛酉	癸巳	壬戌	7
丁酉	丁卯	丙申	丙寅	乙未	甲子	甲午	癸亥	癸巳	壬戌	甲午	癸亥	8
戊戌	戊辰	丁酉	丁卯	丙申	乙丑	乙未	甲子	甲午	癸亥	乙未	甲子	9
己亥	己巳	戊戌	戊辰	丁酉	丙寅	丙申	乙丑	乙未	甲子	丙申	乙丑	10
庚子	庚午	己亥	己巳	戊戌	丁卯	丁酉	丙寅	丙申	乙丑	丁酉	丙寅	11
辛丑	辛未	庚子	庚午	己亥	戊辰	戊戌	丁卯	丁酉	丙寅	戊戌	丁卯	12
壬寅	壬申	辛丑	辛未	庚子	己巳	己亥	戊辰	戊戌	丁卯	己亥	戊辰	13
癸卯	癸酉	壬寅	壬申	辛丑	庚午	庚子	己巳	己亥	戊辰	庚子	己巳	14
甲辰	甲戌	癸卯	癸酉	壬寅	辛未	辛丑	庚午	庚子	己巳	辛丑	庚午	15
乙巳	乙亥	甲辰	甲戌	癸卯	壬申	壬寅	辛未	辛丑	庚午	壬寅	辛未	16
丙午	丙子	乙巳	乙亥	甲辰	癸酉	癸卯	壬申	壬寅	辛未	癸卯	壬申	17
丁未	丁丑	丙午	丙子	乙巳	甲戌	甲辰	癸酉	癸卯	壬申	甲辰	癸酉	18
戊申	戊寅	丁未	丁丑	丙午	乙亥	乙巳	甲戌	甲辰	癸酉	乙巳	甲戌	19
己酉	己卯	戊申	戊寅	丁未	丙子	丙午	乙亥	乙巳	甲戌	丙午	乙亥	20
庚戌	庚辰	己酉	己卯	戊申	丁丑	丁未	丙子	丙午	乙亥	丁未	丙子	21
辛亥	辛巳	庚戌	庚辰	己酉	戊寅	戊申	丁丑	丁未	丙子	戊申	丁丑	22
壬子	壬午	辛亥	辛巳	庚戌	己卯	己酉	戊寅	戊申	丁丑	己酉	戊寅	23
癸丑	癸未	壬子	壬午	辛亥	庚辰	庚戌	己卯	己酉	戊寅	庚戌	己卯	24
甲寅	甲申	癸丑	癸未	壬子	辛巳	辛亥	庚辰	庚戌	己卯	辛亥	庚辰	25
乙卯	乙酉	甲寅	甲申	癸丑	壬午	壬子	辛巳	辛亥	庚辰	壬子	辛巳	26
丙辰	丙戌	乙卯	乙酉	甲寅	癸未	癸丑	壬午	壬子	辛巳	癸丑	壬午	27
丁巳	丁亥	丙辰	丙戌	乙卯	甲申	甲寅	癸未	癸丑	壬午	甲寅	癸未	28
戊午	戊子	丁巳	丁亥	丙辰	乙酉	乙卯	甲申	甲寅	癸未		甲申	29
己未	己丑	戊午	戊子	丁巳	丙戌	丙辰	乙酉	乙卯	甲申		乙酉	30
庚申		己未		戊午	丁亥		丙戌		乙酉		丙戌	31

西曆一九三二年

夏至：06 月 22 日 17：28 時
冬至：12 月 23 日 03：30 時

張盛舒
2025乙巳
蛇
年流年運程

西曆一九三二年

12月	11月	10月	9月	8月	7月	6月	5月	4月	3月	2月	1月	日
丙申	丙寅	乙未	乙丑	甲午	癸亥	癸巳	壬戌	壬辰	辛酉	壬辰	辛酉	1
丁酉	丁卯	丙申	丙寅	乙未	甲子	甲午	癸亥	癸巳	壬戌	癸巳	壬戌	2
戊戌	戊辰	丁酉	丁卯	丙申	乙丑	乙未	甲子	甲午	癸亥	甲午	癸亥	3
己亥	己巳	戊戌	戊辰	丁酉	丙寅	丙申	乙丑	乙未	甲子	乙未	甲子	4
庚子	庚午	己亥	己巳	戊戌	丁卯	丁酉	丙寅	丙申	乙丑	丙申	乙丑	5
辛丑	辛未	庚子	庚午	己亥	戊辰	戊戌	丁卯	丁酉	丙寅	丁酉	丙寅	6
壬寅	壬申	辛丑	辛未	庚子	己巳	己亥	戊辰	戊戌	丁卯	戊戌	丁卯	7
癸卯	癸酉	壬寅	壬申	辛丑	庚午	庚子	己巳	己亥	戊辰	己亥	戊辰	8
甲辰	甲戌	癸卯	癸酉	壬寅	辛未	辛丑	庚午	庚子	己巳	庚子	己巳	9
乙巳	乙亥	甲辰	甲戌	癸卯	壬申	壬寅	辛未	辛丑	庚午	辛丑	庚午	10
丙午	丙子	乙巳	乙亥	甲辰	癸酉	癸卯	壬申	壬寅	辛未	壬寅	辛未	11
丁未	丁丑	丙午	丙子	乙巳	甲戌	甲辰	癸酉	癸卯	壬申	癸卯	壬申	12
戊申	戊寅	丁未	丁丑	丙午	乙亥	乙巳	甲戌	甲辰	癸酉	甲辰	癸酉	13
己酉	己卯	戊申	戊寅	丁未	丙子	丙午	乙亥	乙巳	甲戌	乙巳	甲戌	14
庚戌	庚辰	己酉	己卯	戊申	丁丑	丁未	丙子	丙午	乙亥	丙午	乙亥	15
辛亥	辛巳	庚戌	庚辰	己酉	戊寅	戊申	丁丑	丁未	丙子	丁未	丙子	16
壬子	壬午	辛亥	辛巳	庚戌	己卯	己酉	戊寅	戊申	丁丑	戊申	丁丑	17
癸丑	癸未	壬子	壬午	辛亥	庚辰	庚戌	己卯	己酉	戊寅	己酉	戊寅	18
甲寅	甲申	癸丑	癸未	壬子	辛巳	辛亥	庚辰	庚戌	己卯	庚戌	己卯	19
乙卯	乙酉	甲寅	甲申	癸丑	壬午	壬子	辛巳	辛亥	庚辰	辛亥	庚辰	20
丙辰	丙戌	乙卯	乙酉	甲寅	癸未	癸丑	壬午	壬子	辛巳	壬子	辛巳	21
丁巳	丁亥	丙辰	丙戌	乙卯	甲申	甲寅	癸未	癸丑	壬午	癸丑	壬午	22
戊午	戊子	丁巳	丁亥	丙辰	乙酉	乙卯	甲申	甲寅	癸未	甲寅	癸未	23
己未	己丑	戊午	戊子	丁巳	丙戌	丙辰	乙酉	乙卯	甲申	乙卯	甲申	24
庚申	庚寅	己未	己丑	戊午	丁亥	丁巳	丙戌	丙辰	乙酉	丙辰	乙酉	25
辛酉	辛卯	庚申	庚寅	己未	戊子	戊午	丁亥	丁巳	丙戌	丁巳	丙戌	26
壬戌	壬辰	辛酉	辛卯	庚申	己丑	己未	戊子	戊午	丁亥	戊午	丁亥	27
癸亥	癸巳	壬戌	壬辰	辛酉	庚寅	庚申	己丑	己未	戊子	己未	戊子	28
甲子	甲午	癸亥	癸巳	壬戌	辛卯	辛酉	庚寅	庚申	己丑	庚申	己丑	29
乙丑	乙未	甲子	甲午	癸亥	壬辰	壬戌	辛卯	辛酉	庚寅		庚寅	30
丙寅		乙丑		甲子	癸巳		壬辰		辛卯		辛卯	31

夏至：06月21日23：23時
冬至：12月22日09：15時

222

西曆一九三三年

12月	11月	10月	9月	8月	7月	6月	5月	4月	3月	2月	1月	月／日
辛丑	辛未	庚子	庚午	己亥	戊辰	戊戌	丁卯	丁酉	丙寅	戊戌	丁卯	1
壬寅	壬申	辛丑	辛未	庚子	己巳	己亥	戊辰	戊戌	丁卯	己亥	戊辰	2
癸卯	癸酉	壬寅	壬申	辛丑	庚午	庚子	己巳	己亥	戊辰	庚子	己巳	3
甲辰	甲戌	癸卯	癸酉	壬寅	辛未	辛丑	庚午	庚子	己巳	辛丑	庚午	4
乙巳	乙亥	甲辰	甲戌	癸卯	壬申	壬寅	辛未	辛丑	庚午	壬寅	辛未	5
丙午	丙子	乙巳	乙亥	甲辰	癸酉	癸卯	壬申	壬寅	辛未	癸卯	壬申	6
丁未	丁丑	丙午	丙子	乙巳	甲戌	甲辰	癸酉	癸卯	壬申	甲辰	癸酉	7
戊申	戊寅	丁未	丁丑	丙午	乙亥	乙巳	甲戌	甲辰	癸酉	乙巳	甲戌	8
己酉	己卯	戊申	戊寅	丁未	丙子	丙午	乙亥	乙巳	甲戌	丙午	乙亥	9
庚戌	庚辰	己酉	己卯	戊申	丁丑	丁未	丙子	丙午	乙亥	丁未	丙子	10
辛亥	辛巳	庚戌	庚辰	己酉	戊寅	戊申	丁丑	丁未	丙子	戊申	丁丑	11
壬子	壬午	辛亥	辛巳	庚戌	己卯	己酉	戊寅	戊申	丁丑	己酉	戊寅	12
癸丑	癸未	壬子	壬午	辛亥	庚辰	庚戌	己卯	己酉	戊寅	庚戌	己卯	13
甲寅	甲申	癸丑	癸未	壬子	辛巳	辛亥	庚辰	庚戌	己卯	辛亥	庚辰	14
乙卯	乙酉	甲寅	甲申	癸丑	壬午	壬子	辛巳	辛亥	庚辰	壬子	辛巳	15
丙辰	丙戌	乙卯	乙酉	甲寅	癸未	癸丑	壬午	壬子	辛巳	癸丑	壬午	16
丁巳	丁亥	丙辰	丙戌	乙卯	甲申	甲寅	癸未	癸丑	壬午	甲寅	癸未	17
戊午	戊子	丁巳	丁亥	丙辰	乙酉	乙卯	甲申	甲寅	癸未	乙卯	甲申	18
己未	己丑	戊午	戊子	丁巳	丙戌	丙辰	乙酉	乙卯	甲申	丙辰	乙酉	19
庚申	庚寅	己未	己丑	戊午	丁亥	丁巳	丙戌	丙辰	乙酉	丁巳	丙戌	20
辛酉	辛卯	庚申	庚寅	己未	戊子	戊午	丁亥	丁巳	丙戌	戊午	丁亥	21
壬戌	壬辰	辛酉	辛卯	庚申	己丑	己未	戊子	戊午	丁亥	己未	戊子	22
癸亥	癸巳	壬戌	壬辰	辛酉	庚寅	庚申	己丑	己未	戊子	庚申	己丑	23
甲子	甲午	癸亥	癸巳	壬戌	辛卯	辛酉	庚寅	庚申	己丑	辛酉	庚寅	24
乙丑	乙未	甲子	甲午	癸亥	壬辰	壬戌	辛卯	辛酉	庚寅	壬戌	辛卯	25
丙寅	丙申	乙丑	乙未	甲子	癸巳	癸亥	壬辰	壬戌	辛卯	癸亥	壬辰	26
丁卯	丁酉	丙寅	丙申	乙丑	甲午	甲子	癸巳	癸亥	壬辰	甲子	癸巳	27
戊辰	戊戌	丁卯	丁酉	丙寅	乙未	乙丑	甲午	甲子	癸巳	乙丑	甲午	28
己巳	己亥	戊辰	戊戌	丁卯	丙申	丙寅	乙未	乙丑	甲午		乙未	29
庚午	庚子	己巳	己亥	戊辰	丁酉	丁卯	丙申	丙寅	乙未		丙申	30
辛未		庚午		己巳	戊戌		丁酉		丙申		丁酉	31

夏至：06月22日05：12時
冬至：12月22日14：58時

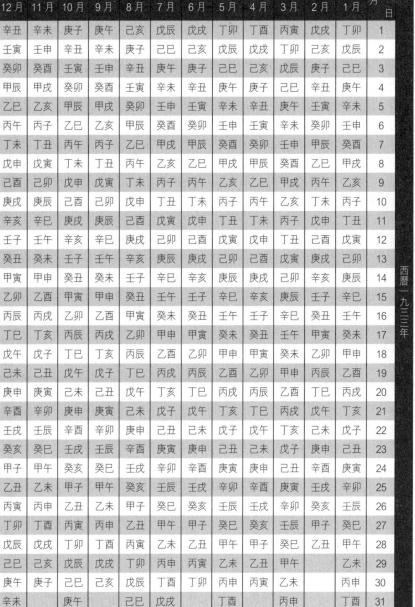

西暦一九三四年

12月	11月	10月	9月	8月	7月	6月	5月	4月	3月	2月	1月	日
丙午	丙子	乙巳	乙亥	甲辰	癸酉	癸卯	壬申	壬寅	辛未	癸卯	壬申	1
丁未	丁丑	丙午	丙子	乙巳	甲戌	甲辰	癸酉	癸卯	壬申	甲辰	癸酉	2
戊申	戊寅	丁未	丁丑	丙午	乙亥	乙巳	甲戌	甲辰	癸酉	乙巳	甲戌	3
己酉	己卯	戊申	戊寅	丁未	丙子	丙午	乙亥	乙巳	甲戌	丙午	乙亥	4
庚戌	庚辰	己酉	己卯	戊申	丁丑	丁未	丙子	丙午	乙亥	丁未	丙子	5
辛亥	辛巳	庚戌	庚辰	己酉	戊寅	戊申	丁丑	丁未	丙子	戊申	丁丑	6
壬子	壬午	辛亥	辛巳	庚戌	己卯	己酉	戊寅	戊申	丁丑	己酉	戊寅	7
癸丑	癸未	壬子	壬午	辛亥	庚辰	庚戌	己卯	己酉	戊寅	庚戌	己卯	8
甲寅	甲申	癸丑	癸未	壬子	辛巳	辛亥	庚辰	庚戌	己卯	辛亥	庚辰	9
乙卯	乙酉	甲寅	甲申	癸丑	壬午	壬子	辛巳	辛亥	庚辰	壬子	辛巳	10
丙辰	丙戌	乙卯	乙酉	甲寅	癸未	癸丑	壬午	壬子	辛巳	癸丑	壬午	11
丁巳	丁亥	丙辰	丙戌	乙卯	甲申	甲寅	癸未	癸丑	壬午	甲寅	癸未	12
戊午	戊子	丁巳	丁亥	丙辰	乙酉	乙卯	甲申	甲寅	癸未	乙卯	甲申	13
己未	己丑	戊午	戊子	丁巳	丙戌	丙辰	乙酉	乙卯	甲申	丙辰	乙酉	14
庚申	庚寅	己未	己丑	戊午	丁亥	丁巳	丙戌	丙辰	乙酉	丁巳	丙戌	15
辛酉	辛卯	庚申	庚寅	己未	戊子	戊午	丁亥	丁巳	丙戌	戊午	丁亥	16
壬戌	壬辰	辛酉	辛卯	庚申	己丑	己未	戊子	戊午	丁亥	己未	戊子	17
癸亥	癸巳	壬戌	壬辰	辛酉	庚寅	庚申	己丑	己未	戊子	庚申	己丑	18
甲子	甲午	癸亥	癸巳	壬戌	辛卯	辛酉	庚寅	庚申	己丑	辛酉	庚寅	19
乙丑	乙未	甲子	甲午	癸亥	壬辰	壬戌	辛卯	辛酉	庚寅	壬戌	辛卯	20
丙寅	丙申	乙丑	乙未	甲子	癸巳	癸亥	壬辰	壬戌	辛卯	癸亥	壬辰	21
丁卯	丁酉	丙寅	丙申	乙丑	甲午	甲子	癸巳	癸亥	壬辰	甲子	癸巳	22
戊辰	戊戌	丁卯	丁酉	丙寅	乙未	乙丑	甲午	甲子	癸巳	乙丑	甲午	23
己巳	己亥	戊辰	戊戌	丁卯	丙申	丙寅	乙未	乙丑	甲午	丙寅	乙未	24
庚午	庚子	己巳	己亥	戊辰	丁酉	丁卯	丙申	丙寅	乙未	丁卯	丙申	25
辛未	辛丑	庚午	庚子	己巳	戊戌	戊辰	丁酉	丁卯	丙申	戊辰	丁酉	26
壬申	壬寅	辛未	辛丑	庚午	己亥	己巳	戊戌	戊辰	丁酉	己巳	戊戌	27
癸酉	癸卯	壬申	壬寅	辛未	庚子	庚午	己亥	己巳	戊戌	庚午	己亥	28
甲戌	甲辰	癸酉	癸卯	壬申	辛丑	辛未	庚子	庚午	己亥		庚子	29
乙亥	乙巳	甲戌	甲辰	癸酉	壬寅	壬申	辛丑	辛未	庚子		辛丑	30
丙子		乙亥		甲戌	癸卯		壬寅		辛丑		壬寅	31

夏至：06 月 22 日 10：48 時
冬至：12 月 22 日 20：50 時

12月	11月	10月	9月	8月	7月	6月	5月	4月	3月	2月	1月	日
辛亥	辛巳	庚戌	庚辰	己酉	戊寅	戊申	丁丑	丁未	丙子	戊申	丁丑	1
壬子	壬午	辛亥	辛巳	庚戌	己卯	己酉	戊寅	戊申	丁丑	己酉	戊寅	2
癸丑	癸未	壬子	壬午	辛亥	庚辰	庚戌	己卯	己酉	戊寅	庚戌	己卯	3
甲寅	甲申	癸丑	癸未	壬子	辛巳	辛亥	庚辰	庚戌	己卯	辛亥	庚辰	4
乙卯	乙酉	甲寅	甲申	癸丑	壬午	壬子	辛巳	辛亥	庚辰	壬子	辛巳	5
丙辰	丙戌	乙卯	乙酉	甲寅	癸未	癸丑	壬午	壬子	辛巳	癸丑	壬午	6
丁巳	丁亥	丙辰	丙戌	乙卯	甲申	甲寅	癸未	癸丑	壬午	甲寅	癸未	7
戊午	戊子	丁巳	丁亥	丙辰	乙酉	乙卯	甲申	甲寅	癸未	乙卯	甲申	8
己未	己丑	戊午	戊子	丁巳	丙戌	丙辰	乙酉	乙卯	甲申	丙辰	乙酉	9
庚申	庚寅	己未	己丑	戊午	丁亥	丁巳	丙戌	丙辰	乙酉	丁巳	丙戌	10
辛酉	辛卯	庚申	庚寅	己未	戊子	戊午	丁亥	丁巳	丙戌	戊午	丁亥	11
壬戌	壬辰	辛酉	辛卯	庚申	己丑	己未	戊子	戊午	丁亥	己未	戊子	12
癸亥	癸巳	壬戌	壬辰	辛酉	庚寅	庚申	己丑	己未	戊子	庚申	己丑	13
甲子	甲午	癸亥	癸巳	壬戌	辛卯	辛酉	庚寅	庚申	己丑	辛酉	庚寅	14
乙丑	乙未	甲子	甲午	癸亥	壬辰	壬戌	辛卯	辛酉	庚寅	壬戌	辛卯	15
丙寅	丙申	乙丑	乙未	甲子	癸巳	癸亥	壬辰	壬戌	辛卯	癸亥	壬辰	16
丁卯	丁酉	丙寅	丙申	乙丑	甲午	甲子	癸巳	癸亥	壬辰	甲子	癸巳	17
戊辰	戊戌	丁卯	丁酉	丙寅	乙未	乙丑	甲午	甲子	癸巳	乙丑	甲午	18
己巳	己亥	戊辰	戊戌	丁卯	丙申	丙寅	乙未	乙丑	甲午	丙寅	乙未	19
庚午	庚子	己巳	己亥	戊辰	丁酉	丁卯	丙申	丙寅	乙未	丁卯	丙申	20
辛未	辛丑	庚午	庚子	己巳	戊戌	戊辰	丁酉	丁卯	丙申	戊辰	丁酉	21
壬申	壬寅	辛未	辛丑	庚午	己亥	己巳	戊戌	戊辰	丁酉	己巳	戊戌	22
癸酉	癸卯	壬申	壬寅	辛未	庚子	庚午	己亥	己巳	戊戌	庚午	己亥	23
甲戌	甲辰	癸酉	癸卯	壬申	辛丑	辛未	庚子	庚午	己亥	辛未	庚子	24
乙亥	乙巳	甲戌	甲辰	癸酉	壬寅	壬申	辛丑	辛未	庚子	壬申	辛丑	25
丙子	丙午	乙亥	乙巳	甲戌	癸卯	癸酉	壬寅	壬申	辛丑	癸酉	壬寅	26
丁丑	丁未	丙子	丙午	乙亥	甲辰	甲戌	癸卯	癸酉	壬寅	甲戌	癸卯	27
戊寅	戊申	丁丑	丁未	丙子	乙巳	乙亥	甲辰	甲戌	癸卯	乙亥	甲辰	28
己卯	己酉	戊寅	戊申	丁丑	丙午	丙子	乙巳	乙亥	甲辰		乙巳	29
庚辰	庚戌	己卯	己酉	戊寅	丁未	丁丑	丙午	丙子	乙巳		丙午	30
辛巳		庚辰		己卯	戊申		丁未		丙午		丁未	31

夏至：06月22日16：38時
冬至：12月23日02：37時

張心熏 2025乙巳 蛇年流年運程　西曆一九三五年

西曆一九三六年

12月	11月	10月	9月	8月	7月	6月	5月	4月	3月	2月	1月	月／日
丁巳	丁亥	丙辰	丙戌	乙卯	甲申	甲寅	癸未	癸丑	壬午	癸丑	壬午	1
戊午	戊子	丁巳	丁亥	丙辰	乙酉	乙卯	甲申	甲寅	癸未	甲寅	癸未	2
己未	己丑	戊午	戊子	丁巳	丙戌	丙辰	乙酉	乙卯	甲申	乙卯	甲申	3
庚申	庚寅	己未	己丑	戊午	丁亥	丁巳	丙戌	丙辰	乙酉	丙辰	乙酉	4
辛酉	辛卯	庚申	庚寅	己未	戊子	戊午	丁亥	丁巳	丙戌	丁巳	丙戌	5
壬戌	壬辰	辛酉	辛卯	庚申	己丑	己未	戊子	戊午	丁亥	戊午	丁亥	6
癸亥	癸巳	壬戌	壬辰	辛酉	庚寅	庚申	己丑	己未	戊子	己未	戊子	7
甲子	甲午	癸亥	癸巳	壬戌	辛卯	辛酉	庚寅	庚申	己丑	庚申	己丑	8
乙丑	乙未	甲子	甲午	癸亥	壬辰	壬戌	辛卯	辛酉	庚寅	辛酉	庚寅	9
丙寅	丙申	乙丑	乙未	甲子	癸巳	癸亥	壬辰	壬戌	辛卯	壬戌	辛卯	10
丁卯	丁酉	丙寅	丙申	乙丑	甲午	甲子	癸巳	癸亥	壬辰	癸亥	壬辰	11
戊辰	戊戌	丁卯	丁酉	丙寅	乙未	乙丑	甲午	甲子	癸巳	甲子	癸巳	12
己巳	己亥	戊辰	戊戌	丁卯	丙申	丙寅	乙未	乙丑	甲午	乙丑	甲午	13
庚午	庚子	己巳	己亥	戊辰	丁酉	丁卯	丙申	丙寅	乙未	丙寅	乙未	14
辛未	辛丑	庚午	庚子	己巳	戊戌	戊辰	丁酉	丁卯	丙申	丁卯	丙申	15
壬申	壬寅	辛未	辛丑	庚午	己亥	己巳	戊戌	戊辰	丁酉	戊辰	丁酉	16
癸酉	癸卯	壬申	壬寅	辛未	庚子	庚午	己亥	己巳	戊戌	己巳	戊戌	17
甲戌	甲辰	癸酉	癸卯	壬申	辛丑	辛未	庚子	庚午	己亥	庚午	己亥	18
乙亥	乙巳	甲戌	甲辰	癸酉	壬寅	壬申	辛丑	辛未	庚子	辛未	庚子	19
丙子	丙午	乙亥	乙巳	甲戌	癸卯	癸酉	壬寅	壬申	辛丑	壬申	辛丑	20
丁丑	丁未	丙子	丙午	乙亥	甲辰	甲戌	癸卯	癸酉	壬寅	癸酉	壬寅	21
戊寅	戊申	丁丑	丁未	丙子	乙巳	乙亥	甲辰	甲戌	癸卯	甲戌	癸卯	22
己卯	己酉	戊寅	戊申	丁丑	丙午	丙子	乙巳	乙亥	甲辰	乙亥	甲辰	23
庚辰	庚戌	己卯	己酉	戊寅	丁未	丁丑	丙午	丙子	乙巳	丙子	乙巳	24
辛巳	辛亥	庚辰	庚戌	己卯	戊申	戊寅	丁未	丁丑	丙午	丁丑	丙午	25
壬午	壬子	辛巳	辛亥	庚辰	己酉	己卯	戊申	戊寅	丁未	戊寅	丁未	26
癸未	癸丑	壬午	壬子	辛巳	庚戌	庚辰	己酉	己卯	戊申	己卯	戊申	27
甲申	甲寅	癸未	癸丑	壬午	辛亥	辛巳	庚戌	庚辰	己酉	庚辰	己酉	28
乙酉	乙卯	甲申	甲寅	癸未	壬子	壬午	辛亥	辛巳	庚戌	辛巳	庚戌	29
丙戌	丙辰	乙酉	乙卯	甲申	癸丑	癸未	壬子	壬午	辛亥		辛亥	30
丁亥		丙戌		乙酉	甲寅		癸丑		壬子		壬子	31

夏至：06 月 21 日 22：22 時
冬至：12 月 22 日 08：27 時

226

西曆一九三七年

12月	11月	10月	9月	8月	7月	6月	5月	4月	3月	2月	1月	日
壬戌	壬辰	辛酉	辛卯	庚申	己丑	己未	戊子	戊午	丁亥	己未	戊子	1
癸亥	癸巳	壬戌	壬辰	辛酉	庚寅	庚申	己丑	己未	戊子	庚申	己丑	2
甲子	甲午	癸亥	癸巳	壬戌	辛卯	辛酉	庚寅	庚申	己丑	辛酉	庚寅	3
乙丑	乙未	甲子	甲午	癸亥	壬辰	壬戌	辛卯	辛酉	庚寅	壬戌	辛卯	4
丙寅	丙申	乙丑	乙未	甲子	癸巳	癸亥	壬辰	壬戌	辛卯	癸亥	壬辰	5
丁卯	丁酉	丙寅	丙申	乙丑	甲午	甲子	癸巳	癸亥	壬辰	甲子	癸巳	6
戊辰	戊戌	丁卯	丁酉	丙寅	乙未	乙丑	甲午	甲子	癸巳	乙丑	甲午	7
己巳	己亥	戊辰	戊戌	丁卯	丙申	丙寅	乙未	乙丑	甲午	丙寅	乙未	8
庚午	庚子	己巳	己亥	戊辰	丁酉	丁卯	丙申	丙寅	乙未	丁卯	丙申	9
辛未	辛丑	庚午	庚子	己巳	戊戌	戊辰	丁酉	丁卯	丙申	戊辰	丁酉	10
壬申	壬寅	辛未	辛丑	庚午	己亥	己巳	戊戌	戊辰	丁酉	己巳	戊戌	11
癸酉	癸卯	壬申	壬寅	辛未	庚子	庚午	己亥	己巳	戊戌	庚午	己亥	12
甲戌	甲辰	癸酉	癸卯	壬申	辛丑	辛未	庚子	庚午	己亥	辛未	庚子	13
乙亥	乙巳	甲戌	甲辰	癸酉	壬寅	壬申	辛丑	辛未	庚子	壬申	辛丑	14
丙子	丙午	乙亥	乙巳	甲戌	癸卯	癸酉	壬寅	壬申	辛丑	癸酉	壬寅	15
丁丑	丁未	丙子	丙午	乙亥	甲辰	甲戌	癸卯	癸酉	壬寅	甲戌	癸卯	16
戊寅	戊申	丁丑	丁未	丙子	乙巳	乙亥	甲辰	甲戌	癸卯	乙亥	甲辰	17
己卯	己酉	戊寅	戊申	丁丑	丙午	丙子	乙巳	乙亥	甲辰	丙子	乙巳	18
庚辰	庚戌	己卯	己酉	戊寅	丁未	丁丑	丙午	丙子	乙巳	丁丑	丙午	19
辛巳	辛亥	庚辰	庚戌	己卯	戊申	戊寅	丁未	丁丑	丙午	戊寅	丁未	20
壬午	壬子	辛巳	辛亥	庚辰	己酉	己卯	戊申	戊寅	丁未	己卯	戊申	21
癸未	癸丑	壬午	壬子	辛巳	庚戌	庚辰	己酉	己卯	戊申	庚辰	己酉	22
甲申	甲寅	癸未	癸丑	壬午	辛亥	辛巳	庚戌	庚辰	己酉	辛巳	庚戌	23
乙酉	乙卯	甲申	甲寅	癸未	壬子	壬午	辛亥	辛巳	庚戌	壬午	辛亥	24
丙戌	丙辰	乙酉	乙卯	甲申	癸丑	癸未	壬子	壬午	辛亥	癸未	壬子	25
丁亥	丁巳	丙戌	丙辰	乙酉	甲寅	甲申	癸丑	癸未	壬子	甲申	癸丑	26
戊子	戊午	丁亥	丁巳	丙戌	乙卯	乙酉	甲寅	甲申	癸丑	乙酉	甲寅	27
己丑	己未	戊子	戊午	丁亥	丙辰	丙戌	乙卯	乙酉	甲寅	丙戌	乙卯	28
庚寅	庚申	己丑	己未	戊子	丁巳	丁亥	丙辰	丙戌	乙卯		丙辰	29
辛卯	辛酉	庚寅	庚申	己丑	戊午	戊子	丁巳	丁亥	丙辰		丁巳	30
壬辰		辛卯		庚寅	己未		戊午		丁巳		戊午	31

夏至：06月22日04：12時
冬至：12月22日14：22時

227

張元燊

2025乙巳

蛇

年流年運程

西曆一九三八年

12月	11月	10月	9月	8月	7月	6月	5月	4月	3月	2月	1月	日
丁卯	丁酉	丙寅	丙申	乙丑	甲午	甲子	癸巳	癸亥	壬辰	甲子	癸巳	1
戊辰	戊戌	丁卯	丁酉	丙寅	乙未	乙丑	甲午	甲子	癸巳	乙丑	甲午	2
己巳	己亥	戊辰	戊戌	丁卯	丙申	丙寅	乙未	乙丑	甲午	丙寅	乙未	3
庚午	庚子	己巳	己亥	戊辰	丁酉	丁卯	丙申	丙寅	乙未	丁卯	丙申	4
辛未	辛丑	庚午	庚子	己巳	戊戌	戊辰	丁酉	丁卯	丙申	戊辰	丁酉	5
壬申	壬寅	辛未	辛丑	庚午	己亥	己巳	戊戌	戊辰	丁酉	己巳	戊戌	6
癸酉	癸卯	壬申	壬寅	辛未	庚子	庚午	己亥	己巳	戊戌	庚午	己亥	7
甲戌	甲辰	癸酉	癸卯	壬申	辛丑	辛未	庚子	庚午	己亥	辛未	庚子	8
乙亥	乙巳	甲戌	甲辰	癸酉	壬寅	壬申	辛丑	辛未	庚子	壬申	辛丑	9
丙子	丙午	乙亥	乙巳	甲戌	癸卯	癸酉	壬寅	壬申	辛丑	癸酉	壬寅	10
丁丑	丁未	丙子	丙午	乙亥	甲辰	甲戌	癸卯	癸酉	壬寅	甲戌	癸卯	11
戊寅	戊申	丁丑	丁未	丙子	乙巳	乙亥	甲辰	甲戌	癸卯	乙亥	甲辰	12
己卯	己酉	戊寅	戊申	丁丑	丙午	丙子	乙巳	乙亥	甲辰	丙子	乙巳	13
庚辰	庚戌	己卯	己酉	戊寅	丁未	丁丑	丙午	丙子	乙巳	丁丑	丙午	14
辛巳	辛亥	庚辰	庚戌	己卯	戊申	戊寅	丁未	丁丑	丙午	戊寅	丁未	15
壬午	壬子	辛巳	辛亥	庚辰	己酉	己卯	戊申	戊寅	丁未	己卯	戊申	16
癸未	癸丑	壬午	壬子	辛巳	庚戌	庚辰	己酉	己卯	戊申	庚辰	己酉	17
甲申	甲寅	癸未	癸丑	壬午	辛亥	辛巳	庚戌	庚辰	己酉	辛巳	庚戌	18
乙酉	乙卯	甲申	甲寅	癸未	壬子	壬午	辛亥	辛巳	庚戌	壬午	辛亥	19
丙戌	丙辰	乙酉	乙卯	甲申	癸丑	癸未	壬子	壬午	辛亥	癸未	壬子	20
丁亥	丁巳	丙戌	丙辰	乙酉	甲寅	甲申	癸丑	癸未	壬子	甲申	癸丑	21
戊子	戊午	丁亥	丁巳	丙戌	乙卯	乙酉	甲寅	甲申	癸丑	乙酉	甲寅	22
己丑	己未	戊子	戊午	丁亥	丙辰	丙戌	乙卯	乙酉	甲寅	丙戌	乙卯	23
庚寅	庚申	己丑	己未	戊子	丁巳	丁亥	丙辰	丙戌	乙卯	丁亥	丙辰	24
辛卯	辛酉	庚寅	庚申	己丑	戊午	戊子	丁巳	丁亥	丙辰	戊子	丁巳	25
壬辰	壬戌	辛卯	辛酉	庚寅	己未	己丑	戊午	戊子	丁巳	己丑	戊午	26
癸巳	癸亥	壬辰	壬戌	辛卯	庚申	庚寅	己未	己丑	戊午	庚寅	己未	27
甲午	甲子	癸巳	癸亥	壬辰	辛酉	辛卯	庚申	庚寅	己未	辛卯	庚申	28
乙未	乙丑	甲午	甲子	癸巳	壬戌	壬辰	辛酉	辛卯	庚申		辛酉	29
丙申	丙寅	乙未	乙丑	甲午	癸亥	癸巳	壬戌	壬辰	辛酉		壬戌	30
丁酉		丙申		乙未	甲子		癸亥		壬戌		癸亥	31

夏至：06月22日10：04時

冬至：12月22日20：14時

12月	11月	10月	9月	8月	7月	6月	5月	4月	3月	2月	1月	月／日
壬申	壬寅	辛未	辛丑	庚午	己亥	己巳	戊戌	戊辰	丁酉	己巳	戊戌	1
癸酉	癸卯	壬申	壬寅	辛未	庚子	庚午	己亥	己巳	戊戌	庚午	己亥	2
甲戌	甲辰	癸酉	癸卯	壬申	辛丑	辛未	庚子	庚午	己亥	辛未	庚子	3
乙亥	乙巳	甲戌	甲辰	癸酉	壬寅	壬申	辛丑	辛未	庚子	壬申	辛丑	4
丙子	丙午	乙亥	乙巳	甲戌	癸卯	癸酉	壬寅	壬申	辛丑	癸酉	壬寅	5
丁丑	丁未	丙子	丙午	乙亥	甲辰	甲戌	癸卯	癸酉	壬寅	甲戌	癸卯	6
戊寅	戊申	丁丑	丁未	丙子	乙巳	乙亥	甲辰	甲戌	癸卯	乙亥	甲辰	7
己卯	己酉	戊寅	戊申	丁丑	丙午	丙子	乙巳	乙亥	甲辰	丙子	乙巳	8
庚辰	庚戌	己卯	己酉	戊寅	丁未	丁丑	丙午	丙子	乙巳	丁丑	丙午	9
辛巳	辛亥	庚辰	庚戌	己卯	戊申	戊寅	丁未	丁丑	丙午	戊寅	丁未	10
壬午	壬子	辛巳	辛亥	庚辰	己酉	己卯	戊申	戊寅	丁未	己卯	戊申	11
癸未	癸丑	壬午	壬子	辛巳	庚戌	庚辰	己酉	己卯	戊申	庚辰	己酉	12
甲申	甲寅	癸未	癸丑	壬午	辛亥	辛巳	庚戌	庚辰	己酉	辛巳	庚戌	13
乙酉	乙卯	甲申	甲寅	癸未	壬子	壬午	辛亥	辛巳	庚戌	壬午	辛亥	14
丙戌	丙辰	乙酉	乙卯	甲申	癸丑	癸未	壬子	壬午	辛亥	癸未	壬子	15
丁亥	丁巳	丙戌	丙辰	乙酉	甲寅	甲申	癸丑	癸未	壬子	甲申	癸丑	16
戊子	戊午	丁亥	丁巳	丙戌	乙卯	乙酉	甲寅	甲申	癸丑	乙酉	甲寅	17
己丑	己未	戊子	戊午	丁亥	丙辰	丙戌	乙卯	乙酉	甲寅	丙戌	乙卯	18
庚寅	庚申	己丑	己未	戊子	丁巳	丁亥	丙辰	丙戌	乙卯	丁亥	丙辰	19
辛卯	辛酉	庚寅	庚申	己丑	戊午	戊子	丁巳	丁亥	丙辰	戊子	丁巳	20
壬辰	壬戌	辛卯	辛酉	庚寅	己未	己丑	戊午	戊子	丁巳	己丑	戊午	21
癸巳	癸亥	壬辰	壬戌	辛卯	庚申	庚寅	己未	己丑	戊午	庚寅	己未	22
甲午	甲子	癸巳	癸亥	壬辰	辛酉	辛卯	庚申	庚寅	己未	辛卯	庚申	23
乙未	乙丑	甲午	甲子	癸巳	壬戌	壬辰	辛酉	辛卯	庚申	壬辰	辛酉	24
丙申	丙寅	乙未	乙丑	甲午	癸亥	癸巳	壬戌	壬辰	辛酉	癸巳	壬戌	25
丁酉	丁卯	丙申	丙寅	乙未	甲子	甲午	癸亥	癸巳	壬戌	甲午	癸亥	26
戊戌	戊辰	丁酉	丁卯	丙申	乙丑	乙未	甲子	甲午	癸亥	乙未	甲子	27
己亥	己巳	戊戌	戊辰	丁酉	丙寅	丙申	乙丑	乙未	甲子	丙申	乙丑	28
庚子	庚午	己亥	己巳	戊戌	丁卯	丁酉	丙寅	丙申	乙丑		丙寅	29
辛丑	辛未	庚子	庚午	己亥	戊辰	戊戌	丁卯	丁酉	丙寅		丁卯	30
壬寅		辛丑		庚子	己巳		戊辰		丁卯		戊辰	31

夏至：06 月 22 日 15：40 時
冬至：12 月 23 日 02：06 時

西曆一九三九年

張芯熏
2025乙巳
蛇年流年運程

229

西曆一九四零年

12月	11月	10月	9月	8月	7月	6月	5月	4月	3月	2月	1月	月 日
戊寅	戊申	丁丑	丁未	丙子	乙巳	乙亥	甲辰	甲戌	癸卯	甲戌	癸卯	1
己卯	己酉	戊寅	戊申	丁丑	丙午	丙子	乙巳	乙亥	甲辰	乙亥	甲辰	2
庚辰	庚戌	己卯	己酉	戊寅	丁未	丁丑	丙午	丙子	乙巳	丙子	乙巳	3
辛巳	辛亥	庚辰	庚戌	己卯	戊申	戊寅	丁未	丁丑	丙午	丁丑	丙午	4
壬午	壬子	辛巳	辛亥	庚辰	己酉	己卯	戊申	戊寅	丁未	戊寅	丁未	5
癸未	癸丑	壬午	壬子	辛巳	庚戌	庚辰	己酉	己卯	戊申	己卯	戊申	6
甲申	甲寅	癸未	癸丑	壬午	辛亥	辛巳	庚戌	庚辰	己酉	庚辰	己酉	7
乙酉	乙卯	甲申	甲寅	癸未	壬子	壬午	辛亥	辛巳	庚戌	辛巳	庚戌	8
丙戌	丙辰	乙酉	乙卯	甲申	癸丑	癸未	壬子	壬午	辛亥	壬午	辛亥	9
丁亥	丁巳	丙戌	丙辰	乙酉	甲寅	甲申	癸丑	癸未	壬子	癸未	壬子	10
戊子	戊午	丁亥	丁巳	丙戌	乙卯	乙酉	甲寅	甲申	癸丑	甲申	癸丑	11
己丑	己未	戊子	戊午	丁亥	丙辰	丙戌	乙卯	乙酉	甲寅	乙酉	甲寅	12
庚寅	庚申	己丑	己未	戊子	丁巳	丁亥	丙辰	丙戌	乙卯	丙戌	乙卯	13
辛卯	辛酉	庚寅	庚申	己丑	戊午	戊子	丁巳	丁亥	丙辰	丁亥	丙辰	14
壬辰	壬戌	辛卯	辛酉	庚寅	己未	己丑	戊午	戊子	丁巳	戊子	丁巳	15
癸巳	癸亥	壬辰	壬戌	辛卯	庚申	庚寅	己未	己丑	戊午	己丑	戊午	16
甲午	甲子	癸巳	癸亥	壬辰	辛酉	辛卯	庚申	庚寅	己未	庚寅	己未	17
乙未	乙丑	甲午	甲子	癸巳	壬戌	壬辰	辛酉	辛卯	庚申	辛卯	庚申	18
丙申	丙寅	乙未	乙丑	甲午	癸亥	癸巳	壬戌	壬辰	辛酉	壬辰	辛酉	19
丁酉	丁卯	丙申	丙寅	乙未	甲子	甲午	癸亥	癸巳	壬戌	癸巳	壬戌	20
戊戌	戊辰	丁酉	丁卯	丙申	乙丑	乙未	甲子	甲午	癸亥	甲午	癸亥	21
己亥	己巳	戊戌	戊辰	丁酉	丙寅	丙申	乙丑	乙未	甲子	乙未	甲子	22
庚子	庚午	己亥	己巳	戊戌	丁卯	丁酉	丙寅	丙申	乙丑	丙申	乙丑	23
辛丑	辛未	庚子	庚午	己亥	戊辰	戊戌	丁卯	丁酉	丙寅	丁酉	丙寅	24
壬寅	壬申	辛丑	辛未	庚子	己巳	己亥	戊辰	戊戌	丁卯	戊戌	丁卯	25
癸卯	癸酉	壬寅	壬申	辛丑	庚午	庚子	己巳	己亥	戊辰	己亥	戊辰	26
甲辰	甲戌	癸卯	癸酉	壬寅	辛未	辛丑	庚午	庚子	己巳	庚子	己巳	27
乙巳	乙亥	甲辰	甲戌	癸卯	壬申	壬寅	辛未	辛丑	庚午	辛丑	庚午	28
丙午	丙子	乙巳	乙亥	甲辰	癸酉	癸卯	壬申	壬寅	辛未		辛未	29
丁未	丁丑	丙午	丙子	乙巳	甲戌	甲辰	癸酉	癸卯	壬申		壬申	30
戊申		丁未		丙午	乙亥		甲戌		癸酉		癸酉	31

夏至：06月21日21：37時
冬至：12月22日07：55時

12月	11月	10月	9月	8月	7月	6月	5月	4月	3月	2月	1月	月\日
癸未	癸丑	壬午	壬子	辛巳	庚戌	庚辰	己酉	己卯	戊申	庚辰	己酉	1
甲申	甲寅	癸未	癸丑	壬午	辛亥	辛巳	庚戌	庚辰	己酉	辛巳	庚戌	2
乙酉	乙卯	甲申	甲寅	癸未	壬子	壬午	辛亥	辛巳	庚戌	壬午	辛亥	3
丙戌	丙辰	乙酉	乙卯	甲申	癸丑	癸未	壬子	壬午	辛亥	癸未	壬子	4
丁亥	丁巳	丙戌	丙辰	乙酉	甲寅	甲申	癸丑	癸未	壬子	甲申	癸丑	5
戊子	戊午	丁亥	丁巳	丙戌	乙卯	乙酉	甲寅	甲申	癸丑	乙酉	甲寅	6
己丑	己未	戊子	戊午	丁亥	丙辰	丙戌	乙卯	乙酉	甲寅	丙戌	乙卯	7
庚寅	庚申	己丑	己未	戊子	丁巳	丁亥	丙辰	丙戌	乙卯	丁亥	丙辰	8
辛卯	辛酉	庚寅	庚申	己丑	戊午	戊子	丁巳	丁亥	丙辰	戊子	丁巳	9
壬辰	壬戌	辛卯	辛酉	庚寅	己未	己丑	戊午	戊子	丁巳	己丑	戊午	10
癸巳	癸亥	壬辰	壬戌	辛卯	庚申	庚寅	己未	己丑	戊午	庚寅	己未	11
甲午	甲子	癸巳	癸亥	壬辰	辛酉	辛卯	庚申	庚寅	己未	辛卯	庚申	12
乙未	乙丑	甲午	甲子	癸巳	壬戌	壬辰	辛酉	辛卯	庚申	壬辰	辛酉	13
丙申	丙寅	乙未	乙丑	甲午	癸亥	癸巳	壬戌	壬辰	辛酉	癸巳	壬戌	14
丁酉	丁卯	丙申	丙寅	乙未	甲子	甲午	癸亥	癸巳	壬戌	甲午	癸亥	15
戊戌	戊辰	丁酉	丁卯	丙申	乙丑	乙未	甲子	甲午	癸亥	乙未	甲子	16
己亥	己巳	戊戌	戊辰	丁酉	丙寅	丙申	乙丑	乙未	甲子	丙申	乙丑	17
庚子	庚午	己亥	己巳	戊戌	丁卯	丁酉	丙寅	丙申	乙丑	丁酉	丙寅	18
辛丑	辛未	庚子	庚午	己亥	戊辰	戊戌	丁卯	丁酉	丙寅	戊戌	丁卯	19
壬寅	壬申	辛丑	辛未	庚子	己巳	己亥	戊辰	戊戌	丁卯	己亥	戊辰	20
癸卯	癸酉	壬寅	壬申	辛丑	庚午	庚子	己巳	己亥	戊辰	庚子	己巳	21
甲辰	甲戌	癸卯	癸酉	壬寅	辛未	辛丑	庚午	庚子	己巳	辛丑	庚午	22
乙巳	乙亥	甲辰	甲戌	癸卯	壬申	壬寅	辛未	辛丑	庚午	壬寅	辛未	23
丙午	丙子	乙巳	乙亥	甲辰	癸酉	癸卯	壬申	壬寅	辛未	癸卯	壬申	24
丁未	丁丑	丙午	丙子	乙巳	甲戌	甲辰	癸酉	癸卯	壬申	甲辰	癸酉	25
戊申	戊寅	丁未	丁丑	丙午	乙亥	乙巳	甲戌	甲辰	癸酉	乙巳	甲戌	26
己酉	己卯	戊申	戊寅	丁未	丙子	丙午	乙亥	乙巳	甲戌	丙午	乙亥	27
庚戌	庚辰	己酉	己卯	戊申	丁丑	丁未	丙子	丙午	乙亥	丁未	丙子	28
辛亥	辛巳	庚戌	庚辰	己酉	戊寅	戊申	丁丑	丁未	丙子		丁丑	29
壬子	壬午	辛亥	辛巳	庚戌	己卯	己酉	戊寅	戊申	丁丑		戊寅	30
癸丑		壬子		辛亥	庚辰		己卯		戊寅		己卯	31

夏至：06月22日03：34時
冬至：12月22日13：45時

西曆一九四一年

張盛熙

2025乙巳

蛇年流年運程

西曆一九四二年

12月	11月	10月	9月	8月	7月	6月	5月	4月	3月	2月	1月	日
戊子	戊午	丁亥	丁巳	丙戌	乙卯	乙酉	甲寅	甲申	癸丑	乙酉	甲寅	1
己丑	己未	戊子	戊午	丁亥	丙辰	丙戌	乙卯	乙酉	甲寅	丙戌	乙卯	2
庚寅	庚申	己丑	己未	戊子	丁巳	丁亥	丙辰	丙戌	乙卯	丁亥	丙辰	3
辛卯	辛酉	庚寅	庚申	己丑	戊午	戊子	丁巳	丁亥	丙辰	戊子	丁巳	4
壬辰	壬戌	辛卯	辛酉	庚寅	己未	己丑	戊午	戊子	丁巳	己丑	戊午	5
癸巳	癸亥	壬辰	壬戌	辛卯	庚申	庚寅	己未	己丑	戊午	庚寅	己未	6
甲午	甲子	癸巳	癸亥	壬辰	辛酉	辛卯	庚申	庚寅	己未	辛卯	庚申	7
乙未	乙丑	甲午	甲子	癸巳	壬戌	壬辰	辛酉	辛卯	庚申	壬辰	辛酉	8
丙申	丙寅	乙未	乙丑	甲午	癸亥	癸巳	壬戌	壬辰	辛酉	癸巳	壬戌	9
丁酉	丁卯	丙申	丙寅	乙未	甲子	甲午	癸亥	癸巳	壬戌	甲午	癸亥	10
戊戌	戊辰	丁酉	丁卯	丙申	乙丑	乙未	甲子	甲午	癸亥	乙未	甲子	11
己亥	己巳	戊戌	戊辰	丁酉	丙寅	丙申	乙丑	乙未	甲子	丙申	乙丑	12
庚子	庚午	己亥	己巳	戊戌	丁卯	丁酉	丙寅	丙申	乙丑	丁酉	丙寅	13
辛丑	辛未	庚子	庚午	己亥	戊辰	戊戌	丁卯	丁酉	丙寅	戊戌	丁卯	14
壬寅	壬申	辛丑	辛未	庚子	己巳	己亥	戊辰	戊戌	丁卯	己亥	戊辰	15
癸卯	癸酉	壬寅	壬申	辛丑	庚午	庚子	己巳	己亥	戊辰	庚子	己巳	16
甲辰	甲戌	癸卯	癸酉	壬寅	辛未	辛丑	庚午	庚子	己巳	辛丑	庚午	17
乙巳	乙亥	甲辰	甲戌	癸卯	壬申	壬寅	辛未	辛丑	庚午	壬寅	辛未	18
丙午	丙子	乙巳	乙亥	甲辰	癸酉	癸卯	壬申	壬寅	辛未	癸卯	壬申	19
丁未	丁丑	丙午	丙子	乙巳	甲戌	甲辰	癸酉	癸卯	壬申	甲辰	癸酉	20
戊申	戊寅	丁未	丁丑	丙午	乙亥	乙巳	甲戌	甲辰	癸酉	乙巳	甲戌	21
己酉	己卯	戊申	戊寅	丁未	丙子	丙午	乙亥	乙巳	甲戌	丙午	乙亥	22
庚戌	庚辰	己酉	己卯	戊申	丁丑	丁未	丙子	丙午	乙亥	丁未	丙子	23
辛亥	辛巳	庚戌	庚辰	己酉	戊寅	戊申	丁丑	丁未	丙子	戊申	丁丑	24
壬子	壬午	辛亥	辛巳	庚戌	己卯	己酉	戊寅	戊申	丁丑	己酉	戊寅	25
癸丑	癸未	壬子	壬午	辛亥	庚辰	庚戌	己卯	己酉	戊寅	庚戌	己卯	26
甲寅	甲申	癸丑	癸未	壬子	辛巳	辛亥	庚辰	庚戌	己卯	辛亥	庚辰	27
乙卯	乙酉	甲寅	甲申	癸丑	壬午	壬子	辛巳	辛亥	庚辰	壬子	辛巳	28
丙辰	丙戌	乙卯	乙酉	甲寅	癸未	癸丑	壬午	壬子	辛巳		壬午	29
丁巳	丁亥	丙辰	丙戌	乙卯	甲申	甲寅	癸未	癸丑	壬午		癸未	30
戊午		丁巳		丙辰	乙酉		甲申		癸未		甲申	31

夏至：06月22日09：17時
冬至：12月22日19：40時

張芯熏 2025乙巳蛇年流年運程

西曆一九四三年

月 日	1月	2月	3月	4月	5月	6月	7月	8月	9月	10月	11月	12月
1	己未	庚寅	戊午	己丑	己未	庚寅	庚申	辛卯	壬戌	壬辰	癸亥	癸巳
2	庚申	辛卯	己未	庚寅	庚申	辛卯	辛酉	壬辰	癸亥	癸巳	甲子	甲午
3	辛酉	壬辰	庚申	辛卯	辛酉	壬辰	壬戌	癸巳	甲子	甲午	乙丑	乙未
4	壬戌	癸巳	辛酉	壬辰	壬戌	癸巳	癸亥	甲午	乙丑	乙未	丙寅	丙申
5	癸亥	甲午	壬戌	癸巳	癸亥	甲午	甲子	乙未	丙寅	丙申	丁卯	丁酉
6	甲子	乙未	癸亥	甲午	甲子	乙未	乙丑	丙申	丁卯	丁酉	戊辰	戊戌
7	乙丑	丙申	甲子	乙未	乙丑	丙申	丙寅	丁酉	戊辰	戊戌	己巳	己亥
8	丙寅	丁酉	乙丑	丙申	丙寅	丁酉	丁卯	戊戌	己巳	己亥	庚午	庚子
9	丁卯	戊戌	丙寅	丁酉	丁卯	戊戌	戊辰	己亥	庚午	庚子	辛未	辛丑
10	戊辰	己亥	丁卯	戊戌	戊辰	己亥	己巳	庚子	辛未	辛丑	壬申	壬寅
11	己巳	庚子	戊辰	己亥	己巳	庚子	庚午	辛丑	壬申	壬寅	癸酉	癸卯
12	庚午	辛丑	己巳	庚子	庚午	辛丑	辛未	壬寅	癸酉	癸卯	甲戌	甲辰
13	辛未	壬寅	庚午	辛丑	辛未	壬寅	壬申	癸卯	甲戌	甲辰	乙亥	乙巳
14	壬申	癸卯	辛未	壬寅	壬申	癸卯	癸酉	甲辰	乙亥	乙巳	丙子	丙午
15	癸酉	甲辰	壬申	癸卯	癸酉	甲辰	甲戌	乙巳	丙子	丙午	丁丑	丁未
16	甲戌	乙巳	癸酉	甲辰	甲戌	乙巳	乙亥	丙午	丁丑	丁未	戊寅	戊申
17	乙亥	丙午	甲戌	乙巳	乙亥	丙午	丙子	丁未	戊寅	戊申	己卯	己酉
18	丙子	丁未	乙亥	丙午	丙子	丁未	丁丑	戊申	己卯	己酉	庚辰	庚戌
19	丁丑	戊申	丙子	丁未	丁丑	戊申	戊寅	己酉	庚辰	庚戌	辛巳	辛亥
20	戊寅	己酉	丁丑	戊申	戊寅	己酉	己卯	庚戌	辛巳	辛亥	壬午	壬子
21	己卯	庚戌	戊寅	己酉	己卯	庚戌	庚辰	辛亥	壬午	壬子	癸未	癸丑
22	庚辰	辛亥	己卯	庚戌	庚辰	辛亥	辛巳	壬子	癸未	癸丑	甲申	甲寅
23	辛巳	壬子	庚辰	辛亥	辛巳	壬子	壬午	癸丑	甲申	甲寅	乙酉	乙卯
24	壬午	癸丑	辛巳	壬子	壬午	癸丑	癸未	甲寅	乙酉	乙卯	丙戌	丙辰
25	癸未	甲寅	壬午	癸丑	癸未	甲寅	甲申	乙卯	丙戌	丙辰	丁亥	丁巳
26	甲申	乙卯	癸未	甲寅	甲申	乙卯	乙酉	丙辰	丁亥	丁巳	戊子	戊午
27	乙酉	丙辰	甲申	乙卯	乙酉	丙辰	丙戌	丁巳	戊子	戊午	己丑	己未
28	丙戌	丁巳	乙酉	丙辰	丙戌	丁巳	丁亥	戊午	己丑	己未	庚寅	庚申
29	丁亥		丙戌	丁巳	丁亥	戊午	戊子	己未	庚寅	庚申	辛卯	辛酉
30	戊子		丁亥	戊午	戊子	己未	己丑	庚申	辛卯	辛酉	壬辰	壬戌
31	己丑		戊子		己丑		庚寅	辛酉		壬戌		癸亥

夏至：06 月 22 日 15：13 時
冬至：12 月 23 日 01：30 時

233

12月	11月	10月	9月	8月	7月	6月	5月	4月	3月	2月	1月	月/日
己亥	己巳	戊戌	戊辰	丁酉	丙寅	丙申	乙丑	乙未	甲子	乙未	甲子	1
庚子	庚午	己亥	己巳	戊戌	丁卯	丁酉	丙寅	丙申	乙丑	丙申	乙丑	2
辛丑	辛未	庚子	庚午	己亥	戊辰	戊戌	丁卯	丁酉	丙寅	丁酉	丙寅	3
壬寅	壬申	辛丑	辛未	庚子	己巳	己亥	戊辰	戊戌	丁卯	戊戌	丁卯	4
癸卯	癸酉	壬寅	壬申	辛丑	庚午	庚子	己巳	己亥	戊辰	己亥	戊辰	5
甲辰	甲戌	癸卯	癸酉	壬寅	辛未	辛丑	庚午	庚子	己巳	庚子	己巳	6
乙巳	乙亥	甲辰	甲戌	癸卯	壬申	壬寅	辛未	辛丑	庚午	辛丑	庚午	7
丙午	丙子	乙巳	乙亥	甲辰	癸酉	癸卯	壬申	壬寅	辛未	壬寅	辛未	8
丁未	丁丑	丙午	丙子	乙巳	甲戌	甲辰	癸酉	癸卯	壬申	癸卯	壬申	9
戊申	戊寅	丁未	丁丑	丙午	乙亥	乙巳	甲戌	甲辰	癸酉	甲辰	癸酉	10
己酉	己卯	戊申	戊寅	丁未	丙子	丙午	乙亥	乙巳	甲戌	乙巳	甲戌	11
庚戌	庚辰	己酉	己卯	戊申	丁丑	丁未	丙子	丙午	乙亥	丙午	乙亥	12
辛亥	辛巳	庚戌	庚辰	己酉	戊寅	戊申	丁丑	丁未	丙子	丁未	丙子	13
壬子	壬午	辛亥	辛巳	庚戌	己卯	己酉	戊寅	戊申	丁丑	戊申	丁丑	14
癸丑	癸未	壬子	壬午	辛亥	庚辰	庚戌	己卯	己酉	戊寅	己酉	戊寅	15
甲寅	甲申	癸丑	癸未	壬子	辛巳	辛亥	庚辰	庚戌	己卯	庚戌	己卯	16
乙卯	乙酉	甲寅	甲申	癸丑	壬午	壬子	辛巳	辛亥	庚辰	辛亥	庚辰	17
丙辰	丙戌	乙卯	乙酉	甲寅	癸未	癸丑	壬午	壬子	辛巳	壬子	辛巳	18
丁巳	丁亥	丙辰	丙戌	乙卯	甲申	甲寅	癸未	癸丑	壬午	癸丑	壬午	19
戊午	戊子	丁巳	丁亥	丙辰	乙酉	乙卯	甲申	甲寅	癸未	甲寅	癸未	20
己未	己丑	戊午	戊子	丁巳	丙戌	丙辰	乙酉	乙卯	甲申	乙卯	甲申	21
庚申	庚寅	己未	己丑	戊午	丁亥	丁巳	丙戌	丙辰	乙酉	丙辰	乙酉	22
辛酉	辛卯	庚申	庚寅	己未	戊子	戊午	丁亥	丁巳	丙戌	丁巳	丙戌	23
壬戌	壬辰	辛酉	辛卯	庚申	己丑	己未	戊子	戊午	丁亥	戊午	丁亥	24
癸亥	癸巳	壬戌	壬辰	辛酉	庚寅	庚申	己丑	己未	戊子	己未	戊子	25
甲子	甲午	癸亥	癸巳	壬戌	辛卯	辛酉	庚寅	庚申	己丑	庚申	己丑	26
乙丑	乙未	甲子	甲午	癸亥	壬辰	壬戌	辛卯	辛酉	庚寅	辛酉	庚寅	27
丙寅	丙申	乙丑	乙未	甲子	癸巳	癸亥	壬辰	壬戌	辛卯	壬戌	辛卯	28
丁卯	丁酉	丙寅	丙申	乙丑	甲午	甲子	癸巳	癸亥	壬辰	癸亥	壬辰	29
戊辰	戊戌	丁卯	丁酉	丙寅	乙未	乙丑	甲午	甲子	癸巳		癸巳	30
己巳		戊辰		丁卯	丙申		乙未		甲午		甲午	31

夏至：06月21日21：03時
冬至：12月22日07：15時

張x雲
2025乙巳
蛇
年流年運程

234

西曆一九四五年

12月	11月	10月	9月	8月	7月	6月	5月	4月	3月	2月	1月	日
甲辰	甲戌	癸卯	癸酉	壬寅	辛未	辛丑	庚午	庚子	己巳	辛丑	庚午	1
乙巳	乙亥	甲辰	甲戌	癸卯	壬申	壬寅	辛未	辛丑	庚午	壬寅	辛未	2
丙午	丙子	乙巳	乙亥	甲辰	癸酉	癸卯	壬申	壬寅	辛未	癸卯	壬申	3
丁未	丁丑	丙午	丙子	乙巳	甲戌	甲辰	癸酉	癸卯	壬申	甲辰	癸酉	4
戊申	戊寅	丁未	丁丑	丙午	乙亥	乙巳	甲戌	甲辰	癸酉	乙巳	甲戌	5
己酉	己卯	戊申	戊寅	丁未	丙子	丙午	乙亥	乙巳	甲戌	丙午	乙亥	6
庚戌	庚辰	己酉	己卯	戊申	丁丑	丁未	丙子	丙午	乙亥	丁未	丙子	7
辛亥	辛巳	庚戌	庚辰	己酉	戊寅	戊申	丁丑	丁未	丙子	戊申	丁丑	8
壬子	壬午	辛亥	辛巳	庚戌	己卯	己酉	戊寅	戊申	丁丑	己酉	戊寅	9
癸丑	癸未	壬子	壬午	辛亥	庚辰	庚戌	己卯	己酉	戊寅	庚戌	己卯	10
甲寅	甲申	癸丑	癸未	壬子	辛巳	辛亥	庚辰	庚戌	己卯	辛亥	庚辰	11
乙卯	乙酉	甲寅	甲申	癸丑	壬午	壬子	辛巳	辛亥	庚辰	壬子	辛巳	12
丙辰	丙戌	乙卯	乙酉	甲寅	癸未	癸丑	壬午	壬子	辛巳	癸丑	壬午	13
丁巳	丁亥	丙辰	丙戌	乙卯	甲申	甲寅	癸未	癸丑	壬午	甲寅	癸未	14
戊午	戊子	丁巳	丁亥	丙辰	乙酉	乙卯	甲申	甲寅	癸未	乙卯	甲申	15
己未	己丑	戊午	戊子	丁巳	丙戌	丙辰	乙酉	乙卯	甲申	丙辰	乙酉	16
庚申	庚寅	己未	己丑	戊午	丁亥	丁巳	丙戌	丙辰	乙酉	丁巳	丙戌	17
辛酉	辛卯	庚申	庚寅	己未	戊子	戊午	丁亥	丁巳	丙戌	戊午	丁亥	18
壬戌	壬辰	辛酉	辛卯	庚申	己丑	己未	戊子	戊午	丁亥	己未	戊子	19
癸亥	癸巳	壬戌	壬辰	辛酉	庚寅	庚申	己丑	己未	戊子	庚申	己丑	20
甲子	甲午	癸亥	癸巳	壬戌	辛卯	辛酉	庚寅	庚申	己丑	辛酉	庚寅	21
乙丑	乙未	甲子	甲午	癸亥	壬辰	壬戌	辛卯	辛酉	庚寅	壬戌	辛卯	22
丙寅	丙申	乙丑	乙未	甲子	癸巳	癸亥	壬辰	壬戌	辛卯	癸亥	壬辰	23
丁卯	丁酉	丙寅	丙申	乙丑	甲午	甲子	癸巳	癸亥	壬辰	甲子	癸巳	24
戊辰	戊戌	丁卯	丁酉	丙寅	乙未	乙丑	甲午	甲子	癸巳	乙丑	甲午	25
己巳	己亥	戊辰	戊戌	丁卯	丙申	丙寅	乙未	乙丑	甲午	丙寅	乙未	26
庚午	庚子	己巳	己亥	戊辰	丁酉	丁卯	丙申	丙寅	乙未	丁卯	丙申	27
辛未	辛丑	庚午	庚子	己巳	戊戌	戊辰	丁酉	丁卯	丙申	戊辰	丁酉	28
壬申	壬寅	辛未	辛丑	庚午	己亥	己巳	戊戌	戊辰	丁酉		戊戌	29
癸酉	癸卯	壬申	壬寅	辛未	庚子	庚午	己亥	己巳	戊戌		己亥	30
甲戌		癸酉		壬申	辛丑		庚子		己亥		庚子	31

夏至：06月22日02：52時
冬至：12月22日13：04時

張懋桓
2025乙巳
蛇
年流年運程

張盛雲

2025乙巳

蛇

年流年運程

西曆一九四六年

12月	11月	10月	9月	8月	7月	6月	5月	4月	3月	2月	1月	日
己酉	己卯	戊申	戊寅	丁未	丙子	丙午	乙亥	乙巳	甲戌	丙午	乙亥	1
庚戌	庚辰	己酉	己卯	戊申	丁丑	丁未	丙子	丙午	乙亥	丁未	丙子	2
辛亥	辛巳	庚戌	庚辰	己酉	戊寅	戊申	丁丑	丁未	丙子	戊申	丁丑	3
壬子	壬午	辛亥	辛巳	庚戌	己卯	己酉	戊寅	戊申	丁丑	己酉	戊寅	4
癸丑	癸未	壬子	壬午	辛亥	庚辰	庚戌	己卯	己酉	戊寅	庚戌	己卯	5
甲寅	甲申	癸丑	癸未	壬子	辛巳	辛亥	庚辰	庚戌	己卯	辛亥	庚辰	6
乙卯	乙酉	甲寅	甲申	癸丑	壬午	壬子	辛巳	辛亥	庚辰	壬子	辛巳	7
丙辰	丙戌	乙卯	乙酉	甲寅	癸未	癸丑	壬午	壬子	辛巳	癸丑	壬午	8
丁巳	丁亥	丙辰	丙戌	乙卯	甲申	甲寅	癸未	癸丑	壬午	甲寅	癸未	9
戊午	戊子	丁巳	丁亥	丙辰	乙酉	乙卯	甲申	甲寅	癸未	乙卯	甲申	10
己未	己丑	戊午	戊子	丁巳	丙戌	丙辰	乙酉	乙卯	甲申	丙辰	乙酉	11
庚申	庚寅	己未	己丑	戊午	丁亥	丁巳	丙戌	丙辰	乙酉	丁巳	丙戌	12
辛酉	辛卯	庚申	庚寅	己未	戊子	戊午	丁亥	丁巳	丙戌	戊午	丁亥	13
壬戌	壬辰	辛酉	辛卯	庚申	己丑	己未	戊子	戊午	丁亥	己未	戊子	14
癸亥	癸巳	壬戌	壬辰	辛酉	庚寅	庚申	己丑	己未	戊子	庚申	己丑	15
甲子	甲午	癸亥	癸巳	壬戌	辛卯	辛酉	庚寅	庚申	己丑	辛酉	庚寅	16
乙丑	乙未	甲子	甲午	癸亥	壬辰	壬戌	辛卯	辛酉	庚寅	壬戌	辛卯	17
丙寅	丙申	乙丑	乙未	甲子	癸巳	癸亥	壬辰	壬戌	辛卯	癸亥	壬辰	18
丁卯	丁酉	丙寅	丙申	乙丑	甲午	甲子	癸巳	癸亥	壬辰	甲子	癸巳	19
戊辰	戊戌	丁卯	丁酉	丙寅	乙未	乙丑	甲午	甲子	癸巳	乙丑	甲午	20
己巳	己亥	戊辰	戊戌	丁卯	丙申	丙寅	乙未	乙丑	甲午	丙寅	乙未	21
庚午	庚子	己巳	己亥	戊辰	丁酉	丁卯	丙申	丙寅	乙未	丁卯	丙申	22
辛未	辛丑	庚午	庚子	己巳	戊戌	戊辰	丁酉	丁卯	丙申	戊辰	丁酉	23
壬申	壬寅	辛未	辛丑	庚午	己亥	己巳	戊戌	戊辰	丁酉	己巳	戊戌	24
癸酉	癸卯	壬申	壬寅	辛未	庚子	庚午	己亥	己巳	戊戌	庚午	己亥	25
甲戌	甲辰	癸酉	癸卯	壬申	辛丑	辛未	庚子	庚午	己亥	辛未	庚子	26
乙亥	乙巳	甲戌	甲辰	癸酉	壬寅	壬申	辛丑	辛未	庚子	壬申	辛丑	27
丙子	丙午	乙亥	乙巳	甲戌	癸卯	癸酉	壬寅	壬申	辛丑	癸酉	壬寅	28
丁丑	丁未	丙子	丙午	乙亥	甲辰	甲戌	癸卯	癸酉	壬寅		癸卯	29
戊寅	戊申	丁丑	丁未	丙子	乙巳	乙亥	甲辰	甲戌	癸卯		甲辰	30
己卯		戊寅		丁丑	丙午		乙巳		甲辰		乙巳	31

夏至：06月22日08：45時

冬至：12月22日18：54時

12月	11月	10月	9月	8月	7月	6月	5月	4月	3月	2月	1月	月日
甲寅	甲申	癸丑	癸未	壬子	辛巳	辛亥	庚辰	庚戌	己卯	辛亥	庚辰	1
乙卯	乙酉	甲寅	甲申	癸丑	壬午	壬子	辛巳	辛亥	庚辰	壬子	辛巳	2
丙辰	丙戌	乙卯	乙酉	甲寅	癸未	癸丑	壬午	壬子	辛巳	癸丑	壬午	3
丁巳	丁亥	丙辰	丙戌	乙卯	甲申	甲寅	癸未	癸丑	壬午	甲寅	癸未	4
戊午	戊子	丁巳	丁亥	丙辰	乙酉	乙卯	甲申	甲寅	癸未	乙卯	甲申	5
己未	己丑	戊午	戊子	丁巳	丙戌	丙辰	乙酉	乙卯	甲申	丙辰	乙酉	6
庚申	庚寅	己未	己丑	戊午	丁亥	丁巳	丙戌	丙辰	乙酉	丁巳	丙戌	7
辛酉	辛卯	庚申	庚寅	己未	戊子	戊午	丁亥	丁巳	丙戌	戊午	丁亥	8
壬戌	壬辰	辛酉	辛卯	庚申	己丑	己未	戊子	戊午	丁亥	己未	戊子	9
癸亥	癸巳	壬戌	壬辰	辛酉	庚寅	庚申	己丑	己未	戊子	庚申	己丑	10
甲子	甲午	癸亥	癸巳	壬戌	辛卯	辛酉	庚寅	庚申	己丑	辛酉	庚寅	11
乙丑	乙未	甲子	甲午	癸亥	壬辰	壬戌	辛卯	辛酉	庚寅	壬戌	辛卯	12
丙寅	丙申	乙丑	乙未	甲子	癸巳	癸亥	壬辰	壬戌	辛卯	癸亥	壬辰	13
丁卯	丁酉	丙寅	丙申	乙丑	甲午	甲子	癸巳	癸亥	壬辰	甲子	癸巳	14
戊辰	戊戌	丁卯	丁酉	丙寅	乙未	乙丑	甲午	甲子	癸巳	乙丑	甲午	15
己巳	己亥	戊辰	戊戌	丁卯	丙申	丙寅	乙未	乙丑	甲午	丙寅	乙未	16
庚午	庚子	己巳	己亥	戊辰	丁酉	丁卯	丙申	丙寅	乙未	丁卯	丙申	17
辛未	辛丑	庚午	庚子	己巳	戊戌	戊辰	丁酉	丁卯	丙申	戊辰	丁酉	18
壬申	壬寅	辛未	辛丑	庚午	己亥	己巳	戊戌	戊辰	丁酉	己巳	戊戌	19
癸酉	癸卯	壬申	壬寅	辛未	庚子	庚午	己亥	己巳	戊戌	庚午	己亥	20
甲戌	甲辰	癸酉	癸卯	壬申	辛丑	辛未	庚子	庚午	己亥	辛未	庚子	21
乙亥	乙巳	甲戌	甲辰	癸酉	壬寅	壬申	辛丑	辛未	庚子	壬申	辛丑	22
丙子	丙午	乙亥	乙巳	甲戌	癸卯	癸酉	壬寅	壬申	辛丑	癸酉	壬寅	23
丁丑	丁未	丙子	丙午	乙亥	甲辰	甲戌	癸卯	癸酉	壬寅	甲戌	癸卯	24
戊寅	戊申	丁丑	丁未	丙子	乙巳	乙亥	甲辰	甲戌	癸卯	乙亥	甲辰	25
己卯	己酉	戊寅	戊申	丁丑	丙午	丙子	乙巳	乙亥	甲辰	丙子	乙巳	26
庚辰	庚戌	己卯	己酉	戊寅	丁未	丁丑	丙午	丙子	乙巳	丁丑	丙午	27
辛巳	辛亥	庚辰	庚戌	己卯	戊申	戊寅	丁未	丁丑	丙午	戊寅	丁未	28
壬午	壬子	辛巳	辛亥	庚辰	己酉	己卯	戊申	戊寅	丁未		戊申	29
癸未	癸丑	壬午	壬子	辛巳	庚戌	庚辰	己酉	己卯	戊申		己酉	30
甲申		癸未		壬午	辛亥		庚戌		己酉		庚戌	31

夏至：06 月 22 日 14：24 時

冬至：12 月 23 日 00：45 時

西曆一九四七年

2025乙巳 蛇年流年運程

張老師

2025乙巳蛇年流年運程

西曆一九四八年

12月	11月	10月	9月	8月	7月	6月	5月	4月	3月	2月	1月	月／日
庚申	庚寅	己未	己丑	戊午	丁亥	丁巳	丙戌	丙辰	乙酉	丙辰	乙酉	1
辛酉	辛卯	庚申	庚寅	己未	戊子	戊午	丁亥	丁巳	丙戌	丁巳	丙戌	2
壬戌	壬辰	辛酉	辛卯	庚申	己丑	己未	戊子	戊午	丁亥	戊午	丁亥	3
癸亥	癸巳	壬戌	壬辰	辛酉	庚寅	庚申	己丑	己未	戊子	己未	戊子	4
甲子	甲午	癸亥	癸巳	壬戌	辛卯	辛酉	庚寅	庚申	己丑	庚申	己丑	5
乙丑	乙未	甲子	甲午	癸亥	壬辰	壬戌	辛卯	辛酉	庚寅	辛酉	庚寅	6
丙寅	丙申	乙丑	乙未	甲子	癸巳	癸亥	壬辰	壬戌	辛卯	壬戌	辛卯	7
丁卯	丁酉	丙寅	丙申	乙丑	甲午	甲子	癸巳	癸亥	壬辰	癸亥	壬辰	8
戊辰	戊戌	丁卯	丁酉	丙寅	乙未	乙丑	甲午	甲子	癸巳	甲子	癸巳	9
己巳	己亥	戊辰	戊戌	丁卯	丙申	丙寅	乙未	乙丑	甲午	乙丑	甲午	10
庚午	庚子	己巳	己亥	戊辰	丁酉	丁卯	丙申	丙寅	乙未	丙寅	乙未	11
辛未	辛丑	庚午	庚子	己巳	戊戌	戊辰	丁酉	丁卯	丙申	丁卯	丙申	12
壬申	壬寅	辛未	辛丑	庚午	己亥	己巳	戊戌	戊辰	丁酉	戊辰	丁酉	13
癸酉	癸卯	壬申	壬寅	辛未	庚子	庚午	己亥	己巳	戊戌	己巳	戊戌	14
甲戌	甲辰	癸酉	癸卯	壬申	辛丑	辛未	庚子	庚午	己亥	庚午	己亥	15
乙亥	乙巳	甲戌	甲辰	癸酉	壬寅	壬申	辛丑	辛未	庚子	辛未	庚子	16
丙子	丙午	乙亥	乙巳	甲戌	癸卯	癸酉	壬寅	壬申	辛丑	壬申	辛丑	17
丁丑	丁未	丙子	丙午	乙亥	甲辰	甲戌	癸卯	癸酉	壬寅	癸酉	壬寅	18
戊寅	戊申	丁丑	丁未	丙子	乙巳	乙亥	甲辰	甲戌	癸卯	甲戌	癸卯	19
己卯	己酉	戊寅	戊申	丁丑	丙午	丙子	乙巳	乙亥	甲辰	乙亥	甲辰	20
庚辰	庚戌	己卯	己酉	戊寅	丁未	丁丑	丙午	丙子	乙巳	丙子	乙巳	21
辛巳	辛亥	庚辰	庚戌	己卯	戊申	戊寅	丁未	丁丑	丙午	丁丑	丙午	22
壬午	壬子	辛巳	辛亥	庚辰	己酉	己卯	戊申	戊寅	丁未	戊寅	丁未	23
癸未	癸丑	壬午	壬子	辛巳	庚戌	庚辰	己酉	己卯	戊申	己卯	戊申	24
甲申	甲寅	癸未	癸丑	壬午	辛亥	辛巳	庚戌	庚辰	己酉	庚辰	己酉	25
乙酉	乙卯	甲申	甲寅	癸未	壬子	壬午	辛亥	辛巳	庚戌	辛巳	庚戌	26
丙戌	丙辰	乙酉	乙卯	甲申	癸丑	癸未	壬子	壬午	辛亥	壬午	辛亥	27
丁亥	丁巳	丙戌	丙辰	乙酉	甲寅	甲申	癸丑	癸未	壬子	癸未	壬子	28
戊子	戊午	丁亥	丁巳	丙戌	乙卯	乙酉	甲寅	甲申	癸丑	甲申	癸丑	29
己丑	己未	戊子	戊午	丁亥	丙辰	丙戌	乙卯	乙酉	甲寅		甲寅	30
庚寅		己丑		戊子	丁巳		丙辰		乙卯		乙卯	31

夏至：06月21日20：11時
冬至：12月22日06：34時

238

12月	11月	10月	9月	8月	7月	6月	5月	4月	3月	2月	1月	月／日
乙丑	乙未	甲子	甲午	癸亥	壬辰	壬戌	辛卯	辛酉	庚寅	壬戌	辛卯	1
丙寅	丙申	乙丑	乙未	甲子	癸巳	癸亥	壬辰	壬戌	辛卯	癸亥	壬辰	2
丁卯	丁酉	丙寅	丙申	乙丑	甲午	甲子	癸巳	癸亥	壬辰	甲子	癸巳	3
戊辰	戊戌	丁卯	丁酉	丙寅	乙未	乙丑	甲午	甲子	癸巳	乙丑	甲午	4
己巳	己亥	戊辰	戊戌	丁卯	丙申	丙寅	乙未	乙丑	甲午	丙寅	乙未	5
庚午	庚子	己巳	己亥	戊辰	丁酉	丁卯	丙申	丙寅	乙未	丁卯	丙申	6
辛未	辛丑	庚午	庚子	己巳	戊戌	戊辰	丁酉	丁卯	丙申	戊辰	丁酉	7
壬申	壬寅	辛未	辛丑	庚午	己亥	己巳	戊戌	戊辰	丁酉	己巳	戊戌	8
癸酉	癸卯	壬申	壬寅	辛未	庚子	庚午	己亥	己巳	戊戌	庚午	己亥	9
甲戌	甲辰	癸酉	癸卯	壬申	辛丑	辛未	庚子	庚午	己亥	辛未	庚子	10
乙亥	乙巳	甲戌	甲辰	癸酉	壬寅	壬申	辛丑	辛未	庚子	壬申	辛丑	11
丙子	丙午	乙亥	乙巳	甲戌	癸卯	癸酉	壬寅	壬申	辛丑	癸酉	壬寅	12
丁丑	丁未	丙子	丙午	乙亥	甲辰	甲戌	癸卯	癸酉	壬寅	甲戌	癸卯	13
戊寅	戊申	丁丑	丁未	丙子	乙巳	乙亥	甲辰	甲戌	癸卯	乙亥	甲辰	14
己卯	己酉	戊寅	戊申	丁丑	丙午	丙子	乙巳	乙亥	甲辰	丙子	乙巳	15
庚辰	庚戌	己卯	己酉	戊寅	丁未	丁丑	丙午	丙子	乙巳	丁丑	丙午	16
辛巳	辛亥	庚辰	庚戌	己卯	戊申	戊寅	丁未	丁丑	丙午	戊寅	丁未	17
壬午	壬子	辛巳	辛亥	庚辰	己酉	己卯	戊申	戊寅	丁未	己卯	戊申	18
癸未	癸丑	壬午	壬子	辛巳	庚戌	庚辰	己酉	己卯	戊申	庚辰	己酉	19
甲申	甲寅	癸未	癸丑	壬午	辛亥	辛巳	庚戌	庚辰	己酉	辛巳	庚戌	20
乙酉	乙卯	甲申	甲寅	癸未	壬子	壬午	辛亥	辛巳	庚戌	壬午	辛亥	21
丙戌	丙辰	乙酉	乙卯	甲申	癸丑	癸未	壬子	壬午	辛亥	癸未	壬子	22
丁亥	丁巳	丙戌	丙辰	乙酉	甲寅	甲申	癸丑	癸未	壬子	甲申	癸丑	23
戊子	戊午	丁亥	丁巳	丙戌	乙卯	乙酉	甲寅	甲申	癸丑	乙酉	甲寅	24
己丑	己未	戊子	戊午	丁亥	丙辰	丙戌	乙卯	乙酉	甲寅	丙戌	乙卯	25
庚寅	庚申	己丑	己未	戊子	丁巳	丁亥	丙辰	丙戌	乙卯	丁亥	丙辰	26
辛卯	辛酉	庚寅	庚申	己丑	戊午	戊子	丁巳	丁亥	丙辰	戊子	丁巳	27
壬辰	壬戌	辛卯	辛酉	庚寅	己未	己丑	戊午	戊子	丁巳	己丑	戊午	28
癸巳	癸亥	壬辰	壬戌	辛卯	庚申	庚寅	己未	己丑	戊午		己未	29
甲午	甲子	癸巳	癸亥	壬辰	辛酉	辛卯	庚申	庚寅	己未		庚申	30
乙未		甲午		癸巳	壬戌		辛酉		庚申		辛酉	31

夏至：06月22日02：03時

冬至：12月22日12：24時

張心悅

2025乙巳

蛇

年流年運程

西曆一九五零年

12月	11月	10月	9月	8月	7月	6月	5月	4月	3月	2月	1月	月\日
庚午	庚子	己巳	己亥	戊辰	丁酉	丁卯	丙申	丙寅	乙未	丁卯	丙申	1
辛未	辛丑	庚午	庚子	己巳	戊戌	戊辰	丁酉	丁卯	丙申	戊辰	丁酉	2
壬申	壬寅	辛未	辛丑	庚午	己亥	己巳	戊戌	戊辰	丁酉	己巳	戊戌	3
癸酉	癸卯	壬申	壬寅	辛未	庚子	庚午	己亥	己巳	戊戌	庚午	己亥	4
甲戌	甲辰	癸酉	癸卯	壬申	辛丑	辛未	庚子	庚午	己亥	辛未	庚子	5
乙亥	乙巳	甲戌	甲辰	癸酉	壬寅	壬申	辛丑	辛未	庚子	壬申	辛丑	6
丙子	丙午	乙亥	乙巳	甲戌	癸卯	癸酉	壬寅	壬申	辛丑	癸酉	壬寅	7
丁丑	丁未	丙子	丙午	乙亥	甲辰	甲戌	癸卯	癸酉	壬寅	甲戌	癸卯	8
戊寅	戊申	丁丑	丁未	丙子	乙巳	乙亥	甲辰	甲戌	癸卯	乙亥	甲辰	9
己卯	己酉	戊寅	戊申	丁丑	丙午	丙子	乙巳	乙亥	甲辰	丙子	乙巳	10
庚辰	庚戌	己卯	己酉	戊寅	丁未	丁丑	丙午	丙子	乙巳	丁丑	丙午	11
辛巳	辛亥	庚辰	庚戌	己卯	戊申	戊寅	丁未	丁丑	丙午	戊寅	丁未	12
壬午	壬子	辛巳	辛亥	庚辰	己酉	己卯	戊申	戊寅	丁未	己卯	戊申	13
癸未	癸丑	壬午	壬子	辛巳	庚戌	庚辰	己酉	己卯	戊申	庚辰	己酉	14
甲申	甲寅	癸未	癸丑	壬午	辛亥	辛巳	庚戌	庚辰	己酉	辛巳	庚戌	15
乙酉	乙卯	甲申	甲寅	癸未	壬子	壬午	辛亥	辛巳	庚戌	壬午	辛亥	16
丙戌	丙辰	乙酉	乙卯	甲申	癸丑	癸未	壬子	壬午	辛亥	癸未	壬子	17
丁亥	丁巳	丙戌	丙辰	乙酉	甲寅	甲申	癸丑	癸未	壬子	甲申	癸丑	18
戊子	戊午	丁亥	丁巳	丙戌	乙卯	乙酉	甲寅	甲申	癸丑	乙酉	甲寅	19
己丑	己未	戊子	戊午	丁亥	丙辰	丙戌	乙卯	乙酉	甲寅	丙戌	乙卯	20
庚寅	庚申	己丑	己未	戊子	丁巳	丁亥	丙辰	丙戌	乙卯	丁亥	丙辰	21
辛卯	辛酉	庚寅	庚申	己丑	戊午	戊子	丁巳	丁亥	丙辰	戊子	丁巳	22
壬辰	壬戌	辛卯	辛酉	庚寅	己未	己丑	戊午	戊子	丁巳	己丑	戊午	23
癸巳	癸亥	壬辰	壬戌	辛卯	庚申	庚寅	己未	己丑	戊午	庚寅	己未	24
甲午	甲子	癸巳	癸亥	壬辰	辛酉	辛卯	庚申	庚寅	己未	辛卯	庚申	25
乙未	乙丑	甲午	甲子	癸巳	壬戌	壬辰	辛酉	辛卯	庚申	壬辰	辛酉	26
丙申	丙寅	乙未	乙丑	甲午	癸亥	癸巳	壬戌	壬辰	辛酉	癸巳	壬戌	27
丁酉	丁卯	丙申	丙寅	乙未	甲子	甲午	癸亥	癸巳	壬戌	甲午	癸亥	28
戊戌	戊辰	丁酉	丁卯	丙申	乙丑	乙未	甲子	甲午	癸亥		甲子	29
己亥	己巳	戊戌	戊辰	丁酉	丙寅	丙申	乙丑	乙未	甲子		乙丑	30
庚子		己亥		戊戌	丁卯		丙寅		乙丑		丙寅	31

夏至：06月22日07：37時
冬至：12月22日18：14時

240

12月	11月	10月	9月	8月	7月	6月	5月	4月	3月	2月	1月	月 日
乙亥	乙巳	甲戌	甲辰	癸酉	壬寅	壬申	辛丑	辛未	庚子	壬申	辛丑	1
丙子	丙午	乙亥	乙巳	甲戌	癸卯	癸酉	壬寅	壬申	辛丑	癸酉	壬寅	2
丁丑	丁未	丙子	丙午	乙亥	甲辰	甲戌	癸卯	癸酉	壬寅	甲戌	癸卯	3
戊寅	戊申	丁丑	丁未	丙子	乙巳	乙亥	甲辰	甲戌	癸卯	乙亥	甲辰	4
己卯	己酉	戊寅	戊申	丁丑	丙午	丙子	乙巳	乙亥	甲辰	丙子	乙巳	5
庚辰	庚戌	己卯	己酉	戊寅	丁未	丁丑	丙午	丙子	乙巳	丁丑	丙午	6
辛巳	辛亥	庚辰	庚戌	己卯	戊申	戊寅	丁未	丁丑	丙午	戊寅	丁未	7
壬午	壬子	辛巳	辛亥	庚辰	己酉	己卯	戊申	戊寅	丁未	己卯	戊申	8
癸未	癸丑	壬午	壬子	辛巳	庚戌	庚辰	己酉	己卯	戊申	庚辰	己酉	9
甲申	甲寅	癸未	癸丑	壬午	辛亥	辛巳	庚戌	庚辰	己酉	辛巳	庚戌	10
乙酉	乙卯	甲申	甲寅	癸未	壬子	壬午	辛亥	辛巳	庚戌	壬午	辛亥	11
丙戌	丙辰	乙酉	乙卯	甲申	癸丑	癸未	壬子	壬午	辛亥	癸未	壬子	12
丁亥	丁巳	丙戌	丙辰	乙酉	甲寅	甲申	癸丑	癸未	壬子	甲申	癸丑	13
戊子	戊午	丁亥	丁巳	丙戌	乙卯	乙酉	甲寅	甲申	癸丑	乙酉	甲寅	14
己丑	己未	戊子	戊午	丁亥	丙辰	丙戌	乙卯	乙酉	甲寅	丙戌	乙卯	15
庚寅	庚申	己丑	己未	戊子	丁巳	丁亥	丙辰	丙戌	乙卯	丁亥	丙辰	16
辛卯	辛酉	庚寅	庚申	己丑	戊午	戊子	丁巳	丁亥	丙辰	戊子	丁巳	17
壬辰	壬戌	辛卯	辛酉	庚寅	己未	己丑	戊午	戊子	丁巳	己丑	戊午	18
癸巳	癸亥	壬辰	壬戌	辛卯	庚申	庚寅	己未	己丑	戊午	庚寅	己未	19
甲午	甲子	癸巳	癸亥	壬辰	辛酉	辛卯	庚申	庚寅	己未	辛卯	庚申	20
乙未	乙丑	甲午	甲子	癸巳	壬戌	壬辰	辛酉	辛卯	庚申	壬辰	辛酉	21
丙申	丙寅	乙未	乙丑	甲午	癸亥	癸巳	壬戌	壬辰	辛酉	癸巳	壬戌	22
丁酉	丁卯	丙申	丙寅	乙未	甲子	甲午	癸亥	癸巳	壬戌	甲午	癸亥	23
戊戌	戊辰	丁酉	丁卯	丙申	乙丑	乙未	甲子	甲午	癸亥	乙未	甲子	24
己亥	己巳	戊戌	戊辰	丁酉	丙寅	丙申	乙丑	乙未	甲子	丙申	乙丑	25
庚子	庚午	己亥	己巳	戊戌	丁卯	丁酉	丙寅	丙申	乙丑	丁酉	丙寅	26
辛丑	辛未	庚子	庚午	己亥	戊辰	戊戌	丁卯	丁酉	丙寅	戊戌	丁卯	27
壬寅	壬申	辛丑	辛未	庚子	己巳	己亥	戊辰	戊戌	丁卯	己亥	戊辰	28
癸卯	癸酉	壬寅	壬申	辛丑	庚午	庚子	己巳	己亥	戊辰		己巳	29
甲辰	甲戌	癸卯	癸酉	壬寅	辛未	辛丑	庚午	庚子	己巳		庚午	30
乙巳		甲辰		癸卯	壬申		辛未		庚午		辛未	31

夏至：06 月 22 日 13：25 時
冬至：12 月 23 日 00：01 時

西曆一九五一年

241

12月	11月	10月	9月	8月	7月	6月	5月	4月	3月	2月	1月	日
辛巳	辛亥	庚辰	庚戌	己卯	戊申	戊寅	丁未	丁丑	丙午	丁丑	丙午	1
壬午	壬子	辛巳	辛亥	庚辰	己酉	己卯	戊申	戊寅	丁未	戊寅	丁未	2
癸未	癸丑	壬午	壬子	辛巳	庚戌	庚辰	己酉	己卯	戊申	己卯	戊申	3
甲申	甲寅	癸未	癸丑	壬午	辛亥	辛巳	庚戌	庚辰	己酉	庚辰	己酉	4
乙酉	乙卯	甲申	甲寅	癸未	壬子	壬午	辛亥	辛巳	庚戌	辛巳	庚戌	5
丙戌	丙辰	乙酉	乙卯	甲申	癸丑	癸未	壬子	壬午	辛亥	壬午	辛亥	6
丁亥	丁巳	丙戌	丙辰	乙酉	甲寅	甲申	癸丑	癸未	壬子	癸未	壬子	7
戊子	戊午	丁亥	丁巳	丙戌	乙卯	乙酉	甲寅	甲申	癸丑	甲申	癸丑	8
己丑	己未	戊子	戊午	丁亥	丙辰	丙戌	乙卯	乙酉	甲寅	乙酉	甲寅	9
庚寅	庚申	己丑	己未	戊子	丁巳	丁亥	丙辰	丙戌	乙卯	丙戌	乙卯	10
辛卯	辛酉	庚寅	庚申	己丑	戊午	戊子	丁巳	丁亥	丙辰	丁亥	丙辰	11
壬辰	壬戌	辛卯	辛酉	庚寅	己未	己丑	戊午	戊子	丁巳	戊子	丁巳	12
癸巳	癸亥	壬辰	壬戌	辛卯	庚申	庚寅	己未	己丑	戊午	己丑	戊午	13
甲午	甲子	癸巳	癸亥	壬辰	辛酉	辛卯	庚申	庚寅	己未	庚寅	己未	14
乙未	乙丑	甲午	甲子	癸巳	壬戌	壬辰	辛酉	辛卯	庚申	辛卯	庚申	15
丙申	丙寅	乙未	乙丑	甲午	癸亥	癸巳	壬戌	壬辰	辛酉	壬辰	辛酉	16
丁酉	丁卯	丙申	丙寅	乙未	甲子	甲午	癸亥	癸巳	壬戌	癸巳	壬戌	17
戊戌	戊辰	丁酉	丁卯	丙申	乙丑	乙未	甲子	甲午	癸亥	甲午	癸亥	18
己亥	己巳	戊戌	戊辰	丁酉	丙寅	丙申	乙丑	乙未	甲子	乙未	甲子	19
庚子	庚午	己亥	己巳	戊戌	丁卯	丁酉	丙寅	丙申	乙丑	丙申	乙丑	20
辛丑	辛未	庚子	庚午	己亥	戊辰	戊戌	丁卯	丁酉	丙寅	丁酉	丙寅	21
壬寅	壬申	辛丑	辛未	庚子	己巳	己亥	戊辰	戊戌	丁卯	戊戌	丁卯	22
癸卯	癸酉	壬寅	壬申	辛丑	庚午	庚子	己巳	己亥	戊辰	己亥	戊辰	23
甲辰	甲戌	癸卯	癸酉	壬寅	辛未	辛丑	庚午	庚子	己巳	庚子	己巳	24
乙巳	乙亥	甲辰	甲戌	癸卯	壬申	壬寅	辛未	辛丑	庚午	辛丑	庚午	25
丙午	丙子	乙巳	乙亥	甲辰	癸酉	癸卯	壬申	壬寅	辛未	壬寅	辛未	26
丁未	丁丑	丙午	丙子	乙巳	甲戌	甲辰	癸酉	癸卯	壬申	癸卯	壬申	27
戊申	戊寅	丁未	丁丑	丙午	乙亥	乙巳	甲戌	甲辰	癸酉	甲辰	癸酉	28
己酉	己卯	戊申	戊寅	丁未	丙子	丙午	乙亥	乙巳	甲戌	乙巳	甲戌	29
庚戌	庚辰	己酉	己卯	戊申	丁丑	丁未	丙子	丙午	乙亥		乙亥	30
辛亥		庚戌		己酉	戊寅		丁丑		丙子		丙子	31

夏至：06 月 21 日 19：13 時
冬至：12 月 22 日 05：44 時

242

張芯熏
2025乙巳蛇年流年運程

西曆一九五三年

12月	11月	10月	9月	8月	7月	6月	5月	4月	3月	2月	1月	月\日
丙戌	丙辰	乙酉	乙卯	甲申	癸丑	癸未	壬子	壬午	辛亥	癸未	壬子	1
丁亥	丁巳	丙戌	丙辰	乙酉	甲寅	甲申	癸丑	癸未	壬子	甲申	癸丑	2
戊子	戊午	丁亥	丁巳	丙戌	乙卯	乙酉	甲寅	甲申	癸丑	乙酉	甲寅	3
己丑	己未	戊子	戊午	丁亥	丙辰	丙戌	乙卯	乙酉	甲寅	丙戌	乙卯	4
庚寅	庚申	己丑	己未	戊子	丁巳	丁亥	丙辰	丙戌	乙卯	丁亥	丙辰	5
辛卯	辛酉	庚寅	庚申	己丑	戊午	戊子	丁巳	丁亥	丙辰	戊子	丁巳	6
壬辰	壬戌	辛卯	辛酉	庚寅	己未	己丑	戊午	戊子	丁巳	己丑	戊午	7
癸巳	癸亥	壬辰	壬戌	辛卯	庚申	庚寅	己未	己丑	戊午	庚寅	己未	8
甲午	甲子	癸巳	癸亥	壬辰	辛酉	辛卯	庚申	庚寅	己未	辛卯	庚申	9
乙未	乙丑	甲午	甲子	癸巳	壬戌	壬辰	辛酉	辛卯	庚申	壬辰	辛酉	10
丙申	丙寅	乙未	乙丑	甲午	癸亥	癸巳	壬戌	壬辰	辛酉	癸巳	壬戌	11
丁酉	丁卯	丙申	丙寅	乙未	甲子	甲午	癸亥	癸巳	壬戌	甲午	癸亥	12
戊戌	戊辰	丁酉	丁卯	丙申	乙丑	乙未	甲子	甲午	癸亥	乙未	甲子	13
己亥	己巳	戊戌	戊辰	丁酉	丙寅	丙申	乙丑	乙未	甲子	丙申	乙丑	14
庚子	庚午	己亥	己巳	戊戌	丁卯	丁酉	丙寅	丙申	乙丑	丁酉	丙寅	15
辛丑	辛未	庚子	庚午	己亥	戊辰	戊戌	丁卯	丁酉	丙寅	戊戌	丁卯	16
壬寅	壬申	辛丑	辛未	庚子	己巳	己亥	戊辰	戊戌	丁卯	己亥	戊辰	17
癸卯	癸酉	壬寅	壬申	辛丑	庚午	庚子	己巳	己亥	戊辰	庚子	己巳	18
甲辰	甲戌	癸卯	癸酉	壬寅	辛未	辛丑	庚午	庚子	己巳	辛丑	庚午	19
乙巳	乙亥	甲辰	甲戌	癸卯	壬申	壬寅	辛未	辛丑	庚午	壬寅	辛未	20
丙午	丙子	乙巳	乙亥	甲辰	癸酉	癸卯	壬申	壬寅	辛未	癸卯	壬申	21
丁未	丁丑	丙午	丙子	乙巳	甲戌	甲辰	癸酉	癸卯	壬申	甲辰	癸酉	22
戊申	戊寅	丁未	丁丑	丙午	乙亥	乙巳	甲戌	甲辰	癸酉	乙巳	甲戌	23
己酉	己卯	戊申	戊寅	丁未	丙子	丙午	乙亥	乙巳	甲戌	丙午	乙亥	24
庚戌	庚辰	己酉	己卯	戊申	丁丑	丁未	丙子	丙午	乙亥	丁未	丙子	25
辛亥	辛巳	庚戌	庚辰	己酉	戊寅	戊申	丁丑	丁未	丙子	戊申	丁丑	26
壬子	壬午	辛亥	辛巳	庚戌	己卯	己酉	戊寅	戊申	丁丑	己酉	戊寅	27
癸丑	癸未	壬子	壬午	辛亥	庚辰	庚戌	己卯	己酉	戊寅	庚戌	己卯	28
甲寅	甲申	癸丑	癸未	壬子	辛巳	辛亥	庚辰	庚戌	己卯		庚辰	29
乙卯	乙酉	甲寅	甲申	癸丑	壬午	壬子	辛巳	辛亥	庚辰		辛巳	30
丙辰		乙卯		甲寅	癸未		壬午		辛巳		壬午	31

夏至：06月22日01：01時
冬至：12月22日11：32時

243

張盛舜 2025乙巳  蛇 年流年運程

西曆一九五四年

12月	11月	10月	9月	8月	7月	6月	5月	4月	3月	2月	1月	日
辛卯	辛酉	庚寅	庚申	己丑	戊午	戊子	丁巳	丁亥	丙辰	戊子	丁巳	1
壬辰	壬戌	辛卯	辛酉	庚寅	己未	己丑	戊午	戊子	丁巳	己丑	戊午	2
癸巳	癸亥	壬辰	壬戌	辛卯	庚申	庚寅	己未	己丑	戊午	庚寅	己未	3
甲午	甲子	癸巳	癸亥	壬辰	辛酉	辛卯	庚申	庚寅	己未	辛卯	庚申	4
乙未	乙丑	甲午	甲子	癸巳	壬戌	壬辰	辛酉	辛卯	庚申	壬辰	辛酉	5
丙申	丙寅	乙未	乙丑	甲午	癸亥	癸巳	壬戌	壬辰	辛酉	癸巳	壬戌	6
丁酉	丁卯	丙申	丙寅	乙未	甲子	甲午	癸亥	癸巳	壬戌	甲午	癸亥	7
戊戌	戊辰	丁酉	丁卯	丙申	乙丑	乙未	甲子	甲午	癸亥	乙未	甲子	8
己亥	己巳	戊戌	戊辰	丁酉	丙寅	丙申	乙丑	乙未	甲子	丙申	乙丑	9
庚子	庚午	己亥	己巳	戊戌	丁卯	丁酉	丙寅	丙申	乙丑	丁酉	丙寅	10
辛丑	辛未	庚子	庚午	己亥	戊辰	戊戌	丁卯	丁酉	丙寅	戊戌	丁卯	11
壬寅	壬申	辛丑	辛未	庚子	己巳	己亥	戊辰	戊戌	丁卯	己亥	戊辰	12
癸卯	癸酉	壬寅	壬申	辛丑	庚午	庚子	己巳	己亥	戊辰	庚子	己巳	13
甲辰	甲戌	癸卯	癸酉	壬寅	辛未	辛丑	庚午	庚子	己巳	辛丑	庚午	14
乙巳	乙亥	甲辰	甲戌	癸卯	壬申	壬寅	辛未	辛丑	庚午	壬寅	辛未	15
丙午	丙子	乙巳	乙亥	甲辰	癸酉	癸卯	壬申	壬寅	辛未	癸卯	壬申	16
丁未	丁丑	丙午	丙子	乙巳	甲戌	甲辰	癸酉	癸卯	壬申	甲辰	癸酉	17
戊申	戊寅	丁未	丁丑	丙午	乙亥	乙巳	甲戌	甲辰	癸酉	乙巳	甲戌	18
己酉	己卯	戊申	戊寅	丁未	丙子	丙午	乙亥	乙巳	甲戌	丙午	乙亥	19
庚戌	庚辰	己酉	己卯	戊申	丁丑	丁未	丙子	丙午	乙亥	丁未	丙子	20
辛亥	辛巳	庚戌	庚辰	己酉	戊寅	戊申	丁丑	丁未	丙子	戊申	丁丑	21
壬子	壬午	辛亥	辛巳	庚戌	己卯	己酉	戊寅	戊申	丁丑	己酉	戊寅	22
癸丑	癸未	壬子	壬午	辛亥	庚辰	庚戌	己卯	己酉	戊寅	庚戌	己卯	23
甲寅	甲申	癸丑	癸未	壬子	辛巳	辛亥	庚辰	庚戌	己卯	辛亥	庚辰	24
乙卯	乙酉	甲寅	甲申	癸丑	壬午	壬子	辛巳	辛亥	庚辰	壬子	辛巳	25
丙辰	丙戌	乙卯	乙酉	甲寅	癸未	癸丑	壬午	壬子	辛巳	癸丑	壬午	26
丁巳	丁亥	丙辰	丙戌	乙卯	甲申	甲寅	癸未	癸丑	壬午	甲寅	癸未	27
戊午	戊子	丁巳	丁亥	丙辰	乙酉	乙卯	甲申	甲寅	癸未	乙卯	甲申	28
己未	己丑	戊午	戊子	丁巳	丙戌	丙辰	乙酉	乙卯	甲申		乙酉	29
庚申	庚寅	己未	己丑	戊午	丁亥	丁巳	丙戌	丙辰	乙酉		丙戌	30
辛酉		庚申		己未	戊子		丁亥		丙戌		丁亥	31

夏至：06月22日06：55時
冬至：12月22日17：25時

244

西曆一九五五年

12月	11月	10月	9月	8月	7月	6月	5月	4月	3月	2月	1月	月／日
丙申	丙寅	乙未	乙丑	甲午	癸亥	癸巳	壬戌	壬辰	辛酉	癸巳	壬戌	1
丁酉	丁卯	丙申	丙寅	乙未	甲子	甲午	癸亥	癸巳	壬戌	甲午	癸亥	2
戊戌	戊辰	丁酉	丁卯	丙申	乙丑	乙未	甲子	甲午	癸亥	乙未	甲子	3
己亥	己巳	戊戌	戊辰	丁酉	丙寅	丙申	乙丑	乙未	甲子	丙申	乙丑	4
庚子	庚午	己亥	己巳	戊戌	丁卯	丁酉	丙寅	丙申	乙丑	丁酉	丙寅	5
辛丑	辛未	庚子	庚午	己亥	戊辰	戊戌	丁卯	丁酉	丙寅	戊戌	丁卯	6
壬寅	壬申	辛丑	辛未	庚子	己巳	己亥	戊辰	戊戌	丁卯	己亥	戊辰	7
癸卯	癸酉	壬寅	壬申	辛丑	庚午	庚子	己巳	己亥	戊辰	庚子	己巳	8
甲辰	甲戌	癸卯	癸酉	壬寅	辛未	辛丑	庚午	庚子	己巳	辛丑	庚午	9
乙巳	乙亥	甲辰	甲戌	癸卯	壬申	壬寅	辛未	辛丑	庚午	壬寅	辛未	10
丙午	丙子	乙巳	乙亥	甲辰	癸酉	癸卯	壬申	壬寅	辛未	癸卯	壬申	11
丁未	丁丑	丙午	丙子	乙巳	甲戌	甲辰	癸酉	癸卯	壬申	甲辰	癸酉	12
戊申	戊寅	丁未	丁丑	丙午	乙亥	乙巳	甲戌	甲辰	癸酉	乙巳	甲戌	13
己酉	己卯	戊申	戊寅	丁未	丙子	丙午	乙亥	乙巳	甲戌	丙午	乙亥	14
庚戌	庚辰	己酉	己卯	戊申	丁丑	丁未	丙子	丙午	乙亥	丁未	丙子	15
辛亥	辛巳	庚戌	庚辰	己酉	戊寅	戊申	丁丑	丁未	丙子	戊申	丁丑	16
壬子	壬午	辛亥	辛巳	庚戌	己卯	己酉	戊寅	戊申	丁丑	己酉	戊寅	17
癸丑	癸未	壬子	壬午	辛亥	庚辰	庚戌	己卯	己酉	戊寅	庚戌	己卯	18
甲寅	甲申	癸丑	癸未	壬子	辛巳	辛亥	庚辰	庚戌	己卯	辛亥	庚辰	19
乙卯	乙酉	甲寅	甲申	癸丑	壬午	壬子	辛巳	辛亥	庚辰	壬子	辛巳	20
丙辰	丙戌	乙卯	乙酉	甲寅	癸未	癸丑	壬午	壬子	辛巳	癸丑	壬午	21
丁巳	丁亥	丙辰	丙戌	乙卯	甲申	甲寅	癸未	癸丑	壬午	甲寅	癸未	22
戊午	戊子	丁巳	丁亥	丙辰	乙酉	乙卯	甲申	甲寅	癸未	乙卯	甲申	23
己未	己丑	戊午	戊子	丁巳	丙戌	丙辰	乙酉	乙卯	甲申	丙辰	乙酉	24
庚申	庚寅	己未	己丑	戊午	丁亥	丁巳	丙戌	丙辰	乙酉	丁巳	丙戌	25
辛酉	辛卯	庚申	庚寅	己未	戊子	戊午	丁亥	丁巳	丙戌	戊午	丁亥	26
壬戌	壬辰	辛酉	辛卯	庚申	己丑	己未	戊子	戊午	丁亥	己未	戊子	27
癸亥	癸巳	壬戌	壬辰	辛酉	庚寅	庚申	己丑	己未	戊子	庚申	己丑	28
甲子	甲午	癸亥	癸巳	壬戌	辛卯	辛酉	庚寅	庚申	己丑		庚寅	29
乙丑	乙未	甲子	甲午	癸亥	壬辰	壬戌	辛卯	辛酉	庚寅		辛卯	30
丙寅		乙丑		甲子	癸巳		壬辰		辛卯		壬辰	31

夏至：06月22日12：32時
冬至：12月22日23：12時

245

張松壽

2025乙巳

蛇

年流年運程

西曆一九五六年

12月	11月	10月	9月	8月	7月	6月	5月	4月	3月	2月	1月	月/日
壬寅	壬申	辛丑	辛未	庚子	己巳	己亥	戊辰	戊戌	丁卯	戊戌	丁卯	1
癸卯	癸酉	壬寅	壬申	辛丑	庚午	庚子	己巳	己亥	戊辰	己亥	戊辰	2
甲辰	甲戌	癸卯	癸酉	壬寅	辛未	辛丑	庚午	庚子	己巳	庚子	己巳	3
乙巳	乙亥	甲辰	甲戌	癸卯	壬申	壬寅	辛未	辛丑	庚午	辛丑	庚午	4
丙午	丙子	乙巳	乙亥	甲辰	癸酉	癸卯	壬申	壬寅	辛未	壬寅	辛未	5
丁未	丁丑	丙午	丙子	乙巳	甲戌	甲辰	癸酉	癸卯	壬申	癸卯	壬申	6
戊申	戊寅	丁未	丁丑	丙午	乙亥	乙巳	甲戌	甲辰	癸酉	甲辰	癸酉	7
己酉	己卯	戊申	戊寅	丁未	丙子	丙午	乙亥	乙巳	甲戌	乙巳	甲戌	8
庚戌	庚辰	己酉	己卯	戊申	丁丑	丁未	丙子	丙午	乙亥	丙午	乙亥	9
辛亥	辛巳	庚戌	庚辰	己酉	戊寅	戊申	丁丑	丁未	丙子	丁未	丙子	10
壬子	壬午	辛亥	辛巳	庚戌	己卯	己酉	戊寅	戊申	丁丑	戊申	丁丑	11
癸丑	癸未	壬子	壬午	辛亥	庚辰	庚戌	己卯	己酉	戊寅	己酉	戊寅	12
甲寅	甲申	癸丑	癸未	壬子	辛巳	辛亥	庚辰	庚戌	己卯	庚戌	己卯	13
乙卯	乙酉	甲寅	甲申	癸丑	壬午	壬子	辛巳	辛亥	庚辰	辛亥	庚辰	14
丙辰	丙戌	乙卯	乙酉	甲寅	癸未	癸丑	壬午	壬子	辛巳	壬子	辛巳	15
丁巳	丁亥	丙辰	丙戌	乙卯	甲申	甲寅	癸未	癸丑	壬午	癸丑	壬午	16
戊午	戊子	丁巳	丁亥	丙辰	乙酉	乙卯	甲申	甲寅	癸未	甲寅	癸未	17
己未	己丑	戊午	戊子	丁巳	丙戌	丙辰	乙酉	乙卯	甲申	乙卯	甲申	18
庚申	庚寅	己未	己丑	戊午	丁亥	丁巳	丙戌	丙辰	乙酉	丙辰	乙酉	19
辛酉	辛卯	庚申	庚寅	己未	戊子	戊午	丁亥	丁巳	丙戌	丁巳	丙戌	20
壬戌	壬辰	辛酉	辛卯	庚申	己丑	己未	戊子	戊午	丁亥	戊午	丁亥	21
癸亥	癸巳	壬戌	壬辰	辛酉	庚寅	庚申	己丑	己未	戊子	己未	戊子	22
甲子	甲午	癸亥	癸巳	壬戌	辛卯	辛酉	庚寅	庚申	己丑	庚申	己丑	23
乙丑	乙未	甲子	甲午	癸亥	壬辰	壬戌	辛卯	辛酉	庚寅	辛酉	庚寅	24
丙寅	丙申	乙丑	乙未	甲子	癸巳	癸亥	壬辰	壬戌	辛卯	壬戌	辛卯	25
丁卯	丁酉	丙寅	丙申	乙丑	甲午	甲子	癸巳	癸亥	壬辰	癸亥	壬辰	26
戊辰	戊戌	丁卯	丁酉	丙寅	乙未	乙丑	甲午	甲子	癸巳	甲子	癸巳	27
己巳	己亥	戊辰	戊戌	丁卯	丙申	丙寅	乙未	乙丑	甲午	乙丑	甲午	28
庚午	庚子	己巳	己亥	戊辰	丁酉	丁卯	丙申	丙寅	乙未	丙寅	乙未	29
辛未	辛丑	庚午	庚子	己巳	戊戌	戊辰	丁酉	丁卯	丙申		丙申	30
壬申		辛未		庚午	己亥		戊戌		丁酉		丁酉	31

夏至：06月21日18：24時
冬至：12月22日05：01時

246

12月	11月	10月	9月	8月	7月	6月	5月	4月	3月	2月	1月	月／日
丁未	丁丑	丙午	丙子	乙巳	甲戌	甲辰	癸酉	癸卯	壬申	甲辰	癸酉	1
戊申	戊寅	丁未	丁丑	丙午	乙亥	乙巳	甲戌	甲辰	癸酉	乙巳	甲戌	2
己酉	己卯	戊申	戊寅	丁未	丙子	丙午	乙亥	乙巳	甲戌	丙午	乙亥	3
庚戌	庚辰	己酉	己卯	戊申	丁丑	丁未	丙子	丙午	乙亥	丁未	丙子	4
辛亥	辛巳	庚戌	庚辰	己酉	戊寅	戊申	丁丑	丁未	丙子	戊申	丁丑	5
壬子	壬午	辛亥	辛巳	庚戌	己卯	己酉	戊寅	戊申	丁丑	己酉	戊寅	6
癸丑	癸未	壬子	壬午	辛亥	庚辰	庚戌	己卯	己酉	戊寅	庚戌	己卯	7
甲寅	甲申	癸丑	癸未	壬子	辛巳	辛亥	庚辰	庚戌	己卯	辛亥	庚辰	8
乙卯	乙酉	甲寅	甲申	癸丑	壬午	壬子	辛巳	辛亥	庚辰	壬子	辛巳	9
丙辰	丙戌	乙卯	乙酉	甲寅	癸未	癸丑	壬午	壬子	辛巳	癸丑	壬午	10
丁巳	丁亥	丙辰	丙戌	乙卯	甲申	甲寅	癸未	癸丑	壬午	甲寅	癸未	11
戊午	戊子	丁巳	丁亥	丙辰	乙酉	乙卯	甲申	甲寅	癸未	乙卯	甲申	12
己未	己丑	戊午	戊子	丁巳	丙戌	丙辰	乙酉	乙卯	甲申	丙辰	乙酉	13
庚申	庚寅	己未	己丑	戊午	丁亥	丁巳	丙戌	丙辰	乙酉	丁巳	丙戌	14
辛酉	辛卯	庚申	庚寅	己未	戊子	戊午	丁亥	丁巳	丙戌	戊午	丁亥	15
壬戌	壬辰	辛酉	辛卯	庚申	己丑	己未	戊子	戊午	丁亥	己未	戊子	16
癸亥	癸巳	壬戌	壬辰	辛酉	庚寅	庚申	己丑	己未	戊子	庚申	己丑	17
甲子	甲午	癸亥	癸巳	壬戌	辛卯	辛酉	庚寅	庚申	己丑	辛酉	庚寅	18
乙丑	乙未	甲子	甲午	癸亥	壬辰	壬戌	辛卯	辛酉	庚寅	壬戌	辛卯	19
丙寅	丙申	乙丑	乙未	甲子	癸巳	癸亥	壬辰	壬戌	辛卯	癸亥	壬辰	20
丁卯	丁酉	丙寅	丙申	乙丑	甲午	甲子	癸巳	癸亥	壬辰	甲子	癸巳	21
戊辰	戊戌	丁卯	丁酉	丙寅	乙未	乙丑	甲午	甲子	癸巳	乙丑	甲午	22
己巳	己亥	戊辰	戊戌	丁卯	丙申	丙寅	乙未	乙丑	甲午	丙寅	乙未	23
庚午	庚子	己巳	己亥	戊辰	丁酉	丁卯	丙申	丙寅	乙未	丁卯	丙申	24
辛未	辛丑	庚午	庚子	己巳	戊戌	戊辰	丁酉	丁卯	丙申	戊辰	丁酉	25
壬申	壬寅	辛未	辛丑	庚午	己亥	己巳	戊戌	戊辰	丁酉	己巳	戊戌	26
癸酉	癸卯	壬申	壬寅	辛未	庚子	庚午	己亥	己巳	戊戌	庚午	己亥	27
甲戌	甲辰	癸酉	癸卯	壬申	辛丑	辛未	庚子	庚午	己亥	辛未	庚子	28
乙亥	乙巳	甲戌	甲辰	癸酉	壬寅	壬申	辛丑	辛未	庚子		辛丑	29
丙子	丙午	乙亥	乙巳	甲戌	癸卯	癸酉	壬寅	壬申	辛丑		壬寅	30
丁丑		丙子		乙亥	甲辰		癸卯		壬寅		癸卯	31

夏至：06月22日00：21時
冬至：12月22日10：49時

西曆一九五七年

張芯熏 2025乙巳 蛇 年流年運程

247

西曆一九五八年

12月	11月	10月	9月	8月	7月	6月	5月	4月	3月	2月	1月	日
壬子	壬午	辛亥	辛巳	庚戌	己卯	己酉	戊寅	戊申	丁丑	己酉	戊寅	1
癸丑	癸未	壬子	壬午	辛亥	庚辰	庚戌	己卯	己酉	戊寅	庚戌	己卯	2
甲寅	甲申	癸丑	癸未	壬子	辛巳	辛亥	庚辰	庚戌	己卯	辛亥	庚辰	3
乙卯	乙酉	甲寅	甲申	癸丑	壬午	壬子	辛巳	辛亥	庚辰	壬子	辛巳	4
丙辰	丙戌	乙卯	乙酉	甲寅	癸未	癸丑	壬午	壬子	辛巳	癸丑	壬午	5
丁巳	丁亥	丙辰	丙戌	乙卯	甲申	甲寅	癸未	癸丑	壬午	甲寅	癸未	6
戊午	戊子	丁巳	丁亥	丙辰	乙酉	乙卯	甲申	甲寅	癸未	乙卯	甲申	7
己未	己丑	戊午	戊子	丁巳	丙戌	丙辰	乙酉	乙卯	甲申	丙辰	乙酉	8
庚申	庚寅	己未	己丑	戊午	丁亥	丁巳	丙戌	丙辰	乙酉	丁巳	丙戌	9
辛酉	辛卯	庚申	庚寅	己未	戊子	戊午	丁亥	丁巳	丙戌	戊午	丁亥	10
壬戌	壬辰	辛酉	辛卯	庚申	己丑	己未	戊子	戊午	丁亥	己未	戊子	11
癸亥	癸巳	壬戌	壬辰	辛酉	庚寅	庚申	己丑	己未	戊子	庚申	己丑	12
甲子	甲午	癸亥	癸巳	壬戌	辛卯	辛酉	庚寅	庚申	己丑	辛酉	庚寅	13
乙丑	乙未	甲子	甲午	癸亥	壬辰	壬戌	辛卯	辛酉	庚寅	壬戌	辛卯	14
丙寅	丙申	乙丑	乙未	甲子	癸巳	癸亥	壬辰	壬戌	辛卯	癸亥	壬辰	15
丁卯	丁酉	丙寅	丙申	乙丑	甲午	甲子	癸巳	癸亥	壬辰	甲子	癸巳	16
戊辰	戊戌	丁卯	丁酉	丙寅	乙未	乙丑	甲午	甲子	癸巳	乙丑	甲午	17
己巳	己亥	戊辰	戊戌	丁卯	丙申	丙寅	乙未	乙丑	甲午	丙寅	乙未	18
庚午	庚子	己巳	己亥	戊辰	丁酉	丁卯	丙申	丙寅	乙未	丁卯	丙申	19
辛未	辛丑	庚午	庚子	己巳	戊戌	戊辰	丁酉	丁卯	丙申	戊辰	丁酉	20
壬申	壬寅	辛未	辛丑	庚午	己亥	己巳	戊戌	戊辰	丁酉	己巳	戊戌	21
癸酉	癸卯	壬申	壬寅	辛未	庚子	庚午	己亥	己巳	戊戌	庚午	己亥	22
甲戌	甲辰	癸酉	癸卯	壬申	辛丑	辛未	庚子	庚午	己亥	辛未	庚子	23
乙亥	乙巳	甲戌	甲辰	癸酉	壬寅	壬申	辛丑	辛未	庚子	壬申	辛丑	24
丙子	丙午	乙亥	乙巳	甲戌	癸卯	癸酉	壬寅	壬申	辛丑	癸酉	壬寅	25
丁丑	丁未	丙子	丙午	乙亥	甲辰	甲戌	癸卯	癸酉	壬寅	甲戌	癸卯	26
戊寅	戊申	丁丑	丁未	丙子	乙巳	乙亥	甲辰	甲戌	癸卯	乙亥	甲辰	27
己卯	己酉	戊寅	戊申	丁丑	丙午	丙子	乙巳	乙亥	甲辰	丙子	乙巳	28
庚辰	庚戌	己卯	己酉	戊寅	丁未	丁丑	丙午	丙子	乙巳		丙午	29
辛巳	辛亥	庚辰	庚戌	己卯	戊申	戊寅	丁未	丁丑	丙午		丁未	30
壬午		辛巳		庚辰	己酉		戊申		丁未		戊申	31

夏至：06月22日05：58時

冬至：12月22日16：40時

248

西曆一九五九年

12月	11月	10月	9月	8月	7月	6月	5月	4月	3月	2月	1月	月\日
丁巳	丁亥	丙辰	丙戌	乙卯	甲申	甲寅	癸未	癸丑	壬午	甲寅	癸未	1
戊午	戊子	丁巳	丁亥	丙辰	乙酉	乙卯	甲申	甲寅	癸未	乙卯	甲申	2
己未	己丑	戊午	戊子	丁巳	丙戌	丙辰	乙酉	乙卯	甲申	丙辰	乙酉	3
庚申	庚寅	己未	己丑	戊午	丁亥	丁巳	丙戌	丙辰	乙酉	丁巳	丙戌	4
辛酉	辛卯	庚申	庚寅	己未	戊子	戊午	丁亥	丁巳	丙戌	戊午	丁亥	5
壬戌	壬辰	辛酉	辛卯	庚申	己丑	己未	戊子	戊午	丁亥	己未	戊子	6
癸亥	癸巳	壬戌	壬辰	辛酉	庚寅	庚申	己丑	己未	戊子	庚申	己丑	7
甲子	甲午	癸亥	癸巳	壬戌	辛卯	辛酉	庚寅	庚申	己丑	辛酉	庚寅	8
乙丑	乙未	甲子	甲午	癸亥	壬辰	壬戌	辛卯	辛酉	庚寅	壬戌	辛卯	9
丙寅	丙申	乙丑	乙未	甲子	癸巳	癸亥	壬辰	壬戌	辛卯	癸亥	壬辰	10
丁卯	丁酉	丙寅	丙申	乙丑	甲午	甲子	癸巳	癸亥	壬辰	甲子	癸巳	11
戊辰	戊戌	丁卯	丁酉	丙寅	乙未	乙丑	甲午	甲子	癸巳	乙丑	甲午	12
己巳	己亥	戊辰	戊戌	丁卯	丙申	丙寅	乙未	乙丑	甲午	丙寅	乙未	13
庚午	庚子	己巳	己亥	戊辰	丁酉	丁卯	丙申	丙寅	乙未	丁卯	丙申	14
辛未	辛丑	庚午	庚子	己巳	戊戌	戊辰	丁酉	丁卯	丙申	戊辰	丁酉	15
壬申	壬寅	辛未	辛丑	庚午	己亥	己巳	戊戌	戊辰	丁酉	己巳	戊戌	16
癸酉	癸卯	壬申	壬寅	辛未	庚子	庚午	己亥	己巳	戊戌	庚午	己亥	17
甲戌	甲辰	癸酉	癸卯	壬申	辛丑	辛未	庚子	庚午	己亥	辛未	庚子	18
乙亥	乙巳	甲戌	甲辰	癸酉	壬寅	壬申	辛丑	辛未	庚子	壬申	辛丑	19
丙子	丙午	乙亥	乙巳	甲戌	癸卯	癸酉	壬寅	壬申	辛丑	癸酉	壬寅	20
丁丑	丁未	丙子	丙午	乙亥	甲辰	甲戌	癸卯	癸酉	壬寅	甲戌	癸卯	21
戊寅	戊申	丁丑	丁未	丙子	乙巳	乙亥	甲辰	甲戌	癸卯	乙亥	甲辰	22
己卯	己酉	戊寅	戊申	丁丑	丙午	丙子	乙巳	乙亥	甲辰	丙子	乙巳	23
庚辰	庚戌	己卯	己酉	戊寅	丁未	丁丑	丙午	丙子	乙巳	丁丑	丙午	24
辛巳	辛亥	庚辰	庚戌	己卯	戊申	戊寅	丁未	丁丑	丙午	戊寅	丁未	25
壬午	壬子	辛巳	辛亥	庚辰	己酉	己卯	戊申	戊寅	丁未	己卯	戊申	26
癸未	癸丑	壬午	壬子	辛巳	庚戌	庚辰	己酉	己卯	戊申	庚辰	己酉	27
甲申	甲寅	癸未	癸丑	壬午	辛亥	辛巳	庚戌	庚辰	己酉	辛巳	庚戌	28
乙酉	乙卯	甲申	甲寅	癸未	壬子	壬午	辛亥	辛巳	庚戌		辛亥	29
丙戌	丙辰	乙酉	乙卯	甲申	癸丑	癸未	壬子	壬午	辛亥		壬子	30
丁亥		丙戌		乙酉	甲寅		癸丑		壬子		癸丑	31

夏至：06月22日11：51時
冬至：12月22日22：35時

249

西曆一九六零年

12月	11月	10月	9月	8月	7月	6月	5月	4月	3月	2月	1月	月日
癸亥	癸巳	壬戌	壬辰	辛酉	庚寅	庚申	己丑	己未	戊子	己未	戊子	1
甲子	甲午	癸亥	癸巳	壬戌	辛卯	辛酉	庚寅	庚申	己丑	庚申	己丑	2
乙丑	乙未	甲子	甲午	癸亥	壬辰	壬戌	辛卯	辛酉	庚寅	辛酉	庚寅	3
丙寅	丙申	乙丑	乙未	甲子	癸巳	癸亥	壬辰	壬戌	辛卯	壬戌	辛卯	4
丁卯	丁酉	丙寅	丙申	乙丑	甲午	甲子	癸巳	癸亥	壬辰	癸亥	壬辰	5
戊辰	戊戌	丁卯	丁酉	丙寅	乙未	乙丑	甲午	甲子	癸巳	甲子	癸巳	6
己巳	己亥	戊辰	戊戌	丁卯	丙申	丙寅	乙未	乙丑	甲午	乙丑	甲午	7
庚午	庚子	己巳	己亥	戊辰	丁酉	丁卯	丙申	丙寅	乙未	丙寅	乙未	8
辛未	辛丑	庚午	庚子	己巳	戊戌	戊辰	丁酉	丁卯	丙申	丁卯	丙申	9
壬申	壬寅	辛未	辛丑	庚午	己亥	己巳	戊戌	戊辰	丁酉	戊辰	丁酉	10
癸酉	癸卯	壬申	壬寅	辛未	庚子	庚午	己亥	己巳	戊戌	己巳	戊戌	11
甲戌	甲辰	癸酉	癸卯	壬申	辛丑	辛未	庚子	庚午	己亥	庚午	己亥	12
乙亥	乙巳	甲戌	甲辰	癸酉	壬寅	壬申	辛丑	辛未	庚子	辛未	庚子	13
丙子	丙午	乙亥	乙巳	甲戌	癸卯	癸酉	壬寅	壬申	辛丑	壬申	辛丑	14
丁丑	丁未	丙子	丙午	乙亥	甲辰	甲戌	癸卯	癸酉	壬寅	癸酉	壬寅	15
戊寅	戊申	丁丑	丁未	丙子	乙巳	乙亥	甲辰	甲戌	癸卯	甲戌	癸卯	16
己卯	己酉	戊寅	戊申	丁丑	丙午	丙子	乙巳	乙亥	甲辰	乙亥	甲辰	17
庚辰	庚戌	己卯	己酉	戊寅	丁未	丁丑	丙午	丙子	乙巳	丙子	乙巳	18
辛巳	辛亥	庚辰	庚戌	己卯	戊申	戊寅	丁未	丁丑	丙午	丁丑	丙午	19
壬午	壬子	辛巳	辛亥	庚辰	己酉	己卯	戊申	戊寅	丁未	戊寅	丁未	20
癸未	癸丑	壬午	壬子	辛巳	庚戌	庚辰	己酉	己卯	戊申	己卯	戊申	21
甲申	甲寅	癸未	癸丑	壬午	辛亥	辛巳	庚戌	庚辰	己酉	庚辰	己酉	22
乙酉	乙卯	甲申	甲寅	癸未	壬子	壬午	辛亥	辛巳	庚戌	辛巳	庚戌	23
丙戌	丙辰	乙酉	乙卯	甲申	癸丑	癸未	壬子	壬午	辛亥	壬午	辛亥	24
丁亥	丁巳	丙戌	丙辰	乙酉	甲寅	甲申	癸丑	癸未	壬子	癸未	壬子	25
戊子	戊午	丁亥	丁巳	丙戌	乙卯	乙酉	甲寅	甲申	癸丑	甲申	癸丑	26
己丑	己未	戊子	戊午	丁亥	丙辰	丙戌	乙卯	乙酉	甲寅	乙酉	甲寅	27
庚寅	庚申	己丑	己未	戊子	丁巳	丁亥	丙辰	丙戌	乙卯	丙戌	乙卯	28
辛卯	辛酉	庚寅	庚申	己丑	戊午	戊子	丁巳	丁亥	丙辰		丙辰	29
壬辰	壬戌	辛卯	辛酉	庚寅	己未	己丑	戊午	戊子	丁巳		丁巳	30
癸巳		壬辰		辛卯	庚申		己未		戊午		戊午	31

夏至：06月21日17：42時
冬至：12月22日04：26時

12月	11月	10月	9月	8月	7月	6月	5月	4月	3月	2月	1月	月日
戊辰	戊戌	丁卯	丁酉	丙寅	乙未	乙丑	甲午	甲子	癸巳	乙丑	甲午	1
己巳	己亥	戊辰	戊戌	丁卯	丙申	丙寅	乙未	乙丑	甲午	丙寅	乙未	2
庚午	庚子	己巳	己亥	戊辰	丁酉	丁卯	丙申	丙寅	乙未	丁卯	丙申	3
辛未	辛丑	庚午	庚子	己巳	戊戌	戊辰	丁酉	丁卯	丙申	戊辰	丁酉	4
壬申	壬寅	辛未	辛丑	庚午	己亥	己巳	戊戌	戊辰	丁酉	己巳	戊戌	5
癸酉	癸卯	壬申	壬寅	辛未	庚子	庚午	己亥	己巳	戊戌	庚午	己亥	6
甲戌	甲辰	癸酉	癸卯	壬申	辛丑	辛未	庚子	庚午	己亥	辛未	庚子	7
乙亥	乙巳	甲戌	甲辰	癸酉	壬寅	壬申	辛丑	辛未	庚子	壬申	辛丑	8
丙子	丙午	乙亥	乙巳	甲戌	癸卯	癸酉	壬寅	壬申	辛丑	癸酉	壬寅	9
丁丑	丁未	丙子	丙午	乙亥	甲辰	甲戌	癸卯	癸酉	壬寅	甲戌	癸卯	10
戊寅	戊申	丁丑	丁未	丙子	乙巳	乙亥	甲辰	甲戌	癸卯	乙亥	甲辰	11
己卯	己酉	戊寅	戊申	丁丑	丙午	丙子	乙巳	乙亥	甲辰	丙子	乙巳	12
庚辰	庚戌	己卯	己酉	戊寅	丁未	丁丑	丙午	丙子	乙巳	丁丑	丙午	13
辛巳	辛亥	庚辰	庚戌	己卯	戊申	戊寅	丁未	丁丑	丙午	戊寅	丁未	14
壬午	壬子	辛巳	辛亥	庚辰	己酉	己卯	戊申	戊寅	丁未	己卯	戊申	15
癸未	癸丑	壬午	壬子	辛巳	庚戌	庚辰	己酉	己卯	戊申	庚辰	己酉	16
甲申	甲寅	癸未	癸丑	壬午	辛亥	辛巳	庚戌	庚辰	己酉	辛巳	庚戌	17
乙酉	乙卯	甲申	甲寅	癸未	壬子	壬午	辛亥	辛巳	庚戌	壬午	辛亥	18
丙戌	丙辰	乙酉	乙卯	甲申	癸丑	癸未	壬子	壬午	辛亥	癸未	壬子	19
丁亥	丁巳	丙戌	丙辰	乙酉	甲寅	甲申	癸丑	癸未	壬子	甲申	癸丑	20
戊子	戊午	丁亥	丁巳	丙戌	乙卯	乙酉	甲寅	甲申	癸丑	乙酉	甲寅	21
己丑	己未	戊子	戊午	丁亥	丙辰	丙戌	乙卯	乙酉	甲寅	丙戌	乙卯	22
庚寅	庚申	己丑	己未	戊子	丁巳	丁亥	丙辰	丙戌	乙卯	丁亥	丙辰	23
辛卯	辛酉	庚寅	庚申	己丑	戊午	戊子	丁巳	丁亥	丙辰	戊子	丁巳	24
壬辰	壬戌	辛卯	辛酉	庚寅	己未	己丑	戊午	戊子	丁巳	己丑	戊午	25
癸巳	癸亥	壬辰	壬戌	辛卯	庚申	庚寅	己未	己丑	戊午	庚寅	己未	26
甲午	甲子	癸巳	癸亥	壬辰	辛酉	辛卯	庚申	庚寅	己未	辛卯	庚申	27
乙未	乙丑	甲午	甲子	癸巳	壬戌	壬辰	辛酉	辛卯	庚申	壬辰	辛酉	28
丙申	丙寅	乙未	乙丑	甲午	癸亥	癸巳	壬戌	壬辰	辛酉		壬戌	29
丁酉	丁卯	丙申	丙寅	乙未	甲子	甲午	癸亥	癸巳	壬戌		癸亥	30
戊戌		丁酉		丙申	乙丑		甲子		癸亥		甲子	31

夏至：06 月 21 日 23：30 時
冬至：12 月 22 日 10：20 時

12月	11月	10月	9月	8月	7月	6月	5月	4月	3月	2月	1月	日
癸酉	癸卯	壬申	壬寅	辛未	庚子	庚午	己亥	己巳	戊戌	庚午	己亥	1
甲戌	甲辰	癸酉	癸卯	壬申	辛丑	辛未	庚子	庚午	己亥	辛未	庚子	2
乙亥	乙巳	甲戌	甲辰	癸酉	壬寅	壬申	辛丑	辛未	庚子	壬申	辛丑	3
丙子	丙午	乙亥	乙巳	甲戌	癸卯	癸酉	壬寅	壬申	辛丑	癸酉	壬寅	4
丁丑	丁未	丙子	丙午	乙亥	甲辰	甲戌	癸卯	癸酉	壬寅	甲戌	癸卯	5
戊寅	戊申	丁丑	丁未	丙子	乙巳	乙亥	甲辰	甲戌	癸卯	乙亥	甲辰	6
己卯	己酉	戊寅	戊申	丁丑	丙午	丙子	乙巳	乙亥	甲辰	丙子	乙巳	7
庚辰	庚戌	己卯	己酉	戊寅	丁未	丁丑	丙午	丙子	乙巳	丁丑	丙午	8
辛巳	辛亥	庚辰	庚戌	己卯	戊申	戊寅	丁未	丁丑	丙午	戊寅	丁未	9
壬午	壬子	辛巳	辛亥	庚辰	己酉	己卯	戊申	戊寅	丁未	己卯	戊申	10
癸未	癸丑	壬午	壬子	辛巳	庚戌	庚辰	己酉	己卯	戊申	庚辰	己酉	11
甲申	甲寅	癸未	癸丑	壬午	辛亥	辛巳	庚戌	庚辰	己酉	辛巳	庚戌	12
乙酉	乙卯	甲申	甲寅	癸未	壬子	壬午	辛亥	辛巳	庚戌	壬午	辛亥	13
丙戌	丙辰	乙酉	乙卯	甲申	癸丑	癸未	壬子	壬午	辛亥	癸未	壬子	14
丁亥	丁巳	丙戌	丙辰	乙酉	甲寅	甲申	癸丑	癸未	壬子	甲申	癸丑	15
戊子	戊午	丁亥	丁巳	丙戌	乙卯	乙酉	甲寅	甲申	癸丑	乙酉	甲寅	16
己丑	己未	戊子	戊午	丁亥	丙辰	丙戌	乙卯	乙酉	甲寅	丙戌	乙卯	17
庚寅	庚申	己丑	己未	戊子	丁巳	丁亥	丙辰	丙戌	乙卯	丁亥	丙辰	18
辛卯	辛酉	庚寅	庚申	己丑	戊午	戊子	丁巳	丁亥	丙辰	戊子	丁巳	19
壬辰	壬戌	辛卯	辛酉	庚寅	己未	己丑	戊午	戊子	丁巳	己丑	戊午	20
癸巳	癸亥	壬辰	壬戌	辛卯	庚申	庚寅	己未	己丑	戊午	庚寅	己未	21
甲午	甲子	癸巳	癸亥	壬辰	辛酉	辛卯	庚申	庚寅	己未	辛卯	庚申	22
乙未	乙丑	甲午	甲子	癸巳	壬戌	壬辰	辛酉	辛卯	庚申	壬辰	辛酉	23
丙申	丙寅	乙未	乙丑	甲午	癸亥	癸巳	壬戌	壬辰	辛酉	癸巳	壬戌	24
丁酉	丁卯	丙申	丙寅	乙未	甲子	甲午	癸亥	癸巳	壬戌	甲午	癸亥	25
戊戌	戊辰	丁酉	丁卯	丙申	乙丑	乙未	甲子	甲午	癸亥	乙未	甲子	26
己亥	己巳	戊戌	戊辰	丁酉	丙寅	丙申	乙丑	乙未	甲子	丙申	乙丑	27
庚子	庚午	己亥	己巳	戊戌	丁卯	丁酉	丙寅	丙申	乙丑	丁酉	丙寅	28
辛丑	辛未	庚子	庚午	己亥	戊辰	戊戌	丁卯	丁酉	丙寅		丁卯	29
壬寅	壬申	辛丑	辛未	庚子	己巳	己亥	戊辰	戊戌	丁卯		戊辰	30
癸卯		壬寅		辛丑	庚午		己巳		戊辰		己巳	31

夏至：06月22日05：24時
冬至：12月22日16：15時

張壽盦
2025乙巳
蛇年流年運程

12月	11月	10月	9月	8月	7月	6月	5月	4月	3月	2月	1月	日
戊寅	戊申	丁丑	丁未	丙子	乙巳	乙亥	甲辰	甲戌	癸卯	乙亥	甲辰	1
己卯	己酉	戊寅	戊申	丁丑	丙午	丙子	乙巳	乙亥	甲辰	丙子	乙巳	2
庚辰	庚戌	己卯	己酉	戊寅	丁未	丁丑	丙午	丙子	乙巳	丁丑	丙午	3
辛巳	辛亥	庚辰	庚戌	己卯	戊申	戊寅	丁未	丁丑	丙午	戊寅	丁未	4
壬午	壬子	辛巳	辛亥	庚辰	己酉	己卯	戊申	戊寅	丁未	己卯	戊申	5
癸未	癸丑	壬午	壬子	辛巳	庚戌	庚辰	己酉	己卯	戊申	庚辰	己酉	6
甲申	甲寅	癸未	癸丑	壬午	辛亥	辛巳	庚戌	庚辰	己酉	辛巳	庚戌	7
乙酉	乙卯	甲申	甲寅	癸未	壬子	壬午	辛亥	辛巳	庚戌	壬午	辛亥	8
丙戌	丙辰	乙酉	乙卯	甲申	癸丑	癸未	壬子	壬午	辛亥	癸未	壬子	9
丁亥	丁巳	丙戌	丙辰	乙酉	甲寅	甲申	癸丑	癸未	壬子	甲申	癸丑	10
戊子	戊午	丁亥	丁巳	丙戌	乙卯	乙酉	甲寅	甲申	癸丑	乙酉	甲寅	11
己丑	己未	戊子	戊午	丁亥	丙辰	丙戌	乙卯	乙酉	甲寅	丙戌	乙卯	12
庚寅	庚申	己丑	己未	戊子	丁巳	丁亥	丙辰	丙戌	乙卯	丁亥	丙辰	13
辛卯	辛酉	庚寅	庚申	己丑	戊午	戊子	丁巳	丁亥	丙辰	戊子	丁巳	14
壬辰	壬戌	辛卯	辛酉	庚寅	己未	己丑	戊午	戊子	丁巳	己丑	戊午	15
癸巳	癸亥	壬辰	壬戌	辛卯	庚申	庚寅	己未	己丑	戊午	庚寅	己未	16
甲午	甲子	癸巳	癸亥	壬辰	辛酉	辛卯	庚申	庚寅	己未	辛卯	庚申	17
乙未	乙丑	甲午	甲子	癸巳	壬戌	壬辰	辛酉	辛卯	庚申	壬辰	辛酉	18
丙申	丙寅	乙未	乙丑	甲午	癸亥	癸巳	壬戌	壬辰	辛酉	癸巳	壬戌	19
丁酉	丁卯	丙申	丙寅	乙未	甲子	甲午	癸亥	癸巳	壬戌	甲午	癸亥	20
戊戌	戊辰	丁酉	丁卯	丙申	乙丑	乙未	甲子	甲午	癸亥	乙未	甲子	21
己亥	己巳	戊戌	戊辰	丁酉	丙寅	丙申	乙丑	乙未	甲子	丙申	乙丑	22
庚子	庚午	己亥	己巳	戊戌	丁卯	丁酉	丙寅	丙申	乙丑	丁酉	丙寅	23
辛丑	辛未	庚子	庚午	己亥	戊辰	戊戌	丁卯	丁酉	丙寅	戊戌	丁卯	24
壬寅	壬申	辛丑	辛未	庚子	己巳	己亥	戊辰	戊戌	丁卯	己亥	戊辰	25
癸卯	癸酉	壬寅	壬申	辛丑	庚午	庚子	己巳	己亥	戊辰	庚子	己巳	26
甲辰	甲戌	癸卯	癸酉	壬寅	辛未	辛丑	庚午	庚子	己巳	辛丑	庚午	27
乙巳	乙亥	甲辰	甲戌	癸卯	壬申	壬寅	辛未	辛丑	庚午	壬寅	辛未	28
丙午	丙子	乙巳	乙亥	甲辰	癸酉	癸卯	壬申	壬寅	辛未		壬申	29
丁未	丁丑	丙午	丙子	乙巳	甲戌	甲辰	癸酉	癸卯	壬申		癸酉	30
戊申		丁未		丙午	乙亥		甲戌		癸酉		甲戌	31

夏至：06月22日11：04時

冬至：12月22日22：02時

張⽟正熏

2025乙巳

蛇

年流年運程

12月	11月	10月	9月	8月	7月	6月	5月	4月	3月	2月	1月	月日
甲申	甲寅	癸未	癸丑	壬午	辛亥	辛巳	庚戌	庚辰	己酉	庚辰	己酉	1
乙酉	乙卯	甲申	甲寅	癸未	壬子	壬午	辛亥	辛巳	庚戌	辛巳	庚戌	2
丙戌	丙辰	乙酉	乙卯	甲申	癸丑	癸未	壬子	壬午	辛亥	壬午	辛亥	3
丁亥	丁巳	丙戌	丙辰	乙酉	甲寅	甲申	癸丑	癸未	壬子	癸未	壬子	4
戊子	戊午	丁亥	丁巳	丙戌	乙卯	乙酉	甲寅	甲申	癸丑	甲申	癸丑	5
己丑	己未	戊子	戊午	丁亥	丙辰	丙戌	乙卯	乙酉	甲寅	乙酉	甲寅	6
庚寅	庚申	己丑	己未	戊子	丁巳	丁亥	丙辰	丙戌	乙卯	丙戌	乙卯	7
辛卯	辛酉	庚寅	庚申	己丑	戊午	戊子	丁巳	丁亥	丙辰	丁亥	丙辰	8
壬辰	壬戌	辛卯	辛酉	庚寅	己未	己丑	戊午	戊子	丁巳	戊子	丁巳	9
癸巳	癸亥	壬辰	壬戌	辛卯	庚申	庚寅	己未	己丑	戊午	己丑	戊午	10
甲午	甲子	癸巳	癸亥	壬辰	辛酉	辛卯	庚申	庚寅	己未	庚寅	己未	11
乙未	乙丑	甲午	甲子	癸巳	壬戌	壬辰	辛酉	辛卯	庚申	辛卯	庚申	12
丙申	丙寅	乙未	乙丑	甲午	癸亥	癸巳	壬戌	壬辰	辛酉	壬辰	辛酉	13
丁酉	丁卯	丙申	丙寅	乙未	甲子	甲午	癸亥	癸巳	壬戌	癸巳	壬戌	14
戊戌	戊辰	丁酉	丁卯	丙申	乙丑	乙未	甲子	甲午	癸亥	甲午	癸亥	15
己亥	己巳	戊戌	戊辰	丁酉	丙寅	丙申	乙丑	乙未	甲子	乙未	甲子	16
庚子	庚午	己亥	己巳	戊戌	丁卯	丁酉	丙寅	丙申	乙丑	丙申	乙丑	17
辛丑	辛未	庚子	庚午	己亥	戊辰	戊戌	丁卯	丁酉	丙寅	丁酉	丙寅	18
壬寅	壬申	辛丑	辛未	庚子	己巳	己亥	戊辰	戊戌	丁卯	戊戌	丁卯	19
癸卯	癸酉	壬寅	壬申	辛丑	庚午	庚子	己巳	己亥	戊辰	己亥	戊辰	20
甲辰	甲戌	癸卯	癸酉	壬寅	辛未	辛丑	庚午	庚子	己巳	庚子	己巳	21
乙巳	乙亥	甲辰	甲戌	癸卯	壬申	壬寅	辛未	辛丑	庚午	辛丑	庚午	22
丙午	丙子	乙巳	乙亥	甲辰	癸酉	癸卯	壬申	壬寅	辛未	壬寅	辛未	23
丁未	丁丑	丙午	丙子	乙巳	甲戌	甲辰	癸酉	癸卯	壬申	癸卯	壬申	24
戊申	戊寅	丁未	丁丑	丙午	乙亥	乙巳	甲戌	甲辰	癸酉	甲辰	癸酉	25
己酉	己卯	戊申	戊寅	丁未	丙子	丙午	乙亥	乙巳	甲戌	乙巳	甲戌	26
庚戌	庚辰	己酉	己卯	戊申	丁丑	丁未	丙子	丙午	乙亥	丙午	乙亥	27
辛亥	辛巳	庚戌	庚辰	己酉	戊寅	戊申	丁丑	丁未	丙子	丁未	丙子	28
壬子	壬午	辛亥	辛巳	庚戌	己卯	己酉	戊寅	戊申	丁丑	戊申	丁丑	29
癸丑	癸未	壬子	壬午	辛亥	庚辰	庚戌	己卯	己酉	戊寅		戊寅	30
甲寅		癸丑		壬子	辛巳		庚辰		己卯		己卯	31

夏至：06月21日16：57時
冬至：12月22日03：50時

西曆一九六五年

12月	11月	10月	9月	8月	7月	6月	5月	4月	3月	2月	1月	月 / 日
己丑	己未	戊子	戊午	丁亥	丙辰	丙戌	乙卯	乙酉	甲寅	丙戌	乙卯	1
庚寅	庚申	己丑	己未	戊子	丁巳	丁亥	丙辰	丙戌	乙卯	丁亥	丙辰	2
辛卯	辛酉	庚寅	庚申	己丑	戊午	戊子	丁巳	丁亥	丙辰	戊子	丁巳	3
壬辰	壬戌	辛卯	辛酉	庚寅	己未	己丑	戊午	戊子	丁巳	己丑	戊午	4
癸巳	癸亥	壬辰	壬戌	辛卯	庚申	庚寅	己未	己丑	戊午	庚寅	己未	5
甲午	甲子	癸巳	癸亥	壬辰	辛酉	辛卯	庚申	庚寅	己未	辛卯	庚申	6
乙未	乙丑	甲午	甲子	癸巳	壬戌	壬辰	辛酉	辛卯	庚申	壬辰	辛酉	7
丙申	丙寅	乙未	乙丑	甲午	癸亥	癸巳	壬戌	壬辰	辛酉	癸巳	壬戌	8
丁酉	丁卯	丙申	丙寅	乙未	甲子	甲午	癸亥	癸巳	壬戌	甲午	癸亥	9
戊戌	戊辰	丁酉	丁卯	丙申	乙丑	乙未	甲子	甲午	癸亥	乙未	甲子	10
己亥	己巳	戊戌	戊辰	丁酉	丙寅	丙申	乙丑	乙未	甲子	丙申	乙丑	11
庚子	庚午	己亥	己巳	戊戌	丁卯	丁酉	丙寅	丙申	乙丑	丁酉	丙寅	12
辛丑	辛未	庚子	庚午	己亥	戊辰	戊戌	丁卯	丁酉	丙寅	戊戌	丁卯	13
壬寅	壬申	辛丑	辛未	庚子	己巳	己亥	戊辰	戊戌	丁卯	己亥	戊辰	14
癸卯	癸酉	壬寅	壬申	辛丑	庚午	庚子	己巳	己亥	戊辰	庚子	己巳	15
甲辰	甲戌	癸卯	癸酉	壬寅	辛未	辛丑	庚午	庚子	己巳	辛丑	庚午	16
乙巳	乙亥	甲辰	甲戌	癸卯	壬申	壬寅	辛未	辛丑	庚午	壬寅	辛未	17
丙午	丙子	乙巳	乙亥	甲辰	癸酉	癸卯	壬申	壬寅	辛未	癸卯	壬申	18
丁未	丁丑	丙午	丙子	乙巳	甲戌	甲辰	癸酉	癸卯	壬申	甲辰	癸酉	19
戊申	戊寅	丁未	丁丑	丙午	乙亥	乙巳	甲戌	甲辰	癸酉	乙巳	甲戌	20
己酉	己卯	戊申	戊寅	丁未	丙子	丙午	乙亥	乙巳	甲戌	丙午	乙亥	21
庚戌	庚辰	己酉	己卯	戊申	丁丑	丁未	丙子	丙午	乙亥	丁未	丙子	22
辛亥	辛巳	庚戌	庚辰	己酉	戊寅	戊申	丁丑	丁未	丙子	戊申	丁丑	23
壬子	壬午	辛亥	辛巳	庚戌	己卯	己酉	戊寅	戊申	丁丑	己酉	戊寅	24
癸丑	癸未	壬子	壬午	辛亥	庚辰	庚戌	己卯	己酉	戊寅	庚戌	己卯	25
甲寅	甲申	癸丑	癸未	壬子	辛巳	辛亥	庚辰	庚戌	己卯	辛亥	庚辰	26
乙卯	乙酉	甲寅	甲申	癸丑	壬午	壬子	辛巳	辛亥	庚辰	壬子	辛巳	27
丙辰	丙戌	乙卯	乙酉	甲寅	癸未	癸丑	壬午	壬子	辛巳	癸丑	壬午	28
丁巳	丁亥	丙辰	丙戌	乙卯	甲申	甲寅	癸未	癸丑	壬午		癸未	29
戊午	戊子	丁巳	丁亥	丙辰	乙酉	乙卯	甲申	甲寅	癸未		甲申	30
己未		戊午		丁巳	丙戌		乙酉		甲申		乙酉	31

夏至：06月21日22：56時
冬至：12月22日09：41時

255

西曆一九六六年

12月	11月	10月	9月	8月	7月	6月	5月	4月	3月	2月	1月	月／日
甲午	甲子	癸巳	癸亥	壬辰	辛酉	辛卯	庚申	庚寅	己未	辛卯	庚申	1
乙未	乙丑	甲午	甲子	癸巳	壬戌	壬辰	辛酉	辛卯	庚申	壬辰	辛酉	2
丙申	丙寅	乙未	乙丑	甲午	癸亥	癸巳	壬戌	壬辰	辛酉	癸巳	壬戌	3
丁酉	丁卯	丙申	丙寅	乙未	甲子	甲午	癸亥	癸巳	壬戌	甲午	癸亥	4
戊戌	戊辰	丁酉	丁卯	丙申	乙丑	乙未	甲子	甲午	癸亥	乙未	甲子	5
己亥	己巳	戊戌	戊辰	丁酉	丙寅	丙申	乙丑	乙未	甲子	丙申	乙丑	6
庚子	庚午	己亥	己巳	戊戌	丁卯	丁酉	丙寅	丙申	乙丑	丁酉	丙寅	7
辛丑	辛未	庚子	庚午	己亥	戊辰	戊戌	丁卯	丁酉	丙寅	戊戌	丁卯	8
壬寅	壬申	辛丑	辛未	庚子	己巳	己亥	戊辰	戊戌	丁卯	己亥	戊辰	9
癸卯	癸酉	壬寅	壬申	辛丑	庚午	庚子	己巳	己亥	戊辰	庚子	己巳	10
甲辰	甲戌	癸卯	癸酉	壬寅	辛未	辛丑	庚午	庚子	己巳	辛丑	庚午	11
乙巳	乙亥	甲辰	甲戌	癸卯	壬申	壬寅	辛未	辛丑	庚午	壬寅	辛未	12
丙午	丙子	乙巳	乙亥	甲辰	癸酉	癸卯	壬申	壬寅	辛未	癸卯	壬申	13
丁未	丁丑	丙午	丙子	乙巳	甲戌	甲辰	癸酉	癸卯	壬申	甲辰	癸酉	14
戊申	戊寅	丁未	丁丑	丙午	乙亥	乙巳	甲戌	甲辰	癸酉	乙巳	甲戌	15
己酉	己卯	戊申	戊寅	丁未	丙子	丙午	乙亥	乙巳	甲戌	丙午	乙亥	16
庚戌	庚辰	己酉	己卯	戊申	丁丑	丁未	丙子	丙午	乙亥	丁未	丙子	17
辛亥	辛巳	庚戌	庚辰	己酉	戊寅	戊申	丁丑	丁未	丙子	戊申	丁丑	18
壬子	壬午	辛亥	辛巳	庚戌	己卯	己酉	戊寅	戊申	丁丑	己酉	戊寅	19
癸丑	癸未	壬子	壬午	辛亥	庚辰	庚戌	己卯	己酉	戊寅	庚戌	己卯	20
甲寅	甲申	癸丑	癸未	壬子	辛巳	辛亥	庚辰	庚戌	己卯	辛亥	庚辰	21
乙卯	乙酉	甲寅	甲申	癸丑	壬午	壬子	辛巳	辛亥	庚辰	壬子	辛巳	22
丙辰	丙戌	乙卯	乙酉	甲寅	癸未	癸丑	壬午	壬子	辛巳	癸丑	壬午	23
丁巳	丁亥	丙辰	丙戌	乙卯	甲申	甲寅	癸未	癸丑	壬午	甲寅	癸未	24
戊午	戊子	丁巳	丁亥	丙辰	乙酉	乙卯	甲申	甲寅	癸未	乙卯	甲申	25
己未	己丑	戊午	戊子	丁巳	丙戌	丙辰	乙酉	乙卯	甲申	丙辰	乙酉	26
庚申	庚寅	己未	己丑	戊午	丁亥	丁巳	丙戌	丙辰	乙酉	丁巳	丙戌	27
辛酉	辛卯	庚申	庚寅	己未	戊子	戊午	丁亥	丁巳	丙戌	戊午	丁亥	28
壬戌	壬辰	辛酉	辛卯	庚申	己丑	己未	戊子	戊午	丁亥		戊子	29
癸亥	癸巳	壬戌	壬辰	辛酉	庚寅	庚申	己丑	己未	戊子		己丑	30
甲子		癸亥		壬戌	辛卯		庚寅		己丑		庚寅	31

夏至：06月22日04：34時
冬至：12月22日15：28時

12月	11月	10月	9月	8月	7月	6月	5月	4月	3月	2月	1月	月／日
己亥	己巳	戊戌	戊辰	丁酉	丙寅	丙申	乙丑	乙未	甲子	丙申	乙丑	1
庚子	庚午	己亥	己巳	戊戌	丁卯	丁酉	丙寅	丙申	乙丑	丁酉	丙寅	2
辛丑	辛未	庚子	庚午	己亥	戊辰	戊戌	丁卯	丁酉	丙寅	戊戌	丁卯	3
壬寅	壬申	辛丑	辛未	庚子	己巳	己亥	戊辰	戊戌	丁卯	己亥	戊辰	4
癸卯	癸酉	壬寅	壬申	辛丑	庚午	庚子	己巳	己亥	戊辰	庚子	己巳	5
甲辰	甲戌	癸卯	癸酉	壬寅	辛未	辛丑	庚午	庚子	己巳	辛丑	庚午	6
乙巳	乙亥	甲辰	甲戌	癸卯	壬申	壬寅	辛未	辛丑	庚午	壬寅	辛未	7
丙午	丙子	乙巳	乙亥	甲辰	癸酉	癸卯	壬申	壬寅	辛未	癸卯	壬申	8
丁未	丁丑	丙午	丙子	乙巳	甲戌	甲辰	癸酉	癸卯	壬申	甲辰	癸酉	9
戊申	戊寅	丁未	丁丑	丙午	乙亥	乙巳	甲戌	甲辰	癸酉	乙巳	甲戌	10
己酉	己卯	戊申	戊寅	丁未	丙子	丙午	乙亥	乙巳	甲戌	丙午	乙亥	11
庚戌	庚辰	己酉	己卯	戊申	丁丑	丁未	丙子	丙午	乙亥	丁未	丙子	12
辛亥	辛巳	庚戌	庚辰	己酉	戊寅	戊申	丁丑	丁未	丙子	戊申	丁丑	13
壬子	壬午	辛亥	辛巳	庚戌	己卯	己酉	戊寅	戊申	丁丑	己酉	戊寅	14
癸丑	癸未	壬子	壬午	辛亥	庚辰	庚戌	己卯	己酉	戊寅	庚戌	己卯	15
甲寅	甲申	癸丑	癸未	壬子	辛巳	辛亥	庚辰	庚戌	己卯	辛亥	庚辰	16
乙卯	乙酉	甲寅	甲申	癸丑	壬午	壬子	辛巳	辛亥	庚辰	壬子	辛巳	17
丙辰	丙戌	乙卯	乙酉	甲寅	癸未	癸丑	壬午	壬子	辛巳	癸丑	壬午	18
丁巳	丁亥	丙辰	丙戌	乙卯	甲申	甲寅	癸未	癸丑	壬午	甲寅	癸未	19
戊午	戊子	丁巳	丁亥	丙辰	乙酉	乙卯	甲申	甲寅	癸未	乙卯	甲申	20
己未	己丑	戊午	戊子	丁巳	丙戌	丙辰	乙酉	乙卯	甲申	丙辰	乙酉	21
庚申	庚寅	己未	己丑	戊午	丁亥	丁巳	丙戌	丙辰	乙酉	丁巳	丙戌	22
辛酉	辛卯	庚申	庚寅	己未	戊子	戊午	丁亥	丁巳	丙戌	戊午	丁亥	23
壬戌	壬辰	辛酉	辛卯	庚申	己丑	己未	戊子	戊午	丁亥	己未	戊子	24
癸亥	癸巳	壬戌	壬辰	辛酉	庚寅	庚申	己丑	己未	戊子	庚申	己丑	25
甲子	甲午	癸亥	癸巳	壬戌	辛卯	辛酉	庚寅	庚申	己丑	辛酉	庚寅	26
乙丑	乙未	甲子	甲午	癸亥	壬辰	壬戌	辛卯	辛酉	庚寅	壬戌	辛卯	27
丙寅	丙申	乙丑	乙未	甲子	癸巳	癸亥	壬辰	壬戌	辛卯	癸亥	壬辰	28
丁卯	丁酉	丙寅	丙申	乙丑	甲午	甲子	癸巳	癸亥	壬辰		癸巳	29
戊辰	戊戌	丁卯	丁酉	丙寅	乙未	乙丑	甲午	甲子	癸巳		甲午	30
己巳		戊辰		丁卯	丙申		乙未		甲午		乙未	31

夏至：06月22日10：23時
冬至：12月22日21：17時

西曆一九六七年

2025乙巳

蛇

年流年運程

張心●

2025乙巳

蛇

年流年運程

西曆一九六八年

12月	11月	10月	9月	8月	7月	6月	5月	4月	3月	2月	1月	月\日
乙巳	乙亥	甲辰	甲戌	癸卯	壬申	壬寅	辛未	辛丑	庚午	辛丑	庚午	1
丙午	丙子	乙巳	乙亥	甲辰	癸酉	癸卯	壬申	壬寅	辛未	壬寅	辛未	2
丁未	丁丑	丙午	丙子	乙巳	甲戌	甲辰	癸酉	癸卯	壬申	癸卯	壬申	3
戊申	戊寅	丁未	丁丑	丙午	乙亥	乙巳	甲戌	甲辰	癸酉	甲辰	癸酉	4
己酉	己卯	戊申	戊寅	丁未	丙子	丙午	乙亥	乙巳	甲戌	乙巳	甲戌	5
庚戌	庚辰	己酉	己卯	戊申	丁丑	丁未	丙子	丙午	乙亥	丙午	乙亥	6
辛亥	辛巳	庚戌	庚辰	己酉	戊寅	戊申	丁丑	丁未	丙子	丁未	丙子	7
壬子	壬午	辛亥	辛巳	庚戌	己卯	己酉	戊寅	戊申	丁丑	戊申	丁丑	8
癸丑	癸未	壬子	壬午	辛亥	庚辰	庚戌	己卯	己酉	戊寅	己酉	戊寅	9
甲寅	甲申	癸丑	癸未	壬子	辛巳	辛亥	庚辰	庚戌	己卯	庚戌	己卯	10
乙卯	乙酉	甲寅	甲申	癸丑	壬午	壬子	辛巳	辛亥	庚辰	辛亥	庚辰	11
丙辰	丙戌	乙卯	乙酉	甲寅	癸未	癸丑	壬午	壬子	辛巳	壬子	辛巳	12
丁巳	丁亥	丙辰	丙戌	乙卯	甲申	甲寅	癸未	癸丑	壬午	癸丑	壬午	13
戊午	戊子	丁巳	丁亥	丙辰	乙酉	乙卯	甲申	甲寅	癸未	甲寅	癸未	14
己未	己丑	戊午	戊子	丁巳	丙戌	丙辰	乙酉	乙卯	甲申	乙卯	甲申	15
庚申	庚寅	己未	己丑	戊午	丁亥	丁巳	丙戌	丙辰	乙酉	丙辰	乙酉	16
辛酉	辛卯	庚申	庚寅	己未	戊子	戊午	丁亥	丁巳	丙戌	丁巳	丙戌	17
壬戌	壬辰	辛酉	辛卯	庚申	己丑	己未	戊子	戊午	丁亥	戊午	丁亥	18
癸亥	癸巳	壬戌	壬辰	辛酉	庚寅	庚申	己丑	己未	戊子	己未	戊子	19
甲子	甲午	癸亥	癸巳	壬戌	辛卯	辛酉	庚寅	庚申	己丑	庚申	己丑	20
乙丑	乙未	甲子	甲午	癸亥	壬辰	壬戌	辛卯	辛酉	庚寅	辛酉	庚寅	21
丙寅	丙申	乙丑	乙未	甲子	癸巳	癸亥	壬辰	壬戌	辛卯	壬戌	辛卯	22
丁卯	丁酉	丙寅	丙申	乙丑	甲午	甲子	癸巳	癸亥	壬辰	癸亥	壬辰	23
戊辰	戊戌	丁卯	丁酉	丙寅	乙未	乙丑	甲午	甲子	癸巳	甲子	癸巳	24
己巳	己亥	戊辰	戊戌	丁卯	丙申	丙寅	乙未	乙丑	甲午	乙丑	甲午	25
庚午	庚子	己巳	己亥	戊辰	丁酉	丁卯	丙申	丙寅	乙未	丙寅	乙未	26
辛未	辛丑	庚午	庚子	己巳	戊戌	戊辰	丁酉	丁卯	丙申	丁卯	丙申	27
壬申	壬寅	辛未	辛丑	庚午	己亥	己巳	戊戌	戊辰	丁酉	戊辰	丁酉	28
癸酉	癸卯	壬申	壬寅	辛未	庚子	庚午	己亥	己巳	戊戌	己巳	戊戌	29
甲戌	甲辰	癸酉	癸卯	壬申	辛丑	辛未	庚子	庚午	己亥		己亥	30
乙亥		甲戌		癸酉	壬寅		辛丑		庚子		庚子	31

夏至：06 月 21 日 16：13 時
冬至：12 月 22 日 03：01 時

258

張芯熏
2025乙巳
蛇年流年運程

西曆一九六九年

12月	11月	10月	9月	8月	7月	6月	5月	4月	3月	2月	1月	月＼日
庚戌	庚辰	己酉	己卯	戊申	丁丑	丁未	丙子	丙午	乙亥	丁未	丙子	1
辛亥	辛巳	庚戌	庚辰	己酉	戊寅	戊申	丁丑	丁未	丙子	戊申	丁丑	2
壬子	壬午	辛亥	辛巳	庚戌	己卯	己酉	戊寅	戊申	丁丑	己酉	戊寅	3
癸丑	癸未	壬子	壬午	辛亥	庚辰	庚戌	己卯	己酉	戊寅	庚戌	己卯	4
甲寅	甲申	癸丑	癸未	壬子	辛巳	辛亥	庚辰	庚戌	己卯	辛亥	庚辰	5
乙卯	乙酉	甲寅	甲申	癸丑	壬午	壬子	辛巳	辛亥	庚辰	壬子	辛巳	6
丙辰	丙戌	乙卯	乙酉	甲寅	癸未	癸丑	壬午	壬子	辛巳	癸丑	壬午	7
丁巳	丁亥	丙辰	丙戌	乙卯	甲申	甲寅	癸未	癸丑	壬午	甲寅	癸未	8
戊午	戊子	丁巳	丁亥	丙辰	乙酉	乙卯	甲申	甲寅	癸未	乙卯	甲申	9
己未	己丑	戊午	戊子	丁巳	丙戌	丙辰	乙酉	乙卯	甲申	丙辰	乙酉	10
庚申	庚寅	己未	己丑	戊午	丁亥	丁巳	丙戌	丙辰	乙酉	丁巳	丙戌	11
辛酉	辛卯	庚申	庚寅	己未	戊子	戊午	丁亥	丁巳	丙戌	戊午	丁亥	12
壬戌	壬辰	辛酉	辛卯	庚申	己丑	己未	戊子	戊午	丁亥	己未	戊子	13
癸亥	癸巳	壬戌	壬辰	辛酉	庚寅	庚申	己丑	己未	戊子	庚申	己丑	14
甲子	甲午	癸亥	癸巳	壬戌	辛卯	辛酉	庚寅	庚申	己丑	辛酉	庚寅	15
乙丑	乙未	甲子	甲午	癸亥	壬辰	壬戌	辛卯	辛酉	庚寅	壬戌	辛卯	16
丙寅	丙申	乙丑	乙未	甲子	癸巳	癸亥	壬辰	壬戌	辛卯	癸亥	壬辰	17
丁卯	丁酉	丙寅	丙申	乙丑	甲午	甲子	癸巳	癸亥	壬辰	甲子	癸巳	18
戊辰	戊戌	丁卯	丁酉	丙寅	乙未	乙丑	甲午	甲子	癸巳	乙丑	甲午	19
己巳	己亥	戊辰	戊戌	丁卯	丙申	丙寅	乙未	乙丑	甲午	丙寅	乙未	20
庚午	庚子	己巳	己亥	戊辰	丁酉	丁卯	丙申	丙寅	乙未	丁卯	丙申	21
辛未	辛丑	庚午	庚子	己巳	戊戌	戊辰	丁酉	丁卯	丙申	戊辰	丁酉	22
壬申	壬寅	辛未	辛丑	庚午	己亥	己巳	戊戌	戊辰	丁酉	己巳	戊戌	23
癸酉	癸卯	壬申	壬寅	辛未	庚子	庚午	己亥	己巳	戊戌	庚午	己亥	24
甲戌	甲辰	癸酉	癸卯	壬申	辛丑	辛未	庚子	庚午	己亥	辛未	庚子	25
乙亥	乙巳	甲戌	甲辰	癸酉	壬寅	壬申	辛丑	辛未	庚子	壬申	辛丑	26
丙子	丙午	乙亥	乙巳	甲戌	癸卯	癸酉	壬寅	壬申	辛丑	癸酉	壬寅	27
丁丑	丁未	丙子	丙午	乙亥	甲辰	甲戌	癸卯	癸酉	壬寅	甲戌	癸卯	28
戊寅	戊申	丁丑	丁未	丙子	乙巳	乙亥	甲辰	甲戌	癸卯		甲辰	29
己卯	己酉	戊寅	戊申	丁丑	丙午	丙子	乙巳	乙亥	甲辰		乙巳	30
庚辰		己卯		戊寅	丁未		丙午		乙巳		丙午	31

夏至：06 月 21 日 21：55 時

冬至：12 月 22 日 08：44 時

張啟昫

2025乙巳

蛇

年流年運程

西曆一九七零年

12月	11月	10月	9月	8月	7月	6月	5月	4月	3月	2月	1月	日
乙卯	乙酉	甲寅	甲申	癸丑	壬午	壬子	辛巳	辛亥	庚辰	壬子	辛巳	1
丙辰	丙戌	乙卯	乙酉	甲寅	癸未	癸丑	壬午	壬子	辛巳	癸丑	壬午	2
丁巳	丁亥	丙辰	丙戌	乙卯	甲申	甲寅	癸未	癸丑	壬午	甲寅	癸未	3
戊午	戊子	丁巳	丁亥	丙辰	乙酉	乙卯	甲申	甲寅	癸未	乙卯	甲申	4
己未	己丑	戊午	戊子	丁巳	丙戌	丙辰	乙酉	乙卯	甲申	丙辰	乙酉	5
庚申	庚寅	己未	己丑	戊午	丁亥	丁巳	丙戌	丙辰	乙酉	丁巳	丙戌	6
辛酉	辛卯	庚申	庚寅	己未	戊子	戊午	丁亥	丁巳	丙戌	戊午	丁亥	7
壬戌	壬辰	辛酉	辛卯	庚申	己丑	己未	戊子	戊午	丁亥	己未	戊子	8
癸亥	癸巳	壬戌	壬辰	辛酉	庚寅	庚申	己丑	己未	戊子	庚申	己丑	9
甲子	甲午	癸亥	癸巳	壬戌	辛卯	辛酉	庚寅	庚申	己丑	辛酉	庚寅	10
乙丑	乙未	甲子	甲午	癸亥	壬辰	壬戌	辛卯	辛酉	庚寅	壬戌	辛卯	11
丙寅	丙申	乙丑	乙未	甲子	癸巳	癸亥	壬辰	壬戌	辛卯	癸亥	壬辰	12
丁卯	丁酉	丙寅	丙申	乙丑	甲午	甲子	癸巳	癸亥	壬辰	甲子	癸巳	13
戊辰	戊戌	丁卯	丁酉	丙寅	乙未	乙丑	甲午	甲子	癸巳	乙丑	甲午	14
己巳	己亥	戊辰	戊戌	丁卯	丙申	丙寅	乙未	乙丑	甲午	丙寅	乙未	15
庚午	庚子	己巳	己亥	戊辰	丁酉	丁卯	丙申	丙寅	乙未	丁卯	丙申	16
辛未	辛丑	庚午	庚子	己巳	戊戌	戊辰	丁酉	丁卯	丙申	戊辰	丁酉	17
壬申	壬寅	辛未	辛丑	庚午	己亥	己巳	戊戌	戊辰	丁酉	己巳	戊戌	18
癸酉	癸卯	壬申	壬寅	辛未	庚子	庚午	己亥	己巳	戊戌	庚午	己亥	19
甲戌	甲辰	癸酉	癸卯	壬申	辛丑	辛未	庚子	庚午	己亥	辛未	庚子	20
乙亥	乙巳	甲戌	甲辰	癸酉	壬寅	壬申	辛丑	辛未	庚子	壬申	辛丑	21
丙子	丙午	乙亥	乙巳	甲戌	癸卯	癸酉	壬寅	壬申	辛丑	癸酉	壬寅	22
丁丑	丁未	丙子	丙午	乙亥	甲辰	甲戌	癸卯	癸酉	壬寅	甲戌	癸卯	23
戊寅	戊申	丁丑	丁未	丙子	乙巳	乙亥	甲辰	甲戌	癸卯	乙亥	甲辰	24
己卯	己酉	戊寅	戊申	丁丑	丙午	丙子	乙巳	乙亥	甲辰	丙子	乙巳	25
庚辰	庚戌	己卯	己酉	戊寅	丁未	丁丑	丙午	丙子	乙巳	丁丑	丙午	26
辛巳	辛亥	庚辰	庚戌	己卯	戊申	戊寅	丁未	丁丑	丙午	戊寅	丁未	27
壬午	壬子	辛巳	辛亥	庚辰	己酉	己卯	戊申	戊寅	丁未	己卯	戊申	28
癸未	癸丑	壬午	壬子	辛巳	庚戌	庚辰	己酉	己卯	戊申		己酉	29
甲申	甲寅	癸未	癸丑	壬午	辛亥	辛巳	庚戌	庚辰	己酉		庚戌	30
乙酉		甲申		癸未	壬子		辛亥		庚戌		辛亥	31

夏至：06月22日03：43時
冬至：12月22日14：36時

260

日	1月	2月	3月	4月	5月	6月	7月	8月	9月	10月	11月	12月
1	丙戌	丁巳	乙酉	丙辰	丙戌	丁巳	丁亥	戊午	己丑	己未	庚寅	庚申
2	丁亥	戊午	丙戌	丁巳	丁亥	戊午	戊子	己未	庚寅	庚申	辛卯	辛酉
3	戊子	己未	丁亥	戊午	戊子	己未	己丑	庚申	辛卯	辛酉	壬辰	壬戌
4	己丑	庚申	戊子	己未	己丑	庚申	庚寅	辛酉	壬辰	壬戌	癸巳	癸亥
5	庚寅	辛酉	己丑	庚申	庚寅	辛酉	辛卯	壬戌	癸巳	癸亥	甲午	甲子
6	辛卯	壬戌	庚寅	辛酉	辛卯	壬戌	壬辰	癸亥	甲午	甲子	乙未	乙丑
7	壬辰	癸亥	辛卯	壬戌	壬辰	癸亥	癸巳	甲子	乙未	乙丑	丙申	丙寅
8	癸巳	甲子	壬辰	癸亥	癸巳	甲子	甲午	乙丑	丙申	丙寅	丁酉	丁卯
9	甲午	乙丑	癸巳	甲子	甲午	乙丑	乙未	丙寅	丁酉	丁卯	戊戌	戊辰
10	乙未	丙寅	甲午	乙丑	乙未	丙寅	丙申	丁卯	戊戌	戊辰	己亥	己巳
11	丙申	丁卯	乙未	丙寅	丙申	丁卯	丁酉	戊辰	己亥	己巳	庚子	庚午
12	丁酉	戊辰	丙申	丁卯	丁酉	戊辰	戊戌	己巳	庚子	庚午	辛丑	辛未
13	戊戌	己巳	丁酉	戊辰	戊戌	己巳	己亥	庚午	辛丑	辛未	壬寅	壬申
14	己亥	庚午	戊戌	己巳	己亥	庚午	庚子	辛未	壬寅	壬申	癸卯	癸酉
15	庚子	辛未	己亥	庚午	庚子	辛未	辛丑	壬申	癸卯	癸酉	甲辰	甲戌
16	辛丑	壬申	庚子	辛未	辛丑	壬申	壬寅	癸酉	甲辰	甲戌	乙巳	乙亥
17	壬寅	癸酉	辛丑	壬申	壬寅	癸酉	癸卯	甲戌	乙巳	乙亥	丙午	丙子
18	癸卯	甲戌	壬寅	癸酉	癸卯	甲戌	甲辰	乙亥	丙午	丙子	丁未	丁丑
19	甲辰	乙亥	癸卯	甲戌	甲辰	乙亥	乙巳	丙子	丁未	丁丑	戊申	戊寅
20	乙巳	丙子	甲辰	乙亥	乙巳	丙子	丙午	丁丑	戊申	戊寅	己酉	己卯
21	丙午	丁丑	乙巳	丙子	丙午	丁丑	丁未	戊寅	己酉	己卯	庚戌	庚辰
22	丁未	戊寅	丙午	丁丑	丁未	戊寅	戊申	己卯	庚戌	庚辰	辛亥	辛巳
23	戊申	己卯	丁未	戊寅	戊申	己卯	己酉	庚辰	辛亥	辛巳	壬子	壬午
24	己酉	庚辰	戊申	己卯	己酉	庚辰	庚戌	辛巳	壬子	壬午	癸丑	癸未
25	庚戌	辛巳	己酉	庚辰	庚戌	辛巳	辛亥	壬午	癸丑	癸未	甲寅	甲申
26	辛亥	壬午	庚戌	辛巳	辛亥	壬午	壬子	癸未	甲寅	甲申	乙卯	乙酉
27	壬子	癸未	辛亥	壬午	壬子	癸未	癸丑	甲申	乙卯	乙酉	丙辰	丙戌
28	癸丑	甲申	壬子	癸未	癸丑	甲申	甲寅	乙酉	丙辰	丙戌	丁巳	丁亥
29	甲寅		癸丑	甲申	甲寅	乙酉	乙卯	丙戌	丁巳	丁亥	戊午	戊子
30	乙卯		甲寅	乙酉	乙卯	丙戌	丙辰	丁亥	戊午	戊子	己未	己丑
31	丙辰		乙卯		丙辰		丁巳	戊子		己丑		庚寅

夏至：06月22日09：20時
冬至：12月22日20：24時

西曆一九七二年

12月	11月	10月	9月	8月	7月	6月	5月	4月	3月	2月	1月	日
丙寅	丙申	乙丑	乙未	甲子	癸巳	癸亥	壬辰	壬戌	辛卯	壬戌	辛卯	1
丁卯	丁酉	丙寅	丙申	乙丑	甲午	甲子	癸巳	癸亥	壬辰	癸亥	壬辰	2
戊辰	戊戌	丁卯	丁酉	丙寅	乙未	乙丑	甲午	甲子	癸巳	甲子	癸巳	3
己巳	己亥	戊辰	戊戌	丁卯	丙申	丙寅	乙未	乙丑	甲午	乙丑	甲午	4
庚午	庚子	己巳	己亥	戊辰	丁酉	丁卯	丙申	丙寅	乙未	丙寅	乙未	5
辛未	辛丑	庚午	庚子	己巳	戊戌	戊辰	丁酉	丁卯	丙申	丁卯	丙申	6
壬申	壬寅	辛未	辛丑	庚午	己亥	己巳	戊戌	戊辰	丁酉	戊辰	丁酉	7
癸酉	癸卯	壬申	壬寅	辛未	庚子	庚午	己亥	己巳	戊戌	己巳	戊戌	8
甲戌	甲辰	癸酉	癸卯	壬申	辛丑	辛未	庚子	庚午	己亥	庚午	己亥	9
乙亥	乙巳	甲戌	甲辰	癸酉	壬寅	壬申	辛丑	辛未	庚子	辛未	庚子	10
丙子	丙午	乙亥	乙巳	甲戌	癸卯	癸酉	壬寅	壬申	辛丑	壬申	辛丑	11
丁丑	丁未	丙子	丙午	乙亥	甲辰	甲戌	癸卯	癸酉	壬寅	癸酉	壬寅	12
戊寅	戊申	丁丑	丁未	丙子	乙巳	乙亥	甲辰	甲戌	癸卯	甲戌	癸卯	13
己卯	己酉	戊寅	戊申	丁丑	丙午	丙子	乙巳	乙亥	甲辰	乙亥	甲辰	14
庚辰	庚戌	己卯	己酉	戊寅	丁未	丁丑	丙午	丙子	乙巳	丙子	乙巳	15
辛巳	辛亥	庚辰	庚戌	己卯	戊申	戊寅	丁未	丁丑	丙午	丁丑	丙午	16
壬午	壬子	辛巳	辛亥	庚辰	己酉	己卯	戊申	戊寅	丁未	戊寅	丁未	17
癸未	癸丑	壬午	壬子	辛巳	庚戌	庚辰	己酉	己卯	戊申	己卯	戊申	18
甲申	甲寅	癸未	癸丑	壬午	辛亥	辛巳	庚戌	庚辰	己酉	庚辰	己酉	19
乙酉	乙卯	甲申	甲寅	癸未	壬子	壬午	辛亥	辛巳	庚戌	辛巳	庚戌	20
丙戌	丙辰	乙酉	乙卯	甲申	癸丑	癸未	壬子	壬午	辛亥	壬午	辛亥	21
丁亥	丁巳	丙戌	丙辰	乙酉	甲寅	甲申	癸丑	癸未	壬子	癸未	壬子	22
戊子	戊午	丁亥	丁巳	丙戌	乙卯	乙酉	甲寅	甲申	癸丑	甲申	癸丑	23
己丑	己未	戊子	戊午	丁亥	丙辰	丙戌	乙卯	乙酉	甲寅	乙酉	甲寅	24
庚寅	庚申	己丑	己未	戊子	丁巳	丁亥	丙辰	丙戌	乙卯	丙戌	乙卯	25
辛卯	辛酉	庚寅	庚申	己丑	戊午	戊子	丁巳	丁亥	丙辰	丁亥	丙辰	26
壬辰	壬戌	辛卯	辛酉	庚寅	己未	己丑	戊午	戊子	丁巳	戊子	丁巳	27
癸巳	癸亥	壬辰	壬戌	辛卯	庚申	庚寅	己未	己丑	戊午	己丑	戊午	28
甲午	甲子	癸巳	癸亥	壬辰	辛酉	辛卯	庚申	庚寅	己未	庚寅	己未	29
乙未	乙丑	甲午	甲子	癸巳	壬戌	壬辰	辛酉	辛卯	庚申		庚申	30
丙申		乙未		甲午	癸亥		壬戌		辛酉		辛酉	31

夏至：06月21日15：06時

冬至：12月22日02：13時

西曆一九七三年

12月	11月	10月	9月	8月	7月	6月	5月	4月	3月	2月	1月	日
辛未	辛丑	庚午	庚子	己巳	戊戌	戊辰	丁酉	丁卯	丙申	戊辰	丁酉	1
壬申	壬寅	辛未	辛丑	庚午	己亥	己巳	戊戌	戊辰	丁酉	己巳	戊戌	2
癸酉	癸卯	壬申	壬寅	辛未	庚子	庚午	己亥	己巳	戊戌	庚午	己亥	3
甲戌	甲辰	癸酉	癸卯	壬申	辛丑	辛未	庚子	庚午	己亥	辛未	庚子	4
乙亥	乙巳	甲戌	甲辰	癸酉	壬寅	壬申	辛丑	辛未	庚子	壬申	辛丑	5
丙子	丙午	乙亥	乙巳	甲戌	癸卯	癸酉	壬寅	壬申	辛丑	癸酉	壬寅	6
丁丑	丁未	丙子	丙午	乙亥	甲辰	甲戌	癸卯	癸酉	壬寅	甲戌	癸卯	7
戊寅	戊申	丁丑	丁未	丙子	乙巳	乙亥	甲辰	甲戌	癸卯	乙亥	甲辰	8
己卯	己酉	戊寅	戊申	丁丑	丙午	丙子	乙巳	乙亥	甲辰	丙子	乙巳	9
庚辰	庚戌	己卯	己酉	戊寅	丁未	丁丑	丙午	丙子	乙巳	丁丑	丙午	10
辛巳	辛亥	庚辰	庚戌	己卯	戊申	戊寅	丁未	丁丑	丙午	戊寅	丁未	11
壬午	壬子	辛巳	辛亥	庚辰	己酉	己卯	戊申	戊寅	丁未	己卯	戊申	12
癸未	癸丑	壬午	壬子	辛巳	庚戌	庚辰	己酉	己卯	戊申	庚辰	己酉	13
甲申	甲寅	癸未	癸丑	壬午	辛亥	辛巳	庚戌	庚辰	己酉	辛巳	庚戌	14
乙酉	乙卯	甲申	甲寅	癸未	壬子	壬午	辛亥	辛巳	庚戌	壬午	辛亥	15
丙戌	丙辰	乙酉	乙卯	甲申	癸丑	癸未	壬子	壬午	辛亥	癸未	壬子	16
丁亥	丁巳	丙戌	丙辰	乙酉	甲寅	甲申	癸丑	癸未	壬子	甲申	癸丑	17
戊子	戊午	丁亥	丁巳	丙戌	乙卯	乙酉	甲寅	甲申	癸丑	乙酉	甲寅	18
己丑	己未	戊子	戊午	丁亥	丙辰	丙戌	乙卯	乙酉	甲寅	丙戌	乙卯	19
庚寅	庚申	己丑	己未	戊子	丁巳	丁亥	丙辰	丙戌	乙卯	丁亥	丙辰	20
辛卯	辛酉	庚寅	庚申	己丑	戊午	戊子	丁巳	丁亥	丙辰	戊子	丁巳	21
壬辰	壬戌	辛卯	辛酉	庚寅	己未	己丑	戊午	戊子	丁巳	己丑	戊午	22
癸巳	癸亥	壬辰	壬戌	辛卯	庚申	庚寅	己未	己丑	戊午	庚寅	己未	23
甲午	甲子	癸巳	癸亥	壬辰	辛酉	辛卯	庚申	庚寅	己未	辛卯	庚申	24
乙未	乙丑	甲午	甲子	癸巳	壬戌	壬辰	辛酉	辛卯	庚申	壬辰	辛酉	25
丙申	丙寅	乙未	乙丑	甲午	癸亥	癸巳	壬戌	壬辰	辛酉	癸巳	壬戌	26
丁酉	丁卯	丙申	丙寅	乙未	甲子	甲午	癸亥	癸巳	壬戌	甲午	癸亥	27
戊戌	戊辰	丁酉	丁卯	丙申	乙丑	乙未	甲子	甲午	癸亥	乙未	甲子	28
己亥	己巳	戊戌	戊辰	丁酉	丙寅	丙申	乙丑	乙未	甲子		乙丑	29
庚子	庚午	己亥	己巳	戊戌	丁卯	丁酉	丙寅	丙申	乙丑		丙寅	30
辛丑		庚子		己亥	戊辰		丁卯		丙寅		丁卯	31

夏至：06月21日21：01時
冬至：12月22日08：08時

263

張善熏

2025乙巳

蛇

年流年運程

西曆一九七四年

12月	11月	10月	9月	8月	7月	6月	5月	4月	3月	2月	1月	月日
丙子	丙午	乙亥	乙巳	甲戌	癸卯	癸酉	壬寅	壬申	辛丑	癸酉	壬寅	1
丁丑	丁未	丙子	丙午	乙亥	甲辰	甲戌	癸卯	癸酉	壬寅	甲戌	癸卯	2
戊寅	戊申	丁丑	丁未	丙子	乙巳	乙亥	甲辰	甲戌	癸卯	乙亥	甲辰	3
己卯	己酉	戊寅	戊申	丁丑	丙午	丙子	乙巳	乙亥	甲辰	丙子	乙巳	4
庚辰	庚戌	己卯	己酉	戊寅	丁未	丁丑	丙午	丙子	乙巳	丁丑	丙午	5
辛巳	辛亥	庚辰	庚戌	己卯	戊申	戊寅	丁未	丁丑	丙午	戊寅	丁未	6
壬午	壬子	辛巳	辛亥	庚辰	己酉	己卯	戊申	戊寅	丁未	己卯	戊申	7
癸未	癸丑	壬午	壬子	辛巳	庚戌	庚辰	己酉	己卯	戊申	庚辰	己酉	8
甲申	甲寅	癸未	癸丑	壬午	辛亥	辛巳	庚戌	庚辰	己酉	辛巳	庚戌	9
乙酉	乙卯	甲申	甲寅	癸未	壬子	壬午	辛亥	辛巳	庚戌	壬午	辛亥	10
丙戌	丙辰	乙酉	乙卯	甲申	癸丑	癸未	壬子	壬午	辛亥	癸未	壬子	11
丁亥	丁巳	丙戌	丙辰	乙酉	甲寅	甲申	癸丑	癸未	壬子	甲申	癸丑	12
戊子	戊午	丁亥	丁巳	丙戌	乙卯	乙酉	甲寅	甲申	癸丑	乙酉	甲寅	13
己丑	己未	戊子	戊午	丁亥	丙辰	丙戌	乙卯	乙酉	甲寅	丙戌	乙卯	14
庚寅	庚申	己丑	己未	戊子	丁巳	丁亥	丙辰	丙戌	乙卯	丁亥	丙辰	15
辛卯	辛酉	庚寅	庚申	己丑	戊午	戊子	丁巳	丁亥	丙辰	戊子	丁巳	16
壬辰	壬戌	辛卯	辛酉	庚寅	己未	己丑	戊午	戊子	丁巳	己丑	戊午	17
癸巳	癸亥	壬辰	壬戌	辛卯	庚申	庚寅	己未	己丑	戊午	庚寅	己未	18
甲午	甲子	癸巳	癸亥	壬辰	辛酉	辛卯	庚申	庚寅	己未	辛卯	庚申	19
乙未	乙丑	甲午	甲子	癸巳	壬戌	壬辰	辛酉	辛卯	庚申	壬辰	辛酉	20
丙申	丙寅	乙未	乙丑	甲午	癸亥	癸巳	壬戌	壬辰	辛酉	癸巳	壬戌	21
丁酉	丁卯	丙申	丙寅	乙未	甲子	甲午	癸亥	癸巳	壬戌	甲午	癸亥	22
戊戌	戊辰	丁酉	丁卯	丙申	乙丑	乙未	甲子	甲午	癸亥	乙未	甲子	23
己亥	己巳	戊戌	戊辰	丁酉	丙寅	丙申	乙丑	乙未	甲子	丙申	乙丑	24
庚子	庚午	己亥	己巳	戊戌	丁卯	丁酉	丙寅	丙申	乙丑	丁酉	丙寅	25
辛丑	辛未	庚子	庚午	己亥	戊辰	戊戌	丁卯	丁酉	丙寅	戊戌	丁卯	26
壬寅	壬申	辛丑	辛未	庚子	己巳	己亥	戊辰	戊戌	丁卯	己亥	戊辰	27
癸卯	癸酉	壬寅	壬申	辛丑	庚午	庚子	己巳	己亥	戊辰	庚子	己巳	28
甲辰	甲戌	癸卯	癸酉	壬寅	辛未	辛丑	庚午	庚子	己巳		庚午	29
乙巳	乙亥	甲辰	甲戌	癸卯	壬申	壬寅	辛未	辛丑	庚午		辛未	30
丙午		乙巳		甲辰	癸酉		壬申		辛未		壬申	31

夏至：06月22日02：38時
冬至：12月22日13：56時

264

12月	11月	10月	9月	8月	7月	6月	5月	4月	3月	2月	1月	日
辛巳	辛亥	庚辰	庚戌	己卯	戊申	戊寅	丁未	丁丑	丙午	戊寅	丁未	1
壬午	壬子	辛巳	辛亥	庚辰	己酉	己卯	戊申	戊寅	丁未	己卯	戊申	2
癸未	癸丑	壬午	壬子	辛巳	庚戌	庚辰	己酉	己卯	戊申	庚辰	己酉	3
甲申	甲寅	癸未	癸丑	壬午	辛亥	辛巳	庚戌	庚辰	己酉	辛巳	庚戌	4
乙酉	乙卯	甲申	甲寅	癸未	壬子	壬午	辛亥	辛巳	庚戌	壬午	辛亥	5
丙戌	丙辰	乙酉	乙卯	甲申	癸丑	癸未	壬子	壬午	辛亥	癸未	壬子	6
丁亥	丁巳	丙戌	丙辰	乙酉	甲寅	甲申	癸丑	癸未	壬子	甲申	癸丑	7
戊子	戊午	丁亥	丁巳	丙戌	乙卯	乙酉	甲寅	甲申	癸丑	乙酉	甲寅	8
己丑	己未	戊子	戊午	丁亥	丙辰	丙戌	乙卯	乙酉	甲寅	丙戌	乙卯	9
庚寅	庚申	己丑	己未	戊子	丁巳	丁亥	丙辰	丙戌	乙卯	丁亥	丙辰	10
辛卯	辛酉	庚寅	庚申	己丑	戊午	戊子	丁巳	丁亥	丙辰	戊子	丁巳	11
壬辰	壬戌	辛卯	辛酉	庚寅	己未	己丑	戊午	戊子	丁巳	己丑	戊午	12
癸巳	癸亥	壬辰	壬戌	辛卯	庚申	庚寅	己未	己丑	戊午	庚寅	己未	13
甲午	甲子	癸巳	癸亥	壬辰	辛酉	辛卯	庚申	庚寅	己未	辛卯	庚申	14
乙未	乙丑	甲午	甲子	癸巳	壬戌	壬辰	辛酉	辛卯	庚申	壬辰	辛酉	15
丙申	丙寅	乙未	乙丑	甲午	癸亥	癸巳	壬戌	壬辰	辛酉	癸巳	壬戌	16
丁酉	丁卯	丙申	丙寅	乙未	甲子	甲午	癸亥	癸巳	壬戌	甲午	癸亥	17
戊戌	戊辰	丁酉	丁卯	丙申	乙丑	乙未	甲子	甲午	癸亥	乙未	甲子	18
己亥	己巳	戊戌	戊辰	丁酉	丙寅	丙申	乙丑	乙未	甲子	丙申	乙丑	19
庚子	庚午	己亥	己巳	戊戌	丁卯	丁酉	丙寅	丙申	乙丑	丁酉	丙寅	20
辛丑	辛未	庚子	庚午	己亥	戊辰	戊戌	丁卯	丁酉	丙寅	戊戌	丁卯	21
壬寅	壬申	辛丑	辛未	庚子	己巳	己亥	戊辰	戊戌	丁卯	己亥	戊辰	22
癸卯	癸酉	壬寅	壬申	辛丑	庚午	庚子	己巳	己亥	戊辰	庚子	己巳	23
甲辰	甲戌	癸卯	癸酉	壬寅	辛未	辛丑	庚午	庚子	己巳	辛丑	庚午	24
乙巳	乙亥	甲辰	甲戌	癸卯	壬申	壬寅	辛未	辛丑	庚午	壬寅	辛未	25
丙午	丙子	乙巳	乙亥	甲辰	癸酉	癸卯	壬申	壬寅	辛未	癸卯	壬申	26
丁未	丁丑	丙午	丙子	乙巳	甲戌	甲辰	癸酉	癸卯	壬申	甲辰	癸酉	27
戊申	戊寅	丁未	丁丑	丙午	乙亥	乙巳	甲戌	甲辰	癸酉	乙巳	甲戌	28
己酉	己卯	戊申	戊寅	丁未	丙子	丙午	乙亥	乙巳	甲戌		乙亥	29
庚戌	庚辰	己酉	己卯	戊申	丁丑	丁未	丙子	丙午	乙亥		丙子	30
辛亥		庚戌		己酉	戊寅		丁丑		丙子		丁丑	31

夏至：06 月 22 日 08：27 時
冬至：12 月 22 日 19：46 時

張花靈 2025乙巳 蛇 年流年運程

西曆一九七六年

12月	11月	10月	9月	8月	7月	6月	5月	4月	3月	2月	1月	月／日
丁亥	丁巳	丙戌	丙辰	乙酉	甲寅	甲申	癸丑	癸未	壬子	癸未	壬子	1
戊子	戊午	丁亥	丁巳	丙戌	乙卯	乙酉	甲寅	甲申	癸丑	甲申	癸丑	2
己丑	己未	戊子	戊午	丁亥	丙辰	丙戌	乙卯	乙酉	甲寅	乙酉	甲寅	3
庚寅	庚申	己丑	己未	戊子	丁巳	丁亥	丙辰	丙戌	乙卯	丙戌	乙卯	4
辛卯	辛酉	庚寅	庚申	己丑	戊午	戊子	丁巳	丁亥	丙辰	丁亥	丙辰	5
壬辰	壬戌	辛卯	辛酉	庚寅	己未	己丑	戊午	戊子	丁巳	戊子	丁巳	6
癸巳	癸亥	壬辰	壬戌	辛卯	庚申	庚寅	己未	己丑	戊午	己丑	戊午	7
甲午	甲子	癸巳	癸亥	壬辰	辛酉	辛卯	庚申	庚寅	己未	庚寅	己未	8
乙未	乙丑	甲午	甲子	癸巳	壬戌	壬辰	辛酉	辛卯	庚申	辛卯	庚申	9
丙申	丙寅	乙未	乙丑	甲午	癸亥	癸巳	壬戌	壬辰	辛酉	壬辰	辛酉	10
丁酉	丁卯	丙申	丙寅	乙未	甲子	甲午	癸亥	癸巳	壬戌	癸巳	壬戌	11
戊戌	戊辰	丁酉	丁卯	丙申	乙丑	乙未	甲子	甲午	癸亥	甲午	癸亥	12
己亥	己巳	戊戌	戊辰	丁酉	丙寅	丙申	乙丑	乙未	甲子	乙未	甲子	13
庚子	庚午	己亥	己巳	戊戌	丁卯	丁酉	丙寅	丙申	乙丑	丙申	乙丑	14
辛丑	辛未	庚子	庚午	己亥	戊辰	戊戌	丁卯	丁酉	丙寅	丁酉	丙寅	15
壬寅	壬申	辛丑	辛未	庚子	己巳	己亥	戊辰	戊戌	丁卯	戊戌	丁卯	16
癸卯	癸酉	壬寅	壬申	辛丑	庚午	庚子	己巳	己亥	戊辰	己亥	戊辰	17
甲辰	甲戌	癸卯	癸酉	壬寅	辛未	辛丑	庚午	庚子	己巳	庚子	己巳	18
乙巳	乙亥	甲辰	甲戌	癸卯	壬申	壬寅	辛未	辛丑	庚午	辛丑	庚午	19
丙午	丙子	乙巳	乙亥	甲辰	癸酉	癸卯	壬申	壬寅	辛未	壬寅	辛未	20
丁未	丁丑	丙午	丙子	乙巳	甲戌	甲辰	癸酉	癸卯	壬申	癸卯	壬申	21
戊申	戊寅	丁未	丁丑	丙午	乙亥	乙巳	甲戌	甲辰	癸酉	甲辰	癸酉	22
己酉	己卯	戊申	戊寅	丁未	丙子	丙午	乙亥	乙巳	甲戌	乙巳	甲戌	23
庚戌	庚辰	己酉	己卯	戊申	丁丑	丁未	丙子	丙午	乙亥	丙午	乙亥	24
辛亥	辛巳	庚戌	庚辰	己酉	戊寅	戊申	丁丑	丁未	丙子	丁未	丙子	25
壬子	壬午	辛亥	辛巳	庚戌	己卯	己酉	戊寅	戊申	丁丑	戊申	丁丑	26
癸丑	癸未	壬子	壬午	辛亥	庚辰	庚戌	己卯	己酉	戊寅	己酉	戊寅	27
甲寅	甲申	癸丑	癸未	壬子	辛巳	辛亥	庚辰	庚戌	己卯	庚戌	己卯	28
乙卯	乙酉	甲寅	甲申	癸丑	壬午	壬子	辛巳	辛亥	庚辰	辛亥	庚辰	29
丙辰	丙戌	乙卯	乙酉	甲寅	癸未	癸丑	壬午	壬子	辛巳		辛巳	30
丁巳		丙辰		乙卯	甲申		癸未		壬午		壬午	31

夏至：06月21日14：24時
冬至：12月22日01：35時

266

西曆一九七七年

12月	11月	10月	9月	8月	7月	6月	5月	4月	3月	2月	1月	月＼日
壬辰	壬戌	辛卯	辛酉	庚寅	己未	己丑	戊午	戊子	丁巳	己丑	戊午	1
癸巳	癸亥	壬辰	壬戌	辛卯	庚申	庚寅	己未	己丑	戊午	庚寅	己未	2
甲午	甲子	癸巳	癸亥	壬辰	辛酉	辛卯	庚申	庚寅	己未	辛卯	庚申	3
乙未	乙丑	甲午	甲子	癸巳	壬戌	壬辰	辛酉	辛卯	庚申	壬辰	辛酉	4
丙申	丙寅	乙未	乙丑	甲午	癸亥	癸巳	壬戌	壬辰	辛酉	癸巳	壬戌	5
丁酉	丁卯	丙申	丙寅	乙未	甲子	甲午	癸亥	癸巳	壬戌	甲午	癸亥	6
戊戌	戊辰	丁酉	丁卯	丙申	乙丑	乙未	甲子	甲午	癸亥	乙未	甲子	7
己亥	己巳	戊戌	戊辰	丁酉	丙寅	丙申	乙丑	乙未	甲子	丙申	乙丑	8
庚子	庚午	己亥	己巳	戊戌	丁卯	丁酉	丙寅	丙申	乙丑	丁酉	丙寅	9
辛丑	辛未	庚子	庚午	己亥	戊辰	戊戌	丁卯	丁酉	丙寅	戊戌	丁卯	10
壬寅	壬申	辛丑	辛未	庚子	己巳	己亥	戊辰	戊戌	丁卯	己亥	戊辰	11
癸卯	癸酉	壬寅	壬申	辛丑	庚午	庚子	己巳	己亥	戊辰	庚子	己巳	12
甲辰	甲戌	癸卯	癸酉	壬寅	辛未	辛丑	庚午	庚子	己巳	辛丑	庚午	13
乙巳	乙亥	甲辰	甲戌	癸卯	壬申	壬寅	辛未	辛丑	庚午	壬寅	辛未	14
丙午	丙子	乙巳	乙亥	甲辰	癸酉	癸卯	壬申	壬寅	辛未	癸卯	壬申	15
丁未	丁丑	丙午	丙子	乙巳	甲戌	甲辰	癸酉	癸卯	壬申	甲辰	癸酉	16
戊申	戊寅	丁未	丁丑	丙午	乙亥	乙巳	甲戌	甲辰	癸酉	乙巳	甲戌	17
己酉	己卯	戊申	戊寅	丁未	丙子	丙午	乙亥	乙巳	甲戌	丙午	乙亥	18
庚戌	庚辰	己酉	己卯	戊申	丁丑	丁未	丙子	丙午	乙亥	丁未	丙子	19
辛亥	辛巳	庚戌	庚辰	己酉	戊寅	戊申	丁丑	丁未	丙子	戊申	丁丑	20
壬子	壬午	辛亥	辛巳	庚戌	己卯	己酉	戊寅	戊申	丁丑	己酉	戊寅	21
癸丑	癸未	壬子	壬午	辛亥	庚辰	庚戌	己卯	己酉	戊寅	庚戌	己卯	22
甲寅	甲申	癸丑	癸未	壬子	辛巳	辛亥	庚辰	庚戌	己卯	辛亥	庚辰	23
乙卯	乙酉	甲寅	甲申	癸丑	壬午	壬子	辛巳	辛亥	庚辰	壬子	辛巳	24
丙辰	丙戌	乙卯	乙酉	甲寅	癸未	癸丑	壬午	壬子	辛巳	癸丑	壬午	25
丁巳	丁亥	丙辰	丙戌	乙卯	甲申	甲寅	癸未	癸丑	壬午	甲寅	癸未	26
戊午	戊子	丁巳	丁亥	丙辰	乙酉	乙卯	甲申	甲寅	癸未	乙卯	甲申	27
己未	己丑	戊午	戊子	丁巳	丙戌	丙辰	乙酉	乙卯	甲申	丙辰	乙酉	28
庚申	庚寅	己未	己丑	戊午	丁亥	丁巳	丙戌	丙辰	乙酉		丙戌	29
辛酉	辛卯	庚申	庚寅	己未	戊子	戊午	丁亥	丁巳	丙戌		丁亥	30
壬戌		辛酉		庚申	己丑		戊子		丁亥		戊子	31

夏至：06 月 21 日 20：14 時
冬至：12 月 22 日 07：24 時

267

張芯熏

2025乙巳

蛇年流年運程

西曆一九七八年

12月	11月	10月	9月	8月	7月	6月	5月	4月	3月	2月	1月	月／日
丁酉	丁卯	丙申	乙丑	乙未	甲子	甲午	癸亥	癸巳	壬戌	甲午	癸亥	1
戊戌	戊辰	丁酉	丙寅	丙申	乙丑	乙未	甲子	甲午	癸亥	乙未	甲子	2
己亥	己巳	戊戌	丁卯	丁酉	丙寅	丙申	乙丑	乙未	甲子	丙申	乙丑	3
庚子	庚午	己亥	戊辰	戊戌	丁卯	丁酉	丙寅	丙申	乙丑	丁酉	丙寅	4
辛丑	辛未	庚子	己巳	己亥	戊辰	戊戌	丁卯	丁酉	丙寅	戊戌	丁卯	5
壬寅	壬申	辛丑	庚午	庚子	己巳	己亥	戊辰	戊戌	丁卯	己亥	戊辰	6
癸卯	癸酉	壬寅	辛未	辛丑	庚午	庚子	己巳	己亥	戊辰	庚子	己巳	7
甲辰	甲戌	癸卯	壬申	壬寅	辛未	辛丑	庚午	庚子	己巳	辛丑	庚午	8
乙巳	乙亥	甲辰	癸酉	癸卯	壬申	壬寅	辛未	辛丑	庚午	壬寅	辛未	9
丙午	丙子	乙巳	甲戌	甲辰	癸酉	癸卯	壬申	壬寅	辛未	癸卯	壬申	10
丁未	丁丑	丙午	乙亥	乙巳	甲戌	甲辰	癸酉	癸卯	壬申	甲辰	癸酉	11
戊申	戊寅	丁未	丙子	丙午	乙亥	乙巳	甲戌	甲辰	癸酉	乙巳	甲戌	12
己酉	己卯	戊申	丁丑	丁未	丙子	丙午	乙亥	乙巳	甲戌	丙午	乙亥	13
庚戌	庚辰	己酉	戊寅	戊申	丁丑	丁未	丙子	丙午	乙亥	丁未	丙子	14
辛亥	辛巳	庚戌	己卯	己酉	戊寅	戊申	丁丑	丁未	丙子	戊申	丁丑	15
壬子	壬午	辛亥	庚辰	庚戌	己卯	己酉	戊寅	戊申	丁丑	己酉	戊寅	16
癸丑	癸未	壬子	辛巳	辛亥	庚辰	庚戌	己卯	己酉	戊寅	庚戌	己卯	17
甲寅	甲申	癸丑	壬午	壬子	辛巳	辛亥	庚辰	庚戌	己卯	辛亥	庚辰	18
乙卯	乙酉	甲寅	癸未	癸丑	壬午	壬子	辛巳	辛亥	庚辰	壬子	辛巳	19
丙辰	丙戌	乙卯	甲申	甲寅	癸未	癸丑	壬午	壬子	辛巳	癸丑	壬午	20
丁巳	丁亥	丙辰	乙酉	乙卯	甲申	甲寅	癸未	癸丑	壬午	甲寅	癸未	21
戊午	戊子	丁巳	丙戌	丙辰	乙酉	乙卯	甲申	甲寅	癸未	乙卯	甲申	22
己未	己丑	戊午	丁亥	丁巳	丙戌	丙辰	乙酉	乙卯	甲申	丙辰	乙酉	23
庚申	庚寅	己未	戊子	戊午	丁亥	丁巳	丙戌	丙辰	乙酉	丁巳	丙戌	24
辛酉	辛卯	庚申	己丑	己未	戊子	戊午	丁亥	丁巳	丙戌	戊午	丁亥	25
壬戌	壬辰	辛酉	庚寅	庚申	己丑	己未	戊子	戊午	丁亥	己未	戊子	26
癸亥	癸巳	壬戌	辛卯	辛酉	庚寅	庚申	己丑	己未	戊子	庚申	己丑	27
甲子	甲午	癸亥	壬辰	壬戌	辛卯	辛酉	庚寅	庚申	己丑	辛酉	庚寅	28
乙丑	乙未	甲子	癸巳	癸亥	壬辰	壬戌	辛卯	辛酉	庚寅		辛卯	29
丙寅	丙申	乙丑	甲午	甲子	癸巳	癸亥	壬辰	壬戌	辛卯		壬辰	30
丁卯		丙寅		乙未		甲午	癸巳		壬辰		癸巳	31

夏至：06月22日02：10時
冬至：12月22日13：21時

張悲熏 2025乙巳 蛇年流年運程

12月	11月	10月	9月	8月	7月	6月	5月	4月	3月	2月	1月	月/日
壬寅	壬申	辛丑	辛未	庚子	己巳	己亥	戊辰	戊戌	丁卯	己亥	戊辰	1
癸卯	癸酉	壬寅	壬申	辛丑	庚午	庚子	己巳	己亥	戊辰	庚子	己巳	2
甲辰	甲戌	癸卯	癸酉	壬寅	辛未	辛丑	庚午	庚子	己巳	辛丑	庚午	3
乙巳	乙亥	甲辰	甲戌	癸卯	壬申	壬寅	辛未	辛丑	庚午	壬寅	辛未	4
丙午	丙子	乙巳	乙亥	甲辰	癸酉	癸卯	壬申	壬寅	辛未	癸卯	壬申	5
丁未	丁丑	丙午	丙子	乙巳	甲戌	甲辰	癸酉	癸卯	壬申	甲辰	癸酉	6
戊申	戊寅	丁未	丁丑	丙午	乙亥	乙巳	甲戌	甲辰	癸酉	乙巳	甲戌	7
己酉	己卯	戊申	戊寅	丁未	丙子	丙午	乙亥	乙巳	甲戌	丙午	乙亥	8
庚戌	庚辰	己酉	己卯	戊申	丁丑	丁未	丙子	丙午	乙亥	丁未	丙子	9
辛亥	辛巳	庚戌	庚辰	己酉	戊寅	戊申	丁丑	丁未	丙子	戊申	丁丑	10
壬子	壬午	辛亥	辛巳	庚戌	己卯	己酉	戊寅	戊申	丁丑	己酉	戊寅	11
癸丑	癸未	壬子	壬午	辛亥	庚辰	庚戌	己卯	己酉	戊寅	庚戌	己卯	12
甲寅	甲申	癸丑	癸未	壬子	辛巳	辛亥	庚辰	庚戌	己卯	辛亥	庚辰	13
乙卯	乙酉	甲寅	甲申	癸丑	壬午	壬子	辛巳	辛亥	庚辰	壬子	辛巳	14
丙辰	丙戌	乙卯	乙酉	甲寅	癸未	癸丑	壬午	壬子	辛巳	癸丑	壬午	15
丁巳	丁亥	丙辰	丙戌	乙卯	甲申	甲寅	癸未	癸丑	壬午	甲寅	癸未	16
戊午	戊子	丁巳	丁亥	丙辰	乙酉	乙卯	甲申	甲寅	癸未	乙卯	甲申	17
己未	己丑	戊午	戊子	丁巳	丙戌	丙辰	乙酉	乙卯	甲申	丙辰	乙酉	18
庚申	庚寅	己未	己丑	戊午	丁亥	丁巳	丙戌	丙辰	乙酉	丁巳	丙戌	19
辛酉	辛卯	庚申	庚寅	己未	戊子	戊午	丁亥	丁巳	丙戌	戊午	丁亥	20
壬戌	壬辰	辛酉	辛卯	庚申	己丑	己未	戊子	戊午	丁亥	己未	戊子	21
癸亥	癸巳	壬戌	壬辰	辛酉	庚寅	庚申	己丑	己未	戊子	庚申	己丑	22
甲子	甲午	癸亥	癸巳	壬戌	辛卯	辛酉	庚寅	庚申	己丑	辛酉	庚寅	23
乙丑	乙未	甲子	甲午	癸亥	壬辰	壬戌	辛卯	辛酉	庚寅	壬戌	辛卯	24
丙寅	丙申	乙丑	乙未	甲子	癸巳	癸亥	壬辰	壬戌	辛卯	癸亥	壬辰	25
丁卯	丁酉	丙寅	丙申	乙丑	甲午	甲子	癸巳	癸亥	壬辰	甲子	癸巳	26
戊辰	戊戌	丁卯	丁酉	丙寅	乙未	乙丑	甲午	甲子	癸巳	乙丑	甲午	27
己巳	己亥	戊辰	戊戌	丁卯	丙申	丙寅	乙未	乙丑	甲午	丙寅	乙未	28
庚午	庚子	己巳	己亥	戊辰	丁酉	丁卯	丙申	丙寅	乙未		丙申	29
辛未	辛丑	庚午	庚子	己巳	戊戌	戊辰	丁酉	丁卯	丙申		丁酉	30
壬申		辛未		庚午	己亥		戊戌		丁酉		戊戌	31

夏至：06月22日07：56時
冬至：12月22日19：10時

西曆一九八零年

12月	11月	10月	9月	8月	7月	6月	5月	4月	3月	2月	1月	日
戊申	戊寅	丁未	丁丑	丙午	乙亥	乙巳	甲戌	甲辰	癸酉	甲辰	癸酉	1
己酉	己卯	戊申	戊寅	丁未	丙子	丙午	乙亥	乙巳	甲戌	乙巳	甲戌	2
庚戌	庚辰	己酉	己卯	戊申	丁丑	丁未	丙子	丙午	乙亥	丙午	乙亥	3
辛亥	辛巳	庚戌	庚辰	己酉	戊寅	戊申	丁丑	丁未	丙子	丁未	丙子	4
壬子	壬午	辛亥	辛巳	庚戌	己卯	己酉	戊寅	戊申	丁丑	戊申	丁丑	5
癸丑	癸未	壬子	壬午	辛亥	庚辰	庚戌	己卯	己酉	戊寅	己酉	戊寅	6
甲寅	甲申	癸丑	癸未	壬子	辛巳	辛亥	庚辰	庚戌	己卯	庚戌	己卯	7
乙卯	乙酉	甲寅	甲申	癸丑	壬午	壬子	辛巳	辛亥	庚辰	辛亥	庚辰	8
丙辰	丙戌	乙卯	乙酉	甲寅	癸未	癸丑	壬午	壬子	辛巳	壬子	辛巳	9
丁巳	丁亥	丙辰	丙戌	乙卯	甲申	甲寅	癸未	癸丑	壬午	癸丑	壬午	10
戊午	戊子	丁巳	丁亥	丙辰	乙酉	乙卯	甲申	甲寅	癸未	甲寅	癸未	11
己未	己丑	戊午	戊子	丁巳	丙戌	丙辰	乙酉	乙卯	甲申	乙卯	甲申	12
庚申	庚寅	己未	己丑	戊午	丁亥	丁巳	丙戌	丙辰	乙酉	丙辰	乙酉	13
辛酉	辛卯	庚申	庚寅	己未	戊子	戊午	丁亥	丁巳	丙戌	丁巳	丙戌	14
壬戌	壬辰	辛酉	辛卯	庚申	己丑	己未	戊子	戊午	丁亥	戊午	丁亥	16
癸亥	癸巳	壬戌	壬辰	辛酉	庚寅	庚申	己丑	己未	戊子	己未	戊子	16
甲子	甲午	癸亥	癸巳	壬戌	辛卯	辛酉	庚寅	庚申	己丑	庚申	己丑	17
乙丑	乙未	甲子	甲午	癸亥	壬辰	壬戌	辛卯	辛酉	庚寅	辛酉	庚寅	18
丙寅	丙申	乙丑	乙未	甲子	癸巳	癸亥	壬辰	壬戌	辛卯	壬戌	辛卯	19
丁卯	丁酉	丙寅	丙申	乙丑	甲午	甲子	癸巳	癸亥	壬辰	癸亥	壬辰	20
戊辰	戊戌	丁卯	丁酉	丙寅	乙未	乙丑	甲午	甲子	癸巳	甲子	癸巳	21
己巳	己亥	戊辰	戊戌	丁卯	丙申	丙寅	乙未	乙丑	甲午	乙丑	甲午	22
庚午	庚子	己巳	己亥	戊辰	丁酉	丁卯	丙申	丙寅	乙未	丙寅	乙未	23
辛未	辛丑	庚午	庚子	己巳	戊戌	戊辰	丁酉	丁卯	丙申	丁卯	丙申	24
壬申	壬寅	辛未	辛丑	庚午	己亥	己巳	戊戌	戊辰	丁酉	戊辰	丁酉	25
癸酉	癸卯	壬申	壬寅	辛未	庚子	庚午	己亥	己巳	戊戌	己巳	戊戌	26
甲戌	甲辰	癸酉	癸卯	壬申	辛丑	辛未	庚子	庚午	己亥	庚午	己亥	27
乙亥	乙巳	甲戌	甲辰	癸酉	壬寅	壬申	辛丑	辛未	庚子	辛未	庚子	28
丙子	丙午	乙亥	乙巳	甲戌	癸卯	癸酉	壬寅	壬申	辛丑	壬申	辛丑	29
丁丑	丁未	丙子	丙午	乙亥	甲辰	甲戌	癸卯	癸酉	壬寅		壬寅	30
戊寅		丁丑		丙子	乙巳		甲辰		癸卯		癸卯	31

夏至：06月21日13：47時

冬至：12月22日00：56時

12月	11月	10月	9月	8月	7月	6月	5月	4月	3月	2月	1月	月／日
癸丑	癸未	壬子	壬午	辛亥	庚辰	庚戌	己卯	己酉	戊寅	庚戌	己卯	1
甲寅	甲申	癸丑	癸未	壬子	辛巳	辛亥	庚辰	庚戌	己卯	辛亥	庚辰	2
乙卯	乙酉	甲寅	甲申	癸丑	壬午	壬子	辛巳	辛亥	庚辰	壬子	辛巳	3
丙辰	丙戌	乙卯	乙酉	甲寅	癸未	癸丑	壬午	壬子	辛巳	癸丑	壬午	4
丁巳	丁亥	丙辰	丙戌	乙卯	甲申	甲寅	癸未	癸丑	壬午	甲寅	癸未	5
戊午	戊子	丁巳	丁亥	丙辰	乙酉	乙卯	甲申	甲寅	癸未	乙卯	甲申	6
己未	己丑	戊午	戊子	丁巳	丙戌	丙辰	乙酉	乙卯	甲申	丙辰	乙酉	7
庚申	庚寅	己未	己丑	戊午	丁亥	丁巳	丙戌	丙辰	乙酉	丁巳	丙戌	8
辛酉	辛卯	庚申	庚寅	己未	戊子	戊午	丁亥	丁巳	丙戌	戊午	丁亥	9
壬戌	壬辰	辛酉	辛卯	庚申	己丑	己未	戊子	戊午	丁亥	己未	戊子	10
癸亥	癸巳	壬戌	壬辰	辛酉	庚寅	庚申	己丑	己未	戊子	庚申	己丑	11
甲子	甲午	癸亥	癸巳	壬戌	辛卯	辛酉	庚寅	庚申	己丑	辛酉	庚寅	12
乙丑	乙未	甲子	甲午	癸亥	壬辰	壬戌	辛卯	辛酉	庚寅	壬戌	辛卯	13
丙寅	丙申	乙丑	乙未	甲子	癸巳	癸亥	壬辰	壬戌	辛卯	癸亥	壬辰	14
丁卯	丁酉	丙寅	丙申	乙丑	甲午	甲子	癸巳	癸亥	壬辰	甲子	癸巳	15
戊辰	戊戌	丁卯	丁酉	丙寅	乙未	乙丑	甲午	甲子	癸巳	乙丑	甲午	16
己巳	己亥	戊辰	戊戌	丁卯	丙申	丙寅	乙未	乙丑	甲午	丙寅	乙未	17
庚午	庚子	己巳	己亥	戊辰	丁酉	丁卯	丙申	丙寅	乙未	丁卯	丙申	18
辛未	辛丑	庚午	庚子	己巳	戊戌	戊辰	丁酉	丁卯	丙申	戊辰	丁酉	19
壬申	壬寅	辛未	辛丑	庚午	己亥	己巳	戊戌	戊辰	丁酉	己巳	戊戌	20
癸酉	癸卯	壬申	壬寅	辛未	庚子	庚午	己亥	己巳	戊戌	庚午	己亥	21
甲戌	甲辰	癸酉	癸卯	壬申	辛丑	辛未	庚子	庚午	己亥	辛未	庚子	22
乙亥	乙巳	甲戌	甲辰	癸酉	壬寅	壬申	辛丑	辛未	庚子	壬申	辛丑	23
丙子	丙午	乙亥	乙巳	甲戌	癸卯	癸酉	壬寅	壬申	辛丑	癸酉	壬寅	24
丁丑	丁未	丙子	丙午	乙亥	甲辰	甲戌	癸卯	癸酉	壬寅	甲戌	癸卯	25
戊寅	戊申	丁丑	丁未	丙子	乙巳	乙亥	甲辰	甲戌	癸卯	乙亥	甲辰	26
己卯	己酉	戊寅	戊申	丁丑	丙午	丙子	乙巳	乙亥	甲辰	丙子	乙巳	27
庚辰	庚戌	己卯	己酉	戊寅	丁未	丁丑	丙午	丙子	乙巳	丁丑	丙午	28
辛巳	辛亥	庚辰	庚戌	己卯	戊申	戊寅	丁未	丁丑	丙午		丁未	29
壬午	壬子	辛巳	辛亥	庚辰	己酉	己卯	戊申	戊寅	丁未		戊申	30
癸未		壬午		辛巳	庚戌		己酉		戊申		己酉	31

夏至：06月22日19：45時
冬至：12月22日06：51時

張烎熏　2025乙巳　蛇　年流年運程

張盛舒 2025乙巳 蛇 年流年運程

西曆一九八二年

12月	11月	10月	9月	8月	7月	6月	5月	4月	3月	2月	1月	月/日
戊午	戊子	丁巳	丁亥	丙辰	乙酉	乙卯	甲申	甲寅	癸未	乙卯	甲申	1
己未	己丑	戊午	戊子	丁巳	丙戌	丙辰	乙酉	乙卯	甲申	丙辰	乙酉	2
庚申	庚寅	己未	己丑	戊午	丁亥	丁巳	丙戌	丙辰	乙酉	丁巳	丙戌	3
辛酉	辛卯	庚申	庚寅	己未	戊子	戊午	丁亥	丁巳	丙戌	戊午	丁亥	4
壬戌	壬辰	辛酉	辛卯	庚申	己丑	己未	戊子	戊午	丁亥	己未	戊子	5
癸亥	癸巳	壬戌	壬辰	辛酉	庚寅	庚申	己丑	己未	戊子	庚申	己丑	6
甲子	甲午	癸亥	癸巳	壬戌	辛卯	辛酉	庚寅	庚申	己丑	辛酉	庚寅	7
乙丑	乙未	甲子	甲午	癸亥	壬辰	壬戌	辛卯	辛酉	庚寅	壬戌	辛卯	8
丙寅	丙申	乙丑	乙未	甲子	癸巳	癸亥	壬辰	壬戌	辛卯	癸亥	壬辰	9
丁卯	丁酉	丙寅	丙申	乙丑	甲午	甲子	癸巳	癸亥	壬辰	甲子	癸巳	10
戊辰	戊戌	丁卯	丁酉	丙寅	乙未	乙丑	甲午	甲子	癸巳	乙丑	甲午	11
己巳	己亥	戊辰	戊戌	丁卯	丙申	丙寅	乙未	乙丑	甲午	丙寅	乙未	12
庚午	庚子	己巳	己亥	戊辰	丁酉	丁卯	丙申	丙寅	乙未	丁卯	丙申	13
辛未	辛丑	庚午	庚子	己巳	戊戌	戊辰	丁酉	丁卯	丙申	戊辰	丁酉	14
壬申	壬寅	辛未	辛丑	庚午	己亥	己巳	戊戌	戊辰	丁酉	己巳	戊戌	15
癸酉	癸卯	壬申	壬寅	辛未	庚子	庚午	己亥	己巳	戊戌	庚午	己亥	16
甲戌	甲辰	癸酉	癸卯	壬申	辛丑	辛未	庚子	庚午	己亥	辛未	庚子	17
乙亥	乙巳	甲戌	甲辰	癸酉	壬寅	壬申	辛丑	辛未	庚子	壬申	辛丑	18
丙子	丙午	乙亥	乙巳	甲戌	癸卯	癸酉	壬寅	壬申	辛丑	癸酉	壬寅	19
丁丑	丁未	丙子	丙午	乙亥	甲辰	甲戌	癸卯	癸酉	壬寅	甲戌	癸卯	20
戊寅	戊申	丁丑	丁未	丙子	乙巳	乙亥	甲辰	甲戌	癸卯	乙亥	甲辰	21
己卯	己酉	戊寅	戊申	丁丑	丙午	丙子	乙巳	乙亥	甲辰	丙子	乙巳	22
庚辰	庚戌	己卯	己酉	戊寅	丁未	丁丑	丙午	丙子	乙巳	丁丑	丙午	23
辛巳	辛亥	庚辰	庚戌	己卯	戊申	戊寅	丁未	丁丑	丙午	戊寅	丁未	24
壬午	壬子	辛巳	辛亥	庚辰	己酉	己卯	戊申	戊寅	丁未	己卯	戊申	25
癸未	癸丑	壬午	壬子	辛巳	庚戌	庚辰	己酉	己卯	戊申	庚辰	己酉	26
甲申	甲寅	癸未	癸丑	壬午	辛亥	辛巳	庚戌	庚辰	己酉	辛巳	庚戌	27
乙酉	乙卯	甲申	甲寅	癸未	壬子	壬午	辛亥	辛巳	庚戌	壬午	辛亥	28
丙戌	丙辰	乙酉	乙卯	甲申	癸丑	癸未	壬子	壬午	辛亥		壬子	29
丁亥	丁巳	丙戌	丙辰	乙酉	甲寅	甲申	癸丑	癸未	壬子		癸丑	30
戊子		丁亥		丙戌	乙卯		甲寅		癸丑		甲寅	31

夏至：06月22日01：23時
冬至：12月22日12：39時

272

12月	11月	10月	9月	8月	7月	6月	5月	4月	3月	2月	1月	日
癸亥	癸巳	壬戌	壬辰	辛酉	庚寅	庚申	己丑	己未	戊子	庚申	己丑	1
甲子	甲午	癸亥	癸巳	壬戌	辛卯	辛酉	庚寅	庚申	己丑	辛酉	庚寅	2
乙丑	乙未	甲子	甲午	癸亥	壬辰	壬戌	辛卯	辛酉	庚寅	壬戌	辛卯	3
丙寅	丙申	乙丑	乙未	甲子	癸巳	癸亥	壬辰	壬戌	辛卯	癸亥	壬辰	4
丁卯	丁酉	丙寅	丙申	乙丑	甲午	甲子	癸巳	癸亥	壬辰	甲子	癸巳	5
戊辰	戊戌	丁卯	丁酉	丙寅	乙未	乙丑	甲午	甲子	癸巳	乙丑	甲午	6
己巳	己亥	戊辰	戊戌	丁卯	丙申	丙寅	乙未	乙丑	甲午	丙寅	乙未	7
庚午	庚子	己巳	己亥	戊辰	丁酉	丁卯	丙申	丙寅	乙未	丁卯	丙申	8
辛未	辛丑	庚午	庚子	己巳	戊戌	戊辰	丁酉	丁卯	丙申	戊辰	丁酉	9
壬申	壬寅	辛未	辛丑	庚午	己亥	己巳	戊戌	戊辰	丁酉	己巳	戊戌	10
癸酉	癸卯	壬申	壬寅	辛未	庚子	庚午	己亥	己巳	戊戌	庚午	己亥	11
甲戌	甲辰	癸酉	癸卯	壬申	辛丑	辛未	庚子	庚午	己亥	辛未	庚子	12
乙亥	乙巳	甲戌	甲辰	癸酉	壬寅	壬申	辛丑	辛未	庚子	壬申	辛丑	13
丙子	丙午	乙亥	乙巳	甲戌	癸卯	癸酉	壬寅	壬申	辛丑	癸酉	壬寅	14
丁丑	丁未	丙子	丙午	乙亥	甲辰	甲戌	癸卯	癸酉	壬寅	甲戌	癸卯	15
戊寅	戊申	丁丑	丁未	丙子	乙巳	乙亥	甲辰	甲戌	癸卯	乙亥	甲辰	16
己卯	己酉	戊寅	戊申	丁丑	丙午	丙子	乙巳	乙亥	甲辰	丙子	乙巳	17
庚辰	庚戌	己卯	己酉	戊寅	丁未	丁丑	丙午	丙子	乙巳	丁丑	丙午	18
辛巳	辛亥	庚辰	庚戌	己卯	戊申	戊寅	丁未	丁丑	丙午	戊寅	丁未	19
壬午	壬子	辛巳	辛亥	庚辰	己酉	己卯	戊申	戊寅	丁未	己卯	戊申	20
癸未	癸丑	壬午	壬子	辛巳	庚戌	庚辰	己酉	己卯	戊申	庚辰	己酉	21
甲申	甲寅	癸未	癸丑	壬午	辛亥	辛巳	庚戌	庚辰	己酉	辛巳	庚戌	22
乙酉	乙卯	甲申	甲寅	癸未	壬子	壬午	辛亥	辛巳	庚戌	壬午	辛亥	23
丙戌	丙辰	乙酉	乙卯	甲申	癸丑	癸未	壬子	壬午	辛亥	癸未	壬子	24
丁亥	丁巳	丙戌	丙辰	乙酉	甲寅	甲申	癸丑	癸未	壬子	甲申	癸丑	25
戊子	戊午	丁亥	丁巳	丙戌	乙卯	乙酉	甲寅	甲申	癸丑	乙酉	甲寅	26
己丑	己未	戊子	戊午	丁亥	丙辰	丙戌	乙卯	乙酉	甲寅	丙戌	乙卯	27
庚寅	庚申	己丑	己未	戊子	丁巳	丁亥	丙辰	丙戌	乙卯	丁亥	丙辰	28
辛卯	辛酉	庚寅	庚申	己丑	戊午	戊子	丁巳	丁亥	丙辰		丁巳	29
壬辰	壬戌	辛卯	辛酉	庚寅	己未	己丑	戊午	戊子	丁巳		戊午	30
癸巳		壬辰		辛卯	庚申		己未		戊午		己未	31

夏至：06月22日07：09時
冬至：12月22日18：30時

張盛舒 2025乙巳

蛇年流年運程

273

張瑞慧 2025乙巳 蛇年燄年運程

12月	11月	10月	9月	8月	7月	6月	5月	4月	3月	2月	1月	月＼日
己巳	己亥	戊辰	戊戌	丁卯	丙申	丙寅	乙未	乙丑	甲午	乙丑	甲午	1
庚午	庚子	己巳	己亥	戊辰	丁酉	丁卯	丙申	丙寅	乙未	丙寅	乙未	2
辛未	辛丑	庚午	庚子	己巳	戊戌	戊辰	丁酉	丁卯	丙申	丁卯	丙申	3
壬申	壬寅	辛未	辛丑	庚午	己亥	己巳	戊戌	戊辰	丁酉	戊辰	丁酉	4
癸酉	癸卯	壬申	壬寅	辛未	庚子	庚午	己亥	己巳	戊戌	己巳	戊戌	5
甲戌	甲辰	癸酉	癸卯	壬申	辛丑	辛未	庚子	庚午	己亥	庚午	己亥	6
乙亥	乙巳	甲戌	甲辰	癸酉	壬寅	壬申	辛丑	辛未	庚子	辛未	庚子	7
丙子	丙午	乙亥	乙巳	甲戌	癸卯	癸酉	壬寅	壬申	辛丑	壬申	辛丑	8
丁丑	丁未	丙子	丙午	乙亥	甲辰	甲戌	癸卯	癸酉	壬寅	癸酉	壬寅	9
戊寅	戊申	丁丑	丁未	丙子	乙巳	乙亥	甲辰	甲戌	癸卯	甲戌	癸卯	10
己卯	己酉	戊寅	戊申	丁丑	丙午	丙子	乙巳	乙亥	甲辰	乙亥	甲辰	11
庚辰	庚戌	己卯	己酉	戊寅	丁未	丁丑	丙午	丙子	乙巳	丙子	乙巳	12
辛巳	辛亥	庚辰	庚戌	己卯	戊申	戊寅	丁未	丁丑	丙午	丁丑	丙午	13
壬午	壬子	辛巳	辛亥	庚辰	己酉	己卯	戊申	戊寅	丁未	戊寅	丁未	14
癸未	癸丑	壬午	壬子	辛巳	庚戌	庚辰	己酉	己卯	戊申	己卯	戊申	15
甲申	甲寅	癸未	癸丑	壬午	辛亥	辛巳	庚戌	庚辰	己酉	庚辰	己酉	16
乙酉	乙卯	甲申	甲寅	癸未	壬子	壬午	辛亥	辛巳	庚戌	辛巳	庚戌	17
丙戌	丙辰	乙酉	乙卯	甲申	癸丑	癸未	壬子	壬午	辛亥	壬午	辛亥	18
丁亥	丁巳	丙戌	丙辰	乙酉	甲寅	甲申	癸丑	癸未	壬子	癸未	壬子	19
戊子	戊午	丁亥	丁巳	丙戌	乙卯	乙酉	甲寅	甲申	癸丑	甲申	癸丑	20
己丑	己未	戊子	戊午	丁亥	丙辰	丙戌	乙卯	乙酉	甲寅	乙酉	甲寅	21
庚寅	庚申	己丑	己未	戊子	丁巳	丁亥	丙辰	丙戌	乙卯	丙戌	乙卯	22
辛卯	辛酉	庚寅	庚申	己丑	戊午	戊子	丁巳	丁亥	丙辰	丁亥	丙辰	23
壬辰	壬戌	辛卯	辛酉	庚寅	己未	己丑	戊午	戊子	丁巳	戊子	丁巳	24
癸巳	癸亥	壬辰	壬戌	辛卯	庚申	庚寅	己未	己丑	戊午	己丑	戊午	25
甲午	甲子	癸巳	癸亥	壬辰	辛酉	辛卯	庚申	庚寅	己未	庚寅	己未	26
乙未	乙丑	甲午	甲子	癸巳	壬戌	壬辰	辛酉	辛卯	庚申	辛卯	庚申	27
丙申	丙寅	乙未	乙丑	甲午	癸亥	癸巳	壬戌	壬辰	辛酉	壬辰	辛酉	28
丁酉	丁卯	丙申	丙寅	乙未	甲子	甲午	癸亥	癸巳	壬戌	癸巳	壬戌	29
戊戌	戊辰	丁酉	丁卯	丙申	乙丑	乙未	甲子	甲午	癸亥		癸亥	30
己亥		戊戌		丁酉	丙寅		乙丑		甲子		甲子	31

夏至：06月 21日 13：02時
冬至：12月 22日 00：23時

274

12月	11月	10月	9月	8月	7月	6月	5月	4月	3月	2月	1月	月／日
甲戌	甲辰	癸酉	癸卯	壬申	辛丑	辛未	庚子	庚午	己亥	辛未	庚子	1
乙亥	乙巳	甲戌	甲辰	癸酉	壬寅	壬申	辛丑	辛未	庚子	壬申	辛丑	2
丙子	丙午	乙亥	乙巳	甲戌	癸卯	癸酉	壬寅	壬申	辛丑	癸酉	壬寅	3
丁丑	丁未	丙子	丙午	乙亥	甲辰	甲戌	癸卯	癸酉	壬寅	甲戌	癸卯	4
戊寅	戊申	丁丑	丁未	丙子	乙巳	乙亥	甲辰	甲戌	癸卯	乙亥	甲辰	5
己卯	己酉	戊寅	戊申	丁丑	丙午	丙子	乙巳	乙亥	甲辰	丙子	乙巳	6
庚辰	庚戌	己卯	己酉	戊寅	丁未	丁丑	丙午	丙子	乙巳	丁丑	丙午	7
辛巳	辛亥	庚辰	庚戌	己卯	戊申	戊寅	丁未	丁丑	丙午	戊寅	丁未	8
壬午	壬子	辛巳	辛亥	庚辰	己酉	己卯	戊申	戊寅	丁未	己卯	戊申	9
癸未	癸丑	壬午	壬子	辛巳	庚戌	庚辰	己酉	己卯	戊申	庚辰	己酉	10
甲申	甲寅	癸未	癸丑	壬午	辛亥	辛巳	庚戌	庚辰	己酉	辛巳	庚戌	11
乙酉	乙卯	甲申	甲寅	癸未	壬子	壬午	辛亥	辛巳	庚戌	壬午	辛亥	12
丙戌	丙辰	乙酉	乙卯	甲申	癸丑	癸未	壬子	壬午	辛亥	癸未	壬子	13
丁亥	丁巳	丙戌	丙辰	乙酉	甲寅	甲申	癸丑	癸未	壬子	甲申	癸丑	14
戊子	戊午	丁亥	丁巳	丙戌	乙卯	乙酉	甲寅	甲申	癸丑	乙酉	甲寅	15
己丑	己未	戊子	戊午	丁亥	丙辰	丙戌	乙卯	乙酉	甲寅	丙戌	乙卯	16
庚寅	庚申	己丑	己未	戊子	丁巳	丁亥	丙辰	丙戌	乙卯	丁亥	丙辰	17
辛卯	辛酉	庚寅	庚申	己丑	戊午	戊子	丁巳	丁亥	丙辰	戊子	丁巳	18
壬辰	壬戌	辛卯	辛酉	庚寅	己未	己丑	戊午	戊子	丁巳	己丑	戊午	19
癸巳	癸亥	壬辰	壬戌	辛卯	庚申	庚寅	己未	己丑	戊午	庚寅	己未	20
甲午	甲子	癸巳	癸亥	壬辰	辛酉	辛卯	庚申	庚寅	己未	辛卯	庚申	21
乙未	乙丑	甲午	甲子	癸巳	壬戌	壬辰	辛酉	辛卯	庚申	壬辰	辛酉	22
丙申	丙寅	乙未	乙丑	甲午	癸亥	癸巳	壬戌	壬辰	辛酉	癸巳	壬戌	23
丁酉	丁卯	丙申	丙寅	乙未	甲子	甲午	癸亥	癸巳	壬戌	甲午	癸亥	24
戊戌	戊辰	丁酉	丁卯	丙申	乙丑	乙未	甲子	甲午	癸亥	乙未	甲子	25
己亥	己巳	戊戌	戊辰	丁酉	丙寅	丙申	乙丑	乙未	甲子	丙申	乙丑	26
庚子	庚午	己亥	己巳	戊戌	丁卯	丁酉	丙寅	丙申	乙丑	丁酉	丙寅	27
辛丑	辛未	庚子	庚午	己亥	戊辰	戊戌	丁卯	丁酉	丙寅	戊戌	丁卯	28
壬寅	壬申	辛丑	辛未	庚子	己巳	己亥	戊辰	戊戌	丁卯		戊辰	29
癸卯	癸酉	壬寅	壬申	辛丑	庚午	庚子	己巳	己亥	戊辰		己巳	30
甲辰		癸卯		壬寅	辛未		庚午		己巳		庚午	31

夏至：06月21日18：44時
冬至：12月22日06：08時

張悲雲
2025乙巳
蛇
年流年運程

275

張芯熏
2025乙巳

蛇年流年運程

西曆一九八六年

12月	11月	10月	9月	8月	7月	6月	5月	4月	3月	2月	1月	月／日
己卯	己酉	戊寅	戊申	丁丑	丙午	丙子	乙巳	乙亥	甲辰	丙子	乙巳	1
庚辰	庚戌	己卯	己酉	戊寅	丁未	丁丑	丙午	丙子	乙巳	丁丑	丙午	2
辛巳	辛亥	庚辰	庚戌	己卯	戊申	戊寅	丁未	丁丑	丙午	戊寅	丁未	3
壬午	壬子	辛巳	辛亥	庚辰	己酉	己卯	戊申	戊寅	丁未	己卯	戊申	4
癸未	癸丑	壬午	壬子	辛巳	庚戌	庚辰	己酉	己卯	戊申	庚辰	己酉	5
甲申	甲寅	癸未	癸丑	壬午	辛亥	辛巳	庚戌	庚辰	己酉	辛巳	庚戌	6
乙酉	乙卯	甲申	甲寅	癸未	壬子	壬午	辛亥	辛巳	庚戌	壬午	辛亥	7
丙戌	丙辰	乙酉	乙卯	甲申	癸丑	癸未	壬子	壬午	辛亥	癸未	壬子	8
丁亥	丁巳	丙戌	丙辰	乙酉	甲寅	甲申	癸丑	癸未	壬子	甲申	癸丑	9
戊子	戊午	丁亥	丁巳	丙戌	乙卯	乙酉	甲寅	甲申	癸丑	乙酉	甲寅	10
己丑	己未	戊子	戊午	丁亥	丙辰	丙戌	乙卯	乙酉	甲寅	丙戌	乙卯	11
庚寅	庚申	己丑	己未	戊子	丁巳	丁亥	丙辰	丙戌	乙卯	丁亥	丙辰	12
辛卯	辛酉	庚寅	庚申	己丑	戊午	戊子	丁巳	丁亥	丙辰	戊子	丁巳	13
壬辰	壬戌	辛卯	辛酉	庚寅	己未	己丑	戊午	戊子	丁巳	己丑	戊午	14
癸巳	癸亥	壬辰	壬戌	辛卯	庚申	庚寅	己未	己丑	戊午	庚寅	己未	15
甲午	甲子	癸巳	癸亥	壬辰	辛酉	辛卯	庚申	庚寅	己未	辛卯	庚申	16
乙未	乙丑	甲午	甲子	癸巳	壬戌	壬辰	辛酉	辛卯	庚申	壬辰	辛酉	17
丙申	丙寅	乙未	乙丑	甲午	癸亥	癸巳	壬戌	壬辰	辛酉	癸巳	壬戌	18
丁酉	丁卯	丙申	丙寅	乙未	甲子	甲午	癸亥	癸巳	壬戌	甲午	癸亥	19
戊戌	戊辰	丁酉	丁卯	丙申	乙丑	乙未	甲子	甲午	癸亥	乙未	甲子	20
己亥	己巳	戊戌	戊辰	丁酉	丙寅	丙申	乙丑	乙未	甲子	丙申	乙丑	21
庚子	庚午	己亥	己巳	戊戌	丁卯	丁酉	丙寅	丙申	乙丑	丁酉	丙寅	22
辛丑	辛未	庚子	庚午	己亥	戊辰	戊戌	丁卯	丁酉	丙寅	戊戌	丁卯	23
壬寅	壬申	辛丑	辛未	庚子	己巳	己亥	戊辰	戊戌	丁卯	己亥	戊辰	24
癸卯	癸酉	壬寅	壬申	辛丑	庚午	庚子	己巳	己亥	戊辰	庚子	己巳	25
甲辰	甲戌	癸卯	癸酉	壬寅	辛未	辛丑	庚午	庚子	己巳	辛丑	庚午	26
乙巳	乙亥	甲辰	甲戌	癸卯	壬申	壬寅	辛未	辛丑	庚午	壬寅	辛未	27
丙午	丙子	乙巳	乙亥	甲辰	癸酉	癸卯	壬申	壬寅	辛未	癸卯	壬申	28
丁未	丁丑	丙午	丙子	乙巳	甲戌	甲辰	癸酉	癸卯	壬申		癸酉	29
戊申	戊寅	丁未	丁丑	丙午	乙亥	乙巳	甲戌	甲辰	癸酉		甲戌	30
己酉		戊申		丁未	丙子		乙亥		甲戌		乙亥	31

夏至：06月22日00：30時
冬至：12月22日12：03時

276

張新豐 2025乙巳 蛇 年流年運程

12月	11月	10月	9月	8月	7月	6月	5月	4月	3月	2月	1月	日
甲申	甲寅	癸未	癸丑	壬午	辛亥	辛巳	庚戌	庚辰	己酉	辛巳	庚戌	1
乙酉	乙卯	甲申	甲寅	癸未	壬子	壬午	辛亥	辛巳	庚戌	壬午	辛亥	2
丙戌	丙辰	乙酉	乙卯	甲申	癸丑	癸未	壬子	壬午	辛亥	癸未	壬子	3
丁亥	丁巳	丙戌	丙辰	乙酉	甲寅	甲申	癸丑	癸未	壬子	甲申	癸丑	4
戊子	戊午	丁亥	丁巳	丙戌	乙卯	乙酉	甲寅	甲申	癸丑	乙酉	甲寅	5
己丑	己未	戊子	戊午	丁亥	丙辰	丙戌	乙卯	乙酉	甲寅	丙戌	乙卯	6
庚寅	庚申	己丑	己未	戊子	丁巳	丁亥	丙辰	丙戌	乙卯	丁亥	丙辰	7
辛卯	辛酉	庚寅	庚申	己丑	戊午	戊子	丁巳	丁亥	丙辰	戊子	丁巳	8
壬辰	壬戌	辛卯	辛酉	庚寅	己未	己丑	戊午	戊子	丁巳	己丑	戊午	9
癸巳	癸亥	壬辰	壬戌	辛卯	庚申	庚寅	己未	己丑	戊午	庚寅	己未	10
甲午	甲子	癸巳	癸亥	壬辰	辛酉	辛卯	庚申	庚寅	己未	辛卯	庚申	11
乙未	乙丑	甲午	甲子	癸巳	壬戌	壬辰	辛酉	辛卯	庚申	壬辰	辛酉	12
丙申	丙寅	乙未	乙丑	甲午	癸亥	癸巳	壬戌	壬辰	辛酉	癸巳	壬戌	13
丁酉	丁卯	丙申	丙寅	乙未	甲子	甲午	癸亥	癸巳	壬戌	甲午	癸亥	14
戊戌	戊辰	丁酉	丁卯	丙申	乙丑	乙未	甲子	甲午	癸亥	乙未	甲子	15
己亥	己巳	戊戌	戊辰	丁酉	丙寅	丙申	乙丑	乙未	甲子	丙申	乙丑	16
庚子	庚午	己亥	己巳	戊戌	丁卯	丁酉	丙寅	丙申	乙丑	丁酉	丙寅	17
辛丑	辛未	庚子	庚午	己亥	戊辰	戊戌	丁卯	丁酉	丙寅	戊戌	丁卯	18
壬寅	壬申	辛丑	辛未	庚子	己巳	己亥	戊辰	戊戌	丁卯	己亥	戊辰	19
癸卯	癸酉	壬寅	壬申	辛丑	庚午	庚子	己巳	己亥	戊辰	庚子	己巳	20
甲辰	甲戌	癸卯	癸酉	壬寅	辛未	辛丑	庚午	庚子	己巳	辛丑	庚午	21
乙巳	乙亥	甲辰	甲戌	癸卯	壬申	壬寅	辛未	辛丑	庚午	壬寅	辛未	22
丙午	丙子	乙巳	乙亥	甲辰	癸酉	癸卯	壬申	壬寅	辛未	癸卯	壬申	23
丁未	丁丑	丙午	丙子	乙巳	甲戌	甲辰	癸酉	癸卯	壬申	甲辰	癸酉	24
戊申	戊寅	丁未	丁丑	丙午	乙亥	乙巳	甲戌	甲辰	癸酉	乙巳	甲戌	25
己酉	己卯	戊申	戊寅	丁未	丙子	丙午	乙亥	乙巳	甲戌	丙午	乙亥	26
庚戌	庚辰	己酉	己卯	戊申	丁丑	丁未	丙子	丙午	乙亥	丁未	丙子	27
辛亥	辛巳	庚戌	庚辰	己酉	戊寅	戊申	丁丑	丁未	丙子	戊申	丁丑	28
壬子	壬午	辛亥	辛巳	庚戌	己卯	己酉	戊寅	戊申	丁丑		戊寅	29
癸丑	癸未	壬子	壬午	辛亥	庚辰	庚戌	己卯	己酉	戊寅		己卯	30
甲寅		癸丑		壬子	辛巳		庚辰		己卯		庚辰	31

夏至：06 月 22 日 06：11 時
冬至：12 月 22 日 17：46 時

277

12月	11月	10月	9月	8月	7月	6月	5月	4月	3月	2月	1月	月＼日
庚寅	庚申	己丑	己未	戊子	丁巳	丁亥	丙辰	丙戌	乙卯	丙戌	乙卯	1
辛卯	辛酉	庚寅	庚申	己丑	戊午	戊子	丁巳	丁亥	丙辰	丁亥	丙辰	2
壬辰	壬戌	辛卯	辛酉	庚寅	己未	己丑	戊午	戊子	丁巳	戊子	丁巳	3
癸巳	癸亥	壬辰	壬戌	辛卯	庚申	庚寅	己未	己丑	戊午	己丑	戊午	4
甲午	甲子	癸巳	癸亥	壬辰	辛酉	辛卯	庚申	庚寅	己未	庚寅	己未	5
乙未	乙丑	甲午	甲子	癸巳	壬戌	壬辰	辛酉	辛卯	庚申	辛卯	庚申	6
丙申	丙寅	乙未	乙丑	甲午	癸亥	癸巳	壬戌	壬辰	辛酉	壬辰	辛酉	7
丁酉	丁卯	丙申	丙寅	乙未	甲子	甲午	癸亥	癸巳	壬戌	癸巳	壬戌	8
戊戌	戊辰	丁酉	丁卯	丙申	乙丑	乙未	甲子	甲午	癸亥	甲午	癸亥	9
己亥	己巳	戊戌	戊辰	丁酉	丙寅	丙申	乙丑	乙未	甲子	乙未	甲子	10
庚子	庚午	己亥	己巳	戊戌	丁卯	丁酉	丙寅	丙申	乙丑	丙申	乙丑	11
辛丑	辛未	庚子	庚午	己亥	戊辰	戊戌	丁卯	丁酉	丙寅	丁酉	丙寅	12
壬寅	壬申	辛丑	辛未	庚子	己巳	己亥	戊辰	戊戌	丁卯	戊戌	丁卯	13
癸卯	癸酉	壬寅	壬申	辛丑	庚午	庚子	己巳	己亥	戊辰	己亥	戊辰	14
甲辰	甲戌	癸卯	癸酉	壬寅	辛未	辛丑	庚午	庚子	己巳	庚子	己巳	15
乙巳	乙亥	甲辰	甲戌	癸卯	壬申	壬寅	辛未	辛丑	庚午	辛丑	庚午	16
丙午	丙子	乙巳	乙亥	甲辰	癸酉	癸卯	壬申	壬寅	辛未	壬寅	辛未	17
丁未	丁丑	丙午	丙子	乙巳	甲戌	甲辰	癸酉	癸卯	壬申	癸卯	壬申	18
戊申	戊寅	丁未	丁丑	丙午	乙亥	乙巳	甲戌	甲辰	癸酉	甲辰	癸酉	19
己酉	己卯	戊申	戊寅	丁未	丙子	丙午	乙亥	乙巳	甲戌	乙巳	甲戌	20
庚戌	庚辰	己酉	己卯	戊申	丁丑	丁未	丙子	丙午	乙亥	丙午	乙亥	21
辛亥	辛巳	庚戌	庚辰	己酉	戊寅	戊申	丁丑	丁未	丙子	丁未	丙子	22
壬子	壬午	辛亥	辛巳	庚戌	己卯	己酉	戊寅	戊申	丁丑	戊申	丁丑	23
癸丑	癸未	壬子	壬午	辛亥	庚辰	庚戌	己卯	己酉	戊寅	己酉	戊寅	24
甲寅	甲申	癸丑	癸未	壬子	辛巳	辛亥	庚辰	庚戌	己卯	庚戌	己卯	25
乙卯	乙酉	甲寅	甲申	癸丑	壬午	壬子	辛巳	辛亥	庚辰	辛亥	庚辰	26
丙辰	丙戌	乙卯	乙酉	甲寅	癸未	癸丑	壬午	壬子	辛巳	壬子	辛巳	27
丁巳	丁亥	丙辰	丙戌	乙卯	甲申	甲寅	癸未	癸丑	壬午	癸丑	壬午	28
戊午	戊子	丁巳	丁亥	丙辰	乙酉	乙卯	甲申	甲寅	癸未	甲寅	癸未	29
己未	己丑	戊午	戊子	丁巳	丙戌	丙辰	乙酉	乙卯	甲申		甲申	30
庚申		己未		戊午	丁亥		丙戌		乙酉		乙酉	31

夏至：06月21日11：57時

冬至：12月21日23：28時

西曆一九八九年

2025乙巳蛇年流年運程

12月	11月	10月	9月	8月	7月	6月	5月	4月	3月	2月	1月	月＼日
乙未	乙丑	甲午	甲子	癸巳	壬戌	壬辰	辛酉	辛卯	庚申	壬辰	辛酉	1
丙申	丙寅	乙未	乙丑	甲午	癸亥	癸巳	壬戌	壬辰	辛酉	癸巳	壬戌	2
丁酉	丁卯	丙申	丙寅	乙未	甲子	甲午	癸亥	癸巳	壬戌	甲午	癸亥	3
戊戌	戊辰	丁酉	丁卯	丙申	乙丑	乙未	甲子	甲午	癸亥	乙未	甲子	4
己亥	己巳	戊戌	戊辰	丁酉	丙寅	丙申	乙丑	乙未	甲子	丙申	乙丑	5
庚子	庚午	己亥	己巳	戊戌	丁卯	丁酉	丙寅	丙申	乙丑	丁酉	丙寅	6
辛丑	辛未	庚子	庚午	己亥	戊辰	戊戌	丁卯	丁酉	丙寅	戊戌	丁卯	7
壬寅	壬申	辛丑	辛未	庚子	己巳	己亥	戊辰	戊戌	丁卯	己亥	戊辰	8
癸卯	癸酉	壬寅	壬申	辛丑	庚午	庚子	己巳	己亥	戊辰	庚子	己巳	9
甲辰	甲戌	癸卯	癸酉	壬寅	辛未	辛丑	庚午	庚子	己巳	辛丑	庚午	10
乙巳	乙亥	甲辰	甲戌	癸卯	壬申	壬寅	辛未	辛丑	庚午	壬寅	辛未	11
丙午	丙子	乙巳	乙亥	甲辰	癸酉	癸卯	壬申	壬寅	辛未	癸卯	壬申	12
丁未	丁丑	丙午	丙子	乙巳	甲戌	甲辰	癸酉	癸卯	壬申	甲辰	癸酉	13
戊申	戊寅	丁未	丁丑	丙午	乙亥	乙巳	甲戌	甲辰	癸酉	乙巳	甲戌	14
己酉	己卯	戊申	戊寅	丁未	丙子	丙午	乙亥	乙巳	甲戌	丙午	乙亥	15
庚戌	庚辰	己酉	己卯	戊申	丁丑	丁未	丙子	丙午	乙亥	丁未	丙子	16
辛亥	辛巳	庚戌	庚辰	己酉	戊寅	戊申	丁丑	丁未	丙子	戊申	丁丑	17
壬子	壬午	辛亥	辛巳	庚戌	己卯	己酉	戊寅	戊申	丁丑	己酉	戊寅	18
癸丑	癸未	壬子	壬午	辛亥	庚辰	庚戌	己卯	己酉	戊寅	庚戌	己卯	19
甲寅	甲申	癸丑	癸未	壬子	辛巳	辛亥	庚辰	庚戌	己卯	辛亥	庚辰	20
乙卯	乙酉	甲寅	甲申	癸丑	壬午	壬子	辛巳	辛亥	庚辰	壬子	辛巳	21
丙辰	丙戌	乙卯	乙酉	甲寅	癸未	癸丑	壬午	壬子	辛巳	癸丑	壬午	22
丁巳	丁亥	丙辰	丙戌	乙卯	甲申	甲寅	癸未	癸丑	壬午	甲寅	癸未	23
戊午	戊子	丁巳	丁亥	丙辰	乙酉	乙卯	甲申	甲寅	癸未	乙卯	甲申	24
己未	己丑	戊午	戊子	丁巳	丙戌	丙辰	乙酉	乙卯	甲申	丙辰	乙酉	25
庚申	庚寅	己未	己丑	戊午	丁亥	丁巳	丙戌	丙辰	乙酉	丁巳	丙戌	26
辛酉	辛卯	庚申	庚寅	己未	戊子	戊午	丁亥	丁巳	丙戌	戊午	丁亥	27
壬戌	壬辰	辛酉	辛卯	庚申	己丑	己未	戊子	戊午	丁亥	己未	戊子	28
癸亥	癸巳	壬戌	壬辰	辛酉	庚寅	庚申	己丑	己未	戊子		己丑	29
甲子	甲午	癸亥	癸巳	壬戌	辛卯	辛酉	庚寅	庚申	己丑		庚寅	30
乙丑		甲子		癸亥	壬辰		辛卯		庚寅		辛卯	31

夏至：06月21日17：53時
冬至：12月22日05：22時

張老師 2025乙巳 蛇 年流年運程

西曆一九九零年

12月	11月	10月	9月	8月	7月	6月	5月	4月	3月	2月	1月	月／日
庚子	庚午	己亥	己巳	戊戌	丁卯	丁酉	丙寅	丙申	乙丑	丁酉	丙寅	1
辛丑	辛未	庚子	庚午	己亥	戊辰	戊戌	丁卯	丁酉	丙寅	戊戌	丁卯	2
壬寅	壬申	辛丑	辛未	庚子	己巳	己亥	戊辰	戊戌	丁卯	己亥	戊辰	3
癸卯	癸酉	壬寅	壬申	辛丑	庚午	庚子	己巳	己亥	戊辰	庚子	己巳	4
甲辰	甲戌	癸卯	癸酉	壬寅	辛未	辛丑	庚午	庚子	己巳	辛丑	庚午	5
乙巳	乙亥	甲辰	甲戌	癸卯	壬申	壬寅	辛未	辛丑	庚午	壬寅	辛未	6
丙午	丙子	乙巳	乙亥	甲辰	癸酉	癸卯	壬申	壬寅	辛未	癸卯	壬申	7
丁未	丁丑	丙午	丙子	乙巳	甲戌	甲辰	癸酉	癸卯	壬申	甲辰	癸酉	8
戊申	戊寅	丁未	丁丑	丙午	乙亥	乙巳	甲戌	甲辰	癸酉	乙巳	甲戌	9
己酉	己卯	戊申	戊寅	丁未	丙子	丙午	乙亥	乙巳	甲戌	丙午	乙亥	10
庚戌	庚辰	己酉	己卯	戊申	丁丑	丁未	丙子	丙午	乙亥	丁未	丙子	11
辛亥	辛巳	庚戌	庚辰	己酉	戊寅	戊申	丁丑	丁未	丙子	戊申	丁丑	12
壬子	壬午	辛亥	辛巳	庚戌	己卯	己酉	戊寅	戊申	丁丑	己酉	戊寅	13
癸丑	癸未	壬子	壬午	辛亥	庚辰	庚戌	己卯	己酉	戊寅	庚戌	己卯	14
甲寅	甲申	癸丑	癸未	壬子	辛巳	辛亥	庚辰	庚戌	己卯	辛亥	庚辰	15
乙卯	乙酉	甲寅	甲申	癸丑	壬午	壬子	辛巳	辛亥	庚辰	壬子	辛巳	16
丙辰	丙戌	乙卯	乙酉	甲寅	癸未	癸丑	壬午	壬子	辛巳	癸丑	壬午	17
丁巳	丁亥	丙辰	丙戌	乙卯	甲申	甲寅	癸未	癸丑	壬午	甲寅	癸未	18
戊午	戊子	丁巳	丁亥	丙辰	乙酉	乙卯	甲申	甲寅	癸未	乙卯	甲申	19
己未	己丑	戊午	戊子	丁巳	丙戌	丙辰	乙酉	乙卯	甲申	丙辰	乙酉	20
庚申	庚寅	己未	己丑	戊午	丁亥	丁巳	丙戌	丙辰	乙酉	丁巳	丙戌	21
辛酉	辛卯	庚申	庚寅	己未	戊子	戊午	丁亥	丁巳	丙戌	戊午	丁亥	22
壬戌	壬辰	辛酉	辛卯	庚申	己丑	己未	戊子	戊午	丁亥	己未	戊子	23
癸亥	癸巳	壬戌	壬辰	辛酉	庚寅	庚申	己丑	己未	戊子	庚申	己丑	24
甲子	甲午	癸亥	癸巳	壬戌	辛卯	辛酉	庚寅	庚申	己丑	辛酉	庚寅	25
乙丑	乙未	甲子	甲午	癸亥	壬辰	壬戌	辛卯	辛酉	庚寅	壬戌	辛卯	26
丙寅	丙申	乙丑	乙未	甲子	癸巳	癸亥	壬辰	壬戌	辛卯	癸亥	壬辰	27
丁卯	丁酉	丙寅	丙申	乙丑	甲午	甲子	癸巳	癸亥	壬辰	甲子	癸巳	28
戊辰	戊戌	丁卯	丁酉	丙寅	乙未	乙丑	甲午	甲子	癸巳		甲午	29
己巳	己亥	戊辰	戊戌	丁卯	丙申	丙寅	乙未	乙丑	甲午		乙未	30
庚午		己巳		戊辰	丁酉		丙申		乙未		丙申	31

夏至：06月21日23：33時
冬至：12月22日11：07時

12月	11月	10月	9月	8月	7月	6月	5月	4月	3月	2月	1月	月 / 日
乙巳	乙亥	甲辰	甲戌	癸卯	壬申	壬寅	辛未	辛丑	庚午	壬寅	辛未	1
丙午	丙子	乙巳	乙亥	甲辰	癸酉	癸卯	壬申	壬寅	辛未	癸卯	壬申	2
丁未	丁丑	丙午	丙子	乙巳	甲戌	甲辰	癸酉	癸卯	壬申	甲辰	癸酉	3
戊申	戊寅	丁未	丁丑	丙午	乙亥	乙巳	甲戌	甲辰	癸酉	乙巳	甲戌	4
己酉	己卯	戊申	戊寅	丁未	丙子	丙午	乙亥	乙巳	甲戌	丙午	乙亥	5
庚戌	庚辰	己酉	己卯	戊申	丁丑	丁未	丙子	丙午	乙亥	丁未	丙子	6
辛亥	辛巳	庚戌	庚辰	己酉	戊寅	戊申	丁丑	丁未	丙子	戊申	丁丑	7
壬子	壬午	辛亥	辛巳	庚戌	己卯	己酉	戊寅	戊申	丁丑	己酉	戊寅	8
癸丑	癸未	壬子	壬午	辛亥	庚辰	庚戌	己卯	己酉	戊寅	庚戌	己卯	9
甲寅	甲申	癸丑	癸未	壬子	辛巳	辛亥	庚辰	庚戌	己卯	辛亥	庚辰	10
乙卯	乙酉	甲寅	甲申	癸丑	壬午	壬子	辛巳	辛亥	庚辰	壬子	辛巳	11
丙辰	丙戌	乙卯	乙酉	甲寅	癸未	癸丑	壬午	壬子	辛巳	癸丑	壬午	12
丁巳	丁亥	丙辰	丙戌	乙卯	甲申	甲寅	癸未	癸丑	壬午	甲寅	癸未	13
戊午	戊子	丁巳	丁亥	丙辰	乙酉	乙卯	甲申	甲寅	癸未	乙卯	甲申	14
己未	己丑	戊午	戊子	丁巳	丙戌	丙辰	乙酉	乙卯	甲申	丙辰	乙酉	15
庚申	庚寅	己未	己丑	戊午	丁亥	丁巳	丙戌	丙辰	乙酉	丁巳	丙戌	16
辛酉	辛卯	庚申	庚寅	己未	戊子	戊午	丁亥	丁巳	丙戌	戊午	丁亥	17
壬戌	壬辰	辛酉	辛卯	庚申	己丑	己未	戊子	戊午	丁亥	己未	戊子	18
癸亥	癸巳	壬戌	壬辰	辛酉	庚寅	庚申	己丑	己未	戊子	庚申	己丑	19
甲子	甲午	癸亥	癸巳	壬戌	辛卯	辛酉	庚寅	庚申	己丑	辛酉	庚寅	20
乙丑	乙未	甲子	甲午	癸亥	壬辰	壬戌	辛卯	辛酉	庚寅	壬戌	辛卯	21
丙寅	丙申	乙丑	乙未	甲子	癸巳	癸亥	壬辰	壬戌	辛卯	癸亥	壬辰	22
丁卯	丁酉	丙寅	丙申	乙丑	甲午	甲子	癸巳	癸亥	壬辰	甲子	癸巳	23
戊辰	戊戌	丁卯	丁酉	丙寅	乙未	乙丑	甲午	甲子	癸巳	乙丑	甲午	24
己巳	己亥	戊辰	戊戌	丁卯	丙申	丙寅	乙未	乙丑	甲午	丙寅	乙未	25
庚午	庚子	己巳	己亥	戊辰	丁酉	丁卯	丙申	丙寅	乙未	丁卯	丙申	26
辛未	辛丑	庚午	庚子	己巳	戊戌	戊辰	丁酉	丁卯	丙申	戊辰	丁酉	27
壬申	壬寅	辛未	辛丑	庚午	己亥	己巳	戊戌	戊辰	丁酉	己巳	戊戌	28
癸酉	癸卯	壬申	壬寅	辛未	庚子	庚午	己亥	己巳	戊戌		己亥	29
甲戌	甲辰	癸酉	癸卯	壬申	辛丑	辛未	庚子	庚午	己亥		庚子	30
乙亥		甲戌		癸酉	壬寅		辛丑		庚子		辛丑	31

夏至：06月22日05：19時
冬至：12月22日16：54時

西曆一九九一年

2025乙巳蛇年流年運程

西曆一九九二年

12月	11月	10月	9月	8月	7月	6月	5月	4月	3月	2月	1月	日
辛亥	辛巳	庚戌	庚辰	己酉	戊寅	戊申	丁丑	丁未	丙子	丁未	丙子	1
壬子	壬午	辛亥	辛巳	庚戌	己卯	己酉	戊寅	戊申	丁丑	戊申	丁丑	2
癸丑	癸未	壬子	壬午	辛亥	庚辰	庚戌	己卯	己酉	戊寅	己酉	戊寅	3
甲寅	甲申	癸丑	癸未	壬子	辛巳	辛亥	庚辰	庚戌	己卯	庚戌	己卯	4
乙卯	乙酉	甲寅	甲申	癸丑	壬午	壬子	辛巳	辛亥	庚辰	辛亥	庚辰	5
丙辰	丙戌	乙卯	乙酉	甲寅	癸未	癸丑	壬午	壬子	辛巳	壬子	辛巳	6
丁巳	丁亥	丙辰	丙戌	乙卯	甲申	甲寅	癸未	癸丑	壬午	癸丑	壬午	7
戊午	戊子	丁巳	丁亥	丙辰	乙酉	乙卯	甲申	甲寅	癸未	甲寅	癸未	8
己未	己丑	戊午	戊子	丁巳	丙戌	丙辰	乙酉	乙卯	甲申	乙卯	甲申	9
庚申	庚寅	己未	己丑	戊午	丁亥	丁巳	丙戌	丙辰	乙酉	丙辰	乙酉	10
辛酉	辛卯	庚申	庚寅	己未	戊子	戊午	丁亥	丁巳	丙戌	丁巳	丙戌	11
壬戌	壬辰	辛酉	辛卯	庚申	己丑	己未	戊子	戊午	丁亥	戊午	丁亥	12
癸亥	癸巳	壬戌	壬辰	辛酉	庚寅	庚申	己丑	己未	戊子	己未	戊子	13
甲子	甲午	癸亥	癸巳	壬戌	辛卯	辛酉	庚寅	庚申	己丑	庚申	己丑	14
乙丑	乙未	甲子	甲午	癸亥	壬辰	壬戌	辛卯	辛酉	庚寅	辛酉	庚寅	15
丙寅	丙申	乙丑	乙未	甲子	癸巳	癸亥	壬辰	壬戌	辛卯	壬戌	辛卯	16
丁卯	丁酉	丙寅	丙申	乙丑	甲午	甲子	癸巳	癸亥	壬辰	癸亥	壬辰	17
戊辰	戊戌	丁卯	丁酉	丙寅	乙未	乙丑	甲午	甲子	癸巳	甲子	癸巳	18
己巳	己亥	戊辰	戊戌	丁卯	丙申	丙寅	乙未	乙丑	甲午	乙丑	甲午	19
庚午	庚子	己巳	己亥	戊辰	丁酉	丁卯	丙申	丙寅	乙未	丙寅	乙未	20
辛未	辛丑	庚午	庚子	己巳	戊戌	戊辰	丁酉	丁卯	丙申	丁卯	丙申	21
壬申	壬寅	辛未	辛丑	庚午	己亥	己巳	戊戌	戊辰	丁酉	戊辰	丁酉	22
癸酉	癸卯	壬申	壬寅	辛未	庚子	庚午	己亥	己巳	戊戌	己巳	戊戌	23
甲戌	甲辰	癸酉	癸卯	壬申	辛丑	辛未	庚子	庚午	己亥	庚午	己亥	24
乙亥	乙巳	甲戌	甲辰	癸酉	壬寅	壬申	辛丑	辛未	庚子	辛未	庚子	25
丙子	丙午	乙亥	乙巳	甲戌	癸卯	癸酉	壬寅	壬申	辛丑	壬申	辛丑	26
丁丑	丁未	丙子	丙午	乙亥	甲辰	甲戌	癸卯	癸酉	壬寅	癸酉	壬寅	27
戊寅	戊申	丁丑	丁未	丙子	乙巳	乙亥	甲辰	甲戌	癸卯	甲戌	癸卯	28
己卯	己酉	戊寅	戊申	丁丑	丙午	丙子	乙巳	乙亥	甲辰	乙亥	甲辰	29
庚辰	庚戌	己卯	己酉	戊寅	丁未	丁丑	丙午	丙子	乙巳		乙巳	30
辛巳		庚辰		己卯	戊申		丁未		丙午		丙午	31

夏至：06月21日11：14時
冬至：12月21日22：44時

張慈憲 2025乙巳 蛇 年流年運程

西曆一九九三年

12月	11月	10月	9月	8月	7月	6月	5月	4月	3月	2月	1月	日
丙辰	丙戌	乙卯	乙酉	甲寅	癸未	癸丑	壬午	壬子	辛巳	癸丑	壬午	1
丁巳	丁亥	丙辰	丙戌	乙卯	甲申	甲寅	癸未	癸丑	壬午	甲寅	癸未	2
戊午	戊子	丁巳	丁亥	丙辰	乙酉	乙卯	甲申	甲寅	癸未	乙卯	甲申	3
己未	己丑	戊午	戊子	丁巳	丙戌	丙辰	乙酉	乙卯	甲申	丙辰	乙酉	4
庚申	庚寅	己未	己丑	戊午	丁亥	丁巳	丙戌	丙辰	乙酉	丁巳	丙戌	5
辛酉	辛卯	庚申	庚寅	己未	戊子	戊午	丁亥	丁巳	丙戌	戊午	丁亥	6
壬戌	壬辰	辛酉	辛卯	庚申	己丑	己未	戊子	戊午	丁亥	己未	戊子	7
癸亥	癸巳	壬戌	壬辰	辛酉	庚寅	庚申	己丑	己未	戊子	庚申	己丑	8
甲子	甲午	癸亥	癸巳	壬戌	辛卯	辛酉	庚寅	庚申	己丑	辛酉	庚寅	9
乙丑	乙未	甲子	甲午	癸亥	壬辰	壬戌	辛卯	辛酉	庚寅	壬戌	辛卯	10
丙寅	丙申	乙丑	乙未	甲子	癸巳	癸亥	壬辰	壬戌	辛卯	癸亥	壬辰	11
丁卯	丁酉	丙寅	丙申	乙丑	甲午	甲子	癸巳	癸亥	壬辰	甲子	癸巳	12
戊辰	戊戌	丁卯	丁酉	丙寅	乙未	乙丑	甲午	甲子	癸巳	乙丑	甲午	13
己巳	己亥	戊辰	戊戌	丁卯	丙申	丙寅	乙未	乙丑	甲午	丙寅	乙未	14
庚午	庚子	己巳	己亥	戊辰	丁酉	丁卯	丙申	丙寅	乙未	丁卯	丙申	15
辛未	辛丑	庚午	庚子	己巳	戊戌	戊辰	丁酉	丁卯	丙申	戊辰	丁酉	16
壬申	壬寅	辛未	辛丑	庚午	己亥	己巳	戊戌	戊辰	丁酉	己巳	戊戌	17
癸酉	癸卯	壬申	壬寅	辛未	庚子	庚午	己亥	己巳	戊戌	庚午	己亥	18
甲戌	甲辰	癸酉	癸卯	壬申	辛丑	辛未	庚子	庚午	己亥	辛未	庚子	19
乙亥	乙巳	甲戌	甲辰	癸酉	壬寅	壬申	辛丑	辛未	庚子	壬申	辛丑	20
丙子	丙午	乙亥	乙巳	甲戌	癸卯	癸酉	壬寅	壬申	辛丑	癸酉	壬寅	21
丁丑	丁未	丙子	丙午	乙亥	甲辰	甲戌	癸卯	癸酉	壬寅	甲戌	癸卯	22
戊寅	戊申	丁丑	丁未	丙子	乙巳	乙亥	甲辰	甲戌	癸卯	乙亥	甲辰	23
己卯	己酉	戊寅	戊申	丁丑	丙午	丙子	乙巳	乙亥	甲辰	丙子	乙巳	24
庚辰	庚戌	己卯	己酉	戊寅	丁未	丁丑	丙午	丙子	乙巳	丁丑	丙午	25
辛巳	辛亥	庚辰	庚戌	己卯	戊申	戊寅	丁未	丁丑	丙午	戊寅	丁未	26
壬午	壬子	辛巳	辛亥	庚辰	己酉	己卯	戊申	戊寅	丁未	己卯	戊申	27
癸未	癸丑	壬午	壬子	辛巳	庚戌	庚辰	己酉	己卯	戊申	庚辰	己酉	28
甲申	甲寅	癸未	癸丑	壬午	辛亥	辛巳	庚戌	庚辰	己酉		庚戌	29
乙酉	乙卯	甲申	甲寅	癸未	壬子	壬午	辛亥	辛巳	庚戌		辛亥	30
丙戌		乙酉		甲申	癸丑		壬子		辛亥		壬子	31

夏至：06月21日17：01時
冬至：12月22日04：26時

張芯熏

2025乙巳

蛇年流年運程

西曆一九九四年

12月	11月	10月	9月	8月	7月	6月	5月	4月	3月	2月	1月	日
辛酉	辛卯	庚申	庚寅	己未	戊子	戊午	丁亥	丁巳	丙戌	戊午	丁亥	1
壬戌	壬辰	辛酉	辛卯	庚申	己丑	己未	戊子	戊午	丁亥	己未	戊子	2
癸亥	癸巳	壬戌	壬辰	辛酉	庚寅	庚申	己丑	己未	戊子	庚申	己丑	3
甲子	甲午	癸亥	癸巳	壬戌	辛卯	辛酉	庚寅	庚申	己丑	辛酉	庚寅	4
乙丑	乙未	甲子	甲午	癸亥	壬辰	壬戌	辛卯	辛酉	庚寅	壬戌	辛卯	5
丙寅	丙申	乙丑	乙未	甲子	癸巳	癸亥	壬辰	壬戌	辛卯	癸亥	壬辰	6
丁卯	丁酉	丙寅	丙申	乙丑	甲午	甲子	癸巳	癸亥	壬辰	甲子	癸巳	7
戊辰	戊戌	丁卯	丁酉	丙寅	乙未	乙丑	甲午	甲子	癸巳	乙丑	甲午	8
己巳	己亥	戊辰	戊戌	丁卯	丙申	丙寅	乙未	乙丑	甲午	丙寅	乙未	9
庚午	庚子	己巳	己亥	戊辰	丁酉	丁卯	丙申	丙寅	乙未	丁卯	丙申	10
辛未	辛丑	庚午	庚子	己巳	戊戌	戊辰	丁酉	丁卯	丙申	戊辰	丁酉	11
壬申	壬寅	辛未	辛丑	庚午	己亥	己巳	戊戌	戊辰	丁酉	己巳	戊戌	12
癸酉	癸卯	壬申	壬寅	辛未	庚子	庚午	己亥	己巳	戊戌	庚午	己亥	13
甲戌	甲辰	癸酉	癸卯	壬申	辛丑	辛未	庚子	庚午	己亥	辛未	庚子	14
乙亥	乙巳	甲戌	甲辰	癸酉	壬寅	壬申	辛丑	辛未	庚子	壬申	辛丑	15
丙子	丙午	乙亥	乙巳	甲戌	癸卯	癸酉	壬寅	壬申	辛丑	癸酉	壬寅	16
丁丑	丁未	丙子	丙午	乙亥	甲辰	甲戌	癸卯	癸酉	壬寅	甲戌	癸卯	17
戊寅	戊申	丁丑	丁未	丙子	乙巳	乙亥	甲辰	甲戌	癸卯	乙亥	甲辰	18
己卯	己酉	戊寅	戊申	丁丑	丙午	丙子	乙巳	乙亥	甲辰	丙子	乙巳	19
庚辰	庚戌	己卯	己酉	戊寅	丁未	丁丑	丙午	丙子	乙巳	丁丑	丙午	20
辛巳	辛亥	庚辰	庚戌	己卯	戊申	戊寅	丁未	丁丑	丙午	戊寅	丁未	21
壬午	壬子	辛巳	辛亥	庚辰	己酉	己卯	戊申	戊寅	丁未	己卯	戊申	22
癸未	癸丑	壬午	壬子	辛巳	庚戌	庚辰	己酉	己卯	戊申	庚辰	己酉	23
甲申	甲寅	癸未	癸丑	壬午	辛亥	辛巳	庚戌	庚辰	己酉	辛巳	庚戌	24
乙酉	乙卯	甲申	甲寅	癸未	壬子	壬午	辛亥	辛巳	庚戌	壬午	辛亥	25
丙戌	丙辰	乙酉	乙卯	甲申	癸丑	癸未	壬子	壬午	辛亥	癸未	壬子	26
丁亥	丁巳	丙戌	丙辰	乙酉	甲寅	甲申	癸丑	癸未	壬子	甲申	癸丑	27
戊子	戊午	丁亥	丁巳	丙戌	乙卯	乙酉	甲寅	甲申	癸丑	乙酉	甲寅	28
己丑	己未	戊子	戊午	丁亥	丙辰	丙戌	乙卯	乙酉	甲寅		乙卯	29
庚寅	庚申	己丑	己未	戊子	丁巳	丁亥	丙辰	丙戌	乙卯		丙辰	30
辛卯		庚寅		己丑	戊午		丁巳		丙辰		丁巳	31

夏至：06 月 21 日 22：48 時
冬至：12 月 22 日 10：23 時

284

12月	11月	10月	9月	8月	7月	6月	5月	4月	3月	2月	1月	月 日
丙寅	丙申	乙丑	乙未	甲子	癸巳	癸亥	壬辰	壬戌	辛卯	癸亥	壬辰	1
丁卯	丁酉	丙寅	丙申	乙丑	甲午	甲子	癸巳	癸亥	壬辰	甲子	癸巳	2
戊辰	戊戌	丁卯	丁酉	丙寅	乙未	乙丑	甲午	甲子	癸巳	乙丑	甲午	3
己巳	己亥	戊辰	戊戌	丁卯	丙申	丙寅	乙未	乙丑	甲午	丙寅	乙未	4
庚午	庚子	己巳	己亥	戊辰	丁酉	丁卯	丙申	丙寅	乙未	丁卯	丙申	5
辛未	辛丑	庚午	庚子	己巳	戊戌	戊辰	丁酉	丁卯	丙申	戊辰	丁酉	6
壬申	壬寅	辛未	辛丑	庚午	己亥	己巳	戊戌	戊辰	丁酉	己巳	戊戌	7
癸酉	癸卯	壬申	壬寅	辛未	庚子	庚午	己亥	己巳	戊戌	庚午	己亥	8
甲戌	甲辰	癸酉	癸卯	壬申	辛丑	辛未	庚子	庚午	己亥	辛未	庚子	9
乙亥	乙巳	甲戌	甲辰	癸酉	壬寅	壬申	辛丑	辛未	庚子	壬申	辛丑	10
丙子	丙午	乙亥	乙巳	甲戌	癸卯	癸酉	壬寅	壬申	辛丑	癸酉	壬寅	11
丁丑	丁未	丙子	丙午	乙亥	甲辰	甲戌	癸卯	癸酉	壬寅	甲戌	癸卯	12
戊寅	戊申	丁丑	丁未	丙子	乙巳	乙亥	甲辰	甲戌	癸卯	乙亥	甲辰	13
己卯	己酉	戊寅	戊申	丁丑	丙午	丙子	乙巳	乙亥	甲辰	丙子	乙巳	14
庚辰	庚戌	己卯	己酉	戊寅	丁未	丁丑	丙午	丙子	乙巳	丁丑	丙午	15
辛巳	辛亥	庚辰	庚戌	己卯	戊申	戊寅	丁未	丁丑	丙午	戊寅	丁未	16
壬午	壬子	辛巳	辛亥	庚辰	己酉	己卯	戊申	戊寅	丁未	己卯	戊申	17
癸未	癸丑	壬午	壬子	辛巳	庚戌	庚辰	己酉	己卯	戊申	庚辰	己酉	18
甲申	甲寅	癸未	癸丑	壬午	辛亥	辛巳	庚戌	庚辰	己酉	辛巳	庚戌	19
乙酉	乙卯	甲申	甲寅	癸未	壬子	壬午	辛亥	辛巳	庚戌	壬午	辛亥	20
丙戌	丙辰	乙酉	乙卯	甲申	癸丑	癸未	壬子	壬午	辛亥	癸未	壬子	21
丁亥	丁巳	丙戌	丙辰	乙酉	甲寅	甲申	癸丑	癸未	壬子	甲申	癸丑	22
戊子	戊午	丁亥	丁巳	丙戌	乙卯	乙酉	甲寅	甲申	癸丑	乙酉	甲寅	23
己丑	己未	戊子	戊午	丁亥	丙辰	丙戌	乙卯	乙酉	甲寅	丙戌	乙卯	24
庚寅	庚申	己丑	己未	戊子	丁巳	丁亥	丙辰	丙戌	乙卯	丁亥	丙辰	25
辛卯	辛酉	庚寅	庚申	己丑	戊午	戊子	丁巳	丁亥	丙辰	戊子	丁巳	26
壬辰	壬戌	辛卯	辛酉	庚寅	己未	己丑	戊午	戊子	丁巳	己丑	戊午	27
癸巳	癸亥	壬辰	壬戌	辛卯	庚申	庚寅	己未	己丑	戊午	庚寅	己未	28
甲午	甲子	癸巳	癸亥	壬辰	辛酉	辛卯	庚申	庚寅	己未		庚申	29
乙未	乙丑	甲午	甲子	癸巳	壬戌	壬辰	辛酉	辛卯	庚申		辛酉	30
丙申		乙未		甲午	癸亥		壬戌		辛酉		壬戌	31

夏至：06 月 22 日 04：34 時
冬至：12 月 22 日 16：17 時

張炤熊

2025乙巳

蛇

年㷀年運程

西曆一九九五年

285

張盛熹 2025乙巳 蛇 年流年運程

西曆一九九六年

12月	11月	10月	9月	8月	7月	6月	5月	4月	3月	2月	1月	月／日
壬申	壬寅	辛未	辛丑	庚午	己亥	己巳	戊戌	戊辰	丁酉	戊辰	丁酉	1
癸酉	癸卯	壬申	壬寅	辛未	庚子	庚午	己亥	己巳	戊戌	己巳	戊戌	2
甲戌	甲辰	癸酉	癸卯	壬申	辛丑	辛未	庚子	庚午	己亥	庚午	己亥	3
乙亥	乙巳	甲戌	甲辰	癸酉	壬寅	壬申	辛丑	辛未	庚子	辛未	庚子	4
丙子	丙午	乙亥	乙巳	甲戌	癸卯	癸酉	壬寅	壬申	辛丑	壬申	辛丑	5
丁丑	丁未	丙子	丙午	乙亥	甲辰	甲戌	癸卯	癸酉	壬寅	癸酉	壬寅	6
戊寅	戊申	丁丑	丁未	丙子	乙巳	乙亥	甲辰	甲戌	癸卯	甲戌	癸卯	7
己卯	己酉	戊寅	戊申	丁丑	丙午	丙子	乙巳	乙亥	甲辰	乙亥	甲辰	8
庚辰	庚戌	己卯	己酉	戊寅	丁未	丁丑	丙午	丙子	乙巳	丙子	乙巳	9
辛巳	辛亥	庚辰	庚戌	己卯	戊申	戊寅	丁未	丁丑	丙午	丁丑	丙午	10
壬午	壬子	辛巳	辛亥	庚辰	己酉	己卯	戊申	戊寅	丁未	戊寅	丁未	11
癸未	癸丑	壬午	壬子	辛巳	庚戌	庚辰	己酉	己卯	戊申	己卯	戊申	12
甲申	甲寅	癸未	癸丑	壬午	辛亥	辛巳	庚戌	庚辰	己酉	庚辰	己酉	13
乙酉	乙卯	甲申	甲寅	癸未	壬子	壬午	辛亥	辛巳	庚戌	辛巳	庚戌	14
丙戌	丙辰	乙酉	乙卯	甲申	癸丑	癸未	壬子	壬午	辛亥	壬午	辛亥	15
丁亥	丁巳	丙戌	丙辰	乙酉	甲寅	甲申	癸丑	癸未	壬子	癸未	壬子	16
戊子	戊午	丁亥	丁巳	丙戌	乙卯	乙酉	甲寅	甲申	癸丑	甲申	癸丑	17
己丑	己未	戊子	戊午	丁亥	丙辰	丙戌	乙卯	乙酉	甲寅	乙酉	甲寅	18
庚寅	庚申	己丑	己未	戊子	丁巳	丁亥	丙辰	丙戌	乙卯	丙戌	乙卯	19
辛卯	辛酉	庚寅	庚申	己丑	戊午	戊子	丁巳	丁亥	丙辰	丁亥	丙辰	20
壬辰	壬戌	辛卯	辛酉	庚寅	己未	己丑	戊午	戊子	丁巳	戊子	丁巳	21
癸巳	癸亥	壬辰	壬戌	辛卯	庚申	庚寅	己未	己丑	戊午	己丑	戊午	22
甲午	甲子	癸巳	癸亥	壬辰	辛酉	辛卯	庚申	庚寅	己未	庚寅	己未	23
乙未	乙丑	甲午	甲子	癸巳	壬戌	壬辰	辛酉	辛卯	庚申	辛卯	庚申	24
丙申	丙寅	乙未	乙丑	甲午	癸亥	癸巳	壬戌	壬辰	辛酉	壬辰	辛酉	25
丁酉	丁卯	丙申	丙寅	乙未	甲子	甲午	癸亥	癸巳	壬戌	癸巳	壬戌	26
戊戌	戊辰	丁酉	丁卯	丙申	乙丑	乙未	甲子	甲午	癸亥	甲午	癸亥	27
己亥	己巳	戊戌	戊辰	丁酉	丙寅	丙申	乙丑	乙未	甲子	乙未	甲子	28
庚子	庚午	己亥	己巳	戊戌	丁卯	丁酉	丙寅	丙申	乙丑	丙申	乙丑	29
辛丑	辛未	庚子	庚午	己亥	戊辰	戊戌	丁卯	丁酉	丙寅		丙寅	30
壬寅		辛丑		庚子	己巳		戊辰		丁卯		丁卯	31

夏至：06月21日10：24時
冬至：12月21日22：06時

286

西曆一九九七年

2025乙巳 蛇年流年運程

張盛翕

12月	11月	10月	9月	8月	7月	6月	5月	4月	3月	2月	1月	月／日
丁丑	丁未	丙子	丙午	乙亥	甲辰	甲戌	癸卯	癸酉	壬寅	甲戌	癸卯	1
戊寅	戊申	丁丑	丁未	丙子	乙巳	乙亥	甲辰	甲戌	癸卯	乙亥	甲辰	2
己卯	己酉	戊寅	戊申	丁丑	丙午	丙子	乙巳	乙亥	甲辰	丙子	乙巳	3
庚辰	庚戌	己卯	己酉	戊寅	丁未	丁丑	丙午	丙子	乙巳	丁丑	丙午	4
辛巳	辛亥	庚辰	庚戌	己卯	戊申	戊寅	丁未	丁丑	丙午	戊寅	丁未	5
壬午	壬子	辛巳	辛亥	庚辰	己酉	己卯	戊申	戊寅	丁未	己卯	戊申	6
癸未	癸丑	壬午	壬子	辛巳	庚戌	庚辰	己酉	己卯	戊申	庚辰	己酉	7
甲申	甲寅	癸未	癸丑	壬午	辛亥	辛巳	庚戌	庚辰	己酉	辛巳	庚戌	8
乙酉	乙卯	甲申	甲寅	癸未	壬子	壬午	辛亥	辛巳	庚戌	壬午	辛亥	9
丙戌	丙辰	乙酉	乙卯	甲申	癸丑	癸未	壬子	壬午	辛亥	癸未	壬子	10
丁亥	丁巳	丙戌	丙辰	乙酉	甲寅	甲申	癸丑	癸未	壬子	甲申	癸丑	11
戊子	戊午	丁亥	丁巳	丙戌	乙卯	乙酉	甲寅	甲申	癸丑	乙酉	甲寅	12
己丑	己未	戊子	戊午	丁亥	丙辰	丙戌	乙卯	乙酉	甲寅	丙戌	乙卯	13
庚寅	庚申	己丑	己未	戊子	丁巳	丁亥	丙辰	丙戌	乙卯	丁亥	丙辰	14
辛卯	辛酉	庚寅	庚申	己丑	戊午	戊子	丁巳	丁亥	丙辰	戊子	丁巳	15
壬辰	壬戌	辛卯	辛酉	庚寅	己未	己丑	戊午	戊子	丁巳	己丑	戊午	16
癸巳	癸亥	壬辰	壬戌	辛卯	庚申	庚寅	己未	己丑	戊午	庚寅	己未	17
甲午	甲子	癸巳	癸亥	壬辰	辛酉	辛卯	庚申	庚寅	己未	辛卯	庚申	18
乙未	乙丑	甲午	甲子	癸巳	壬戌	壬辰	辛酉	辛卯	庚申	壬辰	辛酉	19
丙申	丙寅	乙未	乙丑	甲午	癸亥	癸巳	壬戌	壬辰	辛酉	癸巳	壬戌	20
丁酉	丁卯	丙申	丙寅	乙未	甲子	甲午	癸亥	癸巳	壬戌	甲午	癸亥	21
戊戌	戊辰	丁酉	丁卯	丙申	乙丑	乙未	甲子	甲午	癸亥	乙未	甲子	22
己亥	己巳	戊戌	戊辰	丁酉	丙寅	丙申	乙丑	乙未	甲子	丙申	乙丑	23
庚子	庚午	己亥	己巳	戊戌	丁卯	丁酉	丙寅	丙申	乙丑	丁酉	丙寅	24
辛丑	辛未	庚子	庚午	己亥	戊辰	戊戌	丁卯	丁酉	丙寅	戊戌	丁卯	25
壬寅	壬申	辛丑	辛未	庚子	己巳	己亥	戊辰	戊戌	丁卯	己亥	戊辰	26
癸卯	癸酉	壬寅	壬申	辛丑	庚午	庚子	己巳	己亥	戊辰	庚子	己巳	27
甲辰	甲戌	癸卯	癸酉	壬寅	辛未	辛丑	庚午	庚子	己巳	辛丑	庚午	28
乙巳	乙亥	甲辰	甲戌	癸卯	壬申	壬寅	辛未	辛丑	庚午		辛未	29
丙午	丙子	乙巳	乙亥	甲辰	癸酉	癸卯	壬申	壬寅	辛未		壬申	30
丁未		丙午		乙巳	甲戌		癸酉		壬申		癸酉	31

夏至：06月21日16：20時
冬至：12月22日04：08時

287

張小雲　2025乙巳　蛇　年流年運程

西曆一九九八年

12月	11月	10月	9月	8月	7月	6月	5月	4月	3月	2月	1月	月/日
壬午	壬子	辛巳	辛亥	庚辰	己酉	己卯	戊申	戊寅	丁未	己卯	戊申	1
癸未	癸丑	壬午	壬子	辛巳	庚戌	庚辰	己酉	己卯	戊申	庚辰	己酉	2
甲申	甲寅	癸未	癸丑	壬午	辛亥	辛巳	庚戌	庚辰	己酉	辛巳	庚戌	3
乙酉	乙卯	甲申	甲寅	癸未	壬子	壬午	辛亥	辛巳	庚戌	壬午	辛亥	4
丙戌	丙辰	乙酉	乙卯	甲申	癸丑	癸未	壬子	壬午	辛亥	癸未	壬子	5
丁亥	丁巳	丙戌	丙辰	乙酉	甲寅	甲申	癸丑	癸未	壬子	甲申	癸丑	6
戊子	戊午	丁亥	丁巳	丙戌	乙卯	乙酉	甲寅	甲申	癸丑	乙酉	甲寅	7
己丑	己未	戊子	戊午	丁亥	丙辰	丙戌	乙卯	乙酉	甲寅	丙戌	乙卯	8
庚寅	庚申	己丑	己未	戊子	丁巳	丁亥	丙辰	丙戌	乙卯	丁亥	丙辰	9
辛卯	辛酉	庚寅	庚申	己丑	戊午	戊子	丁巳	丁亥	丙辰	戊子	丁巳	10
壬辰	壬戌	辛卯	辛酉	庚寅	己未	己丑	戊午	戊子	丁巳	己丑	戊午	11
癸巳	癸亥	壬辰	壬戌	辛卯	庚申	庚寅	己未	己丑	戊午	庚寅	己未	12
甲午	甲子	癸巳	癸亥	壬辰	辛酉	辛卯	庚申	庚寅	己未	辛卯	庚申	13
乙未	乙丑	甲午	甲子	癸巳	壬戌	壬辰	辛酉	辛卯	庚申	壬辰	辛酉	14
丙申	丙寅	乙未	乙丑	甲午	癸亥	癸巳	壬戌	壬辰	辛酉	癸巳	壬戌	15
丁酉	丁卯	丙申	丙寅	乙未	甲子	甲午	癸亥	癸巳	壬戌	甲午	癸亥	16
戊戌	戊辰	丁酉	丁卯	丙申	乙丑	乙未	甲子	甲午	癸亥	乙未	甲子	17
己亥	己巳	戊戌	戊辰	丁酉	丙寅	丙申	乙丑	乙未	甲子	丙申	乙丑	18
庚子	庚午	己亥	己巳	戊戌	丁卯	丁酉	丙寅	丙申	乙丑	丁酉	丙寅	19
辛丑	辛未	庚子	庚午	己亥	戊辰	戊戌	丁卯	丁酉	丙寅	戊戌	丁卯	20
壬寅	壬申	辛丑	辛未	庚子	己巳	己亥	戊辰	戊戌	丁卯	己亥	戊辰	21
癸卯	癸酉	壬寅	壬申	辛丑	庚午	庚子	己巳	己亥	戊辰	庚子	己巳	22
甲辰	甲戌	癸卯	癸酉	壬寅	辛未	辛丑	庚午	庚子	己巳	辛丑	庚午	23
乙巳	乙亥	甲辰	甲戌	癸卯	壬申	壬寅	辛未	辛丑	庚午	壬寅	辛未	24
丙午	丙子	乙巳	乙亥	甲辰	癸酉	癸卯	壬申	壬寅	辛未	癸卯	壬申	25
丁未	丁丑	丙午	丙子	乙巳	甲戌	甲辰	癸酉	癸卯	壬申	甲辰	癸酉	26
戊申	戊寅	丁未	丁丑	丙午	乙亥	乙巳	甲戌	甲辰	癸酉	乙巳	甲戌	27
己酉	己卯	戊申	戊寅	丁未	丙子	丙午	乙亥	乙巳	甲戌	丙午	乙亥	28
庚戌	庚辰	己酉	己卯	戊申	丁丑	丁未	丙子	丙午	乙亥		丙子	29
辛亥	辛巳	庚戌	庚辰	己酉	戊寅	戊申	丁丑	丁未	丙子		丁丑	30
壬子		辛亥		庚戌	己卯		戊寅		丁丑		戊寅	31

夏至：06月21日22：03時
冬至：12月22日09：57時

西曆一九九九年

2025乙巳 蛇年流年運程

12月	11月	10月	9月	8月	7月	6月	5月	4月	3月	2月	1月	月／日
丁亥	丁巳	丙戌	丙辰	乙酉	甲寅	甲申	癸丑	癸未	壬子	甲申	癸丑	1
戊子	戊午	丁亥	丁巳	丙戌	乙卯	乙酉	甲寅	甲申	癸丑	乙酉	甲寅	2
己丑	己未	戊子	戊午	丁亥	丙辰	丙戌	乙卯	乙酉	甲寅	丙戌	乙卯	3
庚寅	庚申	己丑	己未	戊子	丁巳	丁亥	丙辰	丙戌	乙卯	丁亥	丙辰	4
辛卯	辛酉	庚寅	庚申	己丑	戊午	戊子	丁巳	丁亥	丙辰	戊子	丁巳	5
壬辰	壬戌	辛卯	辛酉	庚寅	己未	己丑	戊午	戊子	丁巳	己丑	戊午	6
癸巳	癸亥	壬辰	壬戌	辛卯	庚申	庚寅	己未	己丑	戊午	庚寅	己未	7
甲午	甲子	癸巳	癸亥	壬辰	辛酉	辛卯	庚申	庚寅	己未	辛卯	庚申	8
乙未	乙丑	甲午	甲子	癸巳	壬戌	壬辰	辛酉	辛卯	庚申	壬辰	辛酉	9
丙申	丙寅	乙未	乙丑	甲午	癸亥	癸巳	壬戌	壬辰	辛酉	癸巳	壬戌	10
丁酉	丁卯	丙申	丙寅	乙未	甲子	甲午	癸亥	癸巳	壬戌	甲午	癸亥	11
戊戌	戊辰	丁酉	丁卯	丙申	乙丑	乙未	甲子	甲午	癸亥	乙未	甲子	12
己亥	己巳	戊戌	戊辰	丁酉	丙寅	丙申	乙丑	乙未	甲子	丙申	乙丑	13
庚子	庚午	己亥	己巳	戊戌	丁卯	丁酉	丙寅	丙申	乙丑	丁酉	丙寅	14
辛丑	辛未	庚子	庚午	己亥	戊辰	戊戌	丁卯	丁酉	丙寅	戊戌	丁卯	15
壬寅	壬申	辛丑	辛未	庚子	己巳	己亥	戊辰	戊戌	丁卯	己亥	戊辰	16
癸卯	癸酉	壬寅	壬申	辛丑	庚午	庚子	己巳	己亥	戊辰	庚子	己巳	17
甲辰	甲戌	癸卯	癸酉	壬寅	辛未	辛丑	庚午	庚子	己巳	辛丑	庚午	18
乙巳	乙亥	甲辰	甲戌	癸卯	壬申	壬寅	辛未	辛丑	庚午	壬寅	辛未	19
丙午	丙子	乙巳	乙亥	甲辰	癸酉	癸卯	壬申	壬寅	辛未	癸卯	壬申	20
丁未	丁丑	丙午	丙子	乙巳	甲戌	甲辰	癸酉	癸卯	壬申	甲辰	癸酉	21
戊申	戊寅	丁未	丁丑	丙午	乙亥	乙巳	甲戌	甲辰	癸酉	乙巳	甲戌	22
己酉	己卯	戊申	戊寅	丁未	丙子	丙午	乙亥	乙巳	甲戌	丙午	乙亥	23
庚戌	庚辰	己酉	己卯	戊申	丁丑	丁未	丙子	丙午	乙亥	丁未	丙子	24
辛亥	辛巳	庚戌	庚辰	己酉	戊寅	戊申	丁丑	丁未	丙子	戊申	丁丑	25
壬子	壬午	辛亥	辛巳	庚戌	己卯	己酉	戊寅	戊申	丁丑	己酉	戊寅	26
癸丑	癸未	壬子	壬午	辛亥	庚辰	庚戌	己卯	己酉	戊寅	庚戌	己卯	27
甲寅	甲申	癸丑	癸未	壬子	辛巳	辛亥	庚辰	庚戌	己卯	辛亥	庚辰	28
乙卯	乙酉	甲寅	甲申	癸丑	壬午	壬子	辛巳	辛亥	庚辰		辛巳	29
丙辰	丙戌	乙卯	乙酉	甲寅	癸未	癸丑	壬午	壬子	辛巳		壬午	30
丁巳		丙辰		乙卯	甲申		癸未		壬午		癸未	31

夏至：06月22日03：49時

冬至：12月22日15：44時

289

張心悬

2025乙巳

蛇

年流年運程

西曆二零零零年

12月	11月	10月	9月	8月	7月	6月	5月	4月	3月	2月	1月	日
癸巳	癸亥	壬辰	壬戌	辛卯	庚申	庚寅	己未	己丑	戊午	己丑	戊午	1
甲午	甲子	癸巳	癸亥	壬辰	辛酉	辛卯	庚申	庚寅	己未	庚寅	己未	2
乙未	乙丑	甲午	甲子	癸巳	壬戌	壬辰	辛酉	辛卯	庚申	辛卯	庚申	3
丙申	丙寅	乙未	乙丑	甲午	癸亥	癸巳	壬戌	辛酉	壬辰	壬辰	辛酉	4
丁酉	丁卯	丙申	丙寅	乙未	甲子	甲午	癸亥	癸巳	壬戌	癸巳	壬戌	5
戊戌	戊辰	丁酉	丁卯	丙申	乙丑	乙未	甲子	甲午	癸亥	甲午	癸亥	6
己亥	己巳	戊戌	戊辰	丁酉	丙寅	丙申	乙丑	乙未	甲子	乙未	甲子	7
庚子	庚午	己亥	己巳	戊戌	丁卯	丁酉	丙寅	丙申	乙丑	丙申	乙丑	8
辛丑	辛未	庚子	庚午	己亥	戊辰	戊戌	丁卯	丁酉	丙寅	丁酉	丙寅	9
壬寅	壬申	辛丑	辛未	庚子	己巳	己亥	戊辰	戊戌	丁卯	戊戌	丁卯	10
癸卯	癸酉	壬寅	壬申	辛丑	庚午	庚子	己巳	己亥	戊辰	己亥	戊辰	11
甲辰	甲戌	癸卯	癸酉	壬寅	辛未	辛丑	庚午	庚子	己巳	庚子	己巳	12
乙巳	乙亥	甲辰	甲戌	癸卯	壬申	壬寅	辛未	辛丑	庚午	辛丑	庚午	13
丙午	丙子	乙巳	乙亥	甲辰	癸酉	癸卯	壬申	壬寅	辛未	壬寅	辛未	14
丁未	丁丑	丙午	丙子	乙巳	甲戌	甲辰	癸酉	癸卯	壬申	癸卯	壬申	15
戊申	戊寅	丁未	丁丑	丙午	乙亥	乙巳	甲戌	甲辰	癸酉	甲辰	癸酉	16
己酉	己卯	戊申	戊寅	丁未	丙子	丙午	乙亥	乙巳	甲戌	乙巳	甲戌	17
庚戌	庚辰	己酉	己卯	戊申	丁丑	丁未	丙子	丙午	乙亥	丙午	乙亥	18
辛亥	辛巳	庚戌	庚辰	己酉	戊寅	戊申	丁丑	丁未	丙子	丁未	丙子	19
壬子	壬午	辛亥	辛巳	庚戌	己卯	己酉	戊寅	戊申	丁丑	戊申	丁丑	20
癸丑	癸未	壬子	壬午	辛亥	庚辰	庚戌	己卯	己酉	戊寅	己酉	戊寅	21
甲寅	甲申	癸丑	癸未	壬子	辛巳	辛亥	庚辰	庚戌	己卯	庚戌	己卯	22
乙卯	乙酉	甲寅	甲申	癸丑	壬午	壬子	辛巳	辛亥	庚辰	辛亥	庚辰	23
丙辰	丙戌	乙卯	乙酉	甲寅	癸未	癸丑	壬午	壬子	辛巳	壬子	辛巳	24
丁巳	丁亥	丙辰	丙戌	乙卯	甲申	甲寅	癸未	癸丑	壬午	癸丑	壬午	25
戊午	戊子	丁巳	丁亥	丙辰	乙酉	乙卯	甲申	甲寅	癸未	甲寅	癸未	26
己未	己丑	戊午	戊子	丁巳	丙戌	丙辰	乙酉	乙卯	甲申	乙卯	甲申	27
庚申	庚寅	己未	己丑	戊午	丁亥	丁巳	丙戌	丙辰	乙酉	丙辰	乙酉	28
辛酉	辛卯	庚申	庚寅	己未	戊子	戊午	丁亥	丁巳	丙戌		丙戌	29
壬戌	壬辰	辛酉	辛卯	庚申	己丑	己未	戊子	戊午	丁亥		丁亥	30
癸亥		壬戌		辛酉	庚寅		己丑		戊子		戊子	31

夏至：06 月 21 日 09：48 時
冬至：12 月 21 日 21：38 時

290

12月	11月	10月	9月	8月	7月	6月	5月	4月	3月	2月	1月	月\日
戊戌	戊辰	丁酉	丁卯	丙申	乙丑	乙未	甲子	甲午	癸亥	乙未	甲子	1
己亥	己巳	戊戌	戊辰	丁酉	丙寅	丙申	乙丑	乙未	甲子	丙申	乙丑	2
庚子	庚午	己亥	己巳	戊戌	丁卯	丁酉	丙寅	丙申	乙丑	丁酉	丙寅	3
辛丑	辛未	庚子	庚午	己亥	戊辰	戊戌	丁卯	丁酉	丙寅	戊戌	丁卯	4
壬寅	壬申	辛丑	辛未	庚子	己巳	己亥	戊辰	戊戌	丁卯	己亥	戊辰	5
癸卯	癸酉	壬寅	壬申	辛丑	庚午	庚子	己巳	己亥	戊辰	庚子	己巳	6
甲辰	甲戌	癸卯	癸酉	壬寅	辛未	辛丑	庚午	庚子	己巳	辛丑	庚午	7
乙巳	乙亥	甲辰	甲戌	癸卯	壬申	壬寅	辛未	辛丑	庚午	壬寅	辛未	8
丙午	丙子	乙巳	乙亥	甲辰	癸酉	癸卯	壬申	壬寅	辛未	癸卯	壬申	9
丁未	丁丑	丙午	丙子	乙巳	甲戌	甲辰	癸酉	癸卯	壬申	甲辰	癸酉	10
戊申	戊寅	丁未	丁丑	丙午	乙亥	乙巳	甲戌	甲辰	癸酉	乙巳	甲戌	11
己酉	己卯	戊申	戊寅	丁未	丙子	丙午	乙亥	乙巳	甲戌	丙午	乙亥	12
庚戌	庚辰	己酉	己卯	戊申	丁丑	丁未	丙子	丙午	乙亥	丁未	丙子	13
辛亥	辛巳	庚戌	庚辰	己酉	戊寅	戊申	丁丑	丁未	丙子	戊申	丁丑	14
壬子	壬午	辛亥	辛巳	庚戌	己卯	己酉	戊寅	戊申	丁丑	己酉	戊寅	15
癸丑	癸未	壬子	壬午	辛亥	庚辰	庚戌	己卯	己酉	戊寅	庚戌	己卯	16
甲寅	甲申	癸丑	癸未	壬子	辛巳	辛亥	庚辰	庚戌	己卯	辛亥	庚辰	17
乙卯	乙酉	甲寅	甲申	癸丑	壬午	壬子	辛巳	辛亥	庚辰	壬子	辛巳	18
丙辰	丙戌	乙卯	乙酉	甲寅	癸未	癸丑	壬午	壬子	辛巳	癸丑	壬午	19
丁巳	丁亥	丙辰	丙戌	乙卯	甲申	甲寅	癸未	癸丑	壬午	甲寅	癸未	20
戊午	戊子	丁巳	丁亥	丙辰	乙酉	乙卯	甲申	甲寅	癸未	乙卯	甲申	21
己未	己丑	戊午	戊子	丁巳	丙戌	丙辰	乙酉	乙卯	甲申	丙辰	乙酉	22
庚申	庚寅	己未	己丑	戊午	丁亥	丁巳	丙戌	丙辰	乙酉	丁巳	丙戌	23
辛酉	辛卯	庚申	庚寅	己未	戊子	戊午	丁亥	丁巳	丙戌	戊午	丁亥	24
壬戌	壬辰	辛酉	辛卯	庚申	己丑	己未	戊子	戊午	丁亥	己未	戊子	25
癸亥	癸巳	壬戌	壬辰	辛酉	庚寅	庚申	己丑	己未	戊子	庚申	己丑	26
甲子	甲午	癸亥	癸巳	壬戌	辛卯	辛酉	庚寅	庚申	己丑	辛酉	庚寅	27
乙丑	乙未	甲子	甲午	癸亥	壬辰	壬戌	辛卯	辛酉	庚寅	壬戌	辛卯	28
丙寅	丙申	乙丑	乙未	甲子	癸巳	癸亥	壬辰	壬戌	辛卯		壬辰	29
丁卯	丁酉	丙寅	丙申	乙丑	甲午	甲子	癸巳	癸亥	壬辰		癸巳	30
戊辰		丁卯		丙寅	乙未		甲午		癸巳		甲午	31

夏至：06月21日15：39時
冬至：12月22日03：23時

張芯熏
2025乙巳
蛇年流年運程

西曆二零零一年

張彬雲

2025乙巳

蛇

年流年運程

12月	11月	10月	9月	8月	7月	6月	5月	4月	3月	2月	1月	月 日
癸卯	癸酉	壬寅	壬申	辛丑	庚午	庚子	己巳	己亥	戊辰	庚子	己巳	1
甲辰	甲戌	癸卯	癸酉	壬寅	辛未	辛丑	庚午	庚子	己巳	辛丑	庚午	2
乙巳	乙亥	甲辰	甲戌	癸卯	壬申	壬寅	辛未	辛丑	庚午	壬寅	辛未	3
丙午	丙子	乙巳	乙亥	甲辰	癸酉	癸卯	壬申	壬寅	辛未	癸卯	壬申	4
丁未	丁丑	丙午	丙子	乙巳	甲戌	甲辰	癸酉	癸卯	壬申	甲辰	癸酉	5
戊申	戊寅	丁未	丁丑	丙午	乙亥	乙巳	甲戌	甲辰	癸酉	乙巳	甲戌	6
己酉	己卯	戊申	戊寅	丁未	丙子	丙午	乙亥	乙巳	甲戌	丙午	乙亥	7
庚戌	庚辰	己酉	己卯	戊申	丁丑	丁未	丙子	丙午	乙亥	丁未	丙子	8
辛亥	辛巳	庚戌	庚辰	己酉	戊寅	戊申	丁丑	丁未	丙子	戊申	丁丑	9
壬子	壬午	辛亥	辛巳	庚戌	己卯	己酉	戊寅	戊申	丁丑	己酉	戊寅	10
癸丑	癸未	壬子	壬午	辛亥	庚辰	庚戌	己卯	己酉	戊寅	庚戌	己卯	11
甲寅	甲申	癸丑	癸未	壬子	辛巳	辛亥	庚辰	庚戌	己卯	辛亥	庚辰	12
乙卯	乙酉	甲寅	甲申	癸丑	壬午	壬子	辛巳	辛亥	庚辰	壬子	辛巳	13
丙辰	丙戌	乙卯	乙酉	甲寅	癸未	癸丑	壬午	壬子	辛巳	癸丑	壬午	14
丁巳	丁亥	丙辰	丙戌	乙卯	甲申	甲寅	癸未	癸丑	壬午	甲寅	癸未	15
戊午	戊子	丁巳	丁亥	丙辰	乙酉	乙卯	甲申	甲寅	癸未	乙卯	甲申	16
己未	己丑	戊午	戊子	丁巳	丙戌	丙辰	乙酉	乙卯	甲申	丙辰	乙酉	17
庚申	庚寅	己未	己丑	戊午	丁亥	丁巳	丙戌	丙辰	乙酉	丁巳	丙戌	18
辛酉	辛卯	庚申	庚寅	己未	戊子	戊午	丁亥	丁巳	丙戌	戊午	丁亥	19
壬戌	壬辰	辛酉	辛卯	庚申	己丑	己未	戊子	戊午	丁亥	己未	戊子	20
癸亥	癸巳	壬戌	壬辰	辛酉	庚寅	庚申	己丑	己未	戊子	庚申	己丑	21
甲子	甲午	癸亥	癸巳	壬戌	辛卯	辛酉	庚寅	庚申	己丑	辛酉	庚寅	22
乙丑	乙未	甲子	甲午	癸亥	壬辰	壬戌	辛卯	辛酉	庚寅	壬戌	辛卯	23
丙寅	丙申	乙丑	乙未	甲子	癸巳	癸亥	壬辰	壬戌	辛卯	癸亥	壬辰	24
丁卯	丁酉	丙寅	丙申	乙丑	甲午	甲子	癸巳	癸亥	壬辰	甲子	癸巳	25
戊辰	戊戌	丁卯	丁酉	丙寅	乙未	乙丑	甲午	甲子	癸巳	乙丑	甲午	26
己巳	己亥	戊辰	戊戌	丁卯	丙申	丙寅	乙未	乙丑	甲午	丙寅	乙未	27
庚午	庚子	己巳	己亥	戊辰	丁酉	丁卯	丙申	丙寅	乙未	丁卯	丙申	28
辛未	辛丑	庚午	庚子	己巳	戊戌	戊辰	丁酉	丁卯	丙申		丁酉	29
壬申	壬寅	辛未	辛丑	庚午	己亥	己巳	戊戌	戊辰	丁酉		戊戌	30
癸酉		壬申		辛未	庚子		己亥		戊戌		己亥	31

夏至：06月21日21：26時
冬至：12月22日09：16時

12月	11月	10月	9月	8月	7月	6月	5月	4月	3月	2月	1月	日
戊申	戊寅	丁未	丁丑	丙午	乙亥	乙巳	甲戌	甲辰	癸酉	乙巳	甲戌	1
己酉	己卯	戊申	戊寅	丁未	丙子	丙午	乙亥	乙巳	甲戌	丙午	乙亥	2
庚戌	庚辰	己酉	己卯	戊申	丁丑	丁未	丙子	丙午	乙亥	丁未	丙子	3
辛亥	辛巳	庚戌	庚辰	己酉	戊寅	戊申	丁丑	丁未	丙子	戊申	丁丑	4
壬子	壬午	辛亥	辛巳	庚戌	己卯	己酉	戊寅	戊申	丁丑	己酉	戊寅	5
癸丑	癸未	壬子	壬午	辛亥	庚辰	庚戌	己卯	己酉	戊寅	庚戌	己卯	6
甲寅	甲申	癸丑	癸未	壬子	辛巳	辛亥	庚辰	庚戌	己卯	辛亥	庚辰	7
乙卯	乙酉	甲寅	甲申	癸丑	壬午	壬子	辛巳	辛亥	庚辰	壬子	辛巳	8
丙辰	丙戌	乙卯	乙酉	甲寅	癸未	癸丑	壬午	壬子	辛巳	癸丑	壬午	9
丁巳	丁亥	丙辰	丙戌	乙卯	甲申	甲寅	癸未	癸丑	壬午	甲寅	癸未	10
戊午	戊子	丁巳	丁亥	丙辰	乙酉	乙卯	甲申	甲寅	癸未	乙卯	甲申	11
己未	己丑	戊午	戊子	丁巳	丙戌	丙辰	乙酉	乙卯	甲申	丙辰	乙酉	12
庚申	庚寅	己未	己丑	戊午	丁亥	丁巳	丙戌	丙辰	乙酉	丁巳	丙戌	13
辛酉	辛卯	庚申	庚寅	己未	戊子	戊午	丁亥	丁巳	丙戌	戊午	丁亥	14
壬戌	壬辰	辛酉	辛卯	庚申	己丑	己未	戊子	戊午	丁亥	己未	戊子	15
癸亥	癸巳	壬戌	壬辰	辛酉	庚寅	庚申	己丑	己未	戊子	庚申	己丑	16
甲子	甲午	癸亥	癸巳	壬戌	辛卯	辛酉	庚寅	庚申	己丑	辛酉	庚寅	17
乙丑	乙未	甲子	甲午	癸亥	壬辰	壬戌	辛卯	辛酉	庚寅	壬戌	辛卯	18
丙寅	丙申	乙丑	乙未	甲子	癸巳	癸亥	壬辰	壬戌	辛卯	癸亥	壬辰	19
丁卯	丁酉	丙寅	丙申	乙丑	甲午	甲子	癸巳	癸亥	壬辰	甲子	癸巳	20
戊辰	戊戌	丁卯	丁酉	丙寅	乙未	乙丑	甲午	甲子	癸巳	乙丑	甲午	21
己巳	己亥	戊辰	戊戌	丁卯	丙申	丙寅	乙未	乙丑	甲午	丙寅	乙未	22
庚午	庚子	己巳	己亥	戊辰	丁酉	丁卯	丙申	丙寅	乙未	丁卯	丙申	23
辛未	辛丑	庚午	庚子	己巳	戊戌	戊辰	丁酉	丁卯	丙申	戊辰	丁酉	24
壬申	壬寅	辛未	辛丑	庚午	己亥	己巳	戊戌	戊辰	丁酉	己巳	戊戌	25
癸酉	癸卯	壬申	壬寅	辛未	庚子	庚午	己亥	己巳	戊戌	庚午	己亥	26
甲戌	甲辰	癸酉	癸卯	壬申	辛丑	辛未	庚子	庚午	己亥	辛未	庚子	27
乙亥	乙巳	甲戌	甲辰	癸酉	壬寅	壬申	辛丑	辛未	庚子	壬申	辛丑	28
丙子	丙午	乙亥	乙巳	甲戌	癸卯	癸酉	壬寅	壬申	辛丑		壬寅	29
丁丑	丁未	丙子	丙午	乙亥	甲辰	甲戌	癸卯	癸酉	壬寅		癸卯	30
戊寅		丁丑		丙子	乙巳		甲辰		癸卯		甲辰	31

夏至：06月22日03：12時
冬至：12月22日15：05時

張冠雲

2025乙巳

蛇 年流年運程

西曆二零零四年

12月	11月	10月	9月	8月	7月	6月	5月	4月	3月	2月	1月	日
甲寅	甲申	癸丑	癸未	壬子	辛巳	辛亥	庚辰	庚戌	己卯	庚戌	己卯	1
乙卯	乙酉	甲寅	甲申	癸丑	壬午	壬子	辛巳	辛亥	庚辰	辛亥	庚辰	2
丙辰	丙戌	乙卯	乙酉	甲寅	癸未	癸丑	壬午	壬子	辛巳	壬子	辛巳	3
丁巳	丁亥	丙辰	丙戌	乙卯	甲申	甲寅	癸未	癸丑	壬午	癸丑	壬午	4
戊午	戊子	丁巳	丁亥	丙辰	乙酉	乙卯	甲申	甲寅	癸未	甲寅	癸未	5
己未	己丑	戊午	戊子	丁巳	丙戌	丙辰	乙酉	乙卯	甲申	乙卯	甲申	6
庚申	庚寅	己未	己丑	戊午	丁亥	丁巳	丙戌	丙辰	乙酉	丙辰	乙酉	7
辛酉	辛卯	庚申	庚寅	己未	戊子	戊午	丁亥	丁巳	丙戌	丁巳	丙戌	8
壬戌	壬辰	辛酉	辛卯	庚申	己丑	己未	戊子	戊午	丁亥	戊午	丁亥	9
癸亥	癸巳	壬戌	壬辰	辛酉	庚寅	庚申	己丑	己未	戊子	己未	戊子	10
甲子	甲午	癸亥	癸巳	壬戌	辛卯	辛酉	庚寅	庚申	己丑	庚申	己丑	11
乙丑	乙未	甲子	甲午	癸亥	壬辰	壬戌	辛卯	辛酉	庚寅	辛酉	庚寅	12
丙寅	丙申	乙丑	乙未	甲子	癸巳	癸亥	壬辰	壬戌	辛卯	壬戌	辛卯	13
丁卯	丁酉	丙寅	丙申	乙丑	甲午	甲子	癸巳	癸亥	壬辰	癸亥	壬辰	14
戊辰	戊戌	丁卯	丁酉	丙寅	乙未	乙丑	甲午	甲子	癸巳	甲子	癸巳	15
己巳	己亥	戊辰	戊戌	丁卯	丙申	丙寅	乙未	乙丑	甲午	乙丑	甲午	16
庚午	庚子	己巳	己亥	戊辰	丁酉	丁卯	丙申	丙寅	乙未	丙寅	乙未	17
辛未	辛丑	庚午	庚子	己巳	戊戌	戊辰	丁酉	丁卯	丙申	丁卯	丙申	18
壬申	壬寅	辛未	辛丑	庚午	己亥	己巳	戊戌	戊辰	丁酉	戊辰	丁酉	19
癸酉	癸卯	壬申	壬寅	辛未	庚子	庚午	己亥	己巳	戊戌	己巳	戊戌	20
甲戌	甲辰	癸酉	癸卯	壬申	辛丑	辛未	庚子	庚午	己亥	庚午	己亥	21
乙亥	乙巳	甲戌	甲辰	癸酉	壬寅	壬申	辛丑	辛未	庚子	辛未	庚子	22
丙子	丙午	乙亥	乙巳	甲戌	癸卯	癸酉	壬寅	壬申	辛丑	壬申	辛丑	23
丁丑	丁未	丙子	丙午	乙亥	甲辰	甲戌	癸卯	癸酉	壬寅	癸酉	壬寅	24
戊寅	戊申	丁丑	丁未	丙子	乙巳	乙亥	甲辰	甲戌	癸卯	甲戌	癸卯	25
己卯	己酉	戊寅	戊申	丁丑	丙午	丙子	乙巳	乙亥	甲辰	乙亥	甲辰	26
庚辰	庚戌	己卯	己酉	戊寅	丁未	丁丑	丙午	丙子	乙巳	丙子	乙巳	27
辛巳	辛亥	庚辰	庚戌	己卯	戊申	戊寅	丁未	丁丑	丙午	丁丑	丙午	28
壬午	壬子	辛巳	辛亥	庚辰	己酉	己卯	戊申	戊寅	丁未	戊寅	丁未	29
癸未	癸丑	壬午	壬子	辛巳	庚戌	庚辰	己酉	己卯	戊申		戊申	30
甲申		癸未		壬午	辛亥		庚戌		己酉		己酉	31

夏至：06月21日08：58時
冬至：12月21日20：43時

12月	11月	10月	9月	8月	7月	6月	5月	4月	3月	2月	1月	月\日
己未	己丑	戊午	戊子	丁巳	丙戌	丙辰	乙酉	乙卯	甲申	丙辰	乙酉	1
庚申	庚寅	己未	己丑	戊午	丁亥	丁巳	丙戌	丙辰	乙酉	丁巳	丙戌	2
辛酉	辛卯	庚申	庚寅	己未	戊子	戊午	丁亥	丁巳	丙戌	戊午	丁亥	3
壬戌	壬辰	辛酉	辛卯	庚申	己丑	己未	戊子	戊午	丁亥	己未	戊子	4
癸亥	癸巳	壬戌	壬辰	辛酉	庚寅	庚申	己丑	己未	戊子	庚申	己丑	5
甲子	甲午	癸亥	癸巳	壬戌	辛卯	辛酉	庚寅	庚申	己丑	辛酉	庚寅	6
乙丑	乙未	甲子	甲午	癸亥	壬辰	壬戌	辛卯	辛酉	庚寅	壬戌	辛卯	7
丙寅	丙申	乙丑	乙未	甲子	癸巳	癸亥	壬辰	壬戌	辛卯	癸亥	壬辰	8
丁卯	丁酉	丙寅	丙申	乙丑	甲午	甲子	癸巳	癸亥	壬辰	甲子	癸巳	9
戊辰	戊戌	丁卯	丁酉	丙寅	乙未	乙丑	甲午	甲子	癸巳	乙丑	甲午	10
己巳	己亥	戊辰	戊戌	丁卯	丙申	丙寅	乙未	乙丑	甲午	丙寅	乙未	11
庚午	庚子	己巳	己亥	戊辰	丁酉	丁卯	丙申	丙寅	乙未	丁卯	丙申	12
辛未	辛丑	庚午	庚子	己巳	戊戌	戊辰	丁酉	丁卯	丙申	戊辰	丁酉	13
壬申	壬寅	辛未	辛丑	庚午	己亥	己巳	戊戌	戊辰	丁酉	己巳	戊戌	14
癸酉	癸卯	壬申	壬寅	辛未	庚子	庚午	己亥	己巳	戊戌	庚午	己亥	15
甲戌	甲辰	癸酉	癸卯	壬申	辛丑	辛未	庚子	庚午	己亥	辛未	庚子	16
乙亥	乙巳	甲戌	甲辰	癸酉	壬寅	壬申	辛丑	辛未	庚子	壬申	辛丑	17
丙子	丙午	乙亥	乙巳	甲戌	癸卯	癸酉	壬寅	壬申	辛丑	癸酉	壬寅	18
丁丑	丁未	丙子	丙午	乙亥	甲辰	甲戌	癸卯	癸酉	壬寅	甲戌	癸卯	19
戊寅	戊申	丁丑	丁未	丙子	乙巳	乙亥	甲辰	甲戌	癸卯	乙亥	甲辰	20
己卯	己酉	戊寅	戊申	丁丑	丙午	丙子	乙巳	乙亥	甲辰	丙子	乙巳	21
庚辰	庚戌	己卯	己酉	戊寅	丁未	丁丑	丙午	丙子	乙巳	丁丑	丙午	22
辛巳	辛亥	庚辰	庚戌	己卯	戊申	戊寅	丁未	丁丑	丙午	戊寅	丁未	23
壬午	壬子	辛巳	辛亥	庚辰	己酉	己卯	戊申	戊寅	丁未	己卯	戊申	24
癸未	癸丑	壬午	壬子	辛巳	庚戌	庚辰	己酉	己卯	戊申	庚辰	己酉	25
甲申	甲寅	癸未	癸丑	壬午	辛亥	辛巳	庚戌	庚辰	己酉	辛巳	庚戌	26
乙酉	乙卯	甲申	甲寅	癸未	壬子	壬午	辛亥	辛巳	庚戌	壬午	辛亥	27
丙戌	丙辰	乙酉	乙卯	甲申	癸丑	癸未	壬子	壬午	辛亥	癸未	壬子	28
丁亥	丁巳	丙戌	丙辰	乙酉	甲寅	甲申	癸丑	癸未	壬子		癸丑	29
戊子	戊午	丁亥	丁巳	丙戌	乙卯	乙酉	甲寅	甲申	癸丑		甲寅	30
己丑		戊子		丁亥	丙辰		乙卯		甲寅		乙卯	31

夏至：06月21日14：47時

冬至：12月22日02：37時

西曆二零零六年

12月	11月	10月	9月	8月	7月	6月	5月	4月	3月	2月	1月	月／日
甲子	甲午	癸亥	癸巳	壬戌	辛卯	辛酉	庚寅	庚申	己丑	辛酉	庚寅	1
乙丑	乙未	甲子	甲午	癸亥	壬辰	壬戌	辛卯	辛酉	庚寅	壬戌	辛卯	2
丙寅	丙申	乙丑	乙未	甲子	癸巳	癸亥	壬辰	壬戌	辛卯	癸亥	壬辰	3
丁卯	丁酉	丙寅	丙申	乙丑	甲午	甲子	癸巳	癸亥	壬辰	甲子	癸巳	4
戊辰	戊戌	丁卯	丁酉	丙寅	乙未	乙丑	甲午	甲子	癸巳	乙丑	甲午	5
己巳	己亥	戊辰	戊戌	丁卯	丙申	丙寅	乙未	乙丑	甲午	丙寅	乙未	6
庚午	庚子	己巳	己亥	戊辰	丁酉	丁卯	丙申	丙寅	乙未	丁卯	丙申	7
辛未	辛丑	庚午	庚子	己巳	戊戌	戊辰	丁酉	丁卯	丙申	戊辰	丁酉	8
壬申	壬寅	辛未	辛丑	庚午	己亥	己巳	戊戌	戊辰	丁酉	己巳	戊戌	9
癸酉	癸卯	壬申	壬寅	辛未	庚子	庚午	己亥	己巳	戊戌	庚午	己亥	10
甲戌	甲辰	癸酉	癸卯	壬申	辛丑	辛未	庚子	庚午	己亥	辛未	庚子	11
乙亥	乙巳	甲戌	甲辰	癸酉	壬寅	壬申	辛丑	辛未	庚子	壬申	辛丑	12
丙子	丙午	乙亥	乙巳	甲戌	癸卯	癸酉	壬寅	壬申	辛丑	癸酉	壬寅	13
丁丑	丁未	丙子	丙午	乙亥	甲辰	甲戌	癸卯	癸酉	壬寅	甲戌	癸卯	14
戊寅	戊申	丁丑	丁未	丙子	乙巳	乙亥	甲辰	甲戌	癸卯	乙亥	甲辰	15
己卯	己酉	戊寅	戊申	丁丑	丙午	丙子	乙巳	乙亥	甲辰	丙子	乙巳	16
庚辰	庚戌	己卯	己酉	戊寅	丁未	丁丑	丙午	丙子	乙巳	丁丑	丙午	17
辛巳	辛亥	庚辰	庚戌	己卯	戊申	戊寅	丁未	丁丑	丙午	戊寅	丁未	18
壬午	壬子	辛巳	辛亥	庚辰	己酉	己卯	戊申	戊寅	丁未	己卯	戊申	19
癸未	癸丑	壬午	壬子	辛巳	庚戌	庚辰	己酉	己卯	戊申	庚辰	己酉	20
甲申	甲寅	癸未	癸丑	壬午	辛亥	辛巳	庚戌	庚辰	己酉	辛巳	庚戌	21
乙酉	乙卯	甲申	甲寅	癸未	壬子	壬午	辛亥	辛巳	庚戌	壬午	辛亥	22
丙戌	丙辰	乙酉	乙卯	甲申	癸丑	癸未	壬子	壬午	辛亥	癸未	壬子	23
丁亥	丁巳	丙戌	丙辰	乙酉	甲寅	甲申	癸丑	癸未	壬子	甲申	癸丑	24
戊子	戊午	丁亥	丁巳	丙戌	乙卯	乙酉	甲寅	甲申	癸丑	乙酉	甲寅	25
己丑	己未	戊子	戊午	丁亥	丙辰	丙戌	乙卯	乙酉	甲寅	丙戌	乙卯	26
庚寅	庚申	己丑	己未	戊子	丁巳	丁亥	丙辰	丙戌	乙卯	丁亥	丙辰	27
辛卯	辛酉	庚寅	庚申	己丑	戊午	戊子	丁巳	丁亥	丙辰	戊子	丁巳	28
壬辰	壬戌	辛卯	辛酉	庚寅	己未	己丑	戊午	戊子	丁巳		戊午	29
癸巳	癸亥	壬辰	壬戌	辛卯	庚申	庚寅	己未	己丑	戊午		己未	30
甲午		癸巳		壬辰	辛酉		庚申		己未		庚申	31

夏至：06月21日20：27時
冬至：12月22日08：24時

張冰熊

2025乙巳 蛇 年流年運程

西曆二零二五年

日	1月	2月	3月	4月	5月	6月	7月	8月	9月	10月	11月	12月
1	乙未	丙寅	甲午	乙丑	乙未	丙寅	丙申	丁卯	戊戌	戊辰	己亥	己巳
2	丙申	丁卯	乙未	丙寅	丙申	丁卯	丁酉	戊辰	己亥	己巳	庚子	庚午
3	丁酉	戊辰	丙申	丁卯	丁酉	戊辰	戊戌	己巳	庚子	庚午	辛丑	辛未
4	戊戌	己巳	丁酉	戊辰	戊戌	己巳	己亥	庚午	辛丑	辛未	壬寅	壬申
5	己亥	庚午	戊戌	己巳	己亥	庚午	庚子	辛未	壬寅	壬申	癸卯	癸酉
6	庚子	辛未	己亥	庚午	庚子	辛未	辛丑	壬申	癸卯	癸酉	甲辰	甲戌
7	辛丑	壬申	庚子	辛未	辛丑	壬申	壬寅	癸酉	甲辰	甲戌	乙巳	乙亥
8	壬寅	癸酉	辛丑	壬申	壬寅	癸酉	癸卯	甲戌	乙巳	乙亥	丙午	丙子
9	癸卯	甲戌	壬寅	癸酉	癸卯	甲戌	甲辰	乙亥	丙午	丙子	丁未	丁丑
10	甲辰	乙亥	癸卯	甲戌	甲辰	乙亥	乙巳	丙子	丁未	丁丑	戊申	戊寅
11	乙巳	丙子	甲辰	乙亥	乙巳	丙子	丙午	丁丑	戊申	戊寅	己酉	己卯
12	丙午	丁丑	乙巳	丙子	丙午	丁丑	丁未	戊寅	己酉	己卯	庚戌	庚辰
13	丁未	戊寅	丙午	丁丑	丁未	戊寅	戊申	己卯	庚戌	庚辰	辛亥	辛巳
14	戊申	己卯	丁未	戊寅	戊申	己卯	己酉	庚辰	辛亥	辛巳	壬子	壬午
15	己酉	庚辰	戊申	己卯	己酉	庚辰	庚戌	辛巳	壬子	壬午	癸丑	癸未
16	庚戌	辛巳	己酉	庚辰	庚戌	辛巳	辛亥	壬午	癸丑	癸未	甲寅	甲申
17	辛亥	壬午	庚戌	辛巳	辛亥	壬午	壬子	癸未	甲寅	甲申	乙卯	乙酉
18	壬子	癸未	辛亥	壬午	壬子	癸未	癸丑	甲申	乙卯	乙酉	丙辰	丙戌
19	癸丑	甲申	壬子	癸未	癸丑	甲申	甲寅	乙酉	丙辰	丙戌	丁巳	丁亥
20	甲寅	乙酉	癸丑	甲申	甲寅	乙酉	乙卯	丙戌	丁巳	丁亥	戊午	戊子
21	乙卯	丙戌	甲寅	乙酉	乙卯	丙戌	丙辰	丁亥	戊午	戊子	己未	己丑
22	丙辰	丁亥	乙卯	丙戌	丙辰	丁亥	丁巳	戊子	己未	己丑	庚申	庚寅
23	丁巳	戊子	丙辰	丁亥	丁巳	戊子	戊午	己丑	庚申	庚寅	辛酉	辛卯
24	戊午	己丑	丁巳	戊子	戊午	己丑	己未	庚寅	辛酉	辛卯	壬戌	壬辰
25	己未	庚寅	戊午	己丑	己未	庚寅	庚申	辛卯	壬戌	壬辰	癸亥	癸巳
26	庚申	辛卯	己未	庚寅	庚申	辛卯	辛酉	壬辰	癸亥	癸巳	甲子	甲午
27	辛酉	壬辰	庚申	辛卯	辛酉	壬辰	壬戌	癸巳	甲子	甲午	乙丑	乙未
28	壬戌	癸巳	辛酉	壬辰	壬戌	癸巳	癸亥	甲午	乙丑	乙未	丙寅	丙申
29	癸亥		壬戌	癸巳	癸亥	甲午	甲子	乙未	丙寅	丙申	丁卯	丁酉
30	甲子		癸亥	甲午	甲子	乙未	乙丑	丙申	丁卯	丁酉	戊辰	戊戌
31	乙丑		甲子		乙丑		丙寅	丁酉		戊戌		己亥

夏至：06月22日02：08時
冬至：12月22日14：09時

297

12月	11月	10月	9月	8月	7月	6月	5月	4月	3月	2月	1月	日
乙亥	乙巳	甲戌	甲辰	癸酉	壬寅	壬申	辛丑	辛未	庚子	辛未	庚子	1
丙子	丙午	乙亥	乙巳	甲戌	癸卯	癸酉	壬寅	壬申	辛丑	壬申	辛丑	2
丁丑	丁未	丙子	丙午	乙亥	甲辰	甲戌	癸卯	癸酉	壬寅	癸酉	壬寅	3
戊寅	戊申	丁丑	丁未	丙子	乙巳	乙亥	甲辰	甲戌	癸卯	甲戌	癸卯	4
己卯	己酉	戊寅	戊申	丁丑	丙午	丙子	乙巳	乙亥	甲辰	乙亥	甲辰	5
庚辰	庚戌	己卯	己酉	戊寅	丁未	丁丑	丙午	丙子	乙巳	丙子	乙巳	6
辛巳	辛亥	庚辰	庚戌	己卯	戊申	戊寅	丁未	丁丑	丙午	丁丑	丙午	7
壬午	壬子	辛巳	辛亥	庚辰	己酉	己卯	戊申	戊寅	丁未	戊寅	丁未	8
癸未	癸丑	壬午	壬子	辛巳	庚戌	庚辰	己酉	己卯	戊申	己卯	戊申	9
甲申	甲寅	癸未	癸丑	壬午	辛亥	辛巳	庚戌	庚辰	己酉	庚辰	己酉	10
乙酉	乙卯	甲申	甲寅	癸未	壬子	壬午	辛亥	辛巳	庚戌	辛巳	庚戌	11
丙戌	丙辰	乙酉	乙卯	甲申	癸丑	癸未	壬子	壬午	辛亥	壬午	辛亥	12
丁亥	丁巳	丙戌	丙辰	乙酉	甲寅	甲申	癸丑	癸未	壬子	癸未	壬子	13
戊子	戊午	丁亥	丁巳	丙戌	乙卯	乙酉	甲寅	甲申	癸丑	甲申	癸丑	14
己丑	己未	戊子	戊午	丁亥	丙辰	丙戌	乙卯	乙酉	甲寅	乙酉	甲寅	15
庚寅	庚申	己丑	己未	戊子	丁巳	丁亥	丙辰	丙戌	乙卯	丙戌	乙卯	16
辛卯	辛酉	庚寅	庚申	己丑	戊午	戊子	丁巳	丁亥	丙辰	丁亥	丙辰	17
壬辰	壬戌	辛卯	辛酉	庚寅	己未	己丑	戊午	戊子	丁巳	戊子	丁巳	18
癸巳	癸亥	壬辰	壬戌	辛卯	庚申	庚寅	己未	己丑	戊午	己丑	戊午	19
甲午	甲子	癸巳	癸亥	壬辰	辛酉	辛卯	庚申	庚寅	己未	庚寅	己未	20
乙未	乙丑	甲午	甲子	癸巳	壬戌	壬辰	辛酉	辛卯	庚申	辛卯	庚申	21
丙申	丙寅	乙未	乙丑	甲午	癸亥	癸巳	壬戌	壬辰	辛酉	壬辰	辛酉	22
丁酉	丁卯	丙申	丙寅	乙未	甲子	甲午	癸亥	癸巳	壬戌	癸巳	壬戌	23
戊戌	戊辰	丁酉	丁卯	丙申	乙丑	乙未	甲子	甲午	癸亥	甲午	癸亥	24
己亥	己巳	戊戌	戊辰	丁酉	丙寅	丙申	乙丑	乙未	甲子	乙未	甲子	25
庚子	庚午	己亥	己巳	戊戌	丁卯	丁酉	丙寅	丙申	乙丑	丙申	乙丑	26
辛丑	辛未	庚子	庚午	己亥	戊辰	戊戌	丁卯	丁酉	丙寅	丁酉	丙寅	27
壬寅	壬申	辛丑	辛未	庚子	己巳	己亥	戊辰	戊戌	丁卯	戊戌	丁卯	28
癸卯	癸酉	壬寅	壬申	辛丑	庚午	庚子	己巳	己亥	戊辰	己亥	戊辰	29
甲辰	甲戌	癸卯	癸酉	壬寅	辛未	辛丑	庚午	庚子	己巳		己巳	30
乙巳		甲辰		癸卯	壬申		辛未		庚午		庚午	31

夏至：06 月 21 日 08：01 時
冬至：12 月 21 日 20：05 時

張盛舜
2025乙巳
蛇年流年運程

張玲瑄

2025乙巳 蛇年流年運程

西曆二零零九年

12月	11月	10月	9月	8月	7月	6月	5月	4月	3月	2月	1月	月\日
庚辰	庚戌	己卯	己酉	戊寅	丁未	丁丑	丙午	丙子	乙巳	丁丑	丙午	1
辛巳	辛亥	庚辰	庚戌	己卯	戊申	戊寅	丁未	丁丑	丙午	戊寅	丁未	2
壬午	壬子	辛巳	辛亥	庚辰	己酉	己卯	戊申	戊寅	丁未	己卯	戊申	3
癸未	癸丑	壬午	壬子	辛巳	庚戌	庚辰	己酉	己卯	戊申	庚辰	己酉	4
甲申	甲寅	癸未	癸丑	壬午	辛亥	辛巳	庚戌	庚辰	己酉	辛巳	庚戌	5
乙酉	乙卯	甲申	甲寅	癸未	壬子	壬午	辛亥	辛巳	庚戌	壬午	辛亥	6
丙戌	丙辰	乙酉	乙卯	甲申	癸丑	癸未	壬子	壬午	辛亥	癸未	壬子	7
丁亥	丁巳	丙戌	丙辰	乙酉	甲寅	甲申	癸丑	癸未	壬子	甲申	癸丑	8
戊子	戊午	丁亥	丁巳	丙戌	乙卯	乙酉	甲寅	甲申	癸丑	乙酉	甲寅	9
己丑	己未	戊子	戊午	丁亥	丙辰	丙戌	乙卯	乙酉	甲寅	丙戌	乙卯	10
庚寅	庚申	己丑	己未	戊子	丁巳	丁亥	丙辰	丙戌	乙卯	丁亥	丙辰	11
辛卯	辛酉	庚寅	庚申	己丑	戊午	戊子	丁巳	丁亥	丙辰	戊子	丁巳	12
壬辰	壬戌	辛卯	辛酉	庚寅	己未	己丑	戊午	戊子	丁巳	己丑	戊午	13
癸巳	癸亥	壬辰	壬戌	辛卯	庚申	庚寅	己未	己丑	戊午	庚寅	己未	14
甲午	甲子	癸巳	癸亥	壬辰	辛酉	辛卯	庚申	庚寅	己未	辛卯	庚申	15
乙未	乙丑	甲午	甲子	癸巳	壬戌	壬辰	辛酉	辛卯	庚申	壬辰	辛酉	16
丙申	丙寅	乙未	乙丑	甲午	癸亥	癸巳	壬戌	壬辰	辛酉	癸巳	壬戌	17
丁酉	丁卯	丙申	丙寅	乙未	甲子	甲午	癸亥	癸巳	壬戌	甲午	癸亥	18
戊戌	戊辰	丁酉	丁卯	丙申	乙丑	乙未	甲子	甲午	癸亥	乙未	甲子	19
己亥	己巳	戊戌	戊辰	丁酉	丙寅	丙申	乙丑	乙未	甲子	丙申	乙丑	20
庚子	庚午	己亥	己巳	戊戌	丁卯	丁酉	丙寅	丙申	乙丑	丁酉	丙寅	21
辛丑	辛未	庚子	庚午	己亥	戊辰	戊戌	丁卯	丁酉	丙寅	戊戌	丁卯	22
壬寅	壬申	辛丑	辛未	庚子	己巳	己亥	戊辰	戊戌	丁卯	己亥	戊辰	23
癸卯	癸酉	壬寅	壬申	辛丑	庚午	庚子	己巳	己亥	戊辰	庚子	己巳	24
甲辰	甲戌	癸卯	癸酉	壬寅	辛未	辛丑	庚午	庚子	己巳	辛丑	庚午	25
乙巳	乙亥	甲辰	甲戌	癸卯	壬申	壬寅	辛未	辛丑	庚午	壬寅	辛未	26
丙午	丙子	乙巳	乙亥	甲辰	癸酉	癸卯	壬申	壬寅	辛未	癸卯	壬申	27
丁未	丁丑	丙午	丙子	乙巳	甲戌	甲辰	癸酉	癸卯	壬申	甲辰	癸酉	28
戊申	戊寅	丁未	丁丑	丙午	乙亥	乙巳	甲戌	甲辰	癸酉		甲戌	29
己酉	己卯	戊申	戊寅	丁未	丙子	丙午	乙亥	乙巳	甲戌		乙亥	30
庚戌		己酉		戊申	丁丑		丙子		乙亥		丙子	31

夏至：06月21日13：47時
冬至：12月22日01：48時

299

張盛舒
2025乙巳
蛇
年流年運程

12月	11月	10月	9月	8月	7月	6月	5月	4月	3月	2月	1月	日
乙酉	乙卯	甲申	甲寅	癸未	壬子	壬午	辛亥	辛巳	庚戌	壬午	辛亥	1
丙戌	丙辰	乙酉	乙卯	甲申	癸丑	癸未	壬子	壬午	辛亥	癸未	壬子	2
丁亥	丁巳	丙戌	丙辰	乙酉	甲寅	甲申	癸丑	癸未	壬子	甲申	癸丑	3
戊子	戊午	丁亥	丁巳	丙戌	乙卯	乙酉	甲寅	甲申	癸丑	乙酉	甲寅	4
己丑	己未	戊子	戊午	丁亥	丙辰	丙戌	乙卯	乙酉	甲寅	丙戌	乙卯	5
庚寅	庚申	己丑	己未	戊子	丁巳	丁亥	丙辰	丙戌	乙卯	丁亥	丙辰	6
辛卯	辛酉	庚寅	庚申	己丑	戊午	戊子	丁巳	丁亥	丙辰	戊子	丁巳	7
壬辰	壬戌	辛卯	辛酉	庚寅	己未	己丑	戊午	戊子	丁巳	己丑	戊午	8
癸巳	癸亥	壬辰	壬戌	辛卯	庚申	庚寅	己未	己丑	戊午	庚寅	己未	9
甲午	甲子	癸巳	癸亥	壬辰	辛酉	辛卯	庚申	庚寅	己未	辛卯	庚申	10
乙未	乙丑	甲午	甲子	癸巳	壬戌	壬辰	辛酉	辛卯	庚申	壬辰	辛酉	11
丙申	丙寅	乙未	乙丑	甲午	癸亥	癸巳	壬戌	壬辰	辛酉	癸巳	壬戌	12
丁酉	丁卯	丙申	丙寅	乙未	甲子	甲午	癸亥	癸巳	壬戌	甲午	癸亥	13
戊戌	戊辰	丁酉	丁卯	丙申	乙丑	乙未	甲子	甲午	癸亥	乙未	甲子	14
己亥	己巳	戊戌	戊辰	丁酉	丙寅	丙申	乙丑	乙未	甲子	丙申	乙丑	15
庚子	庚午	己亥	己巳	戊戌	丁卯	丁酉	丙寅	丙申	乙丑	丁酉	丙寅	16
辛丑	辛未	庚子	庚午	己亥	戊辰	戊戌	丁卯	丁酉	丙寅	戊戌	丁卯	17
壬寅	壬申	辛丑	辛未	庚子	己巳	己亥	戊辰	戊戌	丁卯	己亥	戊辰	18
癸卯	癸酉	壬寅	壬申	辛丑	庚午	庚子	己巳	己亥	戊辰	庚子	己巳	19
甲辰	甲戌	癸卯	癸酉	壬寅	辛未	辛丑	庚午	庚子	己巳	辛丑	庚午	20
乙巳	乙亥	甲辰	甲戌	癸卯	壬申	壬寅	辛未	辛丑	庚午	壬寅	辛未	21
丙午	丙子	乙巳	乙亥	甲辰	癸酉	癸卯	壬申	壬寅	辛未	癸卯	壬申	22
丁未	丁丑	丙午	丙子	乙巳	甲戌	甲辰	癸酉	癸卯	壬申	甲辰	癸酉	23
戊申	戊寅	丁未	丁丑	丙午	乙亥	乙巳	甲戌	甲辰	癸酉	乙巳	甲戌	24
己酉	己卯	戊申	戊寅	丁未	丙子	丙午	乙亥	乙巳	甲戌	丙午	乙亥	25
庚戌	庚辰	己酉	己卯	戊申	丁丑	丁未	丙子	丙午	乙亥	丁未	丙子	26
辛亥	辛巳	庚戌	庚辰	己酉	戊寅	戊申	丁丑	丁未	丙子	戊申	丁丑	27
壬子	壬午	辛亥	辛巳	庚戌	己卯	己酉	戊寅	戊申	丁丑	己酉	戊寅	28
癸丑	癸未	壬子	壬午	辛亥	庚辰	庚戌	己卯	己酉	戊寅		己卯	29
甲寅	甲申	癸丑	癸未	壬子	辛巳	辛亥	庚辰	庚戌	己卯		庚辰	30
乙卯		甲寅		癸丑		壬午		辛巳		庚辰	辛巳	31

夏至：06月21日19：30時
冬至：12月22日07：40時

12月	11月	10月	9月	8月	7月	6月	5月	4月	3月	2月	1月	月 日
庚寅	庚申	己丑	己未	戊子	丁巳	丁亥	丙辰	丙戌	乙卯	丁亥	丙辰	1
辛卯	辛酉	庚寅	庚申	己丑	戊午	戊子	丁巳	丁亥	丙辰	戊子	丁巳	2
壬辰	壬戌	辛卯	辛酉	庚寅	己未	己丑	戊午	戊子	丁巳	己丑	戊午	3
癸巳	癸亥	壬辰	壬戌	辛卯	庚申	庚寅	己未	己丑	戊午	庚寅	己未	4
甲午	甲子	癸巳	癸亥	壬辰	辛酉	辛卯	庚申	庚寅	己未	辛卯	庚申	5
乙未	乙丑	甲午	甲子	癸巳	壬戌	壬辰	辛酉	辛卯	庚申	壬辰	辛酉	6
丙申	丙寅	乙未	乙丑	甲午	癸亥	癸巳	壬戌	壬辰	辛酉	癸巳	壬戌	7
丁酉	丁卯	丙申	丙寅	乙未	甲子	甲午	癸亥	癸巳	壬戌	甲午	癸亥	8
戊戌	戊辰	丁酉	丁卯	丙申	乙丑	乙未	甲子	甲午	癸亥	乙未	甲子	9
己亥	己巳	戊戌	戊辰	丁酉	丙寅	丙申	乙丑	乙未	甲子	丙申	乙丑	10
庚子	庚午	己亥	己巳	戊戌	丁卯	丁酉	丙寅	丙申	乙丑	丁酉	丙寅	11
辛丑	辛未	庚子	庚午	己亥	戊辰	戊戌	丁卯	丁酉	丙寅	戊戌	丁卯	12
壬寅	壬申	辛丑	辛未	庚子	己巳	己亥	戊辰	戊戌	丁卯	己亥	戊辰	13
癸卯	癸酉	壬寅	壬申	辛丑	庚午	庚子	己巳	己亥	戊辰	庚子	己巳	14
甲辰	甲戌	癸卯	癸酉	壬寅	辛未	辛丑	庚午	庚子	己巳	辛丑	庚午	15
乙巳	乙亥	甲辰	甲戌	癸卯	壬申	壬寅	辛未	辛丑	庚午	壬寅	辛未	16
丙午	丙子	乙巳	乙亥	甲辰	癸酉	癸卯	壬申	壬寅	辛未	癸卯	壬申	17
丁未	丁丑	丙午	丙子	乙巳	甲戌	甲辰	癸酉	癸卯	壬申	甲辰	癸酉	18
戊申	戊寅	丁未	丁丑	丙午	乙亥	乙巳	甲戌	甲辰	癸酉	乙巳	甲戌	19
己酉	己卯	戊申	戊寅	丁未	丙子	丙午	乙亥	乙巳	甲戌	丙午	乙亥	20
庚戌	庚辰	己酉	己卯	戊申	丁丑	丁未	丙子	丙午	乙亥	丁未	丙子	21
辛亥	辛巳	庚戌	庚辰	己酉	戊寅	戊申	丁丑	丁未	丙子	戊申	丁丑	22
壬子	壬午	辛亥	辛巳	庚戌	己卯	己酉	戊寅	戊申	丁丑	己酉	戊寅	23
癸丑	癸未	壬子	壬午	辛亥	庚辰	庚戌	己卯	己酉	戊寅	庚戌	己卯	24
甲寅	甲申	癸丑	癸未	壬子	辛巳	辛亥	庚辰	庚戌	己卯	辛亥	庚辰	25
乙卯	乙酉	甲寅	甲申	癸丑	壬午	壬子	辛巳	辛亥	庚辰	壬子	辛巳	26
丙辰	丙戌	乙卯	乙酉	甲寅	癸未	癸丑	壬午	壬子	辛巳	癸丑	壬午	27
丁巳	丁亥	丙辰	丙戌	乙卯	甲申	甲寅	癸未	癸丑	壬午	甲寅	癸未	28
戊午	戊子	丁巳	丁亥	丙辰	乙酉	乙卯	甲申	甲寅	癸未		甲申	29
己未	己丑	戊午	戊子	丁巳	丙戌	丙辰	乙酉	乙卯	甲申		乙酉	30
庚申		己未		戊午	丁亥		丙戌		乙酉		丙戌	31

西曆二零一一年

夏至：06 月 22 日 01：18 時
冬至：12 月 22 日 13：32 時

日	1月	2月	3月	4月	5月	6月	7月	8月	9月	10月	11月	12月
1	辛酉	壬辰	辛酉	壬辰	壬戌	癸亥	甲午	甲午	乙丑	乙未	丙寅	丙申
2	壬戌	癸巳	壬戌	癸巳	癸亥	甲子	乙未	乙未	丙寅	丙申	丁卯	丁酉
3	癸亥	甲午	癸亥	甲午	甲子	乙丑	丙申	丙申	丁卯	丁酉	戊辰	戊戌
4	甲子	乙未	甲子	乙未	乙丑	丙寅	丁酉	丁酉	戊辰	戊戌	己巳	己亥
5	乙丑	丙申	乙丑	丙申	丙寅	丁卯	戊戌	戊戌	己巳	己亥	庚午	庚子
6	丙寅	丁酉	丙寅	丁酉	丁卯	戊辰	己亥	己亥	庚午	庚子	辛未	辛丑
7	丁卯	戊戌	丁卯	戊戌	戊辰	己巳	庚子	庚子	辛未	辛丑	壬申	壬寅
8	戊辰	己亥	戊辰	己亥	己巳	庚午	辛丑	辛丑	壬申	壬寅	癸酉	癸卯
9	己巳	庚子	己巳	庚午	庚午	辛未	壬寅	壬寅	癸酉	癸卯	甲戌	甲辰
10	庚午	辛丑	庚午	辛未	辛未	壬申	癸卯	癸卯	甲戌	甲辰	乙亥	乙巳
11	辛未	壬寅	辛未	壬申	壬申	癸酉	甲辰	甲辰	乙亥	乙巳	丙子	丙午
12	壬申	癸卯	壬申	癸酉	癸酉	甲戌	乙巳	乙巳	丙子	丙午	丁丑	丁未
13	癸酉	甲辰	癸酉	甲戌	甲戌	乙亥	丙午	丙午	丁丑	丁未	戊寅	戊申
14	甲戌	乙巳	甲戌	乙亥	乙亥	丙子	丁未	丁未	戊寅	戊申	己卯	己酉
15	乙亥	丙午	乙亥	丙子	丙子	丁丑	戊申	戊申	己卯	己酉	庚辰	庚戌
16	丙子	丁未	丙子	丁丑	丁丑	戊寅	己酉	己酉	庚辰	庚戌	辛巳	辛亥
17	丁丑	戊申	丁丑	戊寅	戊寅	己卯	庚戌	庚戌	辛巳	辛亥	壬午	壬子
18	戊寅	己酉	戊寅	己卯	己卯	庚辰	辛亥	辛亥	壬午	壬子	癸未	癸丑
19	己卯	庚戌	己卯	庚辰	庚辰	辛巳	壬子	壬子	癸未	癸丑	甲申	甲寅
20	庚辰	辛亥	庚辰	辛巳	辛巳	壬午	癸丑	癸丑	甲申	甲寅	乙酉	乙卯
21	辛巳	壬子	辛巳	壬午	壬午	癸未	甲寅	甲寅	乙酉	乙卯	丙戌	丙辰
22	壬午	癸丑	壬午	癸未	癸未	甲申	乙卯	乙卯	丙戌	丙辰	丁亥	丁巳
23	癸未	甲寅	癸未	甲申	甲申	乙酉	丙辰	丙辰	丁亥	丁巳	戊子	戊午
24	甲申	乙卯	甲申	乙酉	乙酉	丙戌	丁巳	丁巳	戊子	戊午	己丑	己未
25	乙酉	丙辰	乙酉	丙戌	丙戌	丁亥	戊午	戊午	己丑	己未	庚寅	庚申
26	丙戌	丁巳	丙戌	丁亥	丁亥	戊子	己未	己未	庚寅	庚申	辛卯	辛酉
27	丁亥	戊午	丁亥	戊子	戊子	己丑	庚申	庚申	辛卯	辛酉	壬辰	壬戌
28	戊子	己未	戊子	己丑	己丑	庚寅	辛酉	辛酉	壬辰	壬戌	癸巳	癸亥
29	己丑		己丑	庚寅	庚寅	辛卯	壬戌	壬戌	癸巳	癸亥	甲午	甲子
30	庚寅		庚寅	辛酉	辛卯	壬辰	癸亥	癸亥	甲午	甲子	乙未	乙丑
31	辛卯		辛卯		癸巳		甲子	甲子		乙丑		丙寅

夏至：06月21日07：10時

冬至：12月21日19：13時

12月	11月	10月	9月	8月	7月	6月	5月	4月	3月	2月	1月	月\日
辛丑	辛未	庚子	庚午	己亥	戊辰	戊戌	丁卯	丁酉	丙寅	戊戌	丁卯	1
壬寅	壬申	辛丑	辛未	庚子	己巳	己亥	戊辰	戊戌	丁卯	己亥	戊辰	2
癸卯	癸酉	壬寅	壬申	辛丑	庚午	庚子	己巳	己亥	戊辰	庚子	己巳	3
甲辰	甲戌	癸卯	癸酉	壬寅	辛未	辛丑	庚午	庚子	己巳	辛丑	庚午	4
乙巳	乙亥	甲辰	甲戌	癸卯	壬申	壬寅	辛未	辛丑	庚午	壬寅	辛未	5
丙午	丙子	乙巳	乙亥	甲辰	癸酉	癸卯	壬申	壬寅	辛未	癸卯	壬申	6
丁未	丁丑	丙午	丙子	乙巳	甲戌	甲辰	癸酉	癸卯	壬申	甲辰	癸酉	7
戊申	戊寅	丁未	丁丑	丙午	乙亥	乙巳	甲戌	甲辰	癸酉	乙巳	甲戌	8
己酉	己卯	戊申	戊寅	丁未	丙子	丙午	乙亥	乙巳	甲戌	丙午	乙亥	9
庚戌	庚辰	己酉	己卯	戊申	丁丑	丁未	丙子	丙午	乙亥	丁未	丙子	10
辛亥	辛巳	庚戌	庚辰	己酉	戊寅	戊申	丁丑	丁未	丙子	戊申	丁丑	11
壬子	壬午	辛亥	辛巳	庚戌	己卯	己酉	戊寅	戊申	丁丑	己酉	戊寅	12
癸丑	癸未	壬子	壬午	辛亥	庚辰	庚戌	己卯	己酉	戊寅	庚戌	己卯	13
甲寅	甲申	癸丑	癸未	壬子	辛巳	辛亥	庚辰	庚戌	己卯	辛亥	庚辰	14
乙卯	乙酉	甲寅	甲申	癸丑	壬午	壬子	辛巳	辛亥	庚辰	壬子	辛巳	15
丙辰	丙戌	乙卯	乙酉	甲寅	癸未	癸丑	壬午	壬子	辛巳	癸丑	壬午	16
丁巳	丁亥	丙辰	丙戌	乙卯	甲申	甲寅	癸未	癸丑	壬午	甲寅	癸未	17
戊午	戊子	丁巳	丁亥	丙辰	乙酉	乙卯	甲申	甲寅	癸未	乙卯	甲申	18
己未	己丑	戊午	戊子	丁巳	丙戌	丙辰	乙酉	乙卯	甲申	丙辰	乙酉	19
庚申	庚寅	己未	己丑	戊午	丁亥	丁巳	丙戌	丙辰	乙酉	丁巳	丙戌	20
辛酉	辛卯	庚申	庚寅	己未	戊子	戊午	丁亥	丁巳	丙戌	戊午	丁亥	21
壬戌	壬辰	辛酉	辛卯	庚申	己丑	己未	戊子	戊午	丁亥	己未	戊子	22
癸亥	癸巳	壬戌	壬辰	辛酉	庚寅	庚申	己丑	己未	戊子	庚申	己丑	23
甲子	甲午	癸亥	癸巳	壬戌	辛卯	辛酉	庚寅	庚申	己丑	辛酉	庚寅	24
乙丑	乙未	甲子	甲午	癸亥	壬辰	壬戌	辛卯	辛酉	庚寅	壬戌	辛卯	25
丙寅	丙申	乙丑	乙未	甲子	癸巳	癸亥	壬辰	壬戌	辛卯	癸亥	壬辰	26
丁卯	丁酉	丙寅	丙申	乙丑	甲午	甲子	癸巳	癸亥	壬辰	甲子	癸巳	27
戊辰	戊戌	丁卯	丁酉	丙寅	乙未	乙丑	甲午	甲子	癸巳	乙丑	甲午	28
己巳	己亥	戊辰	戊戌	丁卯	丙申	丙寅	乙未	乙丑	甲午		乙未	29
庚午	庚子	己巳	己亥	戊辰	丁酉	丁卯	丙申	丙寅	乙未		丙申	30
辛未		庚午		己巳	戊戌		丁酉		丙申		丁酉	31

夏至：06 月 21 日 13：05 時
冬至：12 月 22 日 01：13 時

西暦二零一四年

12月	11月	10月	9月	8月	7月	6月	5月	4月	3月	2月	1月	日
丙午	丙子	乙巳	乙亥	甲辰	癸酉	癸卯	壬申	壬寅	辛未	癸卯	壬申	1
丁未	丁丑	丙午	丙子	乙巳	甲戌	甲辰	癸酉	癸卯	壬申	甲辰	癸酉	2
戊申	戊寅	丁未	丁丑	丙午	乙亥	乙巳	甲戌	甲辰	癸酉	乙巳	甲戌	3
己酉	己卯	戊申	戊寅	丁未	丙子	丙午	乙亥	乙巳	甲戌	丙午	乙亥	4
庚戌	庚辰	己酉	己卯	戊申	丁丑	丁未	丙子	丙午	乙亥	丁未	丙子	5
辛亥	辛巳	庚戌	庚辰	己酉	戊寅	戊申	丁丑	丁未	丙子	戊申	丁丑	6
壬子	壬午	辛亥	辛巳	庚戌	己卯	己酉	戊寅	戊申	丁丑	己酉	戊寅	7
癸丑	癸未	壬子	壬午	辛亥	庚辰	庚戌	己卯	己酉	戊寅	庚戌	己卯	8
甲寅	甲申	癸丑	癸未	壬子	辛巳	辛亥	庚辰	庚戌	己卯	辛亥	庚辰	9
乙卯	乙酉	甲寅	甲申	癸丑	壬午	壬子	辛巳	辛亥	庚辰	壬子	辛巳	10
丙辰	丙戌	乙卯	乙酉	甲寅	癸未	癸丑	壬午	壬子	辛巳	癸丑	壬午	11
丁巳	丁亥	丙辰	丙戌	乙卯	甲申	甲寅	癸未	癸丑	壬午	甲寅	癸未	12
戊午	戊子	丁巳	丁亥	丙辰	乙酉	乙卯	甲申	甲寅	癸未	乙卯	甲申	13
己未	己丑	戊午	戊子	丁巳	丙戌	丙辰	乙酉	乙卯	甲申	丙辰	乙酉	14
庚申	庚寅	己未	己丑	戊午	丁亥	丁巳	丙戌	丙辰	乙酉	丁巳	丙戌	15
辛酉	辛卯	庚申	庚寅	己未	戊子	戊午	丁亥	丁巳	丙戌	戊午	丁亥	16
壬戌	壬辰	辛酉	辛卯	庚申	己丑	己未	戊子	戊午	丁亥	己未	戊子	17
癸亥	癸巳	壬戌	壬辰	辛酉	庚寅	庚申	己丑	己未	戊子	庚申	己丑	18
甲子	甲午	癸亥	癸巳	壬戌	辛卯	辛酉	庚寅	庚申	己丑	辛酉	庚寅	19
乙丑	乙未	甲子	甲午	癸亥	壬辰	壬戌	辛卯	辛酉	庚寅	壬戌	辛卯	20
丙寅	丙申	乙丑	乙未	甲子	癸巳	癸亥	壬辰	壬戌	辛卯	癸亥	壬辰	21
丁卯	丁酉	丙寅	丙申	乙丑	甲午	甲子	癸巳	癸亥	壬辰	甲子	癸巳	22
戊辰	戊戌	丁卯	丁酉	丙寅	乙未	乙丑	甲午	甲子	癸巳	乙丑	甲午	23
己巳	己亥	戊辰	戊戌	丁卯	丙申	丙寅	乙未	乙丑	甲午	丙寅	乙未	24
庚午	庚子	己巳	己亥	戊辰	丁酉	丁卯	丙申	丙寅	乙未	丁卯	丙申	25
辛未	辛丑	庚午	庚子	己巳	戊戌	戊辰	丁酉	丁卯	丙申	戊辰	丁酉	26
壬申	壬寅	辛未	辛丑	庚午	己亥	己巳	戊戌	戊辰	丁酉	己巳	戊戌	27
癸酉	癸卯	壬申	壬寅	辛未	庚子	庚午	己亥	己巳	戊戌	庚午	己亥	28
甲戌	甲辰	癸酉	癸卯	壬申	辛丑	辛未	庚子	庚午	己亥		庚子	29
乙亥	乙巳	甲戌	甲辰	癸酉	壬寅	壬申	辛丑	辛未	庚子		辛丑	30
丙子		乙亥		甲戌	癸卯		壬寅		辛丑		壬寅	31

夏至：06 月 21 日 18：52 時
冬至：12 月 22 日 07：05 時

12月	11月	10月	9月	8月	7月	6月	5月	4月	3月	2月	1月	月 日
辛亥	辛巳	庚戌	庚辰	己酉	戊寅	戊申	丁丑	丁未	丙子	戊申	丁丑	1
壬子	壬午	辛亥	辛巳	庚戌	己卯	己酉	戊寅	戊申	丁丑	己酉	戊寅	2
癸丑	癸未	壬子	壬午	辛亥	庚辰	庚戌	己卯	己酉	戊寅	庚戌	己卯	3
甲寅	甲申	癸丑	癸未	壬子	辛巳	辛亥	庚辰	庚戌	己卯	辛亥	庚辰	4
乙卯	乙酉	甲寅	甲申	癸丑	壬午	壬子	辛巳	辛亥	庚辰	壬子	辛巳	5
丙辰	丙戌	乙卯	乙酉	甲寅	癸未	癸丑	壬午	壬子	辛巳	癸丑	壬午	6
丁巳	丁亥	丙辰	丙戌	乙卯	甲申	甲寅	癸未	癸丑	壬午	甲寅	癸未	7
戊午	戊子	丁巳	丁亥	丙辰	乙酉	乙卯	甲申	甲寅	癸未	乙卯	甲申	8
己未	己丑	戊午	戊子	丁巳	丙戌	丙辰	乙酉	乙卯	甲申	丙辰	乙酉	9
庚申	庚寅	己未	己丑	戊午	丁亥	丁巳	丙戌	丙辰	乙酉	丁巳	丙戌	10
辛酉	辛卯	庚申	庚寅	己未	戊子	戊午	丁亥	丁巳	丙戌	戊午	丁亥	11
壬戌	壬辰	辛酉	辛卯	庚申	己丑	己未	戊子	戊午	丁亥	己未	戊子	12
癸亥	癸巳	壬戌	壬辰	辛酉	庚寅	庚申	己丑	己未	戊子	庚申	己丑	13
甲子	甲午	癸亥	癸巳	壬戌	辛卯	辛酉	庚寅	庚申	己丑	辛酉	庚寅	14
乙丑	乙未	甲子	甲午	癸亥	壬辰	壬戌	辛卯	辛酉	庚寅	壬戌	辛卯	15
丙寅	丙申	乙丑	乙未	甲子	癸巳	癸亥	壬辰	壬戌	辛卯	癸亥	壬辰	16
丁卯	丁酉	丙寅	丙申	乙丑	甲午	甲子	癸巳	癸亥	壬辰	甲子	癸巳	17
戊辰	戊戌	丁卯	丁酉	丙寅	乙未	乙丑	甲午	甲子	癸巳	乙丑	甲午	18
己巳	己亥	戊辰	戊戌	丁卯	丙申	丙寅	乙未	乙丑	甲午	丙寅	乙未	19
庚午	庚子	己巳	己亥	戊辰	丁酉	丁卯	丙申	丙寅	乙未	丁卯	丙申	20
辛未	辛丑	庚午	庚子	己巳	戊戌	戊辰	丁酉	丁卯	丙申	戊辰	丁酉	21
壬申	壬寅	辛未	辛丑	庚午	己亥	己巳	戊戌	戊辰	丁酉	己巳	戊戌	22
癸酉	癸卯	壬申	壬寅	辛未	庚子	庚午	己亥	己巳	戊戌	庚午	己亥	23
甲戌	甲辰	癸酉	癸卯	壬申	辛丑	辛未	庚子	庚午	己亥	辛未	庚子	24
乙亥	乙巳	甲戌	甲辰	癸酉	壬寅	壬申	辛丑	辛未	庚子	壬申	辛丑	25
丙子	丙午	乙亥	乙巳	甲戌	癸卯	癸酉	壬寅	壬申	辛丑	癸酉	壬寅	26
丁丑	丁未	丙子	丙午	乙亥	甲辰	甲戌	癸卯	癸酉	壬寅	甲戌	癸卯	27
戊寅	戊申	丁丑	丁未	丙子	乙巳	乙亥	甲辰	甲戌	癸卯	乙亥	甲辰	28
己卯	己酉	戊寅	戊申	丁丑	丙午	丙子	乙巳	乙亥	甲辰		乙巳	29
庚辰	庚戌	己卯	己酉	戊寅	丁未	丁丑	丙午	丙子	乙巳		丙午	30
辛巳		庚辰		己卯	戊申		丁未		丙午		丁未	31

夏至：06月22日00：39時
冬至：12月22日12：50時

西曆二零一五年

張然熏

2025乙巳 蛇年流年運程

305

張心雲
2025乙巳
蛇
年流年運程

12月	11月	10月	9月	8月	7月	6月	5月	4月	3月	2月	1月	月／日
丁巳	丁亥	丙辰	丙戌	乙卯	甲申	甲寅	癸未	癸丑	壬午	癸丑	壬午	1
戊午	戊子	丁巳	丁亥	丙辰	乙酉	乙卯	甲申	甲寅	癸未	甲寅	癸未	2
己未	己丑	戊午	戊子	丁巳	丙戌	丙辰	乙酉	乙卯	甲申	乙卯	甲申	3
庚申	庚寅	己未	己丑	戊午	丁亥	丁巳	丙戌	丙辰	乙酉	丙辰	乙酉	4
辛酉	辛卯	庚申	庚寅	己未	戊子	戊午	丁亥	丁巳	丙戌	丁巳	丙戌	5
壬戌	壬辰	辛酉	辛卯	庚申	己丑	己未	戊子	戊午	丁亥	戊午	丁亥	6
癸亥	癸巳	壬戌	壬辰	辛酉	庚寅	庚申	己丑	己未	戊子	己未	戊子	7
甲子	甲午	癸亥	癸巳	壬戌	辛卯	辛酉	庚寅	庚申	己丑	庚申	己丑	8
乙丑	乙未	甲子	甲午	癸亥	壬辰	壬戌	辛卯	辛酉	庚寅	辛酉	庚寅	9
丙寅	丙申	乙丑	乙未	甲子	癸巳	癸亥	壬辰	壬戌	辛卯	壬戌	辛卯	10
丁卯	丁酉	丙寅	丙申	乙丑	甲午	甲子	癸巳	癸亥	壬辰	癸亥	壬辰	11
戊辰	戊戌	丁卯	丁酉	丙寅	乙未	乙丑	甲午	甲子	癸巳	甲子	癸巳	12
己巳	己亥	戊辰	戊戌	丁卯	丙申	丙寅	乙未	乙丑	甲午	乙丑	甲午	13
庚午	庚子	己巳	己亥	戊辰	丁酉	丁卯	丙申	丙寅	乙未	丙寅	乙未	14
辛未	辛丑	庚午	庚子	己巳	戊戌	戊辰	丁酉	丁卯	丙申	丁卯	丙申	15
壬申	壬寅	辛未	辛丑	庚午	己亥	己巳	戊戌	戊辰	丁酉	戊辰	丁酉	16
癸酉	癸卯	壬申	壬寅	辛未	庚子	庚午	己亥	己巳	戊戌	己巳	戊戌	17
甲戌	甲辰	癸酉	癸卯	壬申	辛丑	辛未	庚子	庚午	己亥	庚午	己亥	18
乙亥	乙巳	甲戌	甲辰	癸酉	壬寅	壬申	辛丑	辛未	庚子	辛未	庚子	19
丙子	丙午	乙亥	乙巳	甲戌	癸卯	癸酉	壬寅	壬申	辛丑	壬申	辛丑	20
丁丑	丁未	丙子	丙午	乙亥	甲辰	甲戌	癸卯	癸酉	壬寅	癸酉	壬寅	21
戊寅	戊申	丁丑	丁未	丙子	乙巳	乙亥	甲辰	甲戌	癸卯	甲戌	癸卯	22
己卯	己酉	戊寅	戊申	丁丑	丙午	丙子	乙巳	乙亥	甲辰	乙亥	甲辰	23
庚辰	庚戌	己卯	己酉	戊寅	丁未	丁丑	丙午	丙子	乙巳	丙子	乙巳	24
辛巳	辛亥	庚辰	庚戌	己卯	戊申	戊寅	丁未	丁丑	丙午	丁丑	丙午	25
壬午	壬子	辛巳	辛亥	庚辰	己酉	己卯	戊申	戊寅	丁未	戊寅	丁未	26
癸未	癸丑	壬午	壬子	辛巳	庚戌	庚辰	己酉	己卯	戊申	己卯	戊申	27
甲申	甲寅	癸未	癸丑	壬午	辛亥	辛巳	庚戌	庚辰	己酉	庚辰	己酉	28
乙酉	乙卯	甲申	甲寅	癸未	壬子	壬午	辛亥	辛巳	庚戌	辛巳	庚戌	29
丙戌	丙辰	乙酉	乙卯	甲申	癸丑	癸未	壬子	壬午	辛亥		辛亥	30
丁亥		丙戌		乙酉	甲寅		癸丑		壬子		壬子	31

西曆二零一六年

夏至：06月21日06：35時
冬至：12月21日18：46時

306

12月	11月	10月	9月	8月	7月	6月	5月	4月	3月	2月	1月	日 \ 月
壬戌	壬辰	辛酉	辛卯	庚申	己丑	己未	戊子	戊午	丁亥	己未	戊子	1
癸亥	癸巳	壬戌	壬辰	辛酉	庚寅	庚申	己丑	己未	戊子	庚申	己丑	2
甲子	甲午	癸亥	癸巳	壬戌	辛卯	辛酉	庚寅	庚申	己丑	辛酉	庚寅	3
乙丑	乙未	甲子	甲午	癸亥	壬辰	壬戌	辛卯	辛酉	庚寅	壬戌	辛卯	4
丙寅	丙申	乙丑	乙未	甲子	癸巳	癸亥	壬辰	壬戌	辛卯	癸亥	壬辰	5
丁卯	丁酉	丙寅	丙申	乙丑	甲午	甲子	癸巳	癸亥	壬辰	甲子	癸巳	6
戊辰	戊戌	丁卯	丁酉	丙寅	乙未	乙丑	甲午	甲子	癸巳	乙丑	甲午	7
己巳	己亥	戊辰	戊戌	丁卯	丙申	丙寅	乙未	乙丑	甲午	丙寅	乙未	8
庚午	庚子	己巳	己亥	戊辰	丁酉	丁卯	丙申	丙寅	乙未	丁卯	丙申	9
辛未	辛丑	庚午	庚子	己巳	戊戌	戊辰	丁酉	丁卯	丙申	戊辰	丁酉	10
壬申	壬寅	辛未	辛丑	庚午	己亥	己巳	戊戌	戊辰	丁酉	己巳	戊戌	11
癸酉	癸卯		壬寅	辛未	庚子	庚午	己亥	己巳	戊戌	庚午	己亥	12
甲戌	甲辰	癸酉	癸卯	壬申	辛丑	辛未	庚子	庚午	己亥	辛未	庚子	13
乙亥	乙巳	甲戌	甲辰	癸酉	壬寅	壬申	辛丑	辛未	庚子	壬申	辛丑	14
丙子	丙午	乙亥	乙巳	甲戌	癸卯	癸酉	壬寅	壬申	辛丑	癸酉	壬寅	15
丁丑	丁未	丙子	丙午	乙亥	甲辰	甲戌	癸卯	癸酉	壬寅	甲戌	癸卯	16
戊寅	戊申	丁丑	丁未	丙子	乙巳	乙亥	甲辰	甲戌	癸卯	乙亥	甲辰	17
己卯	己酉	戊寅	戊申	丁丑	丙午	丙子	乙巳	乙亥	甲辰	丙子	乙巳	18
庚辰	庚戌	己卯	己酉	戊寅	丁未	丁丑	丙午	丙子	乙巳	丁丑	丙午	19
辛巳	辛亥	庚辰	庚戌	己卯	戊申	戊寅	丁未	丁丑	丙午	戊寅	丁未	20
壬午	壬子	辛巳	辛亥	庚辰	己酉	己卯	戊申	戊寅	丁未	己卯	戊申	21
癸未	癸丑	壬午	壬子	辛巳	庚戌	庚辰	己酉	己卯	戊申	庚辰	己酉	22
甲申	甲寅	癸未	癸丑	壬午	辛亥	辛巳	庚戌	庚辰	己酉	辛巳	庚戌	23
乙酉	乙卯	甲申	甲寅	癸未	壬子	壬午	辛亥	辛巳	庚戌	壬午	辛亥	24
丙戌	丙辰	乙酉	乙卯	甲申	癸丑	癸未	壬子	壬午	辛亥	癸未	壬子	25
丁亥	丁巳	丙戌	丙辰	乙酉	甲寅	甲申	癸丑	癸未	壬子	甲申	癸丑	26
戊子	戊午	丁亥	丁巳	丙戌	乙卯	乙酉	甲寅	甲申	癸丑	乙酉	甲寅	27
己丑	己未	戊子	戊午	丁亥	丙辰	丙戌	乙卯	乙酉	甲寅	丙戌	乙卯	28
庚寅	庚申	己丑	己未	戊子	丁巳	丁亥	丙辰	丙戌	乙卯		丙辰	29
辛卯	辛酉	庚寅	庚申	己丑	戊午	戊子	丁巳	丁亥	丙辰		丁巳	30
壬辰		辛卯		庚寅	己未		戊午		丁巳		戊午	31

夏至：06月21日12：25時
冬至：12月22日00：30時

西曆二零一七年

307

張老熏
2025乙巳
蛇
年流年運程

西曆二零一八年

月 日	1月	2月	3月	4月	5月	6月	7月	8月	9月	10月	11月	12月
1	癸巳	甲子	壬辰	癸亥	癸巳	甲子	甲午	乙丑	丙申	丙寅	丁酉	丁卯
2	甲午	乙丑	癸巳	甲子	甲午	乙未	乙丑	丙寅	丁酉	丁卯	戊戌	戊辰
3	乙未	丙寅	甲午	乙丑	乙未	丙申	丙寅	丁卯	戊戌	戊辰	己亥	己巳
4	丙申	丁卯	乙未	丙寅	丙申	丁酉	丁卯	戊辰	己亥	己巳	庚子	庚午
5	丁酉	戊辰	丙申	丁卯	丁酉	戊戌	戊辰	己巳	庚子	庚午	辛丑	辛未
6	戊戌	己巳	丁酉	戊辰	戊戌	己亥	己巳	庚午	辛丑	辛未	壬寅	壬申
7	己亥	庚午	戊戌	己巳	己亥	庚子	庚午	辛未	壬寅	壬申	癸卯	癸酉
8	庚子	辛未	己亥	庚午	庚子	辛丑	辛未	壬申	癸卯	癸酉	甲辰	甲戌
9	辛丑	壬申	庚子	辛未	辛丑	壬寅	壬申	癸酉	甲辰	甲戌	乙巳	乙亥
10	壬寅	癸酉	辛丑	壬申	壬寅	癸卯	癸酉	甲戌	乙巳	乙亥	丙午	丙子
11	癸卯	甲戌	壬寅	癸酉	癸卯	甲辰	甲戌	乙亥	丙午	丙子	丁未	丁丑
12	甲辰	乙亥	癸卯	甲戌	甲辰	乙巳	乙亥	丙子	丁未	丁丑	戊申	戊寅
13	乙巳	丙子	甲辰	乙亥	乙巳	丙午	丙子	丁丑	戊申	戊寅	己酉	己卯
14	丙午	丁丑	乙巳	丙子	丙午	丁未	丁丑	戊寅	己酉	己卯	庚戌	庚辰
15	丁未	戊寅	丙午	丁丑	丁未	戊申	戊寅	己卯	庚戌	庚辰	辛亥	辛巳
16	戊申	己卯	丁未	戊寅	戊申	己酉	己卯	庚辰	辛亥	辛巳	壬子	壬午
17	己酉	庚辰	戊申	己卯	己酉	庚戌	庚辰	辛巳	壬子	壬午	癸丑	癸未
18	庚戌	辛巳	己酉	庚辰	庚戌	辛亥	辛巳	壬午	癸丑	癸未	甲寅	甲申
19	辛亥	壬午	庚戌	辛巳	辛亥	壬子	壬午	癸未	甲寅	甲申	乙卯	乙酉
20	壬子	癸未	辛亥	壬午	壬子	癸丑	癸未	甲申	乙卯	乙酉	丙辰	丙戌
21	癸丑	甲申	壬子	癸未	癸丑	甲寅	甲申	乙酉	丙辰	丙戌	丁巳	丁亥
22	甲寅	乙酉	癸丑	甲申	甲寅	乙卯	乙酉	丙戌	丁巳	丁亥	戊午	戊子
23	乙卯	丙戌	甲寅	乙酉	乙卯	丙辰	丙戌	丁亥	戊午	戊子	己未	己丑
24	丙辰	丁亥	乙卯	丙戌	丙辰	丁巳	丁亥	戊子	己未	己丑	庚申	庚寅
25	丁巳	戊子	丙辰	丁亥	丁巳	戊午	戊子	己丑	庚申	庚寅	辛酉	辛卯
26	戊午	己丑	丁巳	戊子	戊午	己未	己丑	庚寅	辛酉	辛卯	壬戌	壬辰
27	己未	庚寅	戊午	己丑	己未	庚申	庚寅	辛卯	壬戌	壬辰	癸亥	癸巳
28	庚申	辛卯	己未	庚寅	庚申	辛酉	辛卯	壬辰	癸亥	癸巳	甲子	甲午
29	辛酉		庚申	辛卯	辛酉	壬戌	壬辰	癸巳	甲子	甲午	乙丑	乙未
30	壬戌		辛酉	壬辰	壬戌	癸亥	癸巳	甲午	乙丑	乙未	丙寅	丙申
31	癸亥		壬戌		癸亥		甲午	乙未		丙申		丁酉

夏至：06 月 21 日 18：09 時
冬至：12 月 22 日 06：24 時

張氏

2025乙巳蛇年流年運程

西曆二零一九年

12月	11月	10月	9月	8月	7月	6月	5月	4月	3月	2月	1月	月 / 日
壬申	壬寅	辛未	辛丑	庚午	己亥	己巳	戊戌	戊辰	丁酉	己巳	戊戌	1
癸酉	癸卯	壬申	壬寅	辛未	庚子	庚午	己亥	己巳	戊戌	庚午	己亥	2
甲戌	甲辰	癸酉	癸卯	壬申	辛丑	辛未	庚子	庚午	己亥	辛未	庚子	3
乙亥	乙巳	甲戌	甲辰	癸酉	壬寅	壬申	辛丑	辛未	庚子	壬申	辛丑	4
丙子	丙午	乙亥	乙巳	甲戌	癸卯	癸酉	壬寅	壬申	辛丑	癸酉	壬寅	5
丁丑	丁未	丙子	丙午	乙亥	甲辰	甲戌	癸卯	癸酉	壬寅	甲戌	癸卯	6
戊寅	戊申	丁丑	丁未	丙子	乙巳	乙亥	甲辰	甲戌	癸卯	乙亥	甲辰	7
己卯	己酉	戊寅	戊申	丁丑	丙午	丙子	乙巳	乙亥	甲辰	丙子	乙巳	8
庚辰	庚戌	己卯	己酉	戊寅	丁未	丁丑	丙午	丙子	乙巳	丁丑	丙午	9
辛巳	辛亥	庚辰	庚戌	己卯	戊申	戊寅	丁未	丁丑	丙午	戊寅	丁未	10
壬午	壬子	辛巳	辛亥	庚辰	己酉	己卯	戊申	戊寅	丁未	己卯	戊申	11
癸未	癸丑	壬午	壬子	辛巳	庚戌	庚辰	己酉	己卯	戊申	庚辰	己酉	12
甲申	甲寅	癸未	癸丑	壬午	辛亥	辛巳	庚戌	庚辰	己酉	辛巳	庚戌	13
乙酉	乙卯	甲申	甲寅	癸未	壬子	壬午	辛亥	辛巳	庚戌	壬午	辛亥	14
丙戌	丙辰	乙酉	乙卯	甲申	癸丑	癸未	壬子	壬午	辛亥	癸未	壬子	15
丁亥	丁巳	丙戌	丙辰	乙酉	甲寅	甲申	癸丑	癸未	壬子	甲申	癸丑	16
戊子	戊午	丁亥	丁巳	丙戌	乙卯	乙酉	甲寅	甲申	癸丑	乙酉	甲寅	17
己丑	己未	戊子	戊午	丁亥	丙辰	丙戌	乙卯	乙酉	甲寅	丙戌	乙卯	18
庚寅	庚申	己丑	己未	戊子	丁巳	丁亥	丙辰	丙戌	乙卯	丁亥	丙辰	19
辛卯	辛酉	庚寅	庚申	己丑	戊午	戊子	丁巳	丁亥	丙辰	戊子	丁巳	20
壬辰	壬戌	辛卯	辛酉	庚寅	己未	己丑	戊午	戊子	丁巳	己丑	戊午	21
癸巳	癸亥	壬辰	壬戌	辛卯	庚申	庚寅	己未	己丑	戊午	庚寅	己未	22
甲午	甲子	癸巳	癸亥	壬辰	辛酉	辛卯	庚申	庚寅	己未	辛卯	庚申	23
乙未	乙丑	甲午	甲子	癸巳	壬戌	壬辰	辛酉	辛卯	庚申	壬辰	辛酉	24
丙申	丙寅	乙未	乙丑	甲午	癸亥	癸巳	壬戌	壬辰	辛酉	癸巳	壬戌	25
丁酉	丁卯	丙申	丙寅	乙未	甲子	甲午	癸亥	癸巳	壬戌	甲午	癸亥	26
戊戌	戊辰	丁酉	丁卯	丙申	乙丑	乙未	甲子	甲午	癸亥	乙未	甲子	27
己亥	己巳	戊戌	戊辰	丁酉	丙寅	丙申	乙丑	乙未	甲子	丙申	乙丑	28
庚子	庚午	己亥	己巳	戊戌	丁卯	丁酉	丙寅	丙申	乙丑		丙寅	29
辛丑	辛未	庚子	庚午	己亥	戊辰	戊戌	丁卯	丁酉	丙寅		丁卯	30
壬寅		辛丑		庚子	己巳		戊辰		丁卯		戊辰	31

夏至：06 月 21 日 23：56 時
冬至：12 月 22 日 12：21 時

張瑋雲

2025乙巳

蛇

年流年運程

12月	11月	10月	9月	8月	7月	6月	5月	4月	3月	2月	1月	日
戊寅	戊申	丁丑	丁未	丙子	乙巳	乙亥	甲辰	甲戌	癸卯	甲戌	癸卯	1
己卯	己酉	戊寅	戊申	丁丑	丙午	丙子	乙巳	乙亥	甲辰	乙亥	甲辰	2
庚辰	庚戌	己卯	己酉	戊寅	丁未	丁丑	丙午	丙子	乙巳	丙子	乙巳	3
辛巳	辛亥	庚辰	庚戌	己卯	戊申	戊寅	丁未	丁丑	丙午	丁丑	丙午	4
壬午	壬子	辛巳	辛亥	庚辰	己酉	己卯	戊申	戊寅	丁未	戊寅	丁未	5
癸未	癸丑	壬午	壬子	辛巳	庚戌	庚辰	己酉	己卯	戊申	己卯	戊申	6
甲申	甲寅	癸未	癸丑	壬午	辛亥	辛巳	庚戌	庚辰	己酉	庚辰	己酉	7
乙酉	乙卯	甲申	甲寅	癸未	壬子	壬午	辛亥	辛巳	庚戌	辛巳	庚戌	8
丙戌	丙辰	乙酉	乙卯	甲申	癸丑	癸未	壬子	壬午	辛亥	壬午	辛亥	9
丁亥	丁巳	丙戌	丙辰	乙酉	甲寅	甲申	癸丑	癸未	壬子	癸未	壬子	10
戊子	戊午	丁亥	丁巳	丙戌	乙卯	乙酉	甲寅	甲申	癸丑	甲申	癸丑	11
己丑	己未	戊子	戊午	丁亥	丙辰	丙戌	乙卯	乙酉	甲寅	乙酉	甲寅	12
庚寅	庚申	己丑	己未	戊子	丁巳	丁亥	丙辰	丙戌	乙卯	丙戌	乙卯	13
辛卯	辛酉	庚寅	庚申	己丑	戊午	戊子	丁巳	丁亥	丙辰	丁亥	丙辰	14
壬辰	壬戌	辛卯	辛酉	庚寅	己未	己丑	戊午	戊子	丁巳	戊子	丁巳	15
癸巳	癸亥	壬辰	壬戌	辛卯	庚申	庚寅	己未	己丑	戊午	己丑	戊午	16
甲午	甲子	癸巳	癸亥	壬辰	辛酉	辛卯	庚申	庚寅	己未	庚寅	己未	17
乙未	乙丑	甲午	甲子	癸巳	壬戌	壬辰	辛酉	辛卯	庚申	辛卯	庚申	18
丙申	丙寅	乙未	乙丑	甲午	癸亥	癸巳	壬戌	壬辰	辛酉	壬辰	辛酉	19
丁酉	丁卯	丙申	丙寅	乙未	甲子	甲午	癸亥	癸巳	壬戌	癸巳	壬戌	20
戊戌	戊辰	丁酉	丁卯	丙申	乙丑	乙未	甲子	甲午	癸亥	甲午	癸亥	21
己亥	己巳	戊戌	戊辰	丁酉	丙寅	丙申	乙丑	乙未	甲子	乙未	甲子	22
庚子	庚午	己亥	己巳	戊戌	丁卯	丁酉	丙寅	丙申	乙丑	丙申	乙丑	23
辛丑	辛未	庚子	庚午	己亥	戊辰	戊戌	丁卯	丁酉	丙寅	丁酉	丙寅	24
壬寅	壬申	辛丑	辛未	庚子	己巳	己亥	戊辰	戊戌	丁卯	戊戌	丁卯	25
癸卯	癸酉	壬寅	壬申	辛丑	庚午	庚子	己巳	己亥	戊辰	己亥	戊辰	26
甲辰	甲戌	癸卯	癸酉	壬寅	辛未	辛丑	庚午	庚子	己巳	庚子	己巳	27
乙巳	乙亥	甲辰	甲戌	癸卯	壬申	壬寅	辛未	辛丑	庚午	辛丑	庚午	28
丙午	丙子	乙巳	乙亥	甲辰	癸酉	癸卯	壬申	壬寅	辛未	壬寅	辛未	29
丁未	丁丑	丙午	丙子	乙巳	甲戌	甲辰	癸酉	癸卯	壬申		壬申	30
戊申		丁未		丙午	乙亥		甲戌		癸酉		癸酉	31

夏至：06月21日05：45時
冬至：12月21日18：04時

張芯熏

2025乙巳

蛇年流年運程

西曆二零二一年

12月	11月	10月	9月	8月	7月	6月	5月	4月	3月	2月	1月	月／日
癸未	癸丑	壬午	壬子	辛巳	庚戌	庚辰	己酉	己卯	戊申	庚辰	己酉	1
甲申	甲寅	癸未	癸丑	壬午	辛亥	辛巳	庚戌	庚辰	己酉	辛巳	庚戌	2
乙酉	乙卯	甲申	甲寅	癸未	壬子	壬午	辛亥	辛巳	庚戌	壬午	辛亥	3
丙戌	丙辰	乙酉	乙卯	甲申	癸丑	癸未	壬子	壬午	辛亥	癸未	壬子	4
丁亥	丁巳	丙戌	丙辰	乙酉	甲寅	甲申	癸丑	癸未	壬子	甲申	癸丑	5
戊子	戊午	丁亥	丁巳	丙戌	乙卯	乙酉	甲寅	甲申	癸丑	乙酉	甲寅	6
己丑	己未	戊子	戊午	丁亥	丙辰	丙戌	乙卯	乙酉	甲寅	丙戌	乙卯	7
庚寅	庚申	己丑	己未	戊子	丁巳	丁亥	丙辰	丙戌	乙卯	丁亥	丙辰	8
辛卯	辛酉	庚寅	庚申	己丑	戊午	戊子	丁巳	丁亥	丙辰	戊子	丁巳	9
壬辰	壬戌	辛卯	辛酉	庚寅	己未	己丑	戊午	戊子	丁巳	己丑	戊午	10
癸巳	癸亥	壬辰	壬戌	辛卯	庚申	庚寅	己未	己丑	戊午	庚寅	己未	11
甲午	甲子	癸巳	癸亥	壬辰	辛酉	辛卯	庚申	庚寅	己未	辛卯	庚申	12
乙未	乙丑	甲午	甲子	癸巳	壬戌	壬辰	辛酉	辛卯	庚申	壬辰	辛酉	13
丙申	丙寅	乙未	乙丑	甲午	癸亥	癸巳	壬戌	壬辰	辛酉	癸巳	壬戌	14
丁酉	丁卯	丙申	丙寅	乙未	甲子	甲午	癸亥	癸巳	壬戌	甲午	癸亥	15
戊戌	戊辰	丁酉	丁卯	丙申	乙丑	乙未	甲子	甲午	癸亥	乙未	甲子	16
己亥	己巳	戊戌	戊辰	丁酉	丙寅	丙申	乙丑	乙未	甲子	丙申	乙丑	17
庚子	庚午	己亥	己巳	戊戌	丁卯	丁酉	丙寅	丙申	乙丑	丁酉	丙寅	18
辛丑	辛未	庚子	庚午	己亥	戊辰	戊戌	丁卯	丁酉	丙寅	戊戌	丁卯	19
壬寅	壬申	辛丑	辛未	庚子	己巳	己亥	戊辰	戊戌	丁卯	己亥	戊辰	20
癸卯	癸酉	壬寅	壬申	辛丑	庚午	庚子	己巳	己亥	戊辰	庚子	己巳	21
甲辰	甲戌	癸卯	癸酉	壬寅	辛未	辛丑	庚午	庚子	己巳	辛丑	庚午	22
乙巳	乙亥	甲辰	甲戌	癸卯	壬申	壬寅	辛未	辛丑	庚午	壬寅	辛未	23
丙午	丙子	乙巳	乙亥	甲辰	癸酉	癸卯	壬申	壬寅	辛未	癸卯	壬申	24
丁未	丁丑	丙午	丙子	乙巳	甲戌	甲辰	癸酉	癸卯	壬申	甲辰	癸酉	25
戊申	戊寅	丁未	丁丑	丙午	乙亥	乙巳	甲戌	甲辰	癸酉	乙巳	甲戌	26
己酉	己卯	戊申	戊寅	丁未	丙子	丙午	乙亥	乙巳	甲戌	丙午	乙亥	27
庚戌	庚辰	己酉	己卯	戊申	丁丑	丁未	丙子	丙午	乙亥	丁未	丙子	28
辛亥	辛巳	庚戌	庚辰	己酉	戊寅	戊申	丁丑	丁未	丙子		丁丑	29
壬子	壬午	辛亥	辛巳	庚戌	己卯	己酉	戊寅	戊申	丁丑		戊寅	30
癸丑		壬子		辛亥	庚辰		己卯		戊寅		己卯	31

夏至：06月21日11：34時
冬至：12月22日00：01時

張心慌

2025乙巳

蛇 年流年運程

西曆二零二二年

12月	11月	10月	9月	8月	7月	6月	5月	4月	3月	2月	1月	日
戊子	戊午	丁亥	丁巳	丙戌	乙卯	乙酉	甲寅	甲申	癸丑	乙酉	甲寅	1
己丑	己未	戊子	戊午	丁亥	丙辰	丙戌	乙卯	乙酉	甲寅	丙戌	乙卯	2
庚寅	庚申	己丑	己未	戊子	丁巳	丁亥	丙辰	丙戌	乙卯	丁亥	丙辰	3
辛卯	辛酉	庚寅	庚申	己丑	戊午	戊子	丁巳	丁亥	丙辰	戊子	丁巳	4
壬辰	壬戌	辛卯	辛酉	庚寅	己未	己丑	戊午	戊子	丁巳	己丑	戊午	5
癸巳	癸亥	壬辰	壬戌	辛卯	庚申	庚寅	己未	己丑	戊午	庚寅	己未	6
甲午	甲子	癸巳	癸亥	壬辰	辛酉	辛卯	庚申	庚寅	己未	辛卯	庚申	7
乙未	乙丑	甲午	甲子	癸巳	壬戌	壬辰	辛酉	辛卯	庚申	壬辰	辛酉	8
丙申	丙寅	乙未	乙丑	甲午	癸亥	癸巳	壬戌	壬辰	辛酉	癸巳	壬戌	9
丁酉	丁卯	丙申	丙寅	乙未	甲子	甲午	癸亥	癸巳	壬戌	甲午	癸亥	10
戊戌	戊辰	丁酉	丁卯	丙申	乙丑	乙未	甲子	甲午	癸亥	乙未	甲子	11
己亥	己巳	戊戌	戊辰	丁酉	丙寅	丙申	乙丑	乙未	甲子	丙申	乙丑	12
庚子	庚午	己亥	己巳	戊戌	丁卯	丁酉	丙寅	丙申	乙丑	丁酉	丙寅	13
辛丑	辛未	庚子	庚午	己亥	戊辰	戊戌	丁卯	丁酉	丙寅	戊戌	丁卯	14
壬寅	壬申	辛丑	辛未	庚子	己巳	己亥	戊辰	戊戌	丁卯	己亥	戊辰	15
癸卯	癸酉	壬寅	壬申	辛丑	庚午	庚子	己巳	己亥	戊辰	庚子	己巳	16
甲辰	甲戌	癸卯	癸酉	壬寅	辛未	辛丑	庚午	庚子	己巳	辛丑	庚午	17
乙巳	乙亥	甲辰	甲戌	癸卯	壬申	壬寅	辛未	辛丑	庚午	壬寅	辛未	18
丙午	丙子	乙巳	乙亥	甲辰	癸酉	癸卯	壬申	壬寅	辛未	癸卯	壬申	19
丁未	丁丑	丙午	丙子	乙巳	甲戌	甲辰	癸酉	癸卯	壬申	甲辰	癸酉	20
戊申	戊寅	丁未	丁丑	丙午	乙亥	乙巳	甲戌	甲辰	癸酉	乙巳	甲戌	21
己酉	己卯	戊申	戊寅	丁未	丙子	丙午	乙亥	乙巳	甲戌	丙午	乙亥	22
庚戌	庚辰	己酉	己卯	戊申	丁丑	丁未	丙子	丙午	乙亥	丁未	丙子	23
辛亥	辛巳	庚戌	庚辰	己酉	戊寅	戊申	丁丑	丁未	丙子	戊申	丁丑	24
壬子	壬午	辛亥	辛巳	庚戌	己卯	己酉	戊寅	戊申	丁丑	己酉	戊寅	25
癸丑	癸未	壬子	壬午	辛亥	庚辰	庚戌	己卯	己酉	戊寅	庚戌	己卯	26
甲寅	甲申	癸丑	癸未	壬子	辛巳	辛亥	庚辰	庚戌	己卯	辛亥	庚辰	27
乙卯	乙酉	甲寅	甲申	癸丑	壬午	壬子	辛巳	辛亥	庚辰	壬子	辛巳	28
丙辰	丙戌	乙卯	乙酉	甲寅	癸未	癸丑	壬午	壬子	辛巳		壬午	29
丁巳	丁亥	丙辰	丙戌	乙卯	甲申	甲寅	癸未	癸丑	壬午		癸未	30
戊午		丁巳		丙辰	乙酉		甲申		癸未		甲申	31

夏至：06 月 21 日 17：15 時
冬至：12 月 22 日 05：50 時

312

西曆二零二三年

12月	11月	10月	9月	8月	7月	6月	5月	4月	3月	2月	1月	月／日
癸巳	癸亥	壬辰	壬戌	辛卯	庚申	庚寅	己未	己丑	戊午	庚寅	己未	1
甲午	甲子	癸巳	癸亥	壬辰	辛酉	辛卯	庚申	庚寅	己未	辛卯	庚申	2
乙未	乙丑	甲午	甲子	癸巳	壬戌	壬辰	辛酉	辛卯	庚申	壬辰	辛酉	3
丙申	丙寅	乙未	乙丑	甲午	癸亥	癸巳	壬戌	壬辰	辛酉	癸巳	壬戌	4
丁酉	丁卯	丙申	丙寅	乙未	甲子	甲午	癸亥	癸巳	壬戌	甲午	癸亥	5
戊戌	戊辰	丁酉	丁卯	丙申	乙丑	乙未	甲子	甲午	癸亥	乙未	甲子	6
己亥	己巳	戊戌	戊辰	丁酉	丙寅	丙申	乙丑	乙未	甲子	丙申	乙丑	7
庚子	庚午	己亥	己巳	戊戌	丁卯	丁酉	丙寅	丙申	乙丑	丁酉	丙寅	8
辛丑	辛未	庚子	庚午	己亥	戊辰	戊戌	丁卯	丁酉	丙寅	戊戌	丁卯	9
壬寅	壬申	辛丑	辛未	庚子	己巳	己亥	戊辰	戊戌	丁卯	己亥	戊辰	10
癸卯	癸酉	壬寅	壬申	辛丑	庚午	庚子	己巳	己亥	戊辰	庚子	己巳	11
甲辰	甲戌	癸卯	癸酉	壬寅	辛未	辛丑	庚午	庚子	己巳	辛丑	庚午	12
乙巳	乙亥	甲辰	甲戌	癸卯	壬申	壬寅	辛未	辛丑	庚午	壬寅	辛未	13
丙午	丙子	乙巳	乙亥	甲辰	癸酉	癸卯	壬申	壬寅	辛未	癸卯	壬申	14
丁未	丁丑	丙午	丙子	乙巳	甲戌	甲辰	癸酉	癸卯	壬申	甲辰	癸酉	15
戊申	戊寅	丁未	丁丑	丙午	乙亥	乙巳	甲戌	甲辰	癸酉	乙巳	甲戌	16
己酉	己卯	戊申	戊寅	丁未	丙子	丙午	乙亥	乙巳	甲戌	丙午	乙亥	17
庚戌	庚辰	己酉	己卯	戊申	丁丑	丁未	丙子	丙午	乙亥	丁未	丙子	18
辛亥	辛巳	庚戌	庚辰	己酉	戊寅	戊申	丁丑	丁未	丙子	戊申	丁丑	19
壬子	壬午	辛亥	辛巳	庚戌	己卯	己酉	戊寅	戊申	丁丑	己酉	戊寅	20
癸丑	癸未	壬子	壬午	辛亥	庚辰	庚戌	己卯	己酉	戊寅	庚戌	己卯	21
甲寅	甲申	癸丑	癸未	壬子	辛巳	辛亥	庚辰	庚戌	己卯	辛亥	庚辰	22
乙卯	乙酉	甲寅	甲申	癸丑	壬午	壬子	辛巳	辛亥	庚辰	壬子	辛巳	23
丙辰	丙戌	乙卯	乙酉	甲寅	癸未	癸丑	壬午	壬子	辛巳	癸丑	壬午	24
丁巳	丁亥	丙辰	丙戌	乙卯	甲申	甲寅	癸未	癸丑	壬午	甲寅	癸未	25
戊午	戊子	丁巳	丁亥	丙辰	乙酉	乙卯	甲申	甲寅	癸未	乙卯	甲申	26
己未	己丑	戊午	戊子	丁巳	丙戌	丙辰	乙酉	乙卯	甲申	丙辰	乙酉	27
庚申	庚寅	己未	己丑	戊午	丁亥	丁巳	丙戌	丙辰	乙酉	丁巳	丙戌	28
辛酉	辛卯	庚申	庚寅	己未	戊子	戊午	丁亥	丁巳	丙戌		丁亥	29
壬戌	壬辰	辛酉	辛卯	庚申	己丑	己未	戊子	戊午	丁亥		戊子	30
癸亥		壬戌		辛酉	庚寅		己丑		戊子		己丑	31

夏至：06月21日22：59時
冬至：12月22日11：29時

313

張盛舜

2025乙巳 蛇年流年運程

西曆二零二四年

12月	11月	10月	9月	8月	7月	6月	5月	4月	3月	2月	1月	日
己亥	己巳	戊戌	戊辰	丁酉	丙寅	丙申	乙丑	乙未	甲子	乙未	甲子	1
庚子	庚午	己亥	己巳	戊戌	丁卯	丁酉	丙寅	丙申	乙丑	丙申	乙丑	2
辛丑	辛未	庚子	庚午	己亥	戊辰	戊戌	丁卯	丁酉	丙寅	丁酉	丙寅	3
壬寅	壬申	辛丑	辛未	庚子	己巳	己亥	戊辰	戊戌	丁卯	戊戌	丁卯	4
癸卯	癸酉	壬寅	壬申	辛丑	庚午	庚子	己巳	己亥	戊辰	己亥	戊辰	5
甲辰	甲戌	癸卯	癸酉	壬寅	辛未	辛丑	庚午	庚子	己巳	庚子	己巳	6
乙巳	乙亥	甲辰	甲戌	癸卯	壬申	壬寅	辛未	辛丑	庚午	辛丑	庚午	7
丙午	丙子	乙巳	乙亥	甲辰	癸酉	癸卯	壬申	壬寅	辛未	壬寅	辛未	8
丁未	丁丑	丙午	丙子	乙巳	甲戌	甲辰	癸酉	癸卯	壬申	癸卯	壬申	9
戊申	戊寅	丁未	丁丑	丙午	乙亥	乙巳	甲戌	甲辰	癸酉	甲辰	癸酉	10
己酉	己卯	戊申	戊寅	丁未	丙子	丙午	乙亥	乙巳	甲戌	乙巳	甲戌	11
庚戌	庚辰	己酉	己卯	戊申	丁丑	丁未	丙子	丙午	乙亥	丙午	乙亥	12
辛亥	辛巳	庚戌	庚辰	己酉	戊寅	戊申	丁丑	丁未	丙子	丁未	丙子	13
壬子	壬午	辛亥	辛巳	庚戌	己卯	己酉	戊寅	戊申	丁丑	戊申	丁丑	14
癸丑	癸未	壬子	壬午	辛亥	庚辰	庚戌	己卯	己酉	戊寅	己酉	戊寅	15
甲寅	甲申	癸丑	癸未	壬子	辛巳	辛亥	庚辰	庚戌	己卯	庚戌	己卯	16
乙卯	乙酉	甲寅	甲申	癸丑	壬午	壬子	辛巳	辛亥	庚辰	辛亥	庚辰	17
丙辰	丙戌	乙卯	乙酉	甲寅	癸未	癸丑	壬午	壬子	辛巳	壬子	辛巳	18
丁巳	丁亥	丙辰	丙戌	乙卯	甲申	甲寅	癸未	癸丑	壬午	癸丑	壬午	19
戊午	戊子	丁巳	丁亥	丙辰	乙酉	乙卯	甲申	甲寅	癸未	甲寅	癸未	20
己未	己丑	戊午	戊子	丁巳	丙戌	丙辰	乙酉	乙卯	甲申	乙卯	甲申	21
庚申	庚寅	己未	己丑	戊午	丁亥	丁巳	丙戌	丙辰	乙酉	丙辰	乙酉	22
辛酉	辛卯	庚申	庚寅	己未	戊子	戊午	丁亥	丁巳	丙戌	丁巳	丙戌	23
壬戌	壬辰	辛酉	辛卯	庚申	己丑	己未	戊子	戊午	丁亥	戊午	丁亥	24
癸亥	癸巳	壬戌	壬辰	辛酉	庚寅	庚申	己丑	己未	戊子	己未	戊子	25
甲子	甲午	癸亥	癸巳	壬戌	辛卯	辛酉	庚寅	庚申	己丑	庚申	己丑	26
乙丑	乙未	甲子	甲午	癸亥	壬辰	壬戌	辛卯	辛酉	庚寅	辛酉	庚寅	27
丙寅	丙申	乙丑	乙未	甲子	癸巳	癸亥	壬辰	壬戌	辛卯	壬戌	辛卯	28
丁卯	丁酉	丙寅	丙申	乙丑	甲午	甲子	癸巳	癸亥	壬辰	癸亥	壬辰	29
戊辰	戊戌	丁卯	丁酉	丙寅	乙未	乙丑	甲午	甲子	癸巳		癸巳	30
己巳		戊辰		丁卯	丙申		乙未		甲午		甲午	31

夏至：06月21日04：52時
冬至：12月21日17：22時

12月	11月	10月	9月	8月	7月	6月	5月	4月	3月	2月	1月	日
甲辰	甲戌	癸卯	癸酉	壬寅	辛未	辛丑	庚午	庚子	己巳	辛丑	庚午	1
乙巳	乙亥	甲辰	甲戌	癸卯	壬申	壬寅	辛未	辛丑	庚午	壬寅	辛未	2
丙午	丙子	乙巳	乙亥	甲辰	癸酉	癸卯	壬申	壬寅	辛未	癸卯	壬申	3
丁未	丁丑	丙午	丙子	乙巳	甲戌	甲辰	癸酉	癸卯	壬申	甲辰	癸酉	4
戊申	戊寅	丁未	丁丑	丙午	乙亥	乙巳	甲戌	甲辰	癸酉	乙巳	甲戌	5
己酉	己卯	戊申	戊寅	丁未	丙子	丙午	乙亥	乙巳	甲戌	丙午	乙亥	6
庚戌	庚辰	己酉	己卯	戊申	丁丑	丁未	丙子	丙午	乙亥	丁未	丙子	7
辛亥	辛巳	庚戌	庚辰	己酉	戊寅	戊申	丁丑	丁未	丙子	戊申	丁丑	8
壬子	壬午	辛亥	辛巳	庚戌	己卯	己酉	戊寅	戊申	丁丑	己酉	戊寅	9
癸丑	癸未	壬子	壬午	辛亥	庚辰	庚戌	己卯	己酉	戊寅	庚戌	己卯	10
甲寅	甲申	癸丑	癸未	壬子	辛巳	辛亥	庚辰	庚戌	己卯	辛亥	庚辰	11
乙卯	乙酉	甲寅	甲申	癸丑	壬午	壬子	辛巳	辛亥	庚辰	壬子	辛巳	12
丙辰	丙戌	乙卯	乙酉	甲寅	癸未	癸丑	壬午	壬子	辛巳	癸丑	壬午	13
丁巳	丁亥	丙辰	丙戌	乙卯	甲申	甲寅	癸未	癸丑	壬午	甲寅	癸未	14
戊午	戊子	丁巳	丁亥	丙辰	乙酉	乙卯	甲申	甲寅	癸未	乙卯	甲申	15
己未	己丑	戊午	戊子	丁巳	丙戌	丙辰	乙酉	乙卯	甲申	丙辰	乙酉	16
庚申	庚寅	己未	己丑	戊午	丁亥	丁巳	丙戌	丙辰	乙酉	丁巳	丙戌	17
辛酉	辛卯	庚申	庚寅	己未	戊子	戊午	丁亥	丁巳	丙戌	戊午	丁亥	18
壬戌	壬辰	辛酉	辛卯	庚申	己丑	己未	戊子	戊午	丁亥	己未	戊子	19
癸亥	癸巳	壬戌	壬辰	辛酉	庚寅	庚申	己丑	己未	戊子	庚申	己丑	20
甲子	甲午	癸亥	癸巳	壬戌	辛卯	辛酉	庚寅	庚申	己丑	辛酉	庚寅	21
乙丑	乙未	甲子	甲午	癸亥	壬辰	壬戌	辛卯	辛酉	庚寅	壬戌	辛卯	22
丙寅	丙申	乙丑	乙未	甲子	癸巳	癸亥	壬辰	壬戌	辛卯	癸亥	壬辰	23
丁卯	丁酉	丙寅	丙申	乙丑	甲午	甲子	癸巳	癸亥	壬辰	甲子	癸巳	24
戊辰	戊戌	丁卯	丁酉	丙寅	乙未	乙丑	甲午	甲子	癸巳	乙丑	甲午	25
己巳	己亥	戊辰	戊戌	丁卯	丙申	丙寅	乙未	乙丑	甲午	丙寅	乙未	26
午庚	庚子	己巳	己亥	戊辰	丁酉	丁卯	丙申	丙寅	乙未	丁卯	丙申	27
未辛	辛丑	庚午	庚子	己巳	戊戌	戊辰	丁酉	丁卯	丙申	戊辰	丁酉	28
申壬	壬寅	辛未	辛丑	庚午	己亥	己巳	戊戌	戊辰	丁酉		戊戌	29
酉癸	癸卯	壬申	壬寅	辛未	庚子	庚午	己亥	己巳	戊戌		己亥	30
戊甲		癸酉		壬申	辛丑		庚子		己亥		庚子	31

夏至：06月21日10：44時
冬至：12月21日23：05時

張盛熹 2025乙巳 蛇年流年運程 西曆二零二五年

315

2025 年個入日盤流年攻防

日柱	陽遁		陰遁	
	男	女	男	女
甲子日	輸並不可怕，可怕的是輸了就鼓不起勇氣面對世界。	人生苦短，不要浪費時間在別人身上。	在挫折中學到東西，而不是學到後悔。	忘掉昨日的苦楚，抬頭面對明天的太陽。
乙丑日	敲醒自己的不是鐘聲，而是夢想。	青春是靠自己努力的。	找回自己的生活。	我們能做的不僅僅是接受，還要試著做一些反抗。
丙寅日	不要嫉妒要欣賞。	就算全世界都否定我，還有我自己相信我。	改變可以讓你變得更有智慧。	沒有口水與汗水，就沒有成功的淚水。
丁卯日	要克服生活的焦慮和沮喪，得先學會做自己的主人。	少說多做，句句都會得到別人的重視。	別想一下造出大海，必須先由小河川開始。	人的一生，沒有一味的苦。
戊辰日	世上沒有絕望的處境，只有對處境絕望的人。	你若想做，會想一個或無數個辦法。	每個人都會累，沒人能為你承擔所有悲傷。	強者向人們揭示的是確認人生的價值。
己巳日	行動是治癒恐懼的良藥。	微笑比皺眉好看，請求比呵斥自然。	有時迂迴曲折能夠更快地抵達終點。	衝動，表示你還不懂生活。

日柱	陽 遁		陰 遁	
	男	女	男	女
庚午日	保持青春朝氣。	記住該記住的，忘記該忘記的。	別說你最愛的是誰，人生還很長，無法預知明天。	不經巨大的困難，不會有偉大的事業。
辛未日	智者一切求自己，愚者一切求他人。	悲哀是生活於願望之中而沒有希望。	寒冷到了極致時，太陽就要光臨。	勇於開始，才能找到成功。
壬申日	沒有目標的人永遠為有目標的人去努力。	自我控制是最強者的本能。	使人疲憊的不是遠方的高山，而是鞋裏的一粒沙子。	耐不住寂寞，你就看不到繁華。
癸酉日	把你的臉迎向陽光，那就不會有陰影。	不要沉溺於過去，不要幻想未來，集中精力，過好眼下的每一分每一秒！	成功是一種觀念，致富是一種義務，快樂是一種權力。	不怕千萬人阻擋只怕自己投降。
甲戌日	每一個成功者都有一個開始。	不是境況造就人，而是人造就境況。	無論多曲折，終掌握在自己手中。	樂觀者在災禍中看到機會；悲觀者在機會中看到災禍。
乙亥日	有志者自有千計萬計。	預測未來的最好方法，就是創造未來。	平凡的腳步也可以走完偉大的行程。	昨天下了雨，今天颳了風，明天太陽就出來了。

張悲雲 2025乙巳 蛇年流年運程

日柱	陽 遁		陰 遁	
	男	女	男	女
丙子日	就算跌倒也要豪邁的笑。	沒有一種不通過蔑視、忍受和奮鬥就可以征服的命運。	用腦思考，用心琢磨，用行動證實。	不要太在乎自己的長相，因為能力不會寫在臉上。
丁丑日	改變能改變的，接受不能改變的。	疲憊地坐到椅子上時，才覺得真真切切地過了一天。	比別人多一點執著，你就會創造奇蹟。	做好手中事，珍惜眼前人。
戊寅日	才華其實就是把與人相同的聰明用到與眾不同的地方。	人總有一段時間要學會自己長大。	自己選擇的路，跪著也要把它走完。	絕大多數人，在絕大多數時候，都只能靠自己。
己卯日	衝動，表示你還對生活有激情。	不要拖延要積極。	改變自己會痛苦，但不改變自己會吃苦。	忙於採集的蜜蜂，無暇在人前高談闊論。
庚辰日	生活不可能像你想的那麼美好，但也不會像你想的那麼糟。	學會忘記痛苦，為陽光記憶騰出空間。	如果要挖井，就要挖到水出為止。	人的活動如果沒有理想的鼓舞，就會變得空虛而渺小。
辛巳日	把握眼前才是最重要的。	人生沒有理想，生命便只是一堆空架子。	心胸不似海，又怎能有海一樣的事業。	不去想是否能夠成功，既然選擇了遠方，便只顧風雨兼程！

日柱	陽遁		陰遁	
	男	女	男	女
壬午日	成功不是將來才有的，而是從決定去做的那一刻起，持續累積而成。	不做第二個誰，只做自己。	人生最大的錯誤是不斷擔心會犯錯。	沒有創造的生活不能算生活，只能算活着。
癸未日	拿的起，放得下。	流過淚的眼睛更明亮，滴過血的心靈更堅強！	你可以很有個性，但某些時候請收斂。	一個真正的將軍是拼出來的。
甲申日	付出不一定有收穫，努力了就值得了。	一份耕耘一份收穫。	寧願跑起來被拌倒無數次，也不願規規矩矩走一輩子。	這一秒不放棄，下一秒就有希望！
乙酉日	流過淚的眼睛更明亮，滴過血的心靈更堅強！	家和萬事興！	在人生舞台上，從不給落伍者頒發獎牌。	沒有不老的誓言，沒有不變的承諾，踏上旅途，義無反顧！
丙戌日	生活就像海洋，只有意志堅強的人，才能到達彼岸。	性格決定命運，選擇改變人生。	由信心跨出第一步。	牢記所得到的，忘記所付出的。
丁亥日	嘴裡說的人生，就是自己以後的人生。	外在壓力增加時，就應增強內在的動力。	要改變命運，首先要改變自己。	想要逃避總有借口，想要成功總有方法！

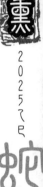

張蕊熏

2025乙巳

蛇 年流年運程

日柱	陽遁		陰遁	
	男	女	男	女
戊子日	智慧源於勤奮，偉大出自平凡。	靜坐常思己過，閒談莫論人非。	抬頭面對明天的太陽。	生活本是痛苦，是思想和哲理使其昇華。
己丑日	命運如同手中的掌紋，無論多曲折，終掌握在自己手中。	要看得起自己。	人要經得起誘惑耐得住寂寞！	陽光總會有一天會照耀在你的身上。
庚寅日	不要沉溺於過去，不要幻想未來。	生活不是等待風暴過去，而是學會在雨中翩翩起舞。	一切成就都緣于一個夢想和毫無根據的自信。	每次跌倒后能再站起來，才是最大的榮耀。
辛卯日	學會寬容，要有一顆寬容的愛心！	人的經歷就是人生的礦石，性命的活力在提煉中釋放。	沒有人會讓你輸，除非你不想贏。	自律可以幫助你做你不想做但又必須做的事情。
壬辰日	人生如果錯了方向，停止就是進步。	站得更高才能看得更遠。	每一天都是一個開始。	不要只因一次挫敗，就忘記你原先決定。
癸巳日	堅持下去才可能成功！	可以失望，但不能盲目。	美好的生命應該充滿期待、驚喜和感激。	從不奢求生活能給予我最好的，只是執着於尋求最適合我的！

日柱	陽遁		陰遁	
	男	女	男	女
甲午日	人生最困難的事情是認識自己。	人生最大的失敗，就是放棄。	更新你的思想，你就能獲得新生。	沒有事情做不到，只有藉口。
乙未日	沒有傘的孩子必須努力奔跑！	性格決定你一生的成敗。	自信的生命最美麗！	凡事別勉強！
丙申日	你有多努力，就有多幸運。	善待他人，體諒他人，熱愛生命，努力生活。	性格就決定你一生的成敗。	人生如果錯了方向，停止就是進步。
丁酉日	苦想沒盼頭，苦幹有出頭。	只有你爬到山頂了，才會明白支撐著你的是什麼。	別小看任何人，越不起眼的人，往往會做些讓人想不到的事。	比別人多一點執著，你就會創造奇蹟。
戊戌日	你有多努力，就有多幸運。	永遠不要埋怨你已經發生的事情。	沒有人會讓你輸，除非你不想贏。	紙上畫餅充饑，無補於事。
己亥日	珍惜時間可以使生命變的更有價值。	自己打敗自己是最可悲的失敗，自己戰勝自己是最可貴的勝利。	水只有碰到石頭才能碰出浪花。	笑口常開，好彩自然來！

張盛舜

2025乙巳

蛇年流年運程

321

張罘熏 2025乙巳 蛇年慌年運程

日柱	陽遁		陰遁	
	男	女	男	女
庚子日	多用善眼看世界；不必一味討好別人。	就算跌倒也要豪邁的笑。	不要生氣要爭氣，不要看破要突破。	肯承認錯誤則錯已改了一半。
辛丑日	量力而為！	關心自己的靈魂，從來不早，也不會晚。	好多人做不好自己，是因為總想着做別人！	不喜歡不義。只喜歡真理。
壬寅日	人生如天氣，可預料，但往往出乎意料。	為了生存下來，立足社會。	沒有失敗，只有暫時的不成功。	幸福和幸運是需要代價的。
癸卯日	因害怕失敗而不敢放手一搏，永遠不會成功。	要無條件自信，即使在做錯的時候。	有目標的人生才有方向有規劃的人生才更精彩。	認真做人，踏實做事！
甲辰日	智慧源於勤奮，偉大出自平凡。	待人對事不要太計較，如果太計較就會有悔恨！	君志所向，一往無前，愈挫愈勇，再接再厲。	豈能盡人如意，但求無愧於心！
乙巳日	你不勇敢，沒人替你堅強。	美好的生命應該充滿期待、驚喜和感激。	天再高又怎樣，踮起腳尖就更接近陽光。	心有多大，舞台就有多大。

日柱	陽遁		陰遁	
	男	女	男	女
丙午日	誰不曾一意孤行，怒髮衝冠過怕只怕少了那份執著。	沒有哪種教育能及得上逆境。	一切成就都緣於一個夢想和毫無根據的自信。	再長的路，一步步也能走完。
丁未日	珍惜時間可以使生命變的更有價值。	比別人多一點志氣，你就會多一份出息。	世上只有想不通的人，沒有走不通的路。	歸樸還真，上升到精神的境界。
戊申日	覺得自己做得到和做不到，其實只在一念之間。	要克服生活的焦慮和沮喪	每次跌倒後能再站起來，才是最大的榮耀。	不經巨大的困難，不會有偉大的事業。
己酉日	今天不成功還有明天。	人的經歷就是人生的礦石，性命的活力在提煉中釋放。	不管在哪裡，都會有明天。	成功便是站起比倒下多一次。
庚戌日	如果我想要，我就一定能。	生命不要求我們成為最好的，只要求我們做最大努力。	人生最困難的事情是認識自己。	沒有做不成的事情，只有做不成事情的人。
辛亥日	每個人都是自己幸福的建築師。	有人能讓你痛苦，說明你的修行還不夠。	只要你開始，永遠不嫌遲。	要改變命運，首先要改變自己。

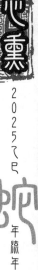

張瑯熏

2025乙巳

蛇年流年運程

日柱	陽 遁		陰 遁	
	男	女	男	女
壬子日	更新你的思想，你就能獲得新生。	成功需要成本，時間也是一種成本。	只有千錘百鍊，才能成就好鋼。	人生舞台的大幕隨時都可能拉開。
癸丑日	外在壓力增加時，就應增強內在的動力。	障礙與失敗，是通往成功最穩靠的踏腳石。	庸人費心將是消磨時光，能人費盡心計利用時間。	苦想沒盼頭，苦幹有出頭。
甲寅日	任何業績的質變都來自於量變的積累。	做對的事情比把事情做對重要。	成功的信念在人腦中的作用就如鬧鐘一樣。	失去勇氣的人將損失一切。
乙卯日	不斷找尋機會的人才會及時把握機會。	每一天都是一個新開始。深呼吸，從頭再來。	行動是治癒恐懼的良藥。	成功的人做別人不願做的事
丙辰日	生活本是痛苦，是思想和哲理使其升華。	對待生命要認真。	千萬不要因為走的太久，而忘記了我們為什麼出發。	行動力強弱決定成功快慢。
丁巳日	人格影響命運。	一條路走不通，你可以轉彎。	機會是留給有準備的人，成功是留給最堅持的人。	別人能做到的事情，我也能做到。

日柱	陽遁		陰遁	
	男	女	男	女
戊午日	放棄就是永遠的失去。	沒有誰能阻止你成功，除了你自己。	不要怕失敗。	有信心的人可以化渺小為偉大
己未日	合理的要求是訓練，不合理的要求是磨練。	人生的編劇就是自己。	失敗是缺點的累績。	人生只要盡力了。
庚申日	重複的事用心做，你就是贏家。	人不在於長久不敗，而是在於不怕失敗。	願你樂在其中。	夢想需要時間去證明。
辛酉日	人有無限的可能。	堅持做好每一件平凡的事。	能堅持別人不能堅持的，就能擁有別人不能擁有的。	成敗靠用心，輸贏靠細心。
壬戌日	前方是絕路，希望在轉角。	心中要有一合永恒的春天。	學會在破碎中看見美麗。	信心來自實力；實力來自勤奮。
癸亥日	平穩的海洋造就不出能幹的水手。	成功一定有方法，失敗一定有理由。	現實會摧毀夢想，夢想也會摧毀現實。	唯有埋頭，才能出頭。

張意熏

2025乙巳

蛇年流年運程

張恕熏

2025乙巳

蛇年流年運程

《奇門遁甲張芯熏 2025蛇年運程》

系　　　列　：生肖運程
作　　　者　：張芯熏
榮譽統籌　：Stephanie Ching(史丹)
出 版 人　：Raymond
責任編輯　：歐陽有男
封面設計　：史迪
內文設計　：史迪
攝　　　影　：興仔
化妝及髮型　：Joel
出　　　版　：火柴頭工作室有限公司 Match Media Ltd.
電　　　郵　：info@matchmediahk.com
發　　　行　：泛華發行代理有限公司
　　　　　　　九龍將軍澳工業邨駿昌街7號 2 樓
承　　　印　：新藝域印刷製作有限公司
　　　　　　　香港柴灣吉勝街45號勝景工業大廈4字樓A室
出版日期　：2024年7月
　　　　　　　2024年9月第二版
　　　　　　　2024年10月第三版
定　　　價　：HK$88
ISBN　：978-988-76942-8-1
建議上架　：生肖運程、玄學